KB016424

한국 선시의 문예 미학

한국 선시의 문예 미학

전재강 저

보고사
BOGOSA

머리말

이 책을 쓰면서 문학이 무엇인가를 다시 생각해 본다. 교과서적 정의에 따르면 문학이란 인간의 사상과 정서, 체험을 언어로 형상화하여 아름답게 표현한 언어예술이다. 이 책에서 주제로 삼은 문학 논의의 핵심 대상은 선사들의 선시이다. 선사들의 기록물을 흔히 문집이라고 부르지 않고 어록이라고 일컫는다. 말한 것을 글로 적었다는 의미다. 어록 가운데 제시된 선사들의 선시는 당연히 문학 작품으로 다루어질 수 있다고 보는데 이것을 매우 의외의 이유로 문학적 연구 대상인가라는 의문을 제기하는 사람들이 있다. 그중 하나는 선사들의 작품은 그들의 사상을 선전하는 도구이기 때문에 문학일 수 있는가라는 의문이고, 다른 하나는 선사들의 귀한 말씀을 문학 작품으로 격하하여 다룰 수 있는가라는 의문이다. 전자는 문학을 연구하는 일부 사람들의 생각이고 후자는 철학이나 사상을 연구하는 일부 사람들의 입장이다. 이런 물음에 대한 대답은 이 글을 읽는 분들은 이미 짐작했을 것이다. 우선 문학이 아닐 수 있다는 주장은 앞에서 문학의 교과서적 정의의 기준에서 보더라도 문학의 내용이 반드시 인간의 정서만으로 이루어져야 한다는 편견에서 나온 생각임을 알 수 있다. 글로 기록된 모든 것을 문학으로 보던 과거의 기준은 그만두더라도 문학의 범위가 그렇게까지 축소되는 것은 아니다. 인간의 정서는 작자의 사상이나 경험을 떠나 있는 것이 아니기도 하며 사상이나 이념은 그 자체로도 문학의 중요한 내용이 되는 것은 당연하다. 그래서 우리가 한국문학사에서 불교나 유교사상을 내용으로 하는 것은 이념을 홍보하는 것이니 문학에서 제외해야 한다는 말은 어불성설(語不成說)이다. 사상과 이념이 인간의 삶에 녹아서 훌륭한 문학적 작품으로 승화된 사례는 비일비재(非一非再)하다. 이런 관점에서 선사들의 선시는 그 내용에 있어서나 표현에 있어서 본래부터 탁월한 문학 작품이었다. 선시는 선 또는 선사상을 내용으로 하는데 이 선의 세계는 여느 사상이나 철학과 달리 규범화하고 정형화할 수 없고 가시적으로 포착할 수 없는 존재 원리이다. 그 때문에 선의 세계는 가변적이고 다양한 정서의 세계 못지않게 자아를 포함한 일체를 이해하는 데에 선행되는 문학적 연구 과제가 될 수 있다. 여기서 더 나아가 선시는 포착하기 어려운 선의 세계를 언어 또는 비언어로 형상화하면서 일반 문학이 일찍이 답파(踏破)하지 못한 독자적 표현 기법을 구현해 보이고 있다는 점에서 선이라는 내용 못지않게 표현의 측면에서도 선시의 문학적 성과는 예사롭지 않은 연구 대상이다. 이렇게 보면 선시가 문학인가라는 전자의 질문은 문학의 본질을 근본적으로 다시 확인하게 하고 문학 일반을 넘어서는 선시의 문학적 성취를 드러내도록 돕는 훌륭한 현문(賢問)임을 알 수 있다.

다음 선사의 고귀한 시구를 어찌 가볍게 문학 작품이라고 일컬을 수 있는가라는 숭배 차원의 존숭도 선시의 문학적 연구에 새로운 자극을 준다. 문학 연구자들은 동서양 성현들이 남긴 많은 자료를 문학 작품으로 본다. 부처의 일생 말씀도 불전문학으로 다룬다. 여기에는 말하기 작품도 있고, 노래와 시 작품도 함께 있다. 삶의 유래를 이야기하고 제자나 외도들과 대화를 나누고, 때로는 게송을 읊어서 깨달음의 세계를 드러낸다. 그 이후 역대조사들이 보인 삶의 과정과 그들의 게송도 당연히 훌륭한 문학적 성과로 다루고 있다. 문학 연구의 관점에서 진행하는 이러한 접근이 결코 불조(佛祖)의 권위를 격하하지 않는다. 오히려 단순 숭배와 추종에서 발견하지 못하는 불조의 밀지(密旨)를 문학적 연구를 통해서 드러낼 수도 있기 때문이다. 문학적 연구는 선시의 문학적 표현을 정확하게 이해하고 분석해냄으로써 작품 이면에 감춰진 근본적 낙처(落處)를 헤쳐보일 수 있다. 요컨대 선시의 문학적 연구는 이에 대한 이해를 심화하고 독자들의 문예 미학적 경험을 가능하게 함으로써 선시의 특징적 표현은 물론 작품에 내재된 깊은 선지(禪旨)에 더욱 다가서게 할 수도 있다.

위의 두 가지 이유 때문이었는지는 단정할 수 없으나 불교문학, 그 가운데서도 선시에 대한 문예 미학적 연구가 미진한 상태에 놓여 있다. 문학을 연구하는 사람들은 문학의 본령이 아니라는 생각으로 도외시하고 사상과 철학 연구자들은 그 내용에만 집중함으로써 선시는 그 자체가 온전한 하나의 연구 대상으로 다루어지지 않고 있다고 할 수 있다. 이에 필자는 선사의 선시 원전 자체를 하나의 온전한 완성작으로 보고 그 자체를 정확하게 문예 미학적으로 읽어내려는 의도에서 이 책을 집필하였다. 필자는 이 작업을 진행하기 위하여 문학에 대한 편협한 생각을 떨치고 고귀하게 존숭만 해야 한다는 선시에 대한 외경심도 내려놓았기 때문에 이 책에서 말하는 필자의 생각은 기존의 문학이나 사상, 역사, 철학을 연구한 사람들과 의견을 달리할 수 있다. 그래서 오히려 이 책은 이 분야 연구의 새로운 시사

점이 될 수 있다고 생각한다. 이 저술을 위한 변명과 의도는 여기쯤에서 그치고 이 책에서 말하고자 한 내용을 간단히 소개하고자 한다.

백운 경한(白雲景閑)은 직지(直旨)를 편집하고 태고 보우(太古普愚)는 조계종을 중흥하며 나옹 혜근(懶翁惠勤)은 무학 자초(無學自超)를 제자로 둔 선사로 잘 알려져 있다. 이 세 사람은 다소간의 시차를 두고 같은 고려 말을 살면서 선시문학을 그 어느 시대보다 꽃 피운 걸출한 선승이다. 세 사람 모두 당시 원나라의 선승을 참방하여 수행하거나 깨달음을 인가받아 왔다. 백운 경한과 태고 보우는 석옥 청공(石屋淸珙), 나옹 혜근은 석옥 청공의 사형사제인 평산 처림(平山處林)을 각각 만나고 인가받은 것으로 되어 있다. 석옥 청공과 평산 처림이 급암 종신(及庵宗信)을 같은 스승으로 하고 있다는 점에서 세 사람은 같은 임제종(臨濟宗) 양기 방회(楊岐方會)의 양기파 선맥(楊岐派禪脈)을 이었다고 할 수 있다. 이들이 남긴 선시를 인물별로 세 부분으로 나누어 살피고자 한다.

먼저 백운에 대해서는 그가 스승의 뜻을 받들어 힘써 편집하고 초록한 「직지(直指)」에 실린 역대조사의 선시가 어떤 맥락에서 제시되고 그때마다 어떤 표현 원리가 작용하고 있는지를 논의하였다. 이것은 장차 선시가 창작되는 다양한 상황을 알려주는 선행 지표 역할을 하는 것이기도 하였다. 그리고 직지에서 예고되었지만 백운이 자신의 선시를 어떤 국면에서 제시하는지를 살피고 수행과 교시, 진리, 현실 등 다양한 시적 대상에 대하여 어떤 인식을 보이는지를 분석하였다. 또한 선시의 문예 미학적 표현을 논의하였다. 백운은 선시에서 개념과 서사를 사용하여 직설적 표현을 사용하기도 하였는데 잡히지 않는 선적 진리를 드러내기 위하여 비유와 역설, 상징의 문예미학적 다양한 표현 방식을 구사하고 있는 작품 현상을 논의하였다.

다음은 태고 보우의 경우를 논의하였다. 먼저 태고 보우 선시의 특징을 드러내기 위하여 그의 스승 석옥 청공 선사의 선시와 대비 논의를 해 보았다. 두 사람은 본래 성불이라는 선의 기본 이념에서 같은 기반을 가지고 있었지만 이를 표현하면서 태고가 전고를 많이 인용하고 석옥이 자신의 출세간 생활을 주로 다룬 점이 달랐다. 수사에 있어서 선의 본지를 드러낼 때 항상 상징과 역설을 가장 빈번하게 구사한 점을 서로 닮았다. 선시 창작의 구체적 맥락으로서의 현실에서 태고 보우가 출세간과 세간에 두루 걸쳐 있었다면 석옥 청공은 출세간에 주로 한정하고 있다는 점이 달랐다. 이는 태고가 국내외에서 여러 정치 현장에 참여했던 이력과 연관된 것으로 파악됐다. 다음으로 세출세간을 두루 포괄하는 태고의 활동 과정에 그가 자연스럽게 세출세간의 인물에게 두루 시를 준 것을 논의하였다. 여기에서는 본래 성불적 그의 선사상이 드러났고, 시적 대상 인물의 격려하면서 칭송하는 송도적인 성격을 보였고, 수행을 독려하는 교시성을 함께 보여 주었다. 요컨대 선시의 전체적 성격에서 태고는 세출세간의 대중을 향하여 이념성, 송도성, 교시성이라는 일관된 태도를 보여 주었다. 이어 그의 가음명(歌吟銘)이라는 선시를 다루었는데 당시 세간과 출세간을 아우르던 그의 성격상 그의 작가 의식도 이들 작품에서 현실적, 초월적, 원융적 성격으로 나타났다는 것을 문예미학적 논의를 통하여 밝혔다.

끝으로 나옹 혜근의 경우를 논의하였다. 나옹 선시에 나타난 체언과 용언 계열 어휘를 이미 분석한 바 있는데 여기서는 시공을 표현하는 선적 어휘를 일상적, 전환적, 초월적 시공이라는 세 부류 시공간의 어휘로 나누어 논의하였다. 선시에서 사용되는 어휘들은 지극히 평범한 듯하면서도 예사롭지 않은 기능을 하는 경우가 대부분이기 때문에 선시에 사용된 어휘를 선의 원리에 따라 체계화하여 선시의 문예 미학적 표현을 구명하는 데 일조하고자 하였다. 선행한 나옹 선시의 어휘 단위 분석을 근거로 선시 작품 전체를 대상으로 나옹 선시의 유형을 분류하고 선적 표현을 논의하였다. 나옹은 선의 세계를 시로 표현하면서 일상시, 물상시, 교화시라는 여러 가지 대상을 통하여 선의 세계를 표현하고 있었다. 그는 이런 유형의 작품에서 선의 본래 성불, 살활의 세계를 은유와 같은 비유는 물론 고도의 상징과 역설을 자유롭게 구사하여 선시의 높은 문예 미학적 성취를 보여 주었다.

필자는 이 저서를 계기로 선시와 선어록에 대한 문예 미학적 접근이 더 활발하게 이루어져서 크게는 불가문학(佛家文學), 구체적으로는 선가문학(禪家文學)이 더 활발하게 논의되기를 기대한다. 한국문학사에서 중요한 한 축을 형성해온 불가문학, 선가문학 연구에는 비교적 소홀히 다루어지고 있는 여성문학, 지방문학 등의 연구와 함께 더 많은 연구 인력이 보강될 필요가 있다고 본다. 한국문학사에서 가장 오랜 기간을 두고 단일 사상 체계를 가진 문학 담당층이 숱한 사회·역사적 변화를 겪으면서 문학적 성과를 축적해 온 경우는 불교문학이 거의 유일하다고 해도 과언이 아니다. 이제 자료 정리가 어느 정도 이루어져서 이 분야에 대한 문예 미학적 연구를 새로운 시각으로 체계적이고 지속적으로 확장해 나갈 시기가 되었다. 그러면 한국문학사의 실상을 온전히 드러낼 날도 불원간 오리라고 확신한다.

끝으로 필자는 선시의 연구에 이르기까지 한문 문맹을 깨우치고 삶의 이치를 열어 보이신 여러 재야의 스승께 이 기회를 빌려 깊은 감사의 말씀을 드리고자 한다. 고등학교 1학년 때 『소학』을 가르쳐 주신 이웃 마을 행솔 어른을 시작으로 대학 시절 향교에서 『논어』 등 사서를 가르쳐 글눈을 뜨게 해 주신 소운 이수락 선생, 대학원 시절 『주역』의 이치를 깨우쳐 주신 아산 김병호 선생, 『시경』과 『서경』을 가르쳐 주시고 『상촌선생집』의 난처를 일일이 일깨워주신 춘산 이상학 선생, 강단에 선 뒤에도 아쉬움이 남아 국학진흥원 고전국역자양성과정에 들어갔을 때 지도 교수를 맡아서 여러 문집을 지도해 주신 성백효 선생, 초서를 가르쳐 주신 이정섭 선생 등 여러 스승으로부터 받은 헤아릴 수 없이 높고 깊은 은혜에 머리 숙여 감사드린다.

겨우 문맹은 면했지만 해석을 해 놓고도 의미를 모르는 한문으로 기록된 불교 문적의 장벽은 존재의 근본적 의문과 함께 해결해야 할 가장 엄중한 문제로 여전히 남아 있었다. 극복을 위한 산발적 노력을 하지 않은 것은 아니었지만 처음 대학에 부임하면서 인근 각화사 서암에 주석하고 계시던 고우 큰스님을 가까이할 기회를 얻어 『서장』과 『선요』, 『금강경』, 『백일법문』 등의 깊은 가르침을 듣고 앞의 세 가지 자료를 번역하면서 마침내 마지막 남은 관문인 선에 들 수 있었다. 선지를 일깨워 주시면서 깨침으로 나아갈 것을 엄중하게 일러주셨던 고우큰스님께 깊은 감사의 말씀을 올린다. 대학 정규 교육 과정에서 문학 연구의 다양한 방법론을 익히고 단련한 이면에 이 같은 세출세간의 스승들의 친자(親炙)가 있어 한국 선시 연구라는 저서를 집필할 수 있었다는 경과를 간단히 밝힌다.

역병이 창궐하는 어려운 여건 속에서도 항상 명저를 만들어 지식의 활발한 유통을 주도하면서 이 책의 출판을 흔쾌히 맡아주신 도서출판 보고사 김홍국 사장님과 좋은 책을 만드는데 삼복더위 속에서 수고를 아끼지 않으신 출판사 황효은 선생님을 비롯한 여러 선생님들께도 이 자리를 빌려 진심으로 감사의 말씀을 드린다.

2022년 10월

전재강 삼가 씀

차례

제2부
태고 보우 선시의 문예 미학

제3부

나옹 혜근 선시의 문예 미학

제1부

백운 경한 선시의 문예 미학

제1장

백운 경한 초록 「직지」에 실린 선시의 제시 맥락과 표현 원리

1. 「직지」 초록의 전제

백운 경한은 여말 삼사의 한 사람이면서도 태고 보우나 나옹 혜근과는 상당히 다른 길을 걸었다. 국사나 왕사와 같은 현실적 정치 참여는 물론 주지 자리조차도 거부하며 순수하게 수행하고 교화하는 승려 본연의 삶을 살았다. 그런 과정에 수행과 교화에 필요한 자료를 정리하기도 했는데 흔히 세계에서 가장 오래된 인쇄 기술을 자랑하는 「직지」[1]도 그가 그런 삶의 의도를 실천하는 과정에서 초록하여

---

1 「직지(直指)」의 갖춘 이름은 「백운화상초록불조직지심체요절(白雲和尙抄錄佛祖直指心體要節)」인데 줄여서 「직지」로 쓰고자 한다. 그리고 『한국불교전서』 6(동국대학교 출판부, 1990)에 따르면 「직지」는 『백운화상어록』과는 별책으로 전하는 것으로 보인다. 「직지」는 그의 어록 일부로 편집되어 있지 않고 나누어져 있기 때문이다. 그리고 「직지」는 전체 제목의 내용을 두고 볼 때 그가 베껴 적은[抄錄] 타인의 저서임을 알 수 있다. 본인의 저서가 아님에도 이 자료는 스스로의 수행과 타인의 교육에 활용하기 위하여 지속적으로 활자본을 만들어 전승시킨 것으로 보인다. 따라서 『백운화상어록』은 그의 일생 활동을 제자가 기록하여 만든 것이고 「직지」는 백운 경한 본인이 수행의 교재로 베껴 쓴 자료라고 할 수 있다.

만든 자료이다.

지금까지 불교 일반 승려는 물론 선승들에 대한 논의는 주로 종교 사상 측면에서의 연구가 중심을 이룬다. 백운 경한에 대해서도 예외가 아니어서 그의 사상적 성격, 수행과정, 사승 관계, 행적 등에 대한 연구가 중심을 이룬다.[2] 그러나 이러한 기존 연구는 그의 문학을 연구하는 데 중요한 참고 자료가 될 수 있다. 문학은 문학일 뿐이라는 형식주의의 완고한 입장을 고수할 수 없는 분야가 특히 선승들이 남긴 문학적 성과들이다. 선시에 대한 문학적 접근에도 주변의 이러한 선행 연구 성과는 매우 중요한 정보를 제공한다. 작품을 산출한 작가의 기본 성향과 활동, 교유 인물 등에 대한 기존의 논의는 작품 존재 현상은 물론 작품의 성격을 구명하는 데에도 일정한 기여를 할 수 있기 때문이다.

여기서는 작자의 시문학이 가지는 특성을 연구하는 선행 작업으

---

2 「직지」에 대한 기존 연구는 대략 다음과 같은데 사상적인 측면, 선의 성격적인 측면, 인물의 전기적인 측면에 연구가 집중되어 있고 문학적 접근은 거의 없다는 것을 쉽게 알 수 있다. 김동환, 「불조직지심체요절의 핵심내용과 백운화상 경한」, 『인문사회과학연구』 4(2), 중부대 인문사회연구소, 2000; 김용환, 「직지심체요절의 조사선 연구」, 『국민윤리연구』 44, 한국국민윤리학회, 2000; 김종명, 「직지의 선사상과 그 의의」, 『역사학보』 177, 역사학회, 2002; 유영숙, 「백운의 법맥과 선사상」, 『지촌 김갑주교수 화갑기념사학논총』 동 간행위원회, 동국대, 1994; 이병욱, 「백운의 선사상-무심선·조사선·화두선의 관계와 선교일치방식에 대하여」, 『불교사연구』 3, 중앙승가대 불교사학연구소, 1999; 이종익, 「고려백운화상의 연구」, 『정종박사 정년퇴임기념논문집 - 동서사상의 만남』, 형설출판사, 1982; 정병조, 「백운의 無心禪에 관하여」, 『한국불교학』 3, 한국불교학회, 1977; 정제규, 「백운경한의 재가불교신앙관」, 『고인쇄문화』 5, 청주고인쇄박물관, 1998; 학담, 「고려말 임제법통의 전수와 백운선사의 무심선」, 『호서문화논총』 13, 서원대 호서문화연구소, 1999; 황선주, 「직지원문의 출전에 대하여」, 『고인쇄문화』 5, 청주 고인쇄발물관, 1998; 황선주, 「직지의 각주와 그 공안」, 『호서문화논총』 11, 1997.

로서 그가 초록한 「직지」에 실린 선시[3] 작품을 핵심 대상으로 연구를 진행하고자 한다.[4] 그가 스승으로부터 받은 자료에 내용을 추가하고 부분적으로 자신의 의견을 붙이고 정리하는 작업의 과정에는 그가 평소에 생각한 가치 판단과 미적 기준이 자연스럽게 작용하였다고 할 수 있다. 자작이 아니지만 선택한 자료가 바로 그의 가치관과 미적 기준을 읽어내는 중요한 근거가 될 수 있는 이유이다. 그래서 「직지」에는 어떠한 선시들이 나타나고 있고 이들 작품은 어떤 맥락에서 제시되고 맥락에 따라 어떤 작품군을 형성하고 있는지를 살피고자 한다. 이것은 곧 백운 경한의 「직지」 초록 의도를 정확히 읽어내는 과정이면서 그의 문학적 기호와 성향을 간접적으로 파악하는 중요한 작업이기도 하다. 또 이와 연관하여 이렇게 제시된 작품들의 구체적 표현 미학적 원리를 밝혀 보고자 한다. 불교시 또는 넓은 의미의 선시가 가지는 전반적 표현 원리를 논의함으로써 그런 표현 원리를 통하여 드러난 작품 세계가 무엇인지를 가늠해 보는 데까지 나아가고자 한다. 「직지」에 실린 선시 작품들은 멀리 인도에서부터 중국

3 선시라고 하면 선적인 내용을 담고 있는 시를 뜻한다. 선적인 내용은 불교에서 파악한 존재 원리나 화두나 공안, 존재 원리의 상징적 형상화 등이라고 할 수 있다. 그런데 여기서는 이런 내용을 중심으로 담고 있으면서 다른 요소를 부차적으로 담고 있는 작품의 경우도 광의의 선시로 보고 논의를 진행하고자 한다.

4 「직지」는 백운 경한의 스승에 의하여 편집되어 이것이 백운에게 전달되고 백운은 다시 이것을 보완하여 지금의 「직지」를 만들었다. 따라서 「직지」는 엄밀히 말하자면 백운이 편집에 부분적으로 참여하고 이를 베껴서 수행의 교본으로 사용한 역할을 했다고 할 수 있다. 따라서 여기에 실린 선시 작품은 물론 모든 기록이 백운 경한의 것이 아니다. 그러나 이 자료를 스승으로부터 받고 스스로 개정하고 주석을 붙이며 소장하기까지 한 데에는 그 내용이 그의 뜻과 부합했기 때문이다. 이것이 백운 경한의 문학적, 선적, 사상적 경향을 간접적으로 아는 데에 「직지」 자체에 대한 연구를 선행해야 할 이유이다.

에 이르는 조사, 선사들의 게송이 망라되어 있는데 이들 선시 작품의 표현 원리를 파악해 봄으로써 선시의 일반적 표현 원리의 도출도 가능할 것으로 예상된다. 그리고 표현 원리의 논의가 그 자체에 한정되면 피상적으로 흐르기 때문에 그런 표현 원리를 사용하여 표현하고자 한 이면 세계가 무엇인지, 달리 말하자면 어떠한 불교적 선적 내용이 어떤 표현 원리에 따라 작품에 드러나는 지를 살피고자 한다. 「직지」에는 성격이 다양한 선시가 제시되어 있기 때문에 작품 내용과 표현 원리의 상관 관계를 전체적으로 살피면 양자 사이에 존재하는 일정한 상호 법칙성을 발견할 수 있으리라 본다.

이러한 논의는 전체 백운 경한 본인의 문학 세계를 본격적으로 탐구하는 전초 작업이면서 동시에 그의 불교계뿐만 아니라 당시 세속이나 국외와의 관계를 이해하는 데 중요한 계기를 제공할 수 있다고 본다. 백운 경한의 경우 오랜 내적 온축을 통하여 포교를 위한 외연의 확대 과정이 결국 사회와의 연관성을 확보하는 일로 드러나기 때문이다.

2. 선시의 제시 맥락[5]

백운 경한이 초록한 「직지」에는 시 작품이 100여 수 가까이 실려 있다.[6] 이 자료에 실린 모든 인물이 시 작품을 남긴 것은 아니고 어떤

5 선시 제시의 맥락이 구체적으로 여섯인데 둘씩 묶어볼 수 있는 성격을 보여 주고 있다. 불교 초기에는 법이 어떠하다는 것을 드러내고 이를 전달하는 과정에 시법과

인물의 경우에는 시 작품이 없고 어떤 인물의 경우는 두 수 이상의 작품을 남기고 있다. 시가 나타나지 않은 것은 실제 어떤 인물이 시 작품을 남기지 않았거나 원전에 본래 시가 없거나 편집하는 과정에 백운 경한이 필요에 따라 제외한 결과로 보인다.[7]

「직지」에 실린 작품 전체는 주로 인도와 중국 인물의 작품으로 구성되어 있다. 과거 7불에서부터 시작하여 석가모니부처를 거쳐 달마에 이르는 인도 인물의 작품, 달마 이후 원나라에 이르는 중국 인물의 작품이 대체적 시대 순서로 배열되어 있다. 시대와 국가에 따른 작품 제시 맥락이 다른데 두 나라 안에서 다시 제시 맥락이 몇 가지로 다르게 나타난다. 전체적으로 세 가지 항으로 나누어 해당하는 실제 사례를 들어가면서 작품 제시 맥락을 구체적으로 살피고자 한다.

전법의 맥락이 제일 먼저 마련되었고, 후대로 오면서 전해진 법을 깨닫기 위해서 거치는 과정으로 출가와 수행의 맥락이 나타나고, 그 결과 진리를 깨닫고 마침내 이를 가르치는 과정에 오도와 교시의 맥락이 나타났다. 그리고 전체 인용 작품의 분포도는 선시의 특성상 출가와 수행 측면이 가장 적게 보이고 다음이 오도와 교시, 시법과 전법의 맥락 순서로 출현 빈도수가 높아졌다.

6 여기에 실린 작품은 여섯 가지의 맥락에서 제시되고 있다. 「직지」에는 선시의 선별 원리나 편집 의식이 내재하고 있겠는데 초록자 자신이 이를 직접 자세히 언급하고 있지 않기 때문에 제시 맥락과 선시를 검토함으로써 귀납적으로 그 원리를 찾아낼 수 있다. 구체적으로는 여기서 논의하는 여섯 가지의 맥락이 바로 작품 초록 의식이라고 할 수 있다.

7 선사들은 자기 자신이나 그 주변에 일어나는 일을 시로 읊는 것이 하나의 일상이기 때문에 이 자료에 시가 나타나지 않는다고 해서 해당 인물이 실제 시를 남기지 않았다고 보기는 어렵다.

1) 시법(示法)과 전법(傳法)의 맥락

인도의 선시 제시 맥락은 크게 두 가지로 나타난다. 과거칠불의 경우와 가섭으로부터 28대 달마에 이르는 경우가 그것이다. 그리고 중국의 경우에는 극히 일부의 사례만 시법의 제시 맥락을 보인다. 먼저 인도 과거칠불의 경우는 진리를 단순히 드러내 보인 시법의 과정에 작품을 제시하는 경향을 보여 주고 있다. 시를 제시하는 구체적 문맥 역시 매우 간단하게 나타난다. 전후의 여러 사정이나 진행 과정을 보여 주지 않고 바로 "게송으로(에) 읊기를(말하기를)[偈曰]"[8]이라는 문구를 사용하고 시를 바로 제시하고 있다. 여기에는 누가 언제 게를 읊는다는 간단한 표지만이 나타난다.

시법의 예로 인도 과거칠불과 중국의 경우를 차례대로 들어 보면 다음과 같다.

> (1) 비바시불은 과거 장엄겁의 부처인데 게송으로 읊기를[毗婆尸佛過去莊嚴劫佛偈曰]/ 시기불은 앞과 같은 겁의 부처인데 게송으로 읊기를[尸棄佛同前劫偈曰]/ 비사부불은 앞과 같은 겁의 부처인데 게송으로 읊기를[毗舍浮佛同前劫偈曰]/ 구류손불은 현재 현겁의 첫 번째 부처인데 한 게송으로 읊기를[拘留孫佛現在賢劫第一偈曰]/ 구나함아미타불이 현겁의 두 번째 부처인데 게송으로 읊기를[拘那含牟尼佛賢劫第二偈曰]/ 가섭불은 현겁의 세 번째 부처인데 게송으로 읊기를[迦葉佛賢劫第三偈曰]/ 석가모니불은 현겁의 네

8 '게왈(偈曰)'과 '송왈(頌曰)'이라는 말은 직역하면 각각 '게에서 말하기를', '송에서 말하기를'인데 문맥으로 봐서 '게송으로 읊기를', '송으로 읊기를'로 해석하는 것이 자연스럽다.

번째 부처인데 게송으로 읊기를[釋迦牟尼佛賢劫第四偈曰]

(2) 사(師, 반산보적선사)가 대중에게 보여 이르기를 "마음 달이 외롭고 둥그니/ 빛이 만상을 삼켰네.// 빛은 경계를 비추는 것 아니고/ 경계 또한 있지 않네.// 빛과 경계 함께 잊으니/ 다시 이 무슨 물건인가?" 동산이 이르기를 "빛과 경계가 없어지지 않았으니/ 이 무슨 물건인가?"[9]

여기 (1)에 인용된 내용은 모두 인도 과거칠불의 경우이다. 이 예문에서 말하고 있는 것이 맥락을 알려주는 표지의 전부이다. 반복적으로 '누구는 어느 시대 부처인데 게송으로 읊었다.'라고 반복하여 일률적 제시의 문맥이 드러나고 있기 때문이다. 그런데 과거칠불의 경우는 단순히 법이 어떠하다는 것만을 나타내는 시법(示法), 즉 법을 보이는 선시를 제시하는 문맥만 아주 간결하게 나타난다. 불교는 본래 석가모니부처로부터 시작된 것이지만 그가 깨달은 진리는 깨닫기 이전에도 있었다는 것을 보이기 위해서 이와 같은 석가 이전의 과거불을 상정하고 그 진리가 어떠한가를 드러내는 과정에서 이와 같은 시법의 문맥이 가장 먼저 나타났다. 그렇게 상정한 시기의 과거 부처들 사이에는 진리를 내보이는 시법의 맥락만 있고 법을 누구에게 전하는 전법(傳法)의 맥락은 나타나지 않는다.

그러나 중국의 경우는 같은 시법의 맥락이면서도 좀 더 구체적 정

9 「백운화상초록불교직지심체요절」 상, 『한국불교전서』 6, 동국대학교 출판부, 1990, 604~636쪽. "師示衆云 心月孤圓 光呑萬相 光非照境 境亦非存 光境俱忘 復是何物 洞山云 光境未亡 復是何物." 이하 원전은 같은 자료의 것으로 '「직지」 상·하, 앞의 책'으로 표기함.

황을 보여준다. 다음 (2)에서는 주인공인 보적선사가 인용 자료의 앞부분에서 두 차례에 걸쳐 깨달았지만 오도송은 보이지 않고 대중에게 시법게를 먼저 보였다. 동산이라는 또 다른 인물이 등장하여 보적선사가 주장한 내용을 정면으로 뒤집는 게송을 읊고 있다. 즉 현장의 대중에게 법을 보이고 이어서 법 거량이라는 구체적이고 생동하는 과정에 시법의 게송이 제시되고 있다. 자기의 견해를 대중이나 상대방에게 직접 보이며 확인하는 구체적 과정에 시법시가 제시되는 것이 (1)의 경우와 다르다.

인도의 경우에는 구체적 문맥 없이 단순히 법을 드러내는 방식의 문맥에서 시법의 선시가 제시되었다면 중국의 경우에는 반산보적은 물론 여기서 다루지 않은 영가현각은 법거량의 문맥, 약산유엄과 장로화상은 문답과 같은 구체적 상황에서 시법시를 제시하고 있다.

다음은 전법의 맥락이다. 이 경우에는 인도에 주로 나타나고 중국의 경우에는 나타나지 않는다.

> (3) 제3조 상나화수가 우바국다를 얻어서 시자로 삼았는데 …중략… 이에 말하기를 옛날 여래가 위없는 법장으로 가섭에게 부촉하고 대대로 서로 주어서 나에게 이르렀다. 내가 지금 너에게 부촉하니 끊어지지 않게 하라. 내 게송을 들으라. 말하기를 "법도 아니고 또한 마음도 아니며/ 마음도 없고 또한 법도 없네.// 이 마음과 법을 말할 때에/ 이 법은 마음과 법이 아니네."[10]

10 "第三商那和脩 得優波菊多 以爲給侍…中略…乃告日昔如來 以無上法藏 咐囑迦葉 轉轉相授 而至於我 我今付汝 勿令斷絕 聽吾偈日 非法亦非心 無心亦無法 說是心法時是法非心法."「직지」상, 앞의 책.

(3)은 제3조 상나화수가 그의 제자 우바국다에게 법을 전하는 맥락 안에 전법의 게송이 나타나 있다. 상나화수는 제자에게 법이 자기에게 전해져 올 때까지 과정을 설명하고 지금 전하는 법이 중단되지 않게 하라고 명령하면서 법의 내용이 담긴 게송을 읊어서 전해주고 있다. 인도의 경우 제1조 가섭에서부터 달마에 이르는 법을 이어온 여러 승려의 경우를 하나하나 차례로 제시하고 있는데 석가는 가섭에게 게송을 지어서 법을 전하지 않고 염화시중의 과정에서 직접 법을 전하고 따로 전법게를 지어 주지는 않았다.

인도 28조사 가운데 아난과 마명 존자의 경우만 게송이 없고 나머지 모든 인물은 법을 전하는 게송을 남기는 것으로 기록되어 있다. 전법의 맥락은 표현만 다소 다르고 거의 유사한 양상을 보인다. 일부를 들어보면 제4조 우바국다의 경우 "머리를 깎고 구족계를 주고 법을 부촉하며 게송으로 읊기를[剃度受具 卽付法偈曰]", 제5조 제다가의 경우 "내가 지금 너에게 부촉하노니 너는 마땅히 호념하라. 게송으로 읊기를[我今付汝 汝當護念 偈曰]", 제6조 미차가는 "이에 말하기를 정법안장을 지금 너에게 부촉하노니 하여금 단절되지 않게 하라. 이에 게송을 설하여 읊기를[乃曰正法眼藏 今付於汝 勿令斷絕 乃說偈曰]"이라고 하였다.

이외 여러 조사들의 경우에도 먼저 법을 부촉한다고 발하고 이어서 전법의 내용을 게송으로 읊어서 전달하고 있다. 4~6조의 경우와 유사한데 지금 문맥의 핵심 부분만 보면 제7조 "너는 마땅히 가지고 지켜라[汝當守持]", 제8조는 "지금 너에게 부촉하노니 하여금 단절되지 않게 하라[付於汝 勿令斷絕]", 제9조와 제10조는 "너에게 부촉하노니 너는 이를 호념하라[付於汝汝護念之]", 제11조 "여래의 큰 가르침을 지금 너에게 부촉하노니[如來大法 今付於汝]", 第13조 "다시 용수에게 말하기를 지금 여래의 큰 가르침을 너에게 부촉하노니[復告龍樹曰今以如來大法 付囑於汝]" 등으로 나타난다.

인도의 역대 조사들의 경우 이와 같이 여래의 가르침을 내가 너에게 전달하니 잘 지켜라, 혹은 끊어지지 않게 하라는 등 당부의 말을 한 뒤에 "게송을 말한다[說偈曰], 게송으로 읊기를[偈曰], 나의 게송을 들어라[聽吾偈]"라는 등의 말을 하고 게송을 읊어준다. 달마에 이르기까지 인도의 조사들은 한결같이 법을 전해주는 과정에 게송을 제시하고 있어 전법의 현장이 게송 제시의 구체적 맥락으로 나타난다.

2) 출가(出家)와 수행(修行)의 맥락

여기에는 주로 중국 선승들의 게송이 해당된다. 과거칠불에서 드러난 법을 가섭으로부터 28대 달마대사에 이르기까지 법이 대대로 전승되는 과정에서 시법시와 전법시라는 선시가 나타났다. 일부 중국 인물의 경우에는 좀 더 복잡한 문맥에서 법을 보이는 시법시는 나타났으나 전법시는 나타나지 않았다. 중국 인물의 경우는 대부분 출가와 수행, 오도, 교시 관련 문맥에서 선시가 제시되고 있다. 실제 작품을 들면서 논의를 계속하고자 한다.

> (4) 삼가 들으오니 모든 부처님들께서도 세상에 나오실 때에 다 부모를 의탁해서 생명을 받으시고 만류가 생기는 것도 다 천지의 덮고 실어주는 것을 빌렸습니다. …중략… 이르기를 '이 몸을 금생에 제도하지 않으면 다시 어느 생을 기다려 이 몸을 제도하겠는가?'

라고 했습니다. 엎드려 바라옵기는 마음에 기억하지 마시옵소서. 게송으로 말씀드립니다. …하략…[11]

(5) 참선하고 도를 배우는데 몇 가지가 있는가?
요점은 본인이 선택하는 데에 달려있네.
다만 몸을 잊지도 마음을 죽이지도 말아야 하니
이것이 고치기 어렵고 병이 가장 깊은 것일세.
다만 앉아서 연원을 탐구해야 하니
이 도는 고금과 천하에 전해 오는 것이네.
叅禪學道幾般㨾　要在當人能擇上
莫只忘形與死心　此个難醫病最深
直須坐究探淵源　此道古今天下傳[12]

(4)는 동산양개 선사가 출가할 때 부모 곁은 떠나며 쓴 사친(辭親)의 편지글이다. 여기서 편지의 주인공은 먼저 산문으로 사연을 말하고 나서 그 의지와 심정을 게송으로 읊고 있다. 부모가 낳아주고 길러준 은혜가 있지만 자신의 몸을 금생에 제도해야 한다는 불교적 요구에 따라 출가할 수밖에 없으며 마지막에 더 이상 기억하지 말라는 매정한 부탁을 드리면서 출가의 게송을 읊고 있다. 「직지」에 나타난 것으로는 출가와 관련한 게송이 같은 인물에 의해 두 번 지어지는데 이미 출가한 지 여러 해가 지난 뒤에 다시 편지글과 게송을 보낸 것까지 실려 있다. 두 번째 편지 일부를 보면 “대개 사람이 세상에 살면

---

11 “伏聞諸佛出世 皆托父母而受生 萬類興生 盡假天地之覆載…中略…云此身不向今生度 更待何生度此身 伏冀尊懷 莫相記憶 頌曰…下略…”〈洞山良价和尙辭親書〉, 「직지」 하.

12 〈鵝湖大義和尙坐禪銘〉, 「직지」 하.

몸을 닦고 효를 실천하여 천심에 부합하고 승려는 공문에서 도를 사모하고 참선을 하여 자애로운 덕에 보답을 합니다. …중략… 팔 행으로 된 종이 한 장에 제 마음을 씁니다. 게송으로 읊기를…"[13]이라고 하고 있다. 세상에서는 몸을 닦아 효를 하지만 승려는 공문에서 참선을 하여 부모의 덕에 보답한다고 하여 효를 불교 방식으로 실천한다는 점을 강조하고 있다. 그런데 여기에 어머니의 회신이 역시 나란히 실려 있다. 처음에는 완강히 반대하던 어머니가 이런 회신을 통하여 출가한 아들의 의지를 북돋우어준다. "내가 너와 더불어 일찍이 인연이 있어 모자 관계가 되어 아끼고 정을 주었더니 …중략… 다만 목련존자와 같이 나를 제도하여 빠져있는 데서 해탈하게 하고 위로 불과에 오르게 해주기를 너에게 바란다."[14]라고 하여 결국 출가한 아들의 손을 들어 주며 당부의 말까지 하고 있다. 출가와 관련된 자료는 세 건밖에 보이지 않지만 이별의 상황에서 제시된 게송의 분량이나 의미로 봐서 매우 절실한 내용으로 구성되어 선시 제시의 중요한 맥락의 한 예를 보여준다.

(5)는 수행과 관련된 선시이다. 좌선명은 실제 참선을 어떻게 해야 하는지를 여러 가지 측면에서 자세하게 설명하고 있다. 인용문에서 참선해서 도를 배우는데 방안을 당사자 스스로가 찾아서 실천해야 한다면서 참선하기 전에 가장 먼저 가져야 할 마음의 상태가 어떠해야 하는가를 말하고 있다. 몸과 마음을 잊거나 죽여서는 안 되며

---

13 "夫人居世上 修己行孝 以合天心 僧在空門 慕道參禪 而報慈德…中略…一紙八行 聊書寸懷 頌曰…"〈後書〉, 「직지」 하.

14 "吾與汝 夙有因緣 始結子母 取愛情注…中略…但望汝如目連尊者 度我解脫沈淪 上登佛果."〈娘廻書〉, 「직지」 하.

바로 근원을 탐구해야 한다고 했다. 명(銘)이라는 문학 갈래 자체가 '써 놓고 마음에 새긴다'는 의미를 가지는데 좌선명 역시 좌선 수행에 필요한 것을 써 놓고 마음에 새기고 실천한다는 의미를 가져서 수행에 관련된 문맥에서 이 작품이 제시되고 있다는 것을 보여 준다.

수행 관련 시는 참선 수행에만 그치지 않고 경전을 보는 간경(看經) 수행의 맥락에서도 창작되었다. "지금 사람이 옛 가르침을 보면/ 마음 속 시끄러움을 면하지 못하네.// 마음 속 시끄러움 면하고자 하면/ 다만 옛 가르침만 볼 줄 알아야 하네."[15]라고 하여 여기서는 고교(古教)라는 옛 가르침이 담긴 불경을 보는 간경 수행을 어떻게 해야 하는가에 대한 게송을 지어보이고 있다.

참선 수행을 비롯한 간경, 주력(呪力), 염불(念佛), 사경(寫經) 등 여러 가지 불교 수행 가운데 백운 경한은 선사로서 주로 참선에 주안점을 두고 있는 편집자이지만 간경 수행도 중요한 것으로 다루고 있음을 보여 주고 있다. 그런데 수행 관련 작품은 장형이고 이를 제시할 때에는 이러한 작품이 나타나게 된 전후 문맥이 생략되어 있고 여기서 인용한 작품 자체만 「직지」에 제시되어 있다.[16]

3) 오도(悟道)와 교시(教示)의 맥락

「직지」 하에 오면 출가자로서 겪게 되는 중요한 출가, 수행, 오도,

15 "今人看古教 不免心中鬧 欲免心中鬧 但知看古教."〈大法眼禪師因僧看經頌)〉, 「직지」 하.

16 「직지」의 하권이 출가와 수행에 대한 편집자의 의지를 직접적으로 드러내려는 과정에 여기에 유용한 작품을 임의로 선택해서 제시하는 과정에 나타난 현상으로 보인다.

교시의 과정들이 모두 선시 제시의 맥락으로 나타나 있다. 여기서는 오도와 교시의 맥락을 살핀다.

> (6) 신조본여법사가 법지존자에게 묻기를 "어떤 것이 경전 가운데 가장 으뜸입니까?" …중략… 존자가 본여를 큰 소리로 부르는 한 소리에 홀연히 크게 깨달아서 게송을 지어 말하기를…[17]

> (7) 신라 대령선사가 "어떤 것이 일체 처에 청정한 것입니까?" …중략… 게송으로 이르기를…[18]

> (8) 육조가 대중에게 일러 말하기를 "한 물건이 있으니 위로는 하늘을 떠받치고 아래로는 땅을 받친다. …중략…" 육조가 말하기를 "내가 한 물건이라 해도 오히려 맞지 않은데 어찌 본원, 불성이라고 하겠는가?" 또 게(偈)에서 이르기를 "보리는 본래 나무가 아니오./ 명경은 대가 아니네.// 본래 한 물건도 없는데/ 어느 곳에 먼지가 일어나리요?"[19]

(6)은 오도의 맥락을 보여 주는 예문이다. 신조는 법지라는 인물과 질의와 응답을 하는 선문답 중에 진리를 깨달았다. 상대방이 부르는 큰 소리에 신조가 깨닫고 그 깨달음을 게송으로 읊었다. 어떤 계기에 깨달음을 얻고 이를 게송으로 표현한 것이 오도송(悟道頌)이다.

---

17 "神照本如法師 問法智尊者曰 如何是經王…中略…尊者 大喚本如一聲 忽然大悟 作偈曰…" 〈神照本如法師〉, 「직지」 하.

18 "新羅大嶺禪師 因僧問 如何是一切處清淨…中略…頌云…" 「직지」 하.

19 "六祖 謂衆曰有一物 上拄天下拄地…中略…祖曰 我喚作一物 尙自不中 那堪喚作本源佛性 又偈 云 菩提本非樹 明鏡亦非臺 本來無一物 何處惹塵埃." 「직지」 상.

여기서 본여라는 인물은 자기가 한 질문에 대답을 듣기 위하여 3년 동안 상대방의 창고 일을 봐주었지만 아무 말이 없자 재차 질문하여 답을 요구했는데 그때 법지가 큰 소리로 "본여!"라고 자기 부르는 그 소리에 깨닫는다는 오도의 맥락, 깨달음의 기연을 생생하게 보여 주고 있다. 오도의 문맥을 보이는 영운 선사의 경우를 하나 더 들어 보면 "영운지근 선사는 위산 스님의 회하에서 복숭아꽃을 보고 도를 깨달았다. 게송으로 말하기를…"[20]라고 하여 역시 깨달음을 게송으로 읊고 있다. 여기서는 (6)과 달리 스스로 객관의 특정 대상을 보는 순간 깨달음을 얻은 것으로 오도의 맥락이 조금 다르게 나타난다.

(7)은 제자, 또는 어떤 이의 질문에 대답을 해 주는 교시의 문맥에서 선시가 제시된 사례이다. 여기서 '청정(淸淨)'이란 번뇌에 물든 더러움이 없는 상태를 말하는 데 그것이 어떤 것인가를 묻는 질문에 게송을 통하여 그 뜻을 가르치고 있어 교시의 문맥이 바로 선시 제시의 문맥이 되고 있다. 이러한 교시는 대중이나 제자를 향해서만 이루어지는 것이 아니라 어떤 경우에는 인물 자신의 은사를 향해서도 이루어진다. 고령 선사의 경우가 그러한데 "고령 선사가 행각할 때에 백장 스님을 만나 깨달은 뒤에 복주 대중사 은사 스님께로 돌아갔다. …중략… 앞뒤로 너를 보니 말하는 것이 이상하다. 나를 위하여 일러달라. 영운스님이 자리에 올라가 백장의 가풍을 가지고 말하기를…"[21]이라는 것이 바로 그것이다. 은사 스님 곁을 떠나 백장

---

20 "靈雲志勤禪師 在潙山會下 因見桃花悟道 有偈曰…" 「직지」 하.

21 "古靈禪師 行脚時 遇百丈 開悟後 却廻福州大中寺 受業師…中略…前後見汝 發言異常 爲我說 靈陞座 擧百丈門風曰…" 「직지」 하.

스님에게 가서 깨달은 고령은 은사에게 돌아와 문답 가운데 결국 은사의 요구에 따라 법좌에 올라 스스로 깨달은 법을 교시함으로써 교시의 맥락이 조성됐다.

그런데 (8)에서는 제시 문맥이 구체적이고 복잡하다. 교시의 과정에서도 법을 드러내 보이는 경우가 나타났다. 여기서 육조는 대중에게 설법을 진행하다가 끝에 와서 법을 게송으로 표현하고 있다. 여기 제시한 작품은 본래 육조가 오조 스님을 만나서 자신의 깨달음을 드러낸 오도시(悟道詩)인데 자신의 오도시를 여기서는 대중을 교화하는 교시의 문맥에서 사용하고 있다. 즉 오도의 문맥에서 생성된 작품을 대중 교화의 교시적 맥락에서 다시 사용하고 있다.[22]

요컨대 백운 경한이 「직지」를 편집하면서 보여준 선시 제시의 이러한 문맥을 전반적으로 살펴보면 자료 편집의 의도와 제시된 선시의 성격을 어느 정도 짐작할 수 있다. 과거불에서부터 시작하여 법이 대대로 전해 오다가 이것이 중국에 이르는 과정은 법을 단순히 드러내 보이는 시법과 법을 후계자에게 전달하는 전법의 맥락을 중심으로 보여 주고, 중국에 들어와서는 이러한 법을 계승하는 과정에 필요한 후계자의 등장 과정인 출가와 이어지는 수행, 오도와 교시의 불교 전체의 유통 과정이 선시 제시의 맥락으로 드러난다. 특히 그가 발문에서 "부탁해 말하기를 천생의 석가와 자연의 미륵이 있지 않으니 반드시 정신을 쾌활하게 하여 말 밖을 보아야 옳다"[23]라고 한

22 교시의 문맥에는 교시에 필요하면 시법시, 오도시 등도 원용한다. 여기에서는 교시의 문맥에 깨달은 진리를 담은 오도의 작품을 제시하고 있는 것이다.

23 "囑曰未有天生釋迦 自然彌勒 要須快着精彩 見之言外可也." 〈直旨跋文〉, 「직지」 하.

「직지」 편집의 의도를 구체적으로 실현한 것임을 자료의 내적 선시 제시 맥락에서 확인할 수 있다. 즉, 인도에서 전해져 온 법을 앞으로 제대로 계승하기 위해서는 천생과 자연에 맡기지 말고 반드시 수행하여 깨닫고 이를 다시 교시하는데 필요한 자료를 백운은 모아서 정리하고 있다. 인도 부분에서 법의 전승을, 중국 부분에서 출가, 수행, 오도, 교시라는 순서로의 선시 배치는 발문에서 밝힌 의도를 실제 책에서 구현한 것이라 할 수 있다. 다음은 이런 맥락에서 제시된 선시가 실제 어떠한 표현 원리를 사용하고 있으며 작품에 내용과는 어떤 상관이 있는지를 논의할 차례이다.

3. 선시의 표현 원리

앞장에서는 「직지」에 어떤 선시가 어떤 맥락에서 제시되고 있는지를 살펴보았다. 여기서는 이와 같은 다양한 문맥에서 제시된 다양한 선시들이 보이는 구체적 표현 원리를 논의함으로써 선시의 성격을 밝히고자 한다. 「직지」에는 선시들이 매우 다양한 문맥에서 제시되고 있고 내용 역시 다양함을 보여서 선시가 보여 주는 포괄적이고 일반적 표현 원리를 구명해 내는 데에도 중요한 단서를 얻을 수 있다.

앞 장에서 보인 다양한 제시 맥락이 구체적으로 그때마다 제시된 선시의 표현 원리와 어떤 상관 관계를 보여 주는지를 살펴보고자 한다. 「직지」에 제시된 시에는 여러 가지 표현 원리들이 적용되고 있다. 실제 앞에서 살핀 여섯 가지의 맥락 가운데 대체적으로 많이 제시된 작품은 법을 보이는 시법시, 법을 전하는 전법시, 깨달음을 드러낸 오도시가 중심이다. 이 외에 출가, 수행, 교시의 맥락 가운데 출가와 수행의 맥락은 법을 깨닫기 이전에 초점이 맞춰져 있고, 교시의 맥락에서는 법을 담고 있는 시법시와 전법시, 오도시의 세 가지 유형이 다 사용될 수 있어서 이 셋이 사용되는 맥락은 다르지만 선시 자체의 성격은 유사한 모습을 보인다.

1) 역설(逆說)과 부정(否定)의 원리

역설은 모순 어법이고 부정은 긍정과 상대되는 언표이다. 역설의 원리는 일반적 논리상 모순이 되면서도 또 다른 차원에서의 진리나 이치를 말해주는 초논리의 표현법이다. 부정 어법은 우리말 '무엇이 아니다. 무엇이 없다' 등의 부정표지가 사용된 언어표현 방법이다. 이 두 가지 표현 원리가 가장 빈번하게 사용되고 있는데 이런 표현 원리는 불교가 말하고자 하는 존재 원리를 표현하는 데에 유용하기 때문이다.

(9) 본래 법과 마음 통달하니
법도 없고 법 아닌 것도 없네.
깨달아도 아직 깨닫지 못한 것과 같으니
마음도 없고 또한 법도 없네.
通達本法心　無法無非法
悟了同未悟　無心亦無法[24]

---

24 "我今付汝 汝當護念 偈曰." 「직지」 상.

(10) 참됨도 구하지 않고 거짓도 끊지 않고
두 가지 법 비어서 형상이 없다는 것 통달해 알았네.
형상도 없고 빔도 없으며 비지 아니함도 없으니
곧 이것이 여래의 진실한 모습일세.
不求眞不斷妄　了知二法空無相
無相無空無不空　卽是如來眞實相[25]

(9)를 보면 제1행의 법과 마음을 통달하고 나서 발견한 내용이 나머지 3개의 행에 걸쳐 나타나 있다. 가장 먼저 제시된 통달의 내용이 법이 없다는 것, 그러나 법이 아닌 것도 아니라는 사실이고, 다음은 깨달은 것이 깨닫지 못한 것과 같다는 사실, 끝으로 마음도 없고 또한 법도 없다는 것이 그것이다. 역설이나 부정의 원리는 주로 깨달은 내용을 표현하는데 함께 사용되는데 역설은 이 작품 제2,3행에서 나타난다. 2행에서 보면 법이 없다고 하고 법 아닌 것도 없다고 하여 명백히 일반 논리를 깨뜨리고 있다. 법이 없으면 법 아닌 것은 있어야 하는데 여기서는 법인 것도 없고 법 아닌 것도 없다고 하여 일반 논리상 모순을 보이고 이를 통하여 불교에서 발견한 연기라는 또 다른 차원의 존재 원리를 수월하게 표현하여 역설의 원리가 잘 활용되고 있음을 보여 준다. 제3행의 경우에는 대상으로서 법이 아니라 인식 주체의 깨달음이라는 행위를 두고 역시 역설의 원리를 구사하고 있다. 일반 논리상 깨달음은 깨닫지 못함과 상반되는 것이라 같을 수가 없는 것인데 여기서는 깨달음이 아직 깨닫지 못한 것과 같다는 말을 하고 있다. 이것을 제2행의 법과 연관하여 보면 법이 객관 대상의

25 〈又〉, 「직지」 상.

차원에서 연기의 법칙을 드러낸 것이라면 제3행의 깨달음의 문제는 시적 자아의 주관적 차원에서 연기의 법칙을 드러낸 것이라고 할 수 있다. 그러면 깨달음이 어째서 깨닫지 못함과 같은가? 연기의 법칙은 기본적으로 공의 다른 이름인데 실체가 없어서 비었다는 의미이다. 그래서 깨닫고 나서 깨달은 자가 남아 있으면 연기, 공의 법칙에 벗어난다. 실제 깨닫고 나면 깨달은 주체가 사라지기 때문에 본래 실체가 없는 상태와 같은 것이 된다는 논리적 설명이 가능하다. 요컨대 법을 전하는 전법게에서는 깨달은 자와 깨달은 법을 가지고 연기의 법칙을 드러내면서 이와 같이 역설의 원리가 사용됐다.

그리고 대립 항을 마주 세워 등치시킬 때, 예를 들어 '법이 없다, 법 아닌 것이 없다. 깨닫지 못했다. 마음이 없다'는 등의 경우와 같이 부정의 표현 원리가 사용된다. '깨달은 것이 깨닫지 못한 것이다/ 법도 없고 법 아닌 것도 없다'는 등과 같이 어떤 대상의 부정을 통하여 그것이 부정 이전 것과 하나라는 역설의 논리를 펴기 위해서 이런 부정 어법을 구사한다는 것을 알 수 있다. 부정 어법의 원리가 역설의 논리와 쉽게 결합되는 성향이 바로 이런데서 마련된다고 할 수 있다. 인도 과거불의 시법게와 28조사들의 전법게가 법을 중요한 내용으로 다루면서 이러한 유사한 성향을 띤 것은 우연이 아니라 논리상 필연일 수 있는 이유가 바로 여기에 있다고 할 수 있다.[26]

---

26 가섭의 송(「직지」 상, 앞의 책)에도 보면 "일체 법은 본래 법이니/법도 없고 법 아닌 것도 없네[法法本來法 無法無非法]"라고 하여 모순 어법을 구사하여 역설의 표현 방법이 사용되고 있고, '없다, 아니다'라는 부정어가 병용되어 부정 어법과 설의법이 쉽게 결합하는 양상을 역시 잘 보여 주고 있다. 이 외에도 역설과 부정 어법이 동시에 사용된 사례는 "합하는 것도 아니며 또한 떨어지는 것도 아니다[非合亦非離], 참된 것도 아니고 또한 거짓도 아니다[非眞亦非僞], 가는 것도 없고 또한 그치는 것도 없

중국 인물에게서는 시법의 사례가 드물기는 하지만 같은 성격의 작품인 경우 유사한 표현 원리가 역시 사용된다는 것을 다시 확인할 수 있다. (10)에서 보면 표현이 다소 다르지만 기본 원리는 같다는 것을 알 수 있다. 역설의 표현 원리는 제3행에 나타난다. "형상이 없고 빈 것도 없고 비지 않은 것도 없다"라고 하고 있기 때문이다. 형상이 없으면 비었다는 말인데 바로 빈 것이 없다고 하고, 또 빈 것이 없으면 형상이나 무엇인가가 있어야 하는데 다시 비지 아니함이 없다고 하여 비었음을 매우 강조하여 이중의 모순을 드러내고 있다. 한 문장 안에서 역설이 중층적으로 구사되고 있는 것이다. 이것은 있다거나 없다거나 어느 한 편으로 표현할 수 없는 불교의 존재 원리를 선적으로 드러내는 과정에서 나타난 초월적 논리라고 할 수 있다. 여기서도 부정의 원리는 존재 원리를 표현하는 제3행은 물론 시적 자아의 인식 과정에까지 작용하고 있다. 1~3행에서 "추구하지 않고, 끊지 않고, 형상이 없고, 빈 것이 없고, 비지 않는 것이 없고" 등에서 존재의 부정을 나타내는 '무(無)', 단순히 부정을 나타내는 '불(不)' 등과 같은 부정 표지들이 맥락마다 적절히 구사되어 역시 부정의 표현 원리가 연기라는 새로운 차원의 진리를 표현하는데 역설의 원리와 함께 결정적 기능을 수행하고 있음을 알 수 있다.

지금 살핀 이러한 두 가지 원리는 여기서 들지 않는 다른 시법과 전법의 게송에서도 같은 이유에서 빈번하게 사용된다. 불교의 진리

다[無行亦無止], 어리석음도 없고 또한 지혜로움도 없다[非愚亦非智]"라고 하며 "법에는 유무의 모양이 아니다[法非有無相]"라고 바로 설의와 부정의 표현 원리를 드러내기도 한다. 법을 표현하는 보편적 표현 원리가 설의와 부정 융합적 어법임을 다시 확인할 수 있다.

를 나타내는 작품으로 오도시가 있는데 여기서도 그와 유사한 방식으로 이 두 가지 표현 원리가 적용되고 있다는 것을 확인할 수 있다. 예를 하나 들어보면 동산양개 선사가 개울을 건너다가 자기 그림자를 보고 깨닫고 읊은 오도송에 "그는 지금 내가 아니지만 나는 지금 정히 그이네"[27]라는 구절이 보인다. 여기서 '그[渠]'는 시적 자아의 그림자이거나 다른 무엇일 수 있다. 언어 논리상 그가 내가 아니면 나도 그가 아니라고 해야 맞는 것인데 여기서는 '그는 지금 내가 아니지만 나는 지금 정히 그'라고 하여 결국 '이다'와 '아니다'라는 것을 동일하게 간주하는 역설의 표현 원리를 보여 주고 있다. 오도송의 경우는 깨달음을 구체적 대상으로 치환함으로써 역설의 표현법이 쓰이지 않는 경우도 있지만 깨달음의 내용 자체를 직설적으로 드러낼 때는 이와 같이 부정과 역설의 원리가 빈번하게 사용된다.[28]

2) 대비(對比)와 비유(比喩)의 원리

여기서는 구성이 같은 문장으로 내용상 상대되는 것을 대응 시켜서 표현의 입체적 효과를 만들어 내는 경우를 대비의 원리로 보고자 한다. 그리고 다양한 보조 관념을 가지고 원관념을 표현하는 것을 비유의 원리로 규정하고 대상 작품을 살피고자 한다. 물리적 빈도수로 보아 작품 유형에 상관없이 다양한 표현 원리가 복잡하게 사용되

27 "渠今不是我 我今正是渠." 「직지」 하.

28 법을 중심으로 다루는 시법, 전법, 오도시라는 세 가지 유형의 선시는 물론 수행과 교시의 작품 안에서도 진리를 보이는 부분에서 역설과 설의의 표현 방법을 주로 사용되고 있다는 것을 짐작하게 해 준다.

지만 특정 유형의 작품이 표현하고자 하는 핵심 내용을 표현할 때 어떤 표현 원리가 가장 유용하게 사용되는지를 기준으로 작품의 표현 원리를 논의할 필요가 있다. 작품을 이루는 외부 구조와 내면 구조의 유기적 상관성이라는 질서가 중요하기 때문이다.

(11) 마음의 근원 통달하지 못하고 여러 봄을 지내고
뜬 세상에 부질없이 머뭇거리는 것 한탄스럽네.
몇 사람은 공문에서 도를 얻었는데
나만 홀로 티끌 세상에 묻혀 머물러 있네.
未了心源度數春　翻嗟浮世謾逡巡
幾人得道空門裏　獨我淹留在世塵[29]

(12) 하루 아침에 고기와 용이 와서 흔들어 움직이니
파도 뒤집고 용솟음치는 것 참으로 엄중하네.
만약 고요히 앉아 공(功)을 쓰지 않으면
어느 해에 급제하여 마음 빈 것을 깨닫겠는가?
一朝魚龍來攪動　波翻浪湧眞堪重
比如靜坐不用功　何年及第悟心空[30]

(11)은 동산양개 선사가 출가하며 부모에게 올린 편지 가운데 나오는 게송이다. 여기서 제3, 4행은 시적 대상 인물과 시적 자아의 대비를 보여 주고 있다. 몇 사람의 시적 대상 인물은 공문 즉 출가의 세계에서 도를 얻었는데 시적 자아 자신은 티끌 세상에 매몰되어 남아

29 〈洞山良价和尙辭親書〉, 「직지」 하.
30 〈鵝湖大義和尙坐禪銘〉, 「직지」 하.

있다고 하여 선명한 대비를 보여 주고 있다. 몇 사람과 나 혼자, 공문과 티끌세상, 도를 얻는 것과 묻혀 머무는 것 등 구체적 항목이 모두 대비를 이룬다. 제1, 2행에서 이미 이 세상을 부세(浮世)라고 보고 거기에 머무는 것을 탄식하는 것으로 보아 이러한 대비는 진세(塵世)를 버리고 공문(空門)을 향하는 시적 자아의 태도를 분명하게 드러내는 배경 역할을 하고 있다고 할 수 있다. 출가의 사례로는 동산양개 선사가 유일한데 그는 이미 출가한 뒤에 보낸 또 다른 사친(辭親)의 편지에서 내용은 다르지만 대비의 표현법을 다시 보여 준다. "번뇌가 다할 때 근심의 불 꺼지고 은혜의 마음 끊어진 곳에 애탐의 강이 마르네."[31]라고 읊고 있다. 번뇌와 은정, 근심의 불과 애탐의 강이라는 대비가 드러난다. 세속의 기준에서 번뇌와 근심은 나쁜 것이고 은정과 애탐은 좋은 것일 수 있는데 이 양자를 여기서는 대비하고, 또 이 둘 다 사라지고 마른다고 서술하여 양자가 공히 없어진다는 의미로 행을 끝맺고 있다. 출가를 앞두고 세출세간의 대비, 출가해서는 긍부정의 대비를 통하여 전자에서는 출가 하나를 선택했다면 후자에서는 양자를 모두 극복하는 모습을 보이고 있다. 그래서 이런 대비의 방법은 수행이나 교시를 내용으로 하는 시의 표현 원리로도 사용될 가능성이 높다. 양자 모두 그릇된 길과 옳은 길을 대비하고 어느 하나의 항을 향하여 나가게 한다는 점에서 그러하다. "입으로는 천 권의 경전을 외우면서 체득 상에서 경을 물으면 알지 못하네."[32]라고 하여 역시 수행 상에서 문제가 되는 두 경우를 대비하고 있다. 입으

31 "煩惱盡時愁火滅 恩情斷處愛河枯." 〈후서〉, 「직지」 하.

32 "口內誦經千卷 體上問經不識." 〈梁寶誌和尙大乘讚頌十首〉, 「직지」 하.

로만 지식을 쌓지 실제 깨달아 알지 못하는 문제를 이런 대비를 통하여 선명하게 지적하여 교시하고 있다.

(12)에서처럼 「직지」에 실린 선시는 작자가 원하는 내용을 실감나고 효과적으로 전달하기 위하여 다양한 비유의 표현 원리를 구사한다. 이 작품 제1,2행에서는 어지럽게 움직이는 마음을 어룡이 와서 파도를 일으키는 것에 견주고 도를 성취하는 것을 과거에 급제하는 데에 각각 견주었다. 거기에 이런 구체적 대상에 비유함으로써 참선 수행해야 할 필요성을 절실하고 구체적으로 드러내고 있다. 특히 수행에서 참선을 할 때 집중해야 하는 것을 고양이가 쥐를 잡듯이, 소뿔 속의 쥐가 물러나지 않듯이, 알을 품는 닭이 정성을 다하듯 해야 한다는 것은 이미 선문의 오랜 관습적 비유가 되어 버렸는데 여기서는 이와 다른 새로운 비유를 사용하고 있다. 불교 대승의 가르침을 칭찬하는 작품에서 "미혹함을 고쳐 깨달음에 나아가 이익을 구하는 것은 어찌 장사를 하는 상인의 무리와 다르겠는가?"[33]라고 하여 잘못된 수행을 장사꾼에 견주는 특이한 비유 사례도 있다. 수행 과정에서 잘된 것, 못된 것을 이와 같이 비유를 통해 더 명료하게 드러내는 경우가 나타나기도 한다.[34]

33 "改迷取覺求利 何異販賣商徒." 〈梁寶誌和尙大乘讚頌十首〉, 「직지」 하.

34 '불이(不二)'의 진리를 말하는 작품에서도 수행을 말하는 부분에서는 비유를 사용하는 예가 나타난다. 한 가지를 들어 보면 "성문이 시끄러운 것을 싫어하고 고요한 것을 구하는 것은 마치 떡가루를 버리고 떡을 찾는 것과 같네. 떡이 온 곳은 떡가루이니 조작함에 사람 따라 백가지로 변하네[聲聞猒喧求靜 猶如弃麪求餠 餠卽從來是麪 造作隨人百變, '靜亂不二' 「직지」 하, 앞의 책]"라고 했는데 시끄러움을 떠나 고요함만 추구하는 성문의 잘못된 수행을 떡과 떡가루에 비유하여 양자가 하나라서 분리될 수 없다는 것을 실감나게 표현하고 있다.

3) 명령(命令)과 설의(設疑)의 원리

전법시나 시법시를 남긴 인물 중에서도 가르침을 내릴 때에는 매우 단정적으로 시적 대상 인물을 향하여 무엇을 어떻게 하라는 명령을 내리거나 의문의 형식을 빌려 강조하는 설의의 표현법을 구사한다. 이런 사례는 전법을 중시한 달마는 물론 법의 존재 원리를 드러내는 같은 작품 안에서도 교시를 내리는 부분에서는 이런 표현 원리가 상용되고 있다.

(13) 밖으로 모든 인연을 쉬고
안으로 마음의 헐떡거림 없게 하라
마음이 장벽과 같아야
도에 들어갈 수 있네.
外息諸緣　內心無喘
心如墻壁　可以入道[35]

(14) 이번 생에 쉬지 않으면 쉬기를 어느 때에 하리
쉬는 것 금생에 달려 있음 함께 알아야 하네.
마음 쉬는 것 다만 거짓 생각 없어야 하니
거짓 생각 제거되고 마음 쉬어지는 것이 쉴 때일세.
此生不息息何時　息在今生共要知
心息只緣無妄想　妄除心息是休時[36]

---

35 "達磨曰汝但…"「직지」상.

36 "頭曰師子兒善能哮吼師頌云."「직지」하.

(15) 무위 대도를 알지 못하고
어느 때에 깊고 현묘한 이치 증득할 수 있을까?
부처와 중생은 한 종류이고
중생이 곧 세존인 것을
不識無爲大道　何時得證幽玄
佛與衆生一種　衆生卽是世尊[37]

(13)은 달마대사가 혜가스님에게 수행 방법을 교시한 작품이다. 제1,2행에서 마음을 어떻게 가질 것인가에 대하여 가르치고 있다. 외면으로는 모든 인연을 쉴 것, 안으로 마음을 안정시킬 것을 명령하고 있다. 그래서 마침내 마음이 담벼락 같이 되면 도에 들어갈 수 있다고 가르치고 있다. 이것은 달마가 전법을 하는 작품에서 "하나의 꽃에 다섯 잎이 피니 결과는 저절로 이루어지리."[38]라는 비유적 표현방법을 사용한 것과는 다르다. 같은 인물이면서도 작품을 제시하는 맥락에 따라 그 작품에 사용하는 표현 원리가 다르다는 것을 보여 준다.

(14)에서도 교시를 내리고 있다. 제1행에서 시적 자아는 시적 대상 인물들에게 쉬는 것에 대하여 말하고 있다. 그런데 문장이 의문형이다. "이번 생에 쉬지 않고 언제 쉴까요?"라고 물어보는 단순한 의문문이 아니다. "이번 생에 쉬지 않고 어느 때에 쉴 것인가?"라는 말이 되어서 의문을 통한 강한 명령의 어조를 보인다. 이어지는 다음 행의 내용을 보면 이런 기조가 더 분명히 드러난다. 제2행에서 금생에

37 "理事不二, 誌公和尙十四科頌." 「직지」 하.
38 "一花開五葉 結果自然成." 〈聽吾偈曰〉, 「직지」 상.

쉬어야 한다는 것을 모두 알아야 한다고 강조하기 때문이다. 제3,4행에서는 실제 쉬는 방법과 쉰다는 것의 의미를 읊고 있다. 거짓된 생각이 다하면 진정으로 쉬는 것이라는 점을 말하고 있다. 의문문의 형식을 빌려 질문이 아니라 이번 생에 쉬어야만 한다는 주장을 매우 강하게 내세우는 설의의 표현 방식이 교시에 사용되고 있다는 것을 보여 준다.

(15)에서도 (14)의 경우와 같은 표현 원리를 사용하고 있다. 그런데 인용 부분을 포함하고 있는 전체 작품은 실제 수행을 교시하려는 작품이 아니라 현상과 본질을 하나로 보는 선의 존재 원리를 나타내는 작품이다. 이 작품에서는 궁극적 존재 원리의 제시와 함께 어떻게 거기에 도달할 수 있는가라는 그 방법을 함께 교시하고 있는데 위에 인용한 부분에서는 거기에 도달하는 방법을 교시하고 있다. 제1,2행을 보면 대도를 알지 못하면 어느 때에 깊고 현묘한 이치를 증득하겠는가?라고 하여 어느 때를 실제 물어본 것이 아니라 대도를 모르면 절대로 증득할 수 없다는 말을 하고 있다. 그리고 제3,4행에서는 이 작품이 본래 의도한 진리의 본래 모습을 역설의 표현 원리를 통하여 표현하고 있다. 역설로 드러낸 진리의 상태에 도달하기 위해서는 어떻게 해야 하는가를 교시할 때에는 설의의 표현방법으로 시적 대상 인물에게 행동할 방법을 강하게 요구하고 있다.

이상에서 보듯이 전법을 해준 인물에게도 그에 앞서 수행을 교시할 때에는 직설적으로 어떻게 수행할 것인가에 대하여 명령의 방식으로 교시를 내리기도 하고, 때로는 설의의 방법을 통하여 수행실천을 강하게 요구하기도 한다. 그리고 작품 전체 내용이 선적 진리를 드러내는 시법이 중심인 작품에서조차 같은 작품 안에서 제시한 진리에 어떻게 도달할 것인가를 교시할 때에는 역시 설의법과 같은 강조의 표현 원리를 원용하고 있음을 확인 할 수 있다. 따라서 선시에서 교시를 나타낼 때에는 명령이나 설의와 같은 강조의 표현 원리를 주로 사용하고 있음을 여기서 확인할 수 있다.

4. 선시의 제시 맥락과 표현 원리

백운 경한의 「직지」에 대한 지금까지의 논의는 편저자 인물, 서지적인 것, 사상, 자료의 생성과정, 인용 자료의 출처 등 그 내용 이해를 위한 주변적 논의가 주를 이루었다. 이에 「직지」에 실린 작품 자체에 대한 논의가 미흡하다고 보아 여기서는 이 자료에 실린 선시를 중심으로 논의를 진행하였다. 우선 선시가 제시되는 맥락을 전체적으로 논의하고 이러한 맥락에서 제시된 선시를 몇 가지 표현 원리의 기준에서 분석하였다.

우선 선시의 제시 맥락은 대략 세 묶음의 여섯 가지로 나타났다. 먼저 법을 내보이고 법을 전하는 시법과 전법의 맥락에서 선시가 제시되었다. 인도 과거칠불의 경우 시법의 맥락, 가섭으로부터 달마에 이르는 28조사의 경우는 전법의 맥락에서 각각 선시가 제시되었다. 그리고 일부 중국의 경우에도 시법의 맥락이 발견되었다. 이 두 경우는 「직지」의 상권에 실려 있다. 다음은 출가와 수행, 오도와 교시의 맥락에서 역시 선시가 제시되었다. 이 네 가지 맥락은 모두 중국과 한국의 인물에게 나타났다. 출가하면서 부모에게 드리는 편지 속에 게송을 제시하고, 수행의 경우에는 수행 방법을 주로 알리는 경우, 진리를 보이는 작품 안에서 수행 방법을 알리는 등의 예가 있다. 그리고 수행이나 스승의 가르침이나 문답 과정을 통하여 깨달음을 얻고 그 내용을 시로 읊은 오도의 정황이 역시 중요한 선시 제시의 맥락으로 나타났다. 스승과의 문답 과정이나 스스로 어떤 계기에 깨달음을 이루고 오도송을 남긴다. 교시는 깨닫지 못한 남을 가르치는 행위인데 출가, 수행, 오도의 과정을 거치고 드디어 중생을 교화하는 과정에 필요한 선시를 제시한다. 출가, 수행, 오도, 교화라는 네 가지 선시 제시의 맥락은 주로 중국 인물들의 자료에 나타나고 「직지」 하권에 실려 있다. 이 여섯 가지 맥락을 종합해 보면 인도에서 시법과 전법을 통하여 내려온 법을 중국에서 이를 이어서 다시 구현하기 위해서는 출가, 수행, 오도, 교시의 과정을 철저히 거쳐야 한다는 은연중 교시적 의미를 드러낸다. 이것은 「직지」가 전체적으로는 교시를 위하여 마련된 것이라는 것을 말해 주는 것이다. 인도에서 유구하게 이어져 온 법을 어떻게 계승, 발전시킬 것인가의 방안을 「직지」 하권에서 네 가지의 구체적 과정을 통하여 제시하고 있기 때문이다.

작품 제시의 맥락이 다르면 거기 따라 제시된 선시의 성격도 다르게 나타났고 그런 성격은 곧 표현 원리에 의하여 좌우되었다. 역설과 부정의 표현 원리가 우세한 선시는 주로 시법과 전법, 오도의 문맥에서 제시된 작품이었고, 대비와 비유의 표현 원리가 우세한 선시는 출가와 수행의 맥락에서 제시된 작품이었고, 명령과 설의의 표현 원리가 우세한 선시는 교시의 맥락에서 제시된 작품으로 나타났다. 시법과 전법, 오도의 문맥에서 나타난 선시는 공통점이 법을 드러낸다는 것이다. 역설의 원리는 불교에서 말하는 연기, 즉 공의 진리를 드러낼 때 세속의 일반 논리를 넘어서는 초월적 논리를 보일 때 사용되고 여기에 모순되는 면을 표현할 때 부정 어법을 반드시 함께 사용하고 있었다. 출가와 수행의 문맥에서 나타난 선시는 세간과 출세간, 바른 수행법과 그른 수행법 등 이원적 측면을 드러낼 때 대비의 표현 원리, 이러한 제 양상을 구체적 다른 대상에 견주어 부각시킬 때 비유의 표현 원리가 사용되었다. 그리고 교시의 문맥에서 나타난 선시는 타자인 시적 대상 인물들에게 가르치는 과정에 해야 할 것과 하지 말아야 할 것을 강하게 명령하거나 의문의 방식을 통하여 더 강하게 강조하는 방식의 표현 방식을 사용하고 있었다.[39] 물론 교시의 필요에 따라 법을 담고 있는 시법시, 전법시, 오도시가 제시되는 경우에는 시 자체의 독자적 성격에 따라 역설과 부정 어법의 표현 원리가 주로 사용된다.

지금까지의 논의를 통하여 백운이 초록한 「직지」 소재 선시의 성격을 제시 문맥과 표현 원리를 통하여 살펴보았다. 이는 그가 불교 존재론이나 인식론, 수행론에 대한 근본적 입장을 이해하는 데에 중요한 지남이 되면서 장차는 이를 바탕으로 그의 창작 선시에 대한 본격적 연구, 그가 보여준 수행과 교화라는 내적, 대사회적 관계 맺기 방식을 해명하는 데에까지 더 나아갈 것을 요구한다고 하겠다.

---

39 그런데 여기서 특이한 것은 법을 드러낼 때 비유의 차원을 넘어선 상징의 표현 원리가 사용되는 작품 사례는 거의 제시되지 않고 있다는 점이다. 선시의 가장 중요한 표현 원리 가운데 하나인 상징적 표현법이 거의 사용되지 않는 것은 그의 어록을 더 검토하여 이유를 확인할 필요가 있어 보인다. 다만 아주 드물게 한 개의 편이 보인다. "두 마리 진흙 소 싸우며 바다에 들어가고는 지금껏 아무 소식이 없네[兩箇泥牛鬪入海 直至如今無消息 「직지」 하, 앞의 책]"라는 상징적 표현법의 사례가 하나가 보일 뿐이다.

제2장

『백운화상어록』의 선시 제시 국면과 선시에 나타난 대상 인식

1. 선시의 제시 국면과 대상 인식 문제

백운 경한은 「직지」 편집자로 잘 알려진 고려 말의 선승으로서 비슷한 시대에 태고 보우나 나옹 혜근과 같은 다른 선사에 비하여 현실 참여보다는 불교 자체에 몰두하는 삶을 살았던 인물이다. 앞장에서는 그가 편집한 「직지」 소재 선시의 제시 맥락과 표현 원리를 논의하였다.[1] 이러한 외연에 대한 논의를 시작으로 이번에는 그가 남긴 『백운화상어록』이라는 핵심 자료에 나타난 시의 제시 국면을 따지고, 이들 시에 나타난 작가의 인식을 논의하고자 한다. 백운에 대한 기존 연구는 인물, 사상, 사승관계, 직지 등에 대한 문학 외적 연구가 주류를 이룬다. 그렇다고 문학적 연구가 전혀 이루지지 않은 것은 아니다. 한국 선시나 고려 불교시를 포괄적으로 연구하면서 한 부분

1 전재강, 「백운경한 초록 「직지」에 실린 선시의 제시 맥락과 표현 원리」, 『선학』 47, 한국선학회, 2017, 73~83쪽 참고.

으로 논의한 경우도 있고[2], 백운의 시 자체를 몇 가지 유형으로 나누어 연구하거나[3] 그의 선사상과 연관하여 시를 연구한 경우도 있다.[4] 한국 선시 또는 고려불교시라는 포괄적 연구에서는 여러 인물의 문학을 논하는 가운데 백운의 문학을 개괄적으로 논의했고 유형별 논의에서는 불교시의 몇 가지 유형을 나누어 논의하고 선사상과 연관해서는 무심선이 어떻게 시에 드러나는지를 논의하였다.

기존의 이러한 백운 문학의 연구는 더 구체적 연구로 나가는데 중요한 디딤돌 역할을 한다. 문학 일반적 연구를 바탕으로 백운 문학의 연구가 어떤 방향으로 심화되어야 하는지를 암시해주기 때문이다.[5] 일련의 연구 방향 가운데 본고에서는 기본적으로 그의 어록 자료에서 자작 혹은 타작의 선시[6]를 어떤 국면에서 제시하고 그 작품으

---

2 이종찬, 『한국의 선시』 〈고려편〉, 이우출판사, 1985; 인권환, 「고려시대 불교시의 연구 – 선가의 시를 중심으로–」, 고려대학교대학원 국어국문학과 박사학위논문, 1982, 1~283쪽.

3 심계웅, 「백운경한 선사의 시세계」, 청주대학교 대학원 한문학과 석사학위논문, 2016, 1~77쪽; 이종군, 「백운선사의 선시 연구」, 『백련불교논집』 7, 백련불교문화재단, 1997, 152~191쪽.

4 변희영·백원기, 「백운경한의 선사상과 '무심진종'의 시학」, 『한국사상과 문화』 83, 한국사상 문화학회, 2016, 29~50쪽.

5 우선 그가 남긴 운문과 산문이라는 문학 전체를 포괄하는 방향으로 연구 범위를 확대할 필요가 있는데 선시의 경우 제시의 국면과 작품을 통해서 보이는 작가 인식의 특성을 논의해야 하고, 선시 자체의 특성을 선과 시직 표현의 상관 관계에 따라 더 구체적으로 논의해야 하고, 그의 문학을 동시대 나옹이나 태고의 그것과 비교 연구하고, 특히 그의 스승인 석옥 청공 선사의 문학과도 대비 논의할 필요가 있다. 그리고 백운의 어록 전체의 체계를 동시대 다른 선사, 유자들의 그것과 비교 연구함으로써 백운 문학의 전모를 더 구체적으로 밝힐 수 있다고 본다.

6 엄밀한 의미에서 경전에 제시된 운문은 게송이고 백운 개인이 창작한 운문은 일반시 또는 선시이다. 게송이라는 용어로는 그의 어록에 제시한 모든 운문을 포괄할 수 없다. 게송이나 일반시도 선적인 특징을 보인다는 점에서 여기서는 게송과 일반

로 무엇을 말하려고 했는지 작가 인식을 구명하고자 한다. 남의 시를 가져오거나 스스로 작품을 창작하여 제시하는 구체적 국면을 살펴보면 제시 국면의 성격과 작품 기능을 정확하게 읽어낼 수 있다. 나아가 이들 선시에서 작가가 불교 이념이나 수행, 현실에 대하여 드러낸 인식이 어떠한가를 구명하면 시가 가진 내면 의식의 특성을 심층적으로 밝혀낼 수 있다. 선시 제시의 국면을 논의하여 시의 맥락적 성격을 찾아낼 수 있고, 선시에 나타난 대상 인식의 논의를 통하여 작품 세계의 특징을 밝힐 수 있기 때문에 이러한 작업은 백운 문학 연구에서 우선시해야 할 중요성을 가진다. 『백운화상어록』에 제시한 선시는 불교 경전이나 다른 인물의 것도 있지만 대부분은 백운 본인의 작품들이다. 따라서 본 연구는 일부 인용시와 함께 그의 시 전체가 창작되고 제시되는 국면, 작품에 나타난 중요한 대상에 대한 작가의 인식을 구명하는 것[7]으로서 장차 그 시 작품을 더 본격적으로 분석하고 이해하는 데에 좌표를 삼고자 한다. 시를 어떤 국면에서 창작하고 제시하여 그 시가 어떤 기능을 수행하는가를 알면 맥락의 차원에서 시의 성격을 이해할 수 있고, 구체적으로 작품에 드러난 핵심 시적 대상에 대한 작가의 인식을 구명하면 작품 자체 내면세계를 더 깊이 이해할 수 있다. 이 논의는 장차 작품의 주변을

시를 포함하는 개념으로 선시라는 용어를 사용하고자 한다.

7 본 논의의 핵심 주제인 선시 제시 국면과 선시에 나타난 대상 인식은 상호 연관이 있으면서도 엄연히 다른 주제이다. 제시 국면은 선시가 창작되거나 인용되는 구체적 현장 환경을 말하는 것이고 대상인식은 그런 국면에서 제시된 선시에 나타난 시적 대상을 작자가 어떻게 인식하는가하는 문제이기 때문이다. 선시의 생성 환경이 어떠하며 선시를 통해 무엇이 어떠하다고 인식하는가를 파악하는 일은 장차 백운 경한의 본격적 선시 논의를 위한 전제적 연구라 할 수 있다.

넘어 작품 자체의 구조의 이해, 나아가 다른 작가의 그것과 통시적 공시적 비교 연구로 나아가는 전초적인 작업이라 할 수 있다.

논의 자료는 그가 남긴 『백운화상어록』을 위주로 하고 필요에 따라 그가 편집한 간접 자료인 「직지」, 태고나 나옹, 석옥 청공과 같은 당시 다른 인물을 논의 과정에 부차적으로 원용하고자 한다.

2. 선시제시 국면의 역동적 현장성

백운이 「직지」에서 보여준 선시 제시의 맥락은 출가하고 수행하며 오도와 교시, 법을 보이고 전하는 여러 국면에서 시를 제시하여 다양하게 나타난다.[8] 구체적이고 다양한 출세간의 환경에서 산출된 이들 작품을 수집하고 편집하여 「직지」라는 하나의 자료로 만든 백운의 의도는 불교의 역사적 전통성을 확립하고 이 권위를 바탕으로 교시라는 하나의 목표를 달성하려는 것으로 설명할 수 있다.[9] 그런

---

8 전재강, 「백운경한 초록 「직지」에 실린 선시의 제시 맥락과 표현 원리」, 『선학』 47, 한국선학회, 2017 참고. 이런 특징은 출가자의 다양한 과제와 연관된 것으로서 「직지」는 그런 환경에서 창작된 시를 모두 하나의 자료 안에 통시적으로 수렴하여 정리한 결과이다. 그래서 백운이 편집한 자료인 「직지」는 전형적 통일성 속의 다양성을 작품 제시 맥락으로 가지고 있다.

9 백운 경한은 불교 자체의 가르침이 이어져 온 역사적 전통성에 관심을 기울였다. 불교가 당대 자기에게까지 이어져 온 역대 전등 과정을 명확히 밝힘으로써 고려 말 불교의 흔들리는 위상을 공고히 하면서 불교를 확산하려는 노력을 하였다. 그래서 「직지」에서 다양한 불교의 핵심 과정마다 창작된 시를 역사적으로 제시하고 이를 체계화하여 보여 주고 있다. 이는 불교 정통성 확립을 통한 선불교의 대중화이며 새로 일어나는 성리학에 대응하는 하나의 방법이었다고도 할 수 있다. 따라서 「직지」를 구성하고 있는 작품이 실제 제시되는 다양한 국면을 보여 주는데 이것은 출세간에서 이루어지

데 작품 제시 국면에서 『백운화상어록』은 「직지」와 차이를 보이고 있다. 백운은 일부 경전이나 타인 작품을 제시하기도 하지만 대다수의 자작의 작품을 구체적인 삶의 현장이라는 살아 움직이는 역동적 현장에서 제시하는 특성을 보여 주기 때문이다. 이는 그가 일생 동안 추구한 삶의 구도 여정과 일치하고 선사로서 보여준, 다른 인물과는 변별되는 특징적 증거가 되기도 한다. 제시 국면을 살펴보면 그에게 가장 중요한 과제가 바로 수행이고 대중 교시였기 때문에 수행과 교시가 핵심 국면으로 나타난다. 그 자신이 확인한 불교의 유구한 역사성, 그 흐름 위에서 자신을 자리매김해야 되기 때문에 스스로 철저한 수행을 바탕으로 법통을 가진 스승으로부터 인가를 받아야 했다. 이런 판단에 따라 치열한 수행의 과정을 거치며 이를 생생하게 어록에 남기기에 이른다. 수행과 인가라는 과정을 거치고 나서는 교시에 몰두하게 되는데 그 효과를 높이기 위하여 나름대로 독자적 방법을 사용한다. 그러나 이러한 수행과 오도, 교시는 일상의 기반위에서 이루어졌기 때문에 그는 일상의 삶을 중시하고, 일상생활을 시로 표현하여 생동하는 선시를 산출하는 성과를 거둔다.

1) 수행의 국면

백운은 수행의 모범을 보였는데 의문을 풀기 위하여 별인 스승 석옥 청공, 지공 화상과 질의 응답하는 생생한 수행 과정 중에 시를 제시한다. 석옥에게 질의를 할 때에는 주로 『금강경』, 『열반경』, 『법

는 출가, 수행, 오도, 교시, 전법, 열반이라는 핵심 과정의 전형성을 특징으로 한다.

화경』 등에 나타난 게송을 가지고 질문을 하고 지공 화상에게 질문을 할 때에는 스스로 지은 시로 질의하고 답을 하여 자신의 절실한 수행 과정을 드러낸다.[10] 대표적 작품을 들면서 그 전후 맥락을 살피고자 한다.

(1) 제행이 무상하니
이것은 생멸하는 법이네.
생멸이 사라지니
적멸이 즐거움일세.
諸行無常　是生滅法
生滅滅已　寂滅爲樂[11]

(2) 위없는 법을 나에게 자세히 말씀해 주셨네.
그러나 제자는 근기 미열하고
지혜 모자라 감당할 수 없었네.
진심으로 부끄럽고 진심으로 부끄럽네.
無上法伊　曲說授我
而我弟子　根機微劣
智慧鮮少　不能荷擔
誠心慙愧　誠心慙愧[12]

---

10 백운은 마치 초심자가 처음 가르침을 청하는 것과 같은 겸손한 자세로 끝없이 진리를 구하면서 수행에 진지하게 나서는 자신의 모습을 있는 그대로 드러낸 것은 다른 선사에게서는 보기 어려운 생생한 기록이라 할 수 있다.

11 釋璨 錄 〈至正辛卯五月十七日 師詣湖州 霞霧山天湖庵 呈似石屋和尙語句〉『白雲和尙語錄』卷下.『한국불교전서』6, 동국대학교 출판부, 1990, 656~657쪽. 이한 백운화상 자료는 같은 책임.

12 백운 경한 〈신묘년상지공화상송(辛卯年上指空和尙頌)〉, 앞의 책, 659쪽.

(1)은 『열반경』의 게송인데 이 게송이 실린 전체 자료에 따르면 다른 게송을 통해 비상(非相), 적멸상(寂滅相), 청정(淸淨) 등의 교설을 말하는 과정에 하나의 사례로 제시된 것이다. 작품(1)에서 말하고 있는 무상(無常), 적멸(寂滅)도 같은 맥락에서 제시되고 있다. 그래서 (1)번 작품이 실린 같은 글에서 백운은 이 외에 육조 혜능의 이야기에서부터 다른 대승 경전의 게송을 여럿 인용하고 그 의미에 대하여 석옥에게 일일이 질문하고 있다. 백운은 자신을 학인(學人)이라 겸칭하면서 "어떤 스님이 풍동(風動)과 번동(幡動)에 대한 육조의 대답을 물어온 데 대하여 모든 형상은 자기 마음이라."라고 대답했는데 이것이 맞는지 그렇지 않은지를 질문하고 의심을 결단해 달라고 요청한다. 이에 석옥은 "참마음은 움직이지 않는다."라고 대답한다. (1)번 글 바로 앞에 『금강경』 게송[13], 바로 뒤에 『법화경』 게송 등을 나열하고 "이것은 오직 진심이 나타난 것인데 모두 환상, 꿈, 그림자와 같다고 보는데 이 뜻이 진실한가?"라는 의심을 결택해 달라고 한다. 여기에 대하여 석옥은 상호(相好)에 집착하지 말라고 대답한다. 또 이어서 '조주 무자'에 대하여 유무의 무도 아니고 허무의 무도 아니라면 하나의 살아 있는 무자인가라고 의심을 결단해 달라는 것에 석옥은 침묵한다. 그러자 백운은 스스로 선시를 지어 보이는 것으로 이 글이 마무리된다. 백운은 앞뒤에 선사의 발언을 배치하고 중간에 대승 경전의 게송에 대하여 질문하고 있다. 대승 경전과 선사의 발언을 두

13 백운은 수행 과정에 질문에 사용했던 『금강경』의 게송을 교시에도 적극적으로 활용하고 있다. 〈흥성사입원소설〉에서 공(空)을 설명하면서 "모든 있는 바 형상이 허망하니 만약 모든 형상이 형상 아님을 보면 곧 여래를 볼 것이다[凡所有相 皆是虛妄 若見諸相非相 卽見如來. 앞의 책, 640쪽]"를 예로 들었다.

고 진지하게 의심하고 자신의 견해를 점검하며 치열한 수행의 열정을 보여 주고 있다. 그리고는 마지막에 자신의 견해를 자작의 선시로 드러내고 있다. 따라서 경전에서 인용한 게송은 불교 진리의 핵심을 나타내는 것으로 그 이해의 진실 여부를 확인하는 매개체 기능을 한다고 할 수 있다.

(2)는 백운이 스스로 지은 선시이다. 이 작품은 대화의 과정에 인용된 (1)과는 달리 이 작품만 어록에 실려 있다. 그런데 작품 내용을 따라가면 작품 창작의 국면을 알 수 있다. 작품 안에서 지공 화상 회상에서 공부를 하면서 자신이 처한 입장이나 소견을 드러내어 가르침을 받고자 했던 사정이 잘 나타나 있기 때문이다. (2)번 작품은 1행 4언, 전체 112행에 달하는 장시이다. 전체 내용은 단순한 정서나 깨달음이 아니라 불교의 유구한 역사와 그 흐름 가운데 작가가 지공이라는 대상 인물을 만나 수행해 나가는 벅찬 과정을 서사적으로 그리고 있다. 그중 일부에 해당하는 (2)를 보면 대상 인물 지공은 시적 자아에게 위없는 진리를 자세하게 일러주었는데 정작 시적 자아 자신은 능력이 부족하여 가르침을 다 감당할 수 없었다고 솔직하게 고백한다. 그래서 진심으로 부끄럽다는 말을 두 번이나 반복한다. (2)번 이후의 내용은 작품을 마무리하면서 시중드는 제자가 되어 가르침을 받겠다고 다짐하면서 자비를 내려줄 것을 간절히 바라며 이런 소원을 채워줄 것을 청하고 있다. 지공에게는 이외에도 백운이 직접 창작한 작품을 보이고 점검을 요청하는 경우가 몇 차례 더 보인다. 예를 들어 〈화상송(和尙頌)〉에서는 게송을 올리게 된 전후 사정을 잘 설명해 주고 있다. "갑오년 3월일에 안국사에서 지공 화상께 올립니다. 제자는 분향 백배합니다. 제자가 숙세에 익히고 심은 것이 좋아

서 스승의 출세를 만나 화상의 종파와 격식을 뛰어 넘은 활구 제시함을 만났으니 지극히 감사함을 이길 수 없습니다. 제가 한 두 글귀를 얻어 대화상께 보여드리오니 존좌께서는 보시고 한 번 웃으시기를 엎드려 빕니다."[14]라는 것이 바로 그 설명이다. 그리고는 이어 오언 사행의 선시를 남기고 있다. 또 이어서 두 차례 더 선시를 읊어 올리고 있다. 이는 자기의 견처를 보이고 가르침을 받거나 인정을 받으려는 의도에서였다. 자작의 선시는 수행을 향한 진실한 마음을 표현하고 점검과 인가를 받기 위해 자기 공부의 경지를 들어내는 기능을 주로 하고 있다.

2) 교시의 국면

백운의 수행과정에 드러난 치열함은 교시 국면에서도 이어진다. 「직지」라는 방대한 작업이 이를 단적으로 증명하는 것인데 부처로부터 자기 당대까지 끊어지지 않고 면면히 이어져 온 역대 전등을 일목요연하게 정리함으로써 불교를 온전히 전승하고자 한 노력의 결과가 바로 「직지」이기 때문이다. 백운은 「직지」라는 자료 정리를 통한 교시에 그치지 않고 그 스스로 교시 활동에 적극적으로 참여하는 모습을 보여 주고 있다.[15] 일상의 개인적인 관계에서뿐 아니라 대중을

---

14 "甲午三月日 在安國寺 上指空和尙 弟子焚香百拜 弟子宿熏種勝 値師出世 得覩和尙 超宗越格 全提活句 不勝珍感之至 下得一兩句 呈似大和尙法座下 伏望尊慈 賜覽一咲", 앞의 책, 659쪽.

15 백운의 어록에는 장이 구분된 것만 20여 회 이상 대중 법문과 개인에게 내린 교시 법문이 보이는데 실제는 한 항목 안에 다시 여러 차례의 법문이 이루어지고 있어서 실제 법문의 횟수는 더 많다.

향한 법문 과정에 게송을 제시함으로써 교시의 효과를 높이고 있다.

(3) 한번 침에 아는 것을 잊고
다시는 닦고 다스림을 빌리지 않네.
곳곳에 자취가 없으니
성색 밖의 위의일세!
一擊忘所知　更不假修治
處處無蹤跡　聲色外威儀[16]

(4) 산은 푸르고 물은 파랗고
새는 재잘재잘 지저귀고 꽃은 송이송이 피었네.
다 이 줄 없는 거문고 위의 곡조이니
푸른 눈의 오랑캐 중도 볼 수 없네.
누른 꽃, 푸른 대나무 다른 물건이 아니며
밝은 달, 맑은 바람 티끌이 아니네.
낱낱이 모두 우리 집 물건이라
손 뻗어 잡아 와서 쓰기에 친하네.
山靑靑水綠綠　　鳥喃喃花簇簇
盡是無絃琴上曲　碧眼胡僧看不足
黃花翠竹非他物　明月淸風不是塵
頭頭盡是吾家物　信手拈來用得親[17]

(3)은 백운이 상당 법문을 하다가 필요에 의하여 인용하여 보여준 향엄의 선시다. 말하기 방식으로 설명을 하다가 남의 선시를 인용했

16 〈상당운(上堂云)〉, 앞의 책, 643쪽.
17 〈거장운 인착의전환불시(擧杖云 認着依前還不是)〉, 앞의 책, 661쪽.

다. 설명을 앞세우고 법문의 끝 부분에 이를 배치하여 법문의 결론이 되게 하였다. 일방적 말하기 방식으로 말한 이 앞부분의 내용은 삼계의 법이 모두 마음이기 때문에 마음을 떠나서 얻을 것이 없다고 하고 …중략… 향엄이 깨달아 들어간 것을 보면 찰나간에 부처를 이루고 한 번 깨달으면 영원히 깨달아 다시 깨닫지 않는다[18]고 말하고 나서 작품(3)을 제시하고 있다. 지금까지 자기가 설명한 내용을 집약해 보이기 위해 향엄의 선시를 제시한 것이다. 단번에 다 잊어서 다시는 닦고 다스릴 것이 없다는 것이 핵심 내용이다. 진리는 자취가 없고 성색을 넘어선 위의를 보인다고 했는데 여기서 수행과 깨달음, 존재 원리가 어떠한가를 가르치고 있다. 자신의 견해를 논리적으로 펼치고 결정적 선시를 끝으로 제시하여 이 작품은 선적 교시를 집약하여 그 효과를 높이는 기능을 하고 있다.

(4)는 백운 자신이 지은 선시다. 이 작품은 일방적 말하기 식의 법문 과정에 부분적으로 인용해 보인 것이 아니고 이 작품 한 수가 설법의 전체로 되어 있다. 제목에 해당하는 글을 보면 〈거장운(擧杖云)…〉이라고 하여 "주장자를 들고 이르기를…"이라 한 데서 이 작품이 주장자를 들고 법문하면서 나온 것임을 알 수 있다. 이 법문에서는 산문적 설명이 아니라 선시를 읊어줌으로써 산문적 말하기에서 시적 말하기 방식으로 구체적 설법 방법을 바꾸고 있다. 이 작품에서는 먼저 산과 물이 푸르고 새가 지저귀고 꽃이 피는 자연스런 현상을 먼저 제시한다. 그리고 이것이 줄 없는 거문고의 곡조인데 푸른

---

18 "三界上下法 我說唯是心 離於諸心法 更無有可得…中略…比看天台韶國師香嚴靈雲等得入處 刹那凡聖 一念成佛 一悟永悟 更不復悟" 〈상당운(上堂云)〉, 앞의 책, 643쪽.

눈의 오랑캐 승려도 볼 수 없다고 했다. 다시 말을 바꾸어 누른 국화와 푸른 대 나무가 다른 물건이 아니며 달과 바람이 티끌이 아니라고 하면서 일체가 다 내 집 물건이며 손을 뻗어 잡아 쓰기가 친하다고 하였다. 작품(4)의 전체를 보면 표현을 바꾸어 가면서 불교적 진리를 드러내고 있는데 인용 부분에서는 자연 현상을 가져와서 이를 가르치고 있다. 백운이 자작하여 가르침에 사용한 작품 수는 적지만 장형으로 나타나는데 이 작품도 길이가 88행에 이르는 장시이다. 남의 시는 비교적 짤막하고 자작시의 경우엔 길이가 길다는 특징을 보인다.[19] 백운은 치열한 수행을 바탕으로 스스로 깨달아 얻은 바를 남에 전하기 위하여 핵심을 선시로 제시하거나 정서적으로 공감하게 하는 선시를 사용하여 교시 행위가 매우 역동적으로 이루어지게 했다. 이 작품은 법문이 운문으로 일관되어 정서적 공감을 통하여 자연스럽게 교화에 젖어들게 하는 기능을 한다고 할 수 있다.

3) 일상의 국면

여기서 일상이라고 하면 출가자로서 경험하는 다양한 구체적 생활을 말한다. 출가자에게 가장 중요한 일은 수행과 깨달음, 교시라고 할 수 있는데 여기서는 이런 본업으로서의 과업 외에 출세간의

---

19 교시는 여기에 그치지 않고 선사들의 중요한 선 어구를 게송 형식으로 가르쳐주는 특이한 방식을 사용하기도 한다. 다른 선사의 선 어구를 다시 게송으로 풀이하면서 개념적으로 설명하여 사람들을 이해시키고 깨달아 들어가게 하고 있다. 〈운문삼구석(雲門三句釋)〉, 〈대양삼구석(大陽三句釋)〉, 〈나옹화상삼전어석(懶翁和尙三轉語釋)〉 등에서 이 같은 방식을 사용하고 있다.

생활, 사람을 만나고 보내며, 선물이나 시를 주고받고, 불교 의례를 진행하며, 생활 속의 감상을 읊는 등 평상적으로 반복하는 과정을 보여 주는 작품을 일상의 국면에서 제시된 작품으로 다루고자 한다.

(5) 갈 때는 한 줄기 흐르는 시냇물이 보내 주고
올 때는 계곡 가득한 백운이 맞아주네.
한 몸이 가고 오는 것 본래 뜻 없는데
무정한 두 물건은 도리어 정이 있네.
흐르는 물은 산을 나며 연민하는 뜻 없고
백운도 고을로 돌아옴에 또한 무심하네.
한 몸 가고 옴 구름과 물 같으니
몸은 거듭 다녔지만 눈은 처음일세.
去時一溪流水送　來時滿谷白雲迎
一身去來本無意　二物無情却有情
流水出山無戀志　白雲歸洞亦無心
一身去來如雲水　身是重行眼是初[20]

(6) 존안을 이별한지 또 한해
산속에서 편안히 참선하신다는 소식 들으니 기쁘네.
삼가의 작은 마을 이 촌놈은 등한하고 게으름이 심하여
배고프면 밥을 더 먹고 피곤하면 잠을 자네.
奉別尊顔又一年　喜聞山裏且安禪
三家村漢踈慵甚　飢卽加飡困卽眠[21]

20 〈출주회산(出州廻山)〉, 앞의 책, 662쪽.
21 〈기나옹화상입금강산(寄懶翁和尙入金剛山)〉, 앞의 책, 661쪽.

(7) 불을 들고 이르기를
세 인연 화합하여
이루어져 사대가 있더니
흩어져 허공으로 돌아가네.
또 말하라 무엇이 심상좌의 주인공인가?
불을 붙이며 이르기를
이 가운데 서래의를 알려고 하는가?
불 속에서 지네가 범을 삼키네.
擧火云 三緣和合 成有四大 分散還空
且道 作麽生是琛上座主人公
下火云 箇中欲識西來意 火裏蝍蟉呑大蟲[22]

(5)는 백운이 고을에 나갔다가 산으로 돌아오면서 느낀 감상을 표현한 작품이다. 나갈 때는 물이 환송을 하고 돌아올 때는 구름이 환영을 하여 무정한 물건이 유정하다고 했다. 그러나 말을 뒤집어 흐르는 물과 흰 구름이 무심하다고 하면서 이 한 몸의 가고 옴도 그 구름과 물과 같다고 하였다. 마지막에 이런 행각이 거듭되지만 항상 처음이라고 끝맺고 있다. 여기서 시적 자아는 고을과 산이라는 두 공간을 두고 고을은 가는 곳이고 산은 오는 곳이라고 말하여 산과의 일체감, 고을과의 거리감이라는 심리적 기전을 보이고 있다. 그런데 산과 고을이라는 공간은 선의 상징적 의미를 가진다. 고을에 나가는 것은 교화 행위를, 산에 돌아옴은 본래 성불의 그 자리를 각각 의미하지만 이 둘은 본래 하나라는 깊은 자각을 내포한다. 따라서 이 작

22 〈하화(下火)〉, 앞의 책, 655쪽.

품은 구체적 현실의 입장에서 볼 때 출세간의 공간인 산과 세간의 공간인 고을을 왕래하면서도 이 둘이 분리된 적이 없는 시적 자아의 일상생활을 말하면서 동시에 본래 성불에 철저히 근거하여 교화를 다닌다는 상징적 의미까지 보여준다. 이 작품은 출가자 외면의 일상생활 묘사를 통해 선의 깊은 이치를 암시함으로써 일상이 바로 출세간과 다르지 않다는 것을 말해주는 기능을 하고 있다.

(6)은 같은 출세간의 길을 가고 있는 인물 나옹에게 안부를 전하는 작품이다. 기승 구에서는 상대의 안부를 확인하며 기쁜 마음을 표현하고 전결 구에서는 자기 안부를 전하는 내용으로 구성되어 있다. 여기서 자신을 삼가촌한으로 묘사하고 있다. 삼가는 세 집밖에 없는 작은 마을이고 촌한은 촌놈이라는 말인데 그 촌한의 생활은 세상에 등한하고 게으른 것이 전부라고 한다. 겨우 하는 일이라고는 배고프면 밥을 더 먹고 피곤하면 잠을 자는 것이다. 여기서 삼가촌한은 불교를 만나기 이전 시골 사람인데 백운은 자기를 여기에 비유하고 있다. 기승 구에 보인 참선하는 상대와는 대비되게 하였다. 실제 백운 자신이 철저한 선 수행자라는 점을 감안하면 이것 역시 깊은 함의를 가진 표현이 된다. 불교를 접하기 이전의 촌한의 먹고 자는 일이 그대로 진리라는 것을 이렇게 표현한 것이다. 결구의 이 표현은 선가에서 빈번하게 사용되는 관용구에 해당한다. 이 구절은 있는 그대로의 삶 자체가 진리라는 말을 할 때 사용한다. 선에서는 특히 두 가지 표현법이 있는데 무심과 평상심이 그것이다. 무심은 부정하는 방식으로, 평상심은 긍정하는 방식으로 존재 원리를 표현한다. 이 구절은 밥 먹고 잠자는 행위를 있는 그대로 그려서 평상심의 표현 방식에 해당한다. 전결구의 내용은 특별한 수행을 거치지 않고 이미

본래 성불해 있는 삶의 모습을 상징을 통하여 이렇게 표현한 것이다. 백운은 수행 이전의 본래 성불 또는 수행을 통하여 깨닫고 나서 자각한 현실을 이런 방식으로 표현하여 상대방에게 안부를 전하고 있다. 안부를 주고받는 일상의 작품에도 수행과 존재 원리에 대한 선사의 깊은 안목을 투영해 보여 주고 있다. 따라서 이 작품은 일상의 봉별을 사실적으로 묘사하면서도 세간이 출세간과 별개가 아님을 알려주는 기능을 수행하고 있다 하겠다.

(7)은 승려의 장례식에서 화장을 할 때 불을 붙이는 과정을 내용으로 담고 있다. "불을 들고 이르기를, 또 말하라 무엇이 심 상좌의 주인공인가? 불을 붙이며 이르기를"과 같이 행동을 지문으로 소개도 하고 질문을 던지기도 하면서 그 사이사이에 선시를 읊고 있다. 불을 들고 먼저 읊은 선시는 3구로 되어 있다. "세 인연 화합하여, 사대를 이루었다가 이제 흩어져 공으로 돌아가네."는 화장의 실제 진행 과정을 설명하듯 읊은 선시이다. 이어 무엇이 이 죽은 심 상좌의 주인공인가를 묻고 불을 붙이며 역시 선시로 자답하고 있다. 선시로 "달마가 서쪽에서 온 뜻을 알려고 하는가?"라고 묻고 "불속에서 지네가 호랑이를 삼킨다."는 대답을 하고 있다. 이와 같이 백운은 장례의식을 진행하면서 고인의 명복을 빌거나 애도하기보다는 불교가 말하는 성주괴공의 과정을 먼저 말하고 사자의 정체성이 무엇인가에 대한 대답을 선구로 대신한다.[23] 따라서 이 작품은 장례식이라는

23 백운은 일상에서 장례를 진행하기도 했지만 스승을 위한 재를 지내기도 했다. 백운은 〈안국사설재소설〉에서 재의 진행 과정에 스승이 보내준 "백운을 팔아 청풍을 사려고/가사를 다 흩어 뼛속까지 가난하네!/한 개 초가집만 남겨/떠남에 임하여 병정동자에게 주노라[白雲買了賣淸風 散盡家私徹骨窮 留得一間茅草屋 臨行付與丙丁童,

구체적이고 심각한 현장을 배경으로 불교에서 말하는 연기론과 선적 함의를 드러내는 기능을 하고 있다.

백운은 여기서 살핀 작품 이외에 시를 주고받고 인물이나 사물을 읊고, 자신의 정서를 드러내는 등의 일상을 읊은 작품을 가장 많이 남기고 있다. 그러나 그가 남긴 자작시는 40수가 겨우 되어 당시 나옹이나 태고에 비하면 작품 수 적은 편이지만 창작의 국면은 이와 같이 현장의 역동성을 보여 준다.[24] 제시의 국면이 「직지」의 그것에 비하여 전형적 항목의 수는 적지만 실제 구체적 현장성을 보여 역동적이라는 것을 확인할 수 있다. 「직지」에서는 과거 불에서부터 시작하여 백운 당대 지공 화상에 이르는 역대 전등의 과정에 창작된 많은 작품을 출가, 수행, 오도, 시법, 전법, 열반 등 출가자의 일생과 관련하여 정선하고 편집했다. 그래서 제시 국면이 다양하지만 매우 전형적이라는 특징이 있다. 그에 비해 백운은 자신이 수행하고 교시하고 출세간의 현실적 공간을 살아가면서 실제 부딪히는 현장에서 절실한 필요에 의해서 스스로 선시를 창작하거나 경전 또는 남의 선시 작품을 일부 가져옴으로써 선시 제시의 국면이 구체적 현장성과 역동성을 보이고 있는 것이 특징이다.

〈사세송(辭世頌)〉, 앞의 책, 657~658쪽]"를 읊어 보이고 이것이 바로 자기에게 법을 전한 전법게임을 언명하기도 했다.

24 창작한 작품 수가 적게 나타난 것은 실제와 달리 전하는 작품이 얼마 되지 않을 수도 있지만 그보다는 그의 성향 때문에 실제 작품을 적게 창작했을 가능성이 높다. 그는 선종사의 역대 조사들의 가르침을 「직지」라는 자료로 정리하면서 불법의 전통을 확립하고 이를 교시에 사용하는 데에 치중하여 굳이 자신이 많은 시 작품을 창작할 필요를 상대적으로 적게 느꼈을 수 있다.

3. 선시에 나타난 대상 인식의 개방성

여기서는 구체적 현장, 역동적 국면에서 제시된 작품에 나타난 백운의 인식을 살피고자 한다. 무엇에 대한 인식인가가 중요한데 선승이라는 출가자의 입장에서 가장 중요한 과제가 되었던 수행과 교시 문제, 불교 진리, 현실을 어떻게 인식하고 있는가를 살피고자 한다. 백운 작품에 대한 이러한 접근은 그 작품의 내면 성격을 이해하고 작품 구조를 심층적으로 해석하는 방법이 될 수 있다. 여기서 백운의 인식을 문제 삼은 것은 출가자로서 이 시적 대상들을 중시하면서도 그에 대한 백운의 인식이 단순하지 않고 상호 모순을 보일 정도로 반전을 드러내기 때문이다. 선 수행에 조예가 깊었던 그가 무의식적으로 이런 중요한 문제에 대하여 개방적 인식을 나타냈다고는 말할 수는 없다. 따라서 이런 출세간의 핵심 대상에 대해 그가 가진 인식의 내면 질서를 구명하면 본질적으로 그 문학 이해의 깊이도 더 할 수 있다고 본다.

1) 수행과 교시의 인식

여기서 수행은 불교 수행을 의미하며 불교 수행은 다시 교학적 수행과 선 수행을 모두 포괄한다. 수행의 내용을 남에게 전하면 바로 교시가 되기 때문에 양자를 묶어서 살핀다. 백운은 선사로서 주로 선 수행을 실천했고 교시 역시 이와 같은 맥락에서 진행했다. 세부적 수행 방법은 다양하지만 수행 근거가 되는 중생과 부처의 성격을 어떻게 규정하는가에 따라 달라질 수 있다. 일체가 본래 부처라는 입장이 있고 중생과 부처를 나누어보는 입장이 있는데 이런 두 가지 견해에 따라 수행 방법이나 교시에 대한 입장도 나누어진다. 백운은 수행 방법에 있어서 나옹이나 태고와 달리 상대적으로 선 수행에 집중하는 일관된 모습을 보인다.[25] 백운에게는 선 수행 안에서 다시 어떻게 수행할 것인가가 중요 과제였기 때문에 선 수행 문제를 일차적 인식 대상으로 다룬다. 그리고 또 중요한 것은 수행 방법의 근저가 되는 불교 진리에 대한 인식이 어떠한가에 따라 수행에 대한 인식이 달라진다는 점이다. 수행과 교시를 다룬 작품을 들어 이런 몇 가지와 관련한 인식 문제를 논의하고자 한다.

(8) 한 번 깨달으면 영원히 깨달아
다시는 깨닫지 않네.
자유로운 공적영지
원래 저절로 무심하네.
다시는 끊지 않네,
망연의 힘을.
문득 깨닫고 문득 닦으니
행동과 지해가 서로 호응하네.
一悟永悟　更不復悟
任運寂知　元自無心

---

25 나옹과 태고도 선 수행에 집중했지만 방편으로 염불 수행을 권하기도 했다. 나옹은 〈매씨에게 답함[答妹氏書]〉, 〈염불하는 사람에게 주는 글[示諸念佛人]〉에서 염불 방법을 가르쳤고, 태고는 〈낙암거사에게 염불의 요점에 대해 주는 글[示樂庵居士念佛略要]〉와 〈백충거사에게 주는 글[示白忠居士]〉에서 염불 수행을 지도하고 있다.(나옹 혜근, 『나옹록』, 백련선서간행회, 장격각, 2001, 114·274~276쪽 참고, 태고 보우, 『태고록』, 백련선서간행회, 1991, 70~72쪽 참고)

更無對治　忘緣之力
頓悟頓修　行解相應[26]

(9) 와도 어느 곳으로부터 오며
가도 어느 곳으로 가서 이르는가?
본래 한 중생도 있지 않으니
어느 곳에서 한 꽃이 다섯 입을 낳을까?
전함도 없고 얻음도 없다고 이르지 말라.
이것이 친히 전하고 친히 얻은 것이니.
기유년 불 앞의 봄 달이여!
고산의 노승도 달을 말하네.
來也從何所　去也去至何所
本無有一衆生　何處五葉花生
莫謂無傳無得　夫是親傳親得
己酉火前春月　孤山老衲話月[27]

(8)에는 백운의 수행관이 직접적인 용어로 표현되어 있다. 한 번 깨달으면 영원히 깨닫기 때문에 다시 깨달을 일이 없다고 하고 또 다시는 망연의 힘을 다스리지 않고 문득 깨닫고 문득 닦아서 행동과 앎이 서로 잘 조화된다고 하였다. 돈오점수에서 말하는 돈오와 여기서 말하는 돈오의 개념이 다르다는 것은 이 예문 자체의 앞 뒤 문맥에서 분명하게 드러난다. 그러나 겉으로 말한 돈오돈수라는 하나의 입장만으로 그의 수행론이 고정되어 있지 않다는 사실을 다른 작품

26 〈상지공화상송(上指空和尙頌)〉, 앞의 책, 659쪽.
27 〈우고산암지공진찬(寓孤山菴指空眞讚)〉, 앞의 책, 661쪽.

에서 확인할 수 있다. "바라기는 다시 미세 의혹을 완전히 제거하고/ 저로 하여금 위없는 깨달음에 일찍 오르게 하소서"[28]라는 시구가 보인다. 그런데 이 작품은 그 앞부분에서 스승 석옥의 가르침을 받고 무심무상종에 계합하고 법신을 얻었고 전법게도 받았다고 하였는데 인용 부분에 와서 다시 미세 의혹을 제거하고 무상의 깨달음에 오르게 해달라고 요청하고 있다. 무상종에 계합을 하여 법신을 바로 얻었고 전법게까지 받았다는 것은 분명한 깨달음, 돈오로 봐야 한다. 그런데 이것이 깨달음이기는 하지만 아직 제거해야 할 미세 의혹이 남아 있다고 판단한 것은 미세 의혹을 제거하는 수행 과정을 다시 인정한 것이다. 앞에서 억겁의 망상을 제거하고 긴 시간이 걸리지 않고 법신을 얻었다는 것은 돈오이고 미세 의혹을 제거하는 과정은 돈오 후의 점수가 된다. 이렇게 보았을 때 백운은 돈오돈수의 수행 이론을 가지고 있으면서도 돈오점수라는 또 다른 수행법을 실제 자기 수행과정에 사용하고 있어서 그는 선 수행법에 대하여 상당히 개방적이라는 것을 알 수 있다. 이는 진리, 즉 법의 차원에서 보면 수행 자체가 없는 것이지만 근기에 따라 돈오돈수와 돈오점수가 모두 있을 수 있다는 백운의 수행에 대한 유연하고 개방적 입장을 보여주는 것이라 할 수 있다.

(9)는 교시와 관련된 작품으로 백운이 스승 지공의 진영을 두고 읊은 찬시이다. 작품에서 와도 온데가 없고 가도 갈 데가 없다고 하고 본래 중생이 없으니 어디에 교시를 통한 법의 전달을 상징하는 하나의 꽃이 다섯 입을 피우겠는가?[29]라고 묻고 있다. 여기까지의 말

---

28 希更甚除微細惑 令我早登無上覺 〈일화오엽게(一花開五葉偈)〉, 앞의 책, 658~659쪽.

은 본래 중생이 없기 때문에 가르칠 것도 없고 가르침을 전할 것도 없다는 입장을 나타낸 말이다. 그런데 바로 이어서 보인 내용은 이것을 완전히 뒤집고 있다.[30] 전할 것도 없고 얻을 것도 없다고 말하지 말라 하고 친히 전하고 친히 얻은 것이라는 상반된 내용을 분명하고 단정적으로 말하고 있기 때문이다. 그러면서 전하고 얻은 내용을 마지막 두 구절에서 선적 표현을 통해서 드러냈다. 이렇게 보면 백운은 일체가 본래 성불이기 때문에 교시하고 전할 것이 없다고 하면서도 현실적으로는 여전히 가르치고 전할 것이 있다고 하여 교시에 대해서도 개방적 인식[31]을 드러낸다는 것을 알 수 있다.

2) 진리의 인식

선사인 백운에게 있어 진리는 당연히 불교적 진리이다. 수행과 교시 역시 진리의 체득과 전달을 위한 것이라서 진리에 대한 기본 인식이 어떤가에 따라 수행과 교시는 물론 현실에 대한 인식 역시 결정된

29 일화개오엽(一花開五葉)은 선불교가 달마로부터 혹은 육조 혜능으로부터 전해 내려오는 것을 설명하는 게송의 한 구절로 인용 작품(9)에서는 이를 축약해서 오엽화생(五葉花生)이라 바꾸어 표현했다.

30 전함이 없다고 하다가 전함이 있다고 하는 것과 유사한 입장은 조선 초기 함허득통선사에게도 보인다. 그는 『금강경』〈설의〉에서 야부의 송을 두고 고기가 잡히지 않는다는 점에 동의하면서도 고기가 많이 낚시에 걸려 온다는 말을 하고 있다.(고우 감수, 전재강 역주, 『금강경삼가해』, 운주사, 683~684쪽 참고)

31 여기서 백운이 보인 개방적 인식의 이면에는 역설이 자리하고 있다. 전함도 없고 얻음도 없는 것이 곧 친히 전하고 친히 얻은 것이라 말하고 있기 때문이다. 이 발언은 일상의 논리를 뒤집어서 없다와 있다라는 상반된 명제를 등치하고 있기 때문에 역설이다.

다고 할 수 있어 진리에 대한 인식은 매우 중요하다. 그는 선사로서 수행과 깨달음, 교시의 과정을 거치면서 진리를 다양한 측면에서 인식하고 이를 다양하게 표현한다. 이를 개념적 용어로 정의하기도 하고 개념어로 연기 현상임을 설명하기도 하고, 특히 선사로서 선적 표현을 통해 진리를 형상화하여 나타내기도 한다.

(10) 이를 정법안장 열반묘심이라 이르며
또한 본지풍광 본래 면목이라 이른다네.
모든 부처의 아뇩보리이며
모든 불조의 전해온 마음 등불일세.
是稱正法眼藏涅槃妙心　亦謂之本地風光本來面目
是諸佛阿耨菩提　是諸佛祖轉轉心燈[32]

(11) 넓은 하늘 넓은 땅
이사가 원융하네.
한 티끌도 받지 않으니
마침내 자취가 없네.
자성을 지키지 않고
인연 따라 이루어지네.
普天普地　理事圓融
不受一塵　了無朕迹
不守自性　隨緣成立[33]

---

32 〈일화오엽게(一花開五葉偈)〉, 앞의 책, 658~659쪽.
33 〈운문삼구석(雲門三句釋)〉, 앞의 책, 655쪽.

(12) 두 마리 진흙 소 싸우다가
소리치며 바다로 달려 들어가네.
과거 현재 미래
잡아 흔들어도 소식이 없네.
兩箇泥牛鬪　哮吼走入海
過去現未來　料掉無消息[34]

(10)은 흔히 불교에서 말하는 진리의 개념적 명칭을 나열한 것이다. 정법안장과 열반묘심, 본지풍광, 본래 면목은 모두 선가에서 말하는 불교 진리를 지칭하는 용어이다. 아뇩보리는 부처가 깨달은 진리의 세계라는 용어로 경전에 나타나는 말이고 불조의 심등은 부처와 조사가 대대로 이어 내려온 진리의 등불이라는 의미의 용어이다. 백운은 경전이나 선가의 용어를 가지고 불교의 진리를 나타냄으로써 이를 개념적으로 인식하고 있다는 것을 보여준다.

그런데 (11)에 오면 그가 하나의 개념적 용어로 인식한 불교의 진리를 풀어 설명하는 방식으로 표현하고 있다. (11)은 중국 운문 선사가 제시한 세 구로 되어 있는 화두를 백운이 다시 풀이한 것이다. 전체 여섯 구 가운데 첫 두 구는 운문 선사가 말한 "하늘과 땅을 싸고 덮는다는 구절[函蓋乾坤句]"에 대한 풀이이다. 백운은 이 구절을 넓은 하늘과 땅의 이사원융한 모습을 뜻한다고 개념적으로 해석하고 있다. 이치[理]와 현상[事]이 하나로 조화된 것이라고 하여 개념어를 사용하여 논리적으로 불교 진리를 설명하고 있다. 그 다음 두 구는 "모든 흐름을 끊었다는 구절[絕斷衆流句]"에 대한 해석이다. 불교 진리는

34 〈우작십이송정사(又作十二頌呈似)〉, 앞의 책, 660쪽.

한 티끌도 수용하지 않아서 자취가 없다고 설명하고 있다. 앞에서는 이치와 현상이 원융하다고 했는데 여기서는 조짐이나 흔적이 없다고 하여 불교 진리의 어느 한 측면을 드러내고 있다. 마지막 두 구절은 "파도를 따른다는 구절[隨波逐浪句]"을 해석한 것이다. 이 구절을 자신의 고유한 성격을 고수하지 않고 인연을 따라 이루어진다는 뜻으로 풀이하고 있다. 백운은 운문 선사가 제시한 구체적 대상으로 형상화한 화두를 개념적인 용어로 모두 풀이하고 있다는 것을 알 수 있다. 하늘과 땅을 싸고 덮는다는 형상의 말을 이치와 현상의 조화로, 여러 흐름을 끊는다는 형상의 말을 자취가 없다는 말로, 파도를 따른다는 형상의 말을 인연 따라 이루어진다는 식으로 모두 개념적 용어로 풀이하고 있다. 백운은 여기 든 예 이 외에도 불교적 진리를 개념적으로 설명함으로써 그에 대한 개념적 인식을 빈번하게 드러낸다.[35]

(12)에 오면 앞에서 보인 개념적 인식의 틀을 벗어나 상징어를 가지고 불교 진리를 완전히 선적으로 표현하고 있다. 여기서 '두 마리의 진흙 소'를 내세웠다. 이 진흙 소가 싸우고, 바다로 들어간다고 하고 과거 현재 미래에 아무 소식이 없다고 하였다. 진흙 소 자체가 상징이고 그것의 행동 역시 상징이다. 백운은 하나의 용어로 정의하거나, 개념적 설명으로 나타냈던 불교 진리를 선적 차원에서 이렇게 상징적으로 형상화해 보이고 있다. 같은 작품의 바로 앞부분을 보면 또 다른 상징어들이 사용되고 있다. 해당 부분을 보면 "돌 여자[石女]가 갑자기 아이를 낳으니 나무 사람[木人]이 가만히 머리를 끄덕이

35 〈운문삼구석(雲門三句釋)〉, 〈대양삼구석(大陽三句釋)〉, 〈나옹화상삼전어석(懶翁和尙三轉語釋)〉 등의 작품이 보인다.

네, 곤륜산이 쇠 말[鐵馬]을 타니 허공이 금 채찍[金鞭]을 휘두르네."[36] 라고 하였다. 여기서 '돌 여자, 나무 사람, 곤륜산, 쇠 말, 허공, 금 채찍' 등의 용어는 물론 '아이를 낳다. 머리를 끄덕이다. 타다, 휘두르다' 등의 서술어까지 모두 상징적으로 사용된 것이다. 이 예에서 보듯이 백운은 불교 진리를 선의 상징적 용어를 사용하여 이렇게 표현하기도 하였다. 그는 존재 원리를 개념적으로 인식하는데 그치지 않고 선적 인식을 드러내는 데까지 나아갔다. 이것은 대중의 입장에서 진리를 대상화하여 이원 대립적으로 설명하는데 그치지 않고 주객일체의 불교 진리를 선적, 상징적으로 들어낸 것이라 할 수 있다. 불교 진리를 두고 보인 백운의 개념적 인식과 선적 인식은 그 사유의 자유로움을 분명히 보여준 근거라 하겠다.

3) 현실의 인식

출가 승려에게 있어서 현실은 세간이나 출세간의 공간이 될 수도 있지만 이보다 더 중요한 보이지 않는 당면 현실이 있다. 출가를 하게 된 근본 이유에 해당하는 생사 문제의 해결이 더 절실한 현실이기 때문이다. 그리고 생사의 근거가 되는 일체 모든 존재 역시 그들에게 피할 수 없는 현실이다. 이것이 세간과 출세간이라는 공간보다 생사와 일체 존재의 본질 문제를 백운이 어떻게 인식하고 있었는지를 계속 논의해야 할 이유이다.

---

36 石女忽生兒 木人暗點頭 崑崙騎鐵馬 舜若着金鞭 〈우작십이송정사(又作十二頌呈似)〉, 앞의 책, 660쪽.

(13) 산승이 옹졸하고 고지식하여 세상살이 어려워
다시 만학천봉 산으로 들어갑니다.
성은을 등지고 떠나가는 것이 아니오라
원컨댄 대법을 밝혀 군은에 보답하고자 하옵니다.
山僧拙直難爲世　更入千峯萬峯去
不是聖恩辜負去　願明大法報君恩[37]

(14) 모든 있는 바의 형상
다 허망하네.
만약 모든 형상이 형상 아님을 보면
곧 여래를 본다네.
凡所有相　皆是虛妄
若見諸相非相　卽見如來[38]

(15) 육십년 세월이 일장춘몽일세.
행장 수습하여 고향으로 돌아가네.
또 말하라 고향은 어디에 있는가? 주장자를 들고 이르기를
해지는 서쪽에는
붉은 연꽃 못 가득 향기롭네.
六十年光一夢場　收拾行裝返古鄕
且道 古鄕在什麽處 擧拄杖云
金鵝西沒處　紅藕滿池香[39]

(13)은 백운이 신광사 주지직을 사직하면서 올린 편지 안에 보인

37 〈신광사장서 광부조도송(神光辭狀書光扶祖道頌)〉, 앞의 책, 660쪽.
38 〈금강경사구게(金剛經四句偈)〉, 앞의 책, 656쪽.
39 〈송망승(送亡僧)〉, 앞의 책, 655쪽.

작품이다. 사찰을 지키는 현실적 활동보다 출가자의 근본 책무인 '대법을 밝히는 것'을 자기의 시급한 현실적 과제로 말하고 있다. 만학천봉의 산으로 들어가는 것이 성은을 저버리는 것이 아니라 하고 대법을 밝혀 군은에 보답하겠다고 다짐을 하고 있는데서 이를 알 수 있다. 백운은 깨달음을 출가자가 당면한 가장 중요한 현실적 책무로 인식하고 이를 위해 스스로는 물론 다른 승려들에게도 이 문제를 해결할 것을 강조한다. 백운은 〈시승(示僧)〉이라는 작품에서 "출가를 했으면 반드시 출가의 일을 마쳐야 하니/ 그 일 마치지 못하면 한갓 이름만 출가일세."[40]라고 읊고 있다. 출가자에게 가장 중요하고 시급한 현실은 바로 깨달음이라는 출가의 목적을 해결하는 것임을 말하고 있다. 백운은 사찰을 운영하는 것도 하나의 현실이지만 수행을 통하여 깨달음을 얻는 것이 더 중요한 당면한 현실임을 인식하고 있다.

(14)는 백운이 석옥에게 질문할 때 인용한 『금강경』 사구게이다. 일체 존재에 대한 경전의 핵심 내용을 전제로 질문을 했다. 이 게송을 가지고 질문하는 데에는 그가 당연히 이 내용에 대한 공감적 인식을 전제로 한 것이다. 여기서 '모든 형상 있는 것, 모든 형상'은 일체 존재를 대표하는 말이다. 이 게송에서 형상으로 대변된 일체 존재를 허망하다고 읊고 있다. 이러한 경전의 내용을 가져옴으로써 백운은 불교 존재 원리를 자기 인식으로 내면화하고 있다. 그가 가져와서 질문한 다른 게송에서도 일체 존재에 대한 같은 인식을 확인할 수 있다. "모든 존재는 본래부터 항상 적멸한 것이네"[41]라는 『법화경』의

40 出家須了出家事 未了徒名爲出家 〈시승(示僧)〉, 앞의 책, 662쪽.

41 諸法從本來 常自寂滅相 〈우운(又云)〉, 앞의 책, 656쪽.

사구게를 가져와서 존재의 허망함, 적멸함을 말하고 있다. 이는 불교에서 말하는 무아, 공, 연기, 중도의 다른 표현인데 백운은 일체 존재에 대한 불교의 핵심적 입장을 수용하여 무아론적 인식을 보여주고 있다.

(15)는 죽은 승려의 상례를 치르는 과정에 읊은 게송이다. 인용문 (15)의 앞뒤에 게송을 배치하고 중간에 질문과 지문을 두어 어떤 경과에서 게송이 창작되었는지를 설명해 준다. 유가의 작품에서 죽음은 애도의 대상이고 생전을 회고하며 극도의 슬픔을 표현하는 것이 일반적인데 백운은 장례의식의 과정에서 저 세상으로 떠나는 승려를 보내면서 고향으로 돌아간다는 표현을 하고 있다. 60년의 한 평생을 일장춘몽이라 규정하여 앞에서 보인 일체에 대한 인식과 같이 생명도 허망한 무아, 공이라 인식하고 있다. 2행을 보면 죽음에 대하여 사라짐으로 보지 않고 행장을 거두어 고향으로 돌아가는 것으로 묘사하고 있다. 그리고 그 고향은 어디에 있는가라고 자문하고 '서쪽 해지는 곳, 붉은 연꽃 향기 가득한 연못'이 바로 고향이라고 선적 표현으로 자답하고 있다. 생사의 현실에 대한 이러한 인식은 백운 자신의 〈임종게(臨終偈)〉에서도 확인된다. "나 지금 물거품처럼 사라지려하니/ 슬퍼해서는 안 된다./인생 70세/ 예부터 또한 드물었네!/77년을 지내오고/77년을 떠나감이여!/곳곳이 다 돌아가는 길이고/일체가 고향일세."[42]라고 읊고 있다. 여기서 백운은 삶을 물거품에, 죽음을 고향에 돌아가는 것으로 각각 묘사하고 있다. 이는 인생을 무

42 我今漚滅 不可興悲 人生七十歲 古來亦希有 七十七年來 七十七年去 處處皆歸路 頭頭是古鄕 〈임종게(臨終偈)〉, 앞의 책, 668쪽.

아, 공으로 보면서 죽음을 고향에 돌아가는 것으로 보는 인식을 보인 것이다. 그리고 고향이 어디인가를 두고 자문자답하면서 선적 표현을 통하여 진리의 세계를 보임으로써 백운이 생각하는 고향은 바로 진리의 세계라는 투철한 불교적 인식을 보여준다. 요컨대 백운은 깨달음, 일체 존재, 생사 등의 문제를 현실로 받아들이고 선적 이치에 근거하여 현실을 인식하는 모습을 보여 주고 있다. 즉 현실의 선적 인식에 기초하여 수행과 교시, 진리에 대한 인식이 개방적으로 이루어짐을 알 수 있다.

4. 선시의 제시 국면과 선시에 나타난 대상 인식

이 장에서는 백운 경한이 일부 경전이나 타인의 선시를 포함하여 대부분 자신의 선시를 주로 어떤 국면에서 제시하며 그를 통하여 어떤 작가 인식을 보이는가를 논의하였다. 백운에 대한 그간의 연구가 「직지」, 사상, 인물 등의 논의에 치우쳐 있고, 기존에 이루어진 몇몇 백운 문학 연구도 다른 분야에 비하여 아직 미진하다고 판단되어 이 논의를 시작했다. 여기서는 백운 문학의 이해를 더 심화하기 위해서 백운이 어떤 국면에서 선시를 제시했고 그 작품이 하는 기능은 무엇인지? 또 그렇게 국면별로 제시한 작품에서 시적 대상에 대하여 어떤 인식을 보이는지를 살폈다.

먼저 선시 제시 국면에서는 그가 편집한 『직지』에서 보여준 만큼의 다양한 제시 국면을 보여 주지는 않고 수행, 교시, 현실이 작품 제시의 주된 국면이지만 현장의 생동하는 환경에서 선시가 제시되어 그 국면은 전체적으로 역동적 성격을 보여 주었다. 백운은 스스로의 수행 국면에서 선시를 많이 제시하고 있다. 그가 스승을 만나 궁금한 것을 묻고 대답을 듣는 대화를 이어가면서 여러 경전의 의미를 질문하는 과정에 경전의 핵심 게송을 제시하였다. 여기에 더하여 배움을 요청하는 간절한 마음이나 스스로 깨달은 바를 자작 선시로 제시하기도 하였다. 진지하고 치열한 자기 수행 과정에 관련 선시를 가져오거나 스스로 창작하여 제시함으로써 그 국면은 수행 현장의 역동성을 보여 주었다. 그리고 선시는 각기 경전의 핵심 내용을 부각하거나 작자의 질문, 깨달음이 응축된 내용을 집약적으로 표현하는 기능을 수행하였다. 교시의 국면에서는 설법을 통한 교시 과정에 게송을 제시하거나 장형의 선시로만 설법을 진행하면서 작품을 가져왔다. 일방적 말하기로 교시를 펴다가 핵심적 내용을 제시할 때 가장 적절한 타인의 선시를 제시하기도 하고, 백운 본인이 말하려는 국면에서 내용 전체를 운문으로 읊어 보여 장형의 선시가 바로 법문 전체가 되게 하는 방식을 사용하였다. 말하기 방식의 변화와 운율을 통한 음악성을 더함으로써 여기서 제시된 작품은 정서적 공감을 통한 감동을 유발하는 기능을 수행했다. 일상의 국면에서 가장 많은 작품을 제시하고 있는데 출세간의 생활, 만남과 이별, 시를 주고받고, 선물을 받으며 불교 의식에 참여하는 등의 다양한 일상의 국면에서 그는 시를 남겼다. 출세간의 생활은 매우 자유롭고 만남과 이별에서는 칭송과 격려를 하고 장례와 같은 불교 의식에서는 생사의 의미를 드러내는 등 일상이라는 구체적 국면에서 제시한 시는 그의 간절한 사유나 이념을 표현하는 기능을 하고 있었다.

다음 이러한 몇 가지 국면에서 창작된 작품에 백운이 보이는 인식을 살폈다. 출가자로서의 백운에게 가장 핵심 인식의 대상으로 나타난 것이 수행과 교시, 진리, 현실이었다. 먼저 선 수행에서는 깨달음과의 관계에서 돈오돈수를 주장하면서도 돈오점수의 수행법을 보여주어 개방적 입장을 취했다. 교시에 있어서도 본래 성불의 관점에서 가르치고 전할 것이 없다는 말을 하면서도 가르치고 전할 것이 있다는 상반된 입장을 모두 견지하고 있었다. 깨달음의 핵심 내용인 불교적 진리에 대해서 그는 선사였음에도 불구하고 개념적 인식과 선적 인식을 모두 보여 주어 진리에 대한 인식이 개방적이었다. 진리를 경전이나 선가의 단일 용어로 제시하기도 하고, 개념적인 용어로 산문적으로 설명하기도 하며, 상징을 통하여 진리를 선적으로 형상화하여 표현하기도 하여 진리 인식의 개방성을 분명하게 보여 주었다. 백운에게 중요한 현실은 수행자의 책무인 깨달음과 일체 존재, 생사 문제였는데 먼저 수행자 책무에 대해서 사찰 운영을 담당하는 것보다 철저한 수행을 통하여 깨닫는 것을 중시하였고 일체 모든 존재를 허망하다고 인식했으며 생사에 대해서도 그 연장선상에서 삶은 허망하고 죽음은 진리인 고향으로 돌아가는 것이라는 다양한 현실에 대한 선적 인식을 보였다.

여기서는 『백운화상어록』에 나타난 선시의 제시 국면과 거기에 나타난 백운의 대상 인식 전반을 포괄적으로 살펴보았는데 그 시의 선적인 특성을 작품을 더 구체적 심층적으로 분석하여 세밀하게 구명할 필요가 남아 있다.[43] 즉 그의 산문은 앞장에서 문예 미학적 관점

43 이 장에서는 논의 방향이 달라 선시 자체에 대한 연구는 진행하지 않았다. 이 논의는 연구 자료의 세밀한 이해를 위해 국면과 대상 인식이라는 두 가지 기준에서 연구를

에서 세밀하게 다루어 보았기 때문에 그의 선시에 대한 논의가 필요하다.

진행했는데 유사한 자료에 대한 이런 방식의 기존 연구가 없어서 대비 또는 비교 연구에까지는 나가지 않았다. 따라서 앞으로 이런 관점에서의 연구와 연구 범위를 더 확대 진행해야 할 필요가 있다.

제3장

『백운화상어록』에 나타난 선의 시적 표현 방식

1. 선의 표현과 수사 문제

사유한다는 의미의 선(禪)은 불교가 인도에서 발생하고 중국을 거쳐 한국에 전해지면서 매우 다양한 양상을 띤다. 선은 그 때마다 어떤 방식으로든 표현되면서 언어적 방법은 물론 비언어적 표현 방법까지 두루 동원했다. 특정 연구 대상을 상정하지 않고 선이 무엇이며 그것은 어떻게 표현되는가라고 하면 매우 추상적이고 막연한 질문이 된다. 그래서 여기서는 고려 말에 살았던 백운 경한의 시를 대상으로 선의 시적 표현 문제를 논의하고자 한다. 백운에 대한 선행 연구는 그가 차지하는 비중에 비해 인물, 직지, 선사상, 철학의 측면에서 집중되어 있고 그의 문학에 대한 연구가 부족하다.[1] 사상 연구에서도 백운의 선을 대부분 무심선(無心禪)으로 보았는데 필자는 그

---

1 참고 문헌에 제시한 40여 편 내외의 기존 백운 연구 논문에서 보면 이종찬, 권기호, 심계웅, 오상택, 이종군, 인권환, 임동욱, 전재강 등 몇몇 연구자를 제외하고는 대부분 백운 경한의 인물, 직지, 선사상, 철학 등에 대한 연구에 치중하고 있다.

수행과정의 맥락과 본인의 수행과 깨달음, 교시 활동 과정에 생성된 법어 등을 토대로 그의 선이 회광반조(廻光返照)를 구체적 수행법으로 내세우는 전통 조사선이라는 사실을 논증한 바 있다.[2] 그리고 같은 논문에서 그러한 백운의 선이 산문으로 어떻게 표현되었는가를 살폈다. 여기서는 백운의 선이 그의 시에서 어떻게 표현되고 있는지를 집중적으로 논의하고자 한다.[3]

백운 경한이라는 비중 있는 한 선사의 구체적 선시 작품 자체를 대상으로 한 이 논의를 그의 산문이나 동시대 태고 보우의 경우와도 부분적으로 대비함으로써 백운 경한이 시를 통해서 선을 어떻게 표현하는지를 더 심층적으로 논의하고자 한다. 한국에서 선이 본격적으로 꽃 피었던 고려 말 선사의 구체적 작품을 대상으로 선의 시적 표현 방식을 다룸으로써 시와 선의 상관 방식을 귀납적으로 구명하고 이런 연구 성과를 더 확대해 나감으로써 시와 선의 보편적 관계 방식, 선의 시적 표현의 일반적 원리도 귀납적으로 찾아낼 수 있다고 본다. 이는 백운 당대의 인물과의 공시적 대비는 물론 선후 대 인물의 그것과도 통시적 대비 연구를 위한 기초를 마련하는 일이기도 하다.

여기서는 백운 경한 시의 선적 표현 특성을 찾아내고 이를 그 자신의 산문의 경우나 당대 태고 보우의 시와도 부분적으로 대비함으

---

2 전재강, 「『백운화상어록』에 드러난 선의 성격과 산문적 표현」, 『한국시가문화연구』 45, 한국시가문화학회, 2020, 171~204쪽 참고.

3 오상택은 「백운경한의 색성언어론연구」(고려대학교 대학원 국어국문학과 석사학위 논문, 2016, 1~61쪽)에서 백운 경한의 문학을 용수의 二諦論, 지공 화상의 言語大道論이라는 기준에서 포괄적으로 논의했는데 실제 색성은 비언어적 표현을, 언어는 언어적 표현을 말하는 것으로 나누어진다. 이 가운데 본고는 언어적 표현에 집중한 연구를 진행하였다.

로써 백운이 선을 시적으로 어떻게 차별적으로 표현하고 있는지를 논의하고자 한다. 선을 시로 표현하면서 특정한 기법을 사용했다면 선의 어떤 면모를 왜 그렇게 표현했는지를 논의한다. 이런 논의 과정에서 선과 선시의 범위를 어디까지로 볼 것인지 등의 구체적 문제가 드러날 수 있다. 이미 산문을 다루면서 논의한 바이지만 선시는 깨달음을 다룬 오도송이나 진리를 드러내는 시에 국한하지 않고 선 수행의 과정을 다룬 것 역시 선시의 범위에 포괄하고자 한다.[4] 흔히 우리가 말하는 조사선이라는 것은 동아시아 선 수행의 방법인데 그 방법들이 시에 어떻게 반영되어 있는가를 살펴야 하고 선 수행을 통해 도달하고자 하는 깨달음, 깨달음을 통해 얻은 진리, 전법, 교화를 어떻게 표현하고 있는가도 다루어야 한다. 따라서 『백운화상어록』에서 선을 담고 있으면서 수행, 깨달음, 교시, 열반 등의 과정을 담은 백운 경한의 시 전체를 연구 대상으로 한다.[5]

---

4 객관성 있는 논의를 위해서는 선시의 개념 범위에 대한 정리를 할 필요가 있다. 본고에서는 선사의 출생, 성장, 출가, 수행, 오도, 교시, 열반이라는 전체 과정을 모두 포괄하는 선적인 시를 광의의 선시로 규정하고 이 가운데 오도, 교시, 열반과 같은 선적 진리를 집중적으로 표현한 작품을 협의의 선시로 보고자 한다. 일반적으로 선시라고 하면 협의의 개념을 많이 사용하고 있는데 이 논의에서는 광의의 개념에 따라 백운 선시를 논의하여 그 전체 선시의 특성을 밝히고자 한다. 선의 다양한 표현 양상을 문제 삼아야 그 선모를 파악할 수 있기 때문이다. 선시의 개념 정의에 대한 기존의 논의는 이종찬(『한국의 선시』, 이우출판사, 1985)으로부터 시작하여 이진오(『한국불교문학의 연구』 민족사, 1997)로 이어지고 최근 조태성(「한국선시의 갈래와 선취의 문제」, 『고시가연구』 22, 한국고시가문학회, 2008)이 논의에 참여했는데 여전히 논란의 여지가 남아 있다. 본고에서는 선을 부분적으로 담은 시와 선을 전면적으로 담은 시로 나누어 양자를 합한 것을 광의의 선시, 후자를 협의의 선시로 나누고 광의의 선시를 논의하고자 한다. 따라서 서사적 표현이 중심인 장시는 선을 부분적으로 다루고 있어서 광의의 선시로 분류한다.

5 여기서 연구 대상으로 삼은 백운 경한의 『백운화상어록』(『한국불교전서』 6, 동국대

2. 직설적 표현[6]

선을 표현하는 데는 언어적, 비언어적 방식이 있는데 선시와 선문답은 언어적 표현의 결과물이다. 비언어적 표현은 선문답 가운데 부분적, 간접적으로만 드러난다. 선사들이 흔히 사용하는 할[喝]은 백운의 법문과정에도 사용되고 있다. 백운어록의 산문에서는 서술을 통한 표현도 있고 구체적 상황 안에서 인물들 간의 선문답이라는 대화 형태로 선이 표현되기도 한다.[7] 이와 같은 선의 언어적 표현 가운데 선시는 역시 문학 연구 대상으로서 논의하기 쉽지 않은 자료라고

학교 출판부, 1990. 이하 '앞의 책'으로 표시함)의 시 작품을 제시하면 다음과 같다. 〈示衆頌日〉, 〈雲門三句釋〉, 〈大陽三句釋〉, 〈三轉語〉, 〈送亡僧〉, 〈起函〉, 〈下火〉, 〈呈似石玉和尙語句呈偈日〉, 〈一花開五葉偈日〉, 〈辛卯年上指空和尙頌〉, 〈七偈呈似〉, 〈又作十二頌呈似〉, 〈丁酉九月日答宣旨書頌日〉, 〈乙巳八月日神光辭狀書頌日〉, 〈寓孤山菴指空眞讚〉, 〈居山〉, 〈擧杖云〉, 〈謝道號白雲〉, 〈寄懶翁和尙入金剛山〉, 〈思大和尙〉, 〈送人洛迦山〉, 〈言志〉, 〈與神光長老口號〉, 〈金剛山內山石佛相〉, 〈示僧〉, 〈悼亡人〉, 〈答鄭俁宰臣詩韻〉, 〈復答請法以五言示之〉, 〈答西海權觀風 居中〉, 〈上芮院禪教都摠統 璨英〉, 〈乙巳六月入神光次懶翁臺詩韻〉, 〈四威儀頌〉, 〈無心歌〉, 〈答神光聰長老扇子書頌日〉, 〈答神光聰長老扇子書又日〉, 〈寄內佛堂監主長老天浩書頌日〉, 〈臨終偈〉. 백운이 남긴 자작시는 37편으로 집계된다. 시 자체만으로 된 작품 수만큼 편지나 다른 문맥에서 지은 시가 역시 많다. 12행 이상의 장시가 13편, 단시 중에서 4행시가 13편, 8행시 5편, 그 외 해석시 3편, 행사시 3편으로 총37편이다. 작품의 편수는 적어 보이지만 장시가 많아서 작품 분량이 적은 것은 아니다. 백운의 시를 논의할 때는 자료가 가진 이러한 기본 성향을 반드시 감안할 필요가 있다.

6 이 논의에서 선의 표현을 직설적 표현과 수사적 표현의 둘로 나누었는데 두 가지 표현은 사용되는 언어의 단위에 차이를 보인다. 직설적 표현의 개념적 표현이 통사 단위에서, 서사적 표현은 담화 단위에서 주로 이루어진다면 수사적 표현은 통사 단위에서 주로 나타나기 때문이다. 백운 경한은 언어 단위 별로 선을 다르게 표현하고 있어서 이를 드러내기 위해서는 직설적, 수사적 표현의 둘로 나누어 논의를 진행할 필요가 있다.

7 전재강, 「「백운화상어록」에 드러난 선의 성격과 산문적 표현」, 『한국시가문화연구』 45, 한국시가문화학회, 2020, 189~199쪽 참고.

할 수 있다.[8] 흔히 선시를 말하면 고도의 상징이나 역설을 떠올리기 쉬운데 실제 백운 경한의 많은 선시 작품에는 통사 단위에서 개념어를 사용하여 선을 설명하기도 하고 담화 단위에서 이를 길거나 짧게 서사적으로 기술하는 직설적 표현의 경우도 나타난다. 그래서 왜 선의 어떤 측면을 이런 방식으로 표현하는지를 논의할 필요가 있다.

1) 개념적 표현

여기서 개념적 표현이란 관념적 용어를 사용하여 설명하는 방식을 말한다. 선의 이치나 그 기반이 되는 원리를 형상화의 과정을 거치지 않고 바로 지시적 언어로 표현하는 경우이다. 해당하는 예를 들어 가면서 논의를 계속하고자 한다.

(1) 이를 일컬어 정법안장 열반묘심이라 하며
또한 본지풍광 본래 면목이라 이르네.
이것이 모든 부처의 아뇩보리이며
이것이 모든 부처와 조사가 전해온 마음 등불일세.
是稱正法眼藏涅槃妙心　亦謂之本地風光本來面目
是諸佛阿耨菩提　是諸佛祖轉轉心燈[9]

---

8 이런 면을 두고 이승훈은 "선적 코드는 일상적 언어의 코드를 해체하고 부정하고 극적으로 말하면 탈코드를 지향한다(이승훈, 『선과 기호학』, 한양대학교 출판부, 2005, 15쪽)"고 했듯이 선적 표현은 기본적으로 일상의 논리를 넘어서 있기 때문에 접근이 어렵다. 특히 백운 경한이 견지한 조사선은 '마음으로 마음에 전함[以心傳心]'을 주장하기 때문에 '경전 밖에 따로 전함[教外別傳]'의 특성을 가짐으로써 일상적 언어의 차원을 초월해 있어서 어려움을 더하고 있다.

9 이 작품은 〈至正甲午六月初四日 禪人法眼自江南湖州霞霧山天湖庵 石玉和尚辭世陪

(2) 바람은 송창에 불고 눈은 산에 가득한데
밤들어 푸른 등은 고요함을 비추네.
옷 뒤집어쓰고 만사를 쉬었으니
이것이 내가 힘을 얻은 때일세.
風吼松窓雪滿山　入夜青燈照寂寥
衲衣蒙頭休萬事　此是僧山得力時[10]

(1)은 장시의 일부분으로 작품 전반부에서 말한 진여(眞如)를 지칭하는 여러 가지 다른 이름을 제시한 것이다. 선 수행을 통하여 도달해야 할 세계를 지칭하는 다양한 용어를 나열하고 있다. 정법안장과 열반묘심[11]은 선가에서 교외별전으로 전하는 심인(心印)이라는 개념어이고, 같은 의미로서 본지풍광은 『벽암록(碧巖錄)』〈第九十九則 慧忠十身調御〉[12]에서, 본래 면목은 『육조단경』〈행유품제일(行由品第一)〉[13]에서 사용한 같은 의미의 용어이다. 그리고 아뇩보리는 부처의 깨달음을 여러 경전에서 일컫는 산스크리트어 명칭인데 이런 가르침을

來 十四日 師於海州安國寺設齋 小說〉(앞의 책, 658~659쪽)이라는 산문 작품의 끝부분에 제시한 게송의 일부이다.

10 이 작품은 특별한 제목 없이 주장자를 들고 이른다는 의미의 〈擧杖云〉(앞의 책, 661쪽)의 일부로서 전체가 게송으로만 되어 있다.

11 『대범천왕문불결의경(大梵天王問佛決疑經)』

12 천지 사이에 다시 무슨 물건인가? 다만 분명하고 깨끗하여 다시 한 물건도 얻을 수 없으니 이것이 본지풍광이다(天地之間 更何物 直須淨裸裸赤灑灑 更無一物可得 乃是本地風光 〈第九十九則 慧忠十身調御〉『碧巖錄』妙觀音寺 藏, 대한불교역경원, 1962, 250쪽). 밑줄은 논자가 표시함. 이하 동일.

13 혜능이 이르되 '선도 생각하지 않고 악도 생각하지 않는 정히 이럴 때 무엇이 그대(혜명상좌)의 본래 면목인가?'(惠能云 不思善 不思惡 正與麽時 那箇是明上座本來面目 〈行由品第一〉『六祖壇經』門人法海原撰, 德崇惠菴 注, 현문출판사, 1999, 64쪽)

모든 부처와 조사가 계계승승 이어왔다고 하여 이를 마지막 구절에서는 등불에 비유하여 심등(心燈)이라는 용어로도 표현하였다. 이 부분을 담고 있는 작품은 게송으로서 시 작품임에도 불구하고 이와 같은 여러 가지 개념어를 나열하여 진여를 다각도로 설명하고 있다. 게송에서 사용한 설명의 방식은 백운 경한이 그 이후에 행한 설법에서도 재연된다.[14] (1)은 백운이 스승으로부터 전법게를 받은 과정을 산문으로 먼저 설명하고 나서 산문 내용을 게송으로 요약하면서 사용한 개념어들이다. 이러한 개념어를 사용한 설명의 방식은 같은 작품 앞부분에서 역설로 표현한 난해한 진여의 세계를 일상어에 익숙한 사람들에게 그 친숙한 방식으로 교시함으로써 의미 전달의 효과를 높이는 기능을 한다. 게송(1)이 부처로부터 시작된 역대 전등의 핵심이 무엇인가를 요약하여 강조하기 위하여 개념어를 사용했다면 그 후대에 지어진 산문 〈안국사설재소설〉에서는 진여 자체를 설명하는 과정에 사용하고 있다는 점이 다르다.[15] 작품(1)의 전체는 장시로서 먼저 역대 전등 과정을 서술하고 그때 전해진 진리의 성격을 다양한 명칭으로 설명하고 이어서 다시 스승의 행적과 자신의 수행과정과 소원을 차례대로 서술하고 있다. 즉 여기서는 백운 자신이 깨달아 계승한 가르침의

14 〈홍성사입원소설〉, 앞의 책, 645쪽. 여기서는 "이것을 정법안장 열반묘심이라 일컫고 또한 본지풍광 본래 면목이라 이른다. 이것은 모든 부처의 아뇩보리이고 이것은 중생의 대본이다[是稱正法眼藏涅槃妙心 亦謂之本地風光本來面目 是諸佛阿耨菩提是衆生之大本 〈홍성사입원소설〉, 앞의 책, 645쪽]"라 하여 끝 부분에서 심등이라는 말 대신에 중생의 대본이라는 용어가 사용되고 나머지는 〈안국사설재소설〉(앞의 책, 658쪽)의 게송에서 사용한 같은 용어를 반복하고 있다.

15 작품(1)이 서사적 맥락에서 개념어를 사용했다면 산문 작품에서는 교시의 맥락에서 그 자체를 설명하는 데에 개념어를 사용한다는 점이 다르다.

성격이 어떠하고 어떤 가치를 가지는지를 드러내기 위하여 선적 진리의 의미를 여러 용어를 가져와서 설명하고 있다[16]고 하겠다.

그런데 (2)는 앞의 경우와는 다르다. 역시 장시의 일부인데 인용한 부분에서 앞의 세 구절에서는 시적 자아의 일상을 묘사하고 마지막 구절에 와서는 그 앞에 묘사해 보인 내용의 핵심이 무엇인가를 설명하고 있기 때문이다. 1,2구에서 시적 자아가 머무는 공간의 원경과 근경을 묘사하고 3구에서는 시적 자아의 처신을 말하고 있다. 즉 바람 부는 설산이라는 공간에 푸른 등이 비치는 방안 정경을 먼저 묘사하고 그 안에서 옷을 뒤집어쓰고 만사를 놓고 쉬고 있는 시적 자아를 그려낸다. 여기까지는 개념어로 하는 설명이 아니라 장면 묘사를 통하여 현장을 그려 보이고, 시적 자아의 정황을 드러냈다고 할 수 있다. 그런데 마지막 구절에 오면 앞에서 제시한 이런 시공간에서 이렇게 지내는 자신의 모습이 공부에 힘을 얻은 것을 뜻한다고 설명하고 있다. 백운은 처음부터 설명하지 않고 어떤 현상이나 대상을 형상화하여 앞에 내세우고 그 의미를 개념어로 설명하는 데서 개념적 설명의 기법을 사용하고 있다.[17]

---

16 이 용어들은 사용된 구체적 맥락이 있는데 선에서 말하는 마음이라는 의미를 알리기 위하여 정법안장 열반묘심이라는 표현, 선 수행의 교과서로 알려진 당대 육조의 『육조단경』에서 사용한 본래 면목, 간화선 수행을 정립한 대혜 종고의 스승 원오극근이 편집한 『벽암록』의 본지풍광이라는 용어를 각각 가져와서 선의 종장들이 명명한 그 명칭의 내용과 진여가 일치함을 먼저 드러낸다. 마지막에서는 이러한 가르침이 면면히 이어져 온 것을 등불이 전해져 오는 것에 비유하여 심등이라고 명명함으로써 이 설명은 자신이 이은 법이 어떠한 의미와 가치를 가지는가를 드러냄과 동시에 선 수행자들이 수행하는 목표가 어디에 있어야 하는가를 경전, 조사어록, 전등의 여러 차원에서 분명하게 인식하게 하는 역할을 하고 있다.

17 전체적으로 이 작품을 보면 장시로서 시적 자아의 생활이나 선에서 본 존재 원리,

설명의 사례는 다른 데서도 나타난다. 공부선(功夫選)이라고 하여 수행자들의 수준을 가릴 때 사용하던 시험 문제에 해당하는 과제가 있는데 이를 흔히 삼구(三句), 삼전어(三轉語)라고 한다. 백운 경한은 선사 선발에 사용하던 이런 문제에 대하여 스스로 답을 제시하기도 했는데 운문, 나옹, 대양 등의 선사들이 낸 문제에 대하여 답을 제시한 것이 그것이다. 그중 〈운문삼구석(雲門三句釋)〉을 보면 문제는 형상화된 표현으로 되어 있고 여기에 백운이 붙인 답은 개념적 용어를 사용한 설명으로 되어 있다. "건곤을 덥는다는 구절: 넓은 하늘과 땅은 이치와 현상이 원융하네./모든 흐름을 끊었다는 구절: 한 티끌도 받지 않아 조짐과 자취가 아주 없네!/ 파도를 따른다는 구절: 자성을 지키지 않고 인연 따라 이루어지네."[18]라고 풀이하고 있다. 제시된 3구는 '건곤을 덥다, 흐름을 끊다, 파도를 따르다' 등은 모두 구체적 형상을 드러내는 표현들로 되어 있다. 그런데 그에 대하여 백운은 "이치와 현상이 융화되어 있다, 자취가 없다, 자성을 지키지 않고 인연 따라 이루어진다."라고 하여 답을 개념어로 바꾸어 설명하고 있다. 그 외 다른 삼구에 대한 해석에서도 대부분 이와 같이 관념어를 사용하여 설명하고 있다.

이와 같이 사용된 용어의 성격으로만 보면 개념어를 사용한 설명이지만 그 의미를 따져보면 모순 어법이 병존하는 역설을 이면에 깔고 있다. 1구 해석에서 보면 이치는 공이고 현상은 색인데 원융하다

교시의 내용을 읊으면서 설명을 기본으로 하고 필요에 따라 묘사, 비유, 역설, 상징 등의 여러 표현법을 사이사이에 구사하고 있다.

18 函盖乾坤句 普天普地 理事圓融 絕斷衆流句 不受一塵 了無朕迹 隨波逐浪句 不守自性 隨緣成立 〈雲門三句釋〉, 앞의 책, 655쪽.

는 말은 색이 공이고 공이 색이라는 의미여서 원융이라는 개념어는 그 자체로 역설을 안고 있다. 이어진 2,3구를 연결해서 보면 2구에서 자취가 없다고 하고 3구에서는 인연 따라 이루어진다고 하여 2구와 3구의 관계를 연결해서 보면 자취 없는 것이 인연 따라 이루어지는 것이 되어 역시 없음과 인연이 하나가 되는 역설이 나타난다. 이와 같이 개념적 설명이면서도 존재 원리를 드러낼 때는 그 속성상 모순 어법을 함의하여 역설이라는 수사를 동시에 형성하는 표현의 중층성(重層性)을 보인다. 백운의 선시에서 보이는 개념적 설명이 단순하지 않고 그 의미를 깊이 분석해 봐야 하는 이유가 바로 여기에 있다고 하겠다.[19] 백운 선시에서의 개념적 표현은 난해한 역설, 형상화된 장면의 의미를 설명하는데 사용되고 또 설명 자체가 역설을 함의하기도 하여 표현의 깊이를 보인다.

2) 서사적 표현

같은 직설적 표현이지만 여기서 말하는 서사적 표현은 선과 관련

---

19 개념어를 사용한 선의 설명이면서도 이 같은 고도의 수사로 이어지는 예는 빈번하게 나타난다. 〈우작십이송정사(又作十二頌呈似)〉에서 백운은 "다만 본분의 일에 의거하여 곳에 따라 드러나 이룸을 지킨다[但依本分事 隨處守現成 〈又作十二頌呈似〉]." 고 하였다. 여기서 본분의 일은 공, 현성은 색을 나타내는 것이어서 없음에 의거하여 있음을 이룬다는 설명을 하고 있어서 역시 논리적 모순으로서 역설을 보여 주고 있다. 백운이 보여준 관념어를 통한 선의 개념적 표현이 그렇게 단순하지 않고 시를 이룰 수 있는 이유는 이런 측면에서 엿볼 수 있다. 왜냐하면 개념적 표현이 나타내고자 하는 진여의 세계를 다양한 각도의 용어로 조명하고, 형상화한 말을 직설적 개념어로 설명하여 쉽게 이해시키면서도 근본적 존재 원리가 가지는 모순적 측면을 더욱 선명하게 드러내기 때문이다.

된 여러 사연을 길게 제시하는 방식의 표현을 말한다.[20] 앞 절의 개념적 표현이 관념적 용어를 사용하여 핵심적 존재 원리를 직접적으로 설명하고 있다면 서사적 표현은 시간의 흐름에 따라 사건을 길게 서술한다. 백운 경한은 여러 편의 장시를 남기면서 역대 전등의 과정이나 그가 따라 배웠던 스승, 자신의 삶에 대하여 소개하면서 이 같은 서사적 표현법을 사용하고 있다.[21]

(3) 세존이 연꽃 잡고 상근기 대중에게 보이니
금색두타가 파안대소하였네.
달마는 면벽하며 예리한 근기 제접했으니
팔을 끊은 신광은 눈 속에 서있었네.
世尊拈花示上機　金色頭陁破顔笑
達磨壁面接利根　斷臂神光雪中立[22]

(4) 서천의 사부 이렇게 복 많은 분이시네
지공 화상은 중천축국에서 태어나셨네.
석종의 왕궁에서 팔세에 출가하여

---

20 백운 경한이 보여 주는 서사는 문학 갈래로서보다는 문장 기술 방식으로서의 서사의 성격을 보여준다. 서사가 담화라는 가장 높은 언어 단위에서 구사되면서 역대 전등의 과정이나 스승과 자신의 이력을 시간 순서에 따라 설명해 준다는 점에서 서사의 전체 얼개는 서사적 설명으로서 직설적 표현이라 할 수 있다.

21 선사의 삶을 다룬 작품 역시 넓은 의미의 선시 범주에서 다루고자 한다. 앞에서 언급했듯이 출가, 수행, 오도, 교화, 열반이라는 서사적 과정 안에 선적 요소들이 빈번하게 개입하기 때문에 이렇게 구성된 작품은 당연히 광의의 선시로 보고자 한다. 전체 설명이라는 서사적 서술의 사이사이에 진리나 교화의 성격을 선적으로 표현하는 시구가 자주 나타나기 때문에 이를 선시로 다루어야 한다.

22 〈일화개오엽송(一花開五葉頌)〉, 앞의 책, 658쪽.

번뇌의 구속을 끊고 발을 옮겨 여러 곳을 다녔네.
근본 힘을 발휘하여 광대한 역량으로
용맹하게 수행하고 바로 남방으로 갔네.
길상의 산중에서 먼저 보명을 알현하고
일언지하에 심오한 뜻 몰록 깨달았네.
西天師傅 者那福多　指空和尙 出自中天
釋種王宮 八歲出家　脫煩惱索 發足超方
奮發根本 廣大力量　勇猛操修 直往南方
吉祥山中 首謁普明　一言之下 頓悟玄旨[23]

(5) 받들어 존안을 이별한지 또 일 년이 지나고
산속에서 편안히 참선한다는 소식 기쁘게 듣네.
삼가의 촌놈은 엉성하고 게으름이 심하여
배고프면 밥을 먹고 피곤하면 곧 잠자네.
奉別尊顔又一年　喜聞山裏且安禪
三家村漢踈慵甚　飢卽加湌困卽眠[24]

백운 경한에 대하여 가장 많이 알려진 것 중의 하나가 그가 「직지」를 편집했다는 사실이다.[25] 그는 부처로부터 자기 당대에 이르기까지 선의 전통이 이어져 오는 유구한 역사를 산문으로 된 사연과 당시에 지어진 핵심 게송을 함께 제시하면서 정리했는데 이는 선시(게송)의 서사적 제시라고 할 수 있다.[26] (3)은 역대 전등의 모든 과정을

---

23 〈신묘년상지공화상(辛卯年上指空和尙)〉, 앞의 책, 659쪽.

24 〈기나옹화상입금강산(寄懶翁和尙入金剛山)〉, 앞의 책, 661쪽.

25 전재강, 「백운경한 초록 「직지」에 실린 선시의 제시 맥락과 표현원리」, 『선학』 47, 한국선학회, 2017, 71~98쪽. 참고.

다 보이지는 않고 제1대 가섭이 법을 잇는 장면과 28대 달마가 혜가에게 법을 전하는 역대 전등의 핵심 장면을 내용으로 한다. 구체적으로는 장면을 그려보여 묘사의 기법이 사용되었으면서도 전체적으로는 전법 과정, 스승과 자기의 경우 등 핵심 사연을 시간 순서에 따라 나열하는 서사적 서술을 하고 있다. 그러나 구체적 내용을 보면 그러한 전등의 과정 자체가 바로 선임을 알려 주기도 한다. 부처는 입을 열어 설법을 하지 않고 꽃을 들어 보이고, 달마는 말없이 면벽을 하고 제자는 팔을 끊어 진심을 보이는 장면이 모두 그러하다. 때로는 언어를 초월하기도 하고 때로는 선문답을 통하여 깨달음의 세계, 진여의 세계를 주고받는 것이 선이기 때문이다. 구체적으로는 장면을 묘사하거나 설명의 방식을 사용하면서도 선가의 전법과정을 시간순서에 따라 제시하고 있다는 점에서 작품 전체 전개상에서는 서사적 표현 기법이 사용되고 있다.

앞의 작품이 불조의 전등 과정과 그 이후 스승과 자신의 사연을 간단히 서술했다면 (4)에서는 백운이 직접 가르침을 받은 스승 지공의 출신과 출가, 수행과 깨달음에 이르는 중요 장면을 소개하고 있다. 서두에서 먼저 서천 인도에서 온 사부는 복이 많다는 칭송을 하고 바로 그런 지공 화상이 중천축국 석가족의 왕궁에서 태어났으며, 8세에 출가하고 두루 다니며 용맹하게 수행을 했고, 또 남방으로 가

---

26 작품 (3)의 전체는 바로 이와 연관된 내용으로 석가세존으로부터 시작된 선의 전통성을 서술하고 있다. 부처와 달마의 핵심적 두 사건을 먼저 제시하고 그 주고받은 가르침의 성격을 이어서 말하고 그 다음은 백운의 스승 석옥의 수행과정과 깨달음, 끝으로 자신의 수행과정과 깨달음을 시간 순서대로 서술하고 그때마다의 정황, 의의 등을 제시하고 있다.

서 길상산 보명을 먼저 배알하고 말 한 마디에 심오한 뜻을 문득 깨달았다는 등 인물이 보인 핵심적 행적을 서사 단위별로 소개하고 있다. 이어지는 내용은 그가 얻은 좌갈라파제의 삼과 법문을 얻어 깨달은 과정, 그의 교화 과정을 서사적으로 소개하고 있다. 여기서 생략한 이어진 내용에서 지공은 다시 원나라에까지 와서 교화를 펴고 마침내 시적 자아인 백운 자신을 만나는 과정까지를 서술한다.[27] 따라서 이 작품은 자신의 직계 스승이 보인 내력과 활동, 마침내 원을 거쳐 고려에 이르고 자신과의 대면하기에 이르는 핵심적 삶의 과정을 순차적으로 서술하고 그 중간에 깨달음이나 교화의 성격을 설명하고 있다.

앞의 두 경우가 역대 전등의 과정, 직계 스승의 내력과 시적 자아와의 만남 등을 서술하고 있다면 (5)는 일상에서 사람을 만나고 살아가는 이야기를 서술하고 있다. 시적 대상 인물인 나옹은 금강산에 참선을 하러 가고 자신은 편하게 지낸다는 일상을 그리고 있다. 기승 구에서는 최근 상대방의 정황을 서술하고 있다. 이별한 지 1년이 되었는데 여전히 상대가 참선을 잘하고 있다는 소식을 들어서 기쁘다고 심정을 진술하였다. 이어진 전결 구에서는 자신의 모습을 묘사하고 있다. 세 집밖에 살지 않는 작은 마을에서 세상 이치에 어둡고

---

27 시적 자아와 만남 부분을 보면 "위없는 법을 자세히 나에게 설해주셨으나/이 제자는 근기가 미열하고/지혜가 부족하여 이를 감당할 수 없었네./진심으로 부끄럽고 진심으로 부끄럽네./감사한 마음 이길 수 없어 향 사르고 백번 절하노니/원컨댄 제자가 되어 수건과 물병 들고 시중들게 하여 주소서[無上法伊 曲說授我 而我弟子 根機微劣 智慧鮮少 不能荷擔 誠心慙愧 誠心慙愧 不勝珍感 焚香百拜 願爲弟子 執侍巾甁 〈辛卯年上指空和尙〉, 앞의 책, 659쪽]"라고 하여 백운 자신이 스승을 만난 과정과 자신의 당시 심정을 이렇게 진술하고 있다.

게으르게 살아가면서 밥 먹고 잠자는 일이나 하고 있는 자신을 그려 보이고 있다. 시적 대상 인물인 한 사람은 수행을 떠나고 시적 자아인 나는 여기 남아 일상을 이어가는 사연을 대비적으로 서술하고 있다. 매우 단순한 두 가지 사연을 제시한 것 같지만 여기에는 깊은 선적인 함의가 내포되어 있다. 시의 내적 문맥으로 보았을 때 따로 수행하고 얻을 것이 있다고 보는 대상 인물과 있는 그대로가 본래 부처라는 본래 성불의 이치에 따라 살아가는 시적 자아와의 선명한 대비를 담고 있기 때문이다. 따라서 이 작품은 겉으로 두 인물의 생활을 서사적으로만 제시한 것 같지만 이면에는 선의 입장이 첨예하게 대비되는 긴장감을 내포하고 있다는 점에서 탁월한 선시다. 작품 전체 서사적 서술의 구체적 내면에는 묘사의 기법이 사용되고 묘사를 통해서 드러낸 내용이 철저한 본래 성불의 선적 입장을 매우 명징하게 상징하고 있다. 배고프면 밥 먹고 고단하면 잠잔다는 표현은 있는 그대로의 일상이 곧 진리의 삶, 부처의 삶이라는 것을 상징하는 표현으로 선가에서 자주 사용되는 구절이다. 이 점에서 전체 이 작품의 표현 방식이 서사적이라는 특징을 보이면서도 그 이면에 묘사의 기법, 상징의 수법까지 내포하여 표현의 입체성을 보여 주고 있다. 담화 전체 시상 전개 차원에서 서사, 세부적 국면에서 장면 묘사, 함의에서 상징이라는 문학적 표현 장치를 매우 유려하게 구사하고 있어 선시의 깊이를 잘 알려주는 작품이다.[28]

---

28 그가 편집한 「직지」는 부처로부터 자기 당대까지 역대 전등의 과정 전체를 인물 중심으로 각 인물의 핵심적 게송과 함께 산문으로 제시하고 마지막에는 수행에 참고가 될 만한 중요한 게송이나 산문 자료를 추가하여 서사성과 교시성을 동시에 보여 주는 체계를 갖추고 있다(「백운화상초록불조직지심체요절 권 상·하」, 『한국불교전서』 고

3. 수사적 표현

백운 경한은 선을 직설적으로 표현하기도 하지만 더 빈번하게 구체적 수사법을 활용하여 선을 표현한다. 여기서 나누어 살피려는 세 항목은 수사법 자체로서 독자적 특징을 가지는 것인데[29] 백운은 선의 특정 측면을 표현할 때 이를 변별적이면서 통합적으로 사용함으로써 일상어로 표현하기 어려운 선의 세계를 드러낸다. 그러나 실제 백운의 시를 보면 도식적 방식에 머물지 않고 특징적 표현들이 둘 이상 상호 연관되면서 선적 표현이라는 독자적 미학을 형성하는 경향성을 보인다. 이와 같이 때로는 개별적이며 많은 경우에 융합적이고 자유자재한 표현의 구사에도 불구하고 어떤 표현법이 선의 어떤 면모를 드러내는 데에 주로 사용되는가를 추출해 내는 것은 선과 언어가 본질적으로 가진 상호 길항적 관계 요인이 어떻게 작용하는가를 찾아가는 중요한 과제라고 할 수 있다. 선의 세계는 흔히 언어도단(言語道斷), 심행처멸(心行處滅)이라고 하여 말과 생각의 길이 끊어진 어떤 세계를 나타내기 때문에 구체적 자료를 가지고 선이 언어와 관계 맺는 방식을 본격적으로 문제 삼을 필요가 있다.[30]

려시대편 3, 제6책, 동국대학교 출판부, 1990, 604~636쪽). 이에 비하여 여기서 살핀 백운의 자작시에서는 역대 전등의 핵심 사건만을 같은 작품 안에 부분적으로 다루고, 스승과의 인연, 지인과의 관계 등을 드러내는 데에 서사적 기법을 사용하고 있다는 점이 「직지」와 다르다.

29 백운 경한의 선시에 사용된 수사는 비유와 역설, 상징이 중심이다. 여기서 비유란 원관념을 드러내기 위해 쉬운 보조 관념에 견주는 표현 방식이고, 역설은 표면적으로 일상적 논리에 어긋나는 언표를 통하여 새로운 차원의 진리를 드러내는 표현 방식이고, 상징은 형상 없는 어떤 관념을 그와 무관한 구체적 대상으로 치환하여 표현하는 방식이다.

1) 비유적 표현

백운의 시에서 직유와 은유가 비유적 표현으로 가장 빈번하게 사용되고 있다. 비유는 무형의 이념을 이해시키기 위해 경전에서도 빈번하게 사용하고 있다.[31] 많은 경전을 접한 백운[32] 역시 선의 세계를 비유로 나타내고 있다. 논리적으로 설명하는 과정에 비유를 많이 사용했는데 그 구체적 양상을 논의하고자 한다.

(6) 본래 진면목은 방불하기가 허공과 같고
또한 한 점 눈이 뜨거운 화로 안에 떨어진 것 같네.
사념을 떠난 진여의 성품은 해가 허공에 처한 것과 같고
육근이 조금이라도 움직이면 해가 구름 속에 든 것 같네.
본래 청정한 도, 그 도량은 허공과 같네.
本來眞面目 髣髴若虛空　又如一點雪 落在烘爐中
離念眞如性 如日處虛空　六根才一動 如日入雲中
本來淸淨道 其量等虛空[33]

---

30 권기호는 언어와 선의 이런 관계를 "선은 불립문자 언어도단을 주장하지만 깨달음의 전달과 깨달음의 경지를 표현하기 위해서는 부득불 문자에 의존할 수밖에 없는 양면성을 또한 가진다(권기호, 『선시의 세계』, 경북대학교 출판부, 1991, 23쪽)"고 하였다.

31 『금강경』에 보이는 대표적 6가지 비유(일체 유위법은 꿈과 환상과 거품과 그림자와 같으며 이슬 같고 또한 번개와 같다[一切有爲法 如夢幻泡影 如露亦如電 〈應化非眞分第〉『金剛經三家解』, 운주사, 2019, 701쪽], 『법화경』에 보이는 7가지 비유(火宅喩, 窮子喩, 藥草喩, 化城喩, 衣珠喩, 髻珠喩, 醫子喩), 『원각경』의 다양한 비유 등 백운이 즐겨 읽은 불교 경전에서는 비유가 일상화되어 있다.

32 백운의 어록에 그가 여러 경전을 접한 기록이 보인다. 대표적인 것이 『般若心經』, 『金剛經』, 『法華經』, 『涅槃經』, 『圓覺經』 등인데 경전을 중시하여 그는 간경안(看經眼)의 의미를 따로 다루기까지 한다. 비유를 담고 있는 경전을 접하면서 그 자신도 비유를 자유롭게 구사한 것으로 보인다.

33 〈부답청법이오언시지(復答請法以五言示之)〉, 앞의 책, 662쪽.

(7) 사람사람이 낱낱이 다 갖추고 있으니
무슨 법을 가지고 누구에 주려고 하는가?
곧 마음이고 곧 부처라 부처가 곧 마음이니
부처를 가지고 다시 부처를 구할 것 아니네.
人人箇箇皆具足　擬將何法付與誰
卽心卽佛佛卽心　不須將佛更求佛[34]

앞장에서 살핀 다른 작품에서 개념적으로 설명한 내용을 (6)에서는 다시 가져와서 비유를 통하여 그 의미를 다른 방식으로 알려주고 있다. 본래진면목 즉 본래 면목은 육조가 사용한 용어인데 그 상태를 두고 백운은 매우 다양한 실물 대상을 가져와서 비유하고 있다. 먼저 허공 같다고 하고 다음은 화로 가운데 떨어진 눈송이 같다고도 했다. 같은 의미의 또 다른 용어인 진여의 성품[眞如性]을 두고는 다시 허공에 뜬 해와 같다고 하면서 육근이 조금이라도 움직이면 해가 구름에 들어가는 것과 같다고 그 작용도 말하고 있다. 그리고 또 다른 개념인 본래청정도라는 용어를 가지고 와서는 그 용량이 허공과 같다고 말하고 있다. 여기서 백운은 선적 진리를 나타내는 몇 가지 다른 용어를 가지고 같은 진리를 여러 측면에서 설명한다. 참된 모습이라는 본래진면목, 진리의 성품이라는 진여성, 본래 깨끗한 도리라는 본래청정도가 바로 그것이다. 이같이 특징 있는 용어의 의미를 여기서는 관념어로 설명하지 않고 '… 같다[如…, 等…]'라는 표지를 사용한 직유를 통하여 구체적 대상으로 형상화해냄으로써 선을 통해 깨닫고자 한 선적 진리를 더 구체적, 감각적으로 느낄 수 있게 돕고

34 〈신묘년상지공화상(辛卯年上指空和尙)〉, 앞의 책, 659쪽.

있다.[35]

직유의 방식은 그가 가장 선호하는 선 표현법의 하나이다. 앞 장에서 삼전어(三轉語)를 개념적으로 설명하는 경우를 보았는데 직유라는 비유적 표현을 통한 풀이도 역시 보여 주고 있다. 예를 들어 "산은 어찌 뫼 부리 가에서 그치는가? 위없는 법왕이 가장 높고 빼어남이 여러 봉우리 형세가 뫼 부리 가에서 그치는 것과 같네./물은 어찌 이르러 도랑이 되는가? 원각의 깨끗한 성품은 종류를 따라 호응하니 바다에 이르는 물이 도랑을 이루는 것과 같네./ 밥은 어째서 흰쌀로 짓는가? 심성은 본래 원만히 이루어졌으니 백반은 원래 쌀로 짓는 것과 같네."[36]라고 비유한 것이 이것이다. 세 가지 질문에 대하여 먼저 세 번 답을 하고 다시 그 답한 내용에 대하여 '…와 같네(若, 如, 等)'라는 직유의 표지를 사용하여 또 다른 새로운 대상을 가지고 빗대어 말하고 있다. 위 인용문 두 경우에서 모두 직유의 수사법이 선적 진리의 세계를 드러내는데 사용되고 있다는 것을 알 수 있다.[37]

---

35 여기서 생략한 같은 작품 중후반에서는 본래진면목이라는 원관념이 가진 성격을 색비색(色非色), 공불공(空不空)과 같은 역설법으로 나타내고 있다. 즉 이 작품에서는 깨달음의 세계를 직유로 나타내고 그 세계의 성격은 역설로 표현하고 있다.

36 山何岳邊止 無上法王最高勝 如羣峰勢岳邊止 水何到成渠 圓覺淨性隨類應 如濕流海到成渠 飯何白米造 心性無染本圓成 如白飯元來米造 〈三轉語〉, 앞의 책, 655쪽.

37 백운이 시에서 보인 이런 비유의 사용처는 진리나 깨달음, 깨닫기 이전 수행 과정을 모두 직유로 표현하는 그의 산문과는 다르다고 할 수 있다. 그 산문의 예를 들어보면 "어떤 사람이 깨달은 사람인가? 이르자면 당처(當處)를 떠나지 않아서 맑고 항상 고요하나 우러르면 앞에 있고 홀연히 뒤에 있는 것이 신비롭게 변하여 방소를 정함이 없는 것과 같다[作麽生是自然覺者 云不離當處 湛然常寂 瞻之在前 忽焉在後 如同神變 莫定方隅 〈海州神光寺入院〉, 앞의 책, 638쪽]"라고 하여 깨달은 사람의 모습을 공간에 구애받지 않고 자유자재하는 작용에 '如同…'이라는 직유의 표지를 가지고 비유하고 있다. "또 이르기를 보는 것과 보는 대상, 생각하는 형상은 허공의 꽃과

(7)은 앞에 제시한 작품 (4)의 끝 부분인데 1,2구에서 앞 뒤 문맥을 보면 구족(具足)의 내용은 법(法)이다. 모든 사람이 법을 본래 갖추고 있다는 전제를 하고 그런 이유로 아무에게도 법을 줄 수 없다는 점을 설의법을 통하여 강조하고 있다. 3행에 오면 모든 사람이 법을 갖추었다는 더 근본적 이유를 말해준다. 부처가 바로 마음이기 때문이라는 것이다. 여기서 '부처는 마음이다'라는 은유가 사용되고 있다. 이는 역으로 '마음이 부처다'라는 논리를 함의하고 있는 것으로 직유를 통하여 간접화하여 '…같다'고 표현한 것보다 더 분명한 강세를 갖는다. 앞에서 본 직유는 상당히 길게 반복적으로 사용되면서 사유를 길게 이어지게 하는데 비하여 여기 보이는 은유는 그 성격상 핵심적 의미를 드러낼 때만 사용되어 표현이 매우 전격적이다.[38] 이런 예를 더 들어보면 "평상심이 도이니/ 모든 법은 체를 보면 그대로 진이네./ 법과 법은 서로 간여하지 않고/ 산은 산이고 물은 물이네"[39]라는 작품이 있다. 평상심이 도, 산은 산, 물은 물이라는 'ㄱ은 ㄴ이다'라

갈아서 본래 있지 않다[又云見與見緣 并所想相 如空中花 本無所有 〈興聖寺入院小說〉, 앞의 책, 641쪽]"라고 하여 주관과 객관, 생각한 형상은 허공 꽃과 같다고 비유하고 있다. 여기서는 깨달음이나 진리가 아니라 깨닫기 이전 주객이나 일체 형상이 어떠하다는 것을 설명하면서 '如…'라는 표지를 사용하여 직유의 수사를 구사하고 있다. 여기 든 사례 말고도 백운은 반복하여 '如…, 似…. 若'…과 같은 표지를 사용하여 보조 관념으로 '虛空, 桶, 鏡, 苦葫蘆, 月, 絃, 盆, 大海, 夢幻, 恒沙, 大虛, 土木, 錦, 山岳, 林, 火宅, 氷, 巴猢猻, 瓶, 蓮花' 등에 직접 비유하는 여러 사례를 보여주고 있다. 산문에서는 깨달음과 수행과정을 모두 보여 주고 있지만 상대적으로 수행 과정의 표현에 직유가 더 많이 사용되고 있다.

38 이 작품은 4언으로 게송을 이어오다 〈復作七偈呈似〉라고 말하면서 다시 지어올린 장형으로 된 게송의 끝 부분인데 그 앞에서는 현실의 실상이나 교화에 대하여 설명을 하고, 끝에 와서는 진여를 은유로 드러내고 있다.

39 平常心是道 諸法覿體眞 法法不相到 山山水是水 〈우작십이송정사〉, 앞의 책, 660쪽.

는 문맥을 한번, 'ㄱ은 ㄱ이다'라는 문맥은 두 번 반복하고 있다. 그런데 은유의 기본 문맥은 사용하고 있지만 그 안에 배치된 대상을 보면 원관념과 보조 관념의 경계가 모호하고 허물어지는 것을 볼 수 있다. 평상심과 도의 관계에서는 도가 원관념이고 평상심이 보조 관념일 것 같은데 문장 구성상 반드시 그렇지만은 않다. 양자 관계를 상식과 다르게 뒤집어 놓음으로써 도가 평상심을 떠나 있는 것이 아니라는 논리가 성립하기 때문이다. 산이 산이고 물이 물인 것은 더구나 은유의 상식성을 심각하게 훼손한다. 동일 대상을 이렇게 배치하여 둘 다 앞의 것이 원관념일 수도 있고 뒤의 것이 원관념일 수도 있게 만들기 때문이다. 그래서 백운은 시에서 은유라는 같은 수사법을 구사하면서도 일반적 시에서 사용하는 형식 논리를 넘어 있다는 것을 분명히 보여준다.

여기서 더 나아가 보조 관념만으로 은유를 이루는 사례가 나타난다. 이런 경우에는 그 원관념이 무엇인가는 그 자체로 또는 앞 뒤 문맥을 가지고 유추해내야 한다. 예를 들면 "원통의 참 경계를 알고자 하는가? 지는 꽃과 지저귀는 새가 한 가지로 봄일세."[40]라는 구절이 있는데 여기서 원통은 역시 선적 진리의 다른 이름이다. 즉 깨달음의 세계라고 할 수 있다. 이것을 알고 싶은가라고 질문하고 그 대답으로 설명을 하는 대신 그냥 '꽃 지고 새 지저귀는 봄 장면'을 제시하고 있다. 앞뒤 문맥을 연결해서 보면 'ㄱ은 ㄴ이다'라는 문맥을 유추할 수 있지만 실제 문장은 질문하는 문장과 대답하는 문장으로 별도로 나눠져 있기 때문에 둘 째 문장에는 그 자체로 하나의 보조

40 欲識圓通眞境界 落花啼鳥一般春 〈送人洛迦山〉, 앞의 책, 662쪽.

관념만 나타나 있는 셈이다. 앞 뒤 문맥을 따져야 그 원관념이 원통 경계임을 짐작할 수 있을 뿐이다. 백운은 이와 같이 원관념 없이 고도의 은유를 자주 구사하고 있는데 또 다른 예를 더 들어보면 "배고프면 밥을 먹고 피곤하면 잠을 자네. 장삼이사는 도무지 알지 못하네."[41]라는 작품이 있다. 여기서 앞 구절은 드러난 일상을 표현하고 뒤 구절에서는 장삼이사가 모른다는 사실을 직설하고 있다. 여기서 밥 먹고 잠자는 것이 바로 보조 관념이다. 일상인이 알 수 없는 어떤 의미가 바로 그 원관념이라 할 수 있는데 이는 드러나지 않고 숨겨져 있다. 밥 먹고 잠잔다는 표현은 선가에서 자주 사용하는 표현 중의 하나이다. 진여를 깨달은 사람이 보이는 행위를 묘사할 때 자주 사용된다. 따라서 여기서는 진여 또는 진여를 체득한 사람의 삶이라는 원관념은 생략되고 그 보조 관념만 드러나 있다고 말할 수 있다. 이와 같이 백운은 'ㄱ은 ㄴ', 'ㄱ은 ㄱ', 또는 'ㄴ'이라는 연결 방식의 다양한 은유를 사용해서 말하고자 하는 세계를 매우 낯설게 표현하여 사념을 멈추고 깨닫게 하려고 하고 있다.[42]

---

41 飢來喫食困來睡 李四張三都不知 〈거산(居山)〉, 앞의 책, 661쪽.

42 백운 경한은 산문에서도 역시 은유를 사용하고 있는데 'ㄱ'은 'ㄴ'이다. 'ㄱ'은 'ㄱ'이다와 같이 원관념과 보조 관념을 동시에 드러내는 방식을 사용하고 보조 관념만 사용한 경우는 나타나지 않는다. 예를 보면 "산은 산이고 물은 물이로다, 승은 승이고 속은 속이다[山是山水是水 僧是僧俗是俗 〈해주신광사입원〉 638]"라고 하여 'ㄱ'은 'ㄱ'에 해당하는 은유를 사용하고 있다. "개울의 물소리 다 장광설이로다[溪聲盡是長廣舌 〈해주신광사입원〉, 앞의 책, 639쪽]"라고 하여 'ㄱ'은 'ㄴ'의 경우를 보여 주고 있다. 보조 관념만 사용하는 경우는 보이지 않고 앞의 두 경우가 나타났는데 은유의 성격상 시에서와 같이 진여를 나타내는 데에 이 수사를 사용하고 있다. 그러나 시와 같이 압축해야 할 필요가 없어서 원관념과 보조 관념 모두를 드러낸 은유를 사용한 점이 시와 다르다.

2) 역설적 표현

역설(逆說)은 모순 어법이다. 드러난 표현 자체가 일상적 차원에서 논리에 어긋나는 어법이다. 백운이 남긴 선시에는 이런 역설법이 자주 사용된다. 논리적으로 말이 안 되는 말을 통하여 백운이 말하고자 한 것이 무엇이며 어떤 경우에 역설을 주로 구사하며 어떤 미학적 기능을 수행하고 있는지를 논의하고자 한다.

(8) 산은 푸르디푸르고 물은 맑디맑네.
새는 지저귀고 꽃은 무리로 피었네.
다 줄 없는 거문고의 곡조라
푸른 눈의 오랑캐 중도 보지 못했네.
山青青水綠綠　鳥喃喃花蔟蔟
盡是無絃琴上曲　碧眼胡僧看不足[43]

(9) 세존과 달마는 말없이 말을 했고
가섭과 신광은 들음 없이 들었네.
世尊達磨不說說　迦葉神光不聞聞[44]

(10) 임제와 덕산 특히 미혹되었으니
그릇 공부를 써서 봉과 할을 베풀었네.
臨濟德山特地迷　枉用功夫施棒喝[45]

---

43 〈거장운 인착의전환불시(擧杖云 認着依前還不是)〉, 앞의 책, 661쪽. 장시인 이 작품은 진리를 나타낸 위 인용 부분을 시작으로 그와 일체가 된 자신의 자유로운 삶과 교시, 존재 원리, 교시 등의 내용을 주로 설명과 묘사를 통해 차례로 제시하고 필요에 따라 비유, 역설, 상징을 구사하고 있다.

44 〈일화개오엽게왈(一花開五葉偈曰)〉, 앞의 책, 658쪽.

인용문 (8)의 1,2행에서는 산(山), 수(水), 새(鳥), 꽃(花) 네 가지 시적 대상의 생동하는 모습을 그리고 있다. 그런데 3행에 와서 이렇게 그린 네 가지 대상이 모두 줄 없는 거문고의 곡조라고 단정하고 있다. 문맥 관계로 봐서 '1,2행은 3행이다'라는 논리를 내세워서 외형은 'ㄱ은 ㄴ이다'라는 은유 방식을 이루고 있다. 이 문맥 속 제3행이 선가에서 즐겨 사용하는 전형적 역설의 기법을 보여준다. 거문고는 현악기로서 줄이 있어야 온전한 거문고라 명명할 수 있고, 또한 소리를 내고 곡을 연주할 수 있는 것인데 여기서는 줄이 없는 거문고라고 하고 거기서 곡조까지 나온다고 말하고 있다. 산수조화(山水鳥花)를 두고 줄 없는 거문고의 곡[無絃琴上曲]이라고 하여 은유로 이어진 양자의 거리는 짐작할 수 없을 만큼 멀다. 보조 관념에 해당하는 후자는 논리적 모순이 커서 일상적 사유를 용납하지 않는다. 마지막 4행에 와서는 달마라는 오랑캐 중조차 이것을 볼 수가 없다고 단정하고 있다. 맨 앞에서 제시한 산수조화는 누구나 보고 들을 수 있는 것인데 이것을 '무현금곡(無絃琴曲)'이라 정의하고 조사선의 초조인 달마조차도 이를 보지 못했다고 강조하고 있다. 이러한 짧은 선적 표현 문구는 매우 복잡한 교리를 함축한 것이다. 산수조화는 그 자체로 진리의 현현이지만 진리 자체는 보고 들을 수 없다는 것을 세상에 존재하지 않는 무현금곡이라는 모순적 대상으로 형상화하고 있다. 진리의 드러난 대상으로서의 현상인 산수조화를 말하면서 이것의 드러나지 않는 측면까지를 모두 포괄하는 완전체를 세상에 존재하지 않는 상징물을 만들어 말하게 하고 있다. 그래서 무현금곡은

---

45 〈거장운 인착의전환불시(擧杖云 認着依前還不是)〉, 앞의 책, 661쪽.

선적 진리의 존재 방식을 나타내기 위해 만들어진 상징물이 된다. 그런데 상징물의 구성 내용은 줄이 있어야 거문고인데 줄 없는 거문고라고 하여 역설을 핵심 성격으로 가진다.[46]

앞의 시가 존재 자체를 역설적으로 읊었다면 (9)에서는 그러한 존재 원리에 대한 가르침을 전달하고 받아들이는 과정을 역설적으로 표현하고 있다. (9)의 두 행은 법을 전한 세존과 달마, 법을 전해 받은 가섭과 신광의 두 경우를 요약한 표현이다. 가르침을 전해주고 전해 받았다면 거기에는 꽃을 사용하든 말을 사용하든 전달 수단이 있고 그것을 통하여 전해 받는 가르침이 있게 된다. 여기서는 그 과정을 말하고 듣는 것으로 표현했는데 분명히 전달한 것이 있고 받은 것이 있는데 이를 단순히 그렇게 표현하지 않고 '말없이 말을 하고 들음 없이 들었다'고 하여 앞뒤 의미가 상반되는 모순적 표현을 하였다. 말이 없으면 말을 안 한 것이고 들음이 없으면 듣지 않은 것인데 거기에 말없이 말을 하고 들음 없이 들었다고 하니 표현 자체가 정면으로 의미상 모순을 이뤄 역설이 되었다. 선이 말하고자 하는 진리 자체가 가지는 성격에 부합하는 교시가 어떠해야 하는가를 말하기 위해 바로 이런 역설을 사용하지 않을 수 없었다. (8)번 작품에서 '무현금' 또는 '무현금곡'으로 표현된 진리는 '줄 없는 거문고(곡)'이라는

---

46 관념을 사물로 형상화하여 상징이 되었지만 상징어의 구체적 성격이 모순으로 구성됨으로써 역설을 동시에 구현하는 방식으로 두 가지 수사가 긴장감 있게 결합한 현상이 나타났다. 이 작품에서 "푸른 산, 맑은 물, 지저귀는 새, 무리로 핀 꽃이 다 줄 없는 거문고 곡조이다"라 하여 'ㄱ은 ㄴ이다'라는 관계는 은유, 거문고는 줄이 있어야 거문고인데 '줄 없는 거문고 곡조'라 하여 모순된 측면은 역설, '줄 없는 거문고 곡조'라는 구체적 대상으로 형상 없는 선적 진리를 나타내는 측면은 상징이 각각 되어 결국 하나의 선적 표현에서 세 가지 수사가 정밀하게 교직된 사례를 보여 주고 있다.

의미로 있지도 않고 없지도 않은 연기라는 존재 원리를 의미하기 때문에 이를 전하고 받을 경우에도 그 행위를 실체화하여 '말하고 들었다'고만 할 수 없어서 '말없이 말하고 들음 없이 들었다'고 표현하고 있는 것이다. 이런 역설적 교시의 방식은 선적 표현의 핵심을 이루는데 백운이 인용한 스승의 선시에도 구체적 표현은 다르지만 잘 나타나 있다.[47]

실체가 없다는 존재 원리의 관점에서 볼 때 (10)은 실제 역대 조사 가운데 방(棒)과 할[喝]을 써서 철저히 제자들을 잘 교시한 대표적인 인물인 임제와 덕산도 잘못 되었다는 것을 지적하고 있다. 임제와 덕산은 선문에서는 매우 교과서적 모범으로 존중받는 선사들이고

47 백운이 인용하고 있는 그의 스승 지공 화상이 읊은 시에서도 교시와 관련한 역설이 매우 역동적으로 표현되어 있다. 백운의 스승 지공은 "벙어리가 고성으로 묘한 법을 강설하니/귀머거리는 멀리서 미묘한 말을 듣네./무정한 만물이 모두 찬탄하니/허공에 가부좌하고 밤새 참여하네[啞子高聲說妙法 聾人遠處聽微言 無情萬物皆讚歎 虛空趺坐夜來叅 〈又(指空)和尙頌曰〉, 앞의 책, 643쪽, 660쪽]"라고 읊고 있다. 이 작품은 (9)번 작품과 같이 법을 말하고 법을 듣는 장면을 선적으로 표현하고 있다. 1,2행을 보면 설법자와 청법자의 존재와 행위가 매우 놀랍다. 먼저 1행에서 벙어리가 미묘한 법문을 고성으로 강설한다고 하고 2행에서는 귀머거리가 멀리서 미묘한 법문을 듣는다고 표현하고 있기 때문이다. 벙어리는 본래 말을 못하는 사람인데 큰 소리로 설법을 하고 귀머거리는 본래 소리를 못 듣는 사람인데 그것도 먼 거리에서 말을 듣는다고 하니 역시 완전 모순이다. 이어진 3,4행에서도 무정물이 찬탄을 하고 허공에 가부좌하여 참여한다고 하여 모순 어법은 계속된다. 생명 없는 물건은 찬탄이라는 반응을 본래 할 수 없는 것인데 찬탄한다고 하고 허공에는 가부좌할 수 없는데 거기서 가부좌하여 참여한다고 하고 있기 때문이다. 그래서 설법의 현장을 모순 어법으로 표현하고 있는 것이 바로 이 작품이다. 진리 차원에서 다양한 현상은 있지만 본질은 공이고 무아임을 하나로 묶어 나타내기 위하여 만든 역설의 용어가 바로 무현금곡(無絃琴曲)이었다면 여기서는 이러한 진리를 가르치고 배우는 모든 사람, 주변 환경까지 이러한 진리의 차원에서 설법과 청법이 이루어져야 한다는 것을 드러내기 위하여 '말하는 벙어리'와 '듣는 귀머거리'라는 역설의 기법을 사용하고 있다.

이들이 구사한 교시의 방법인 방과 할은 뒷사람들이 본받아서 실천해야 한다고 보는 것이 선가의 일반적 상식이고 논리인데 여기서는 두 사람을 '혼미하다' 혹은 '미혹하다'고 비판하고 또한 그들이 선호하던 방과 할이라는 교시 방법도 잘못 사용한 것이라는 지적을 분명하게 하고 있다. 이러한 백운의 지적은 일반 상식적 논리에서 보면 역시 완전히 모순이다. 대중 교화를 새로운 기법으로 매우 잘 한 사람을 미혹했다고 하고 그들이 사용한 교시 방법을 틀렸다고 하였으니 일상의 기준에서 보면 철저히 모순이다. 이것은 (8)에서 말한 역설적 진리에 근거하여 보면 설명이 가능해진다. (8)에서 말한 산수조화로 대표된 일체 존재가 무현금곡이라서 낱낱이 본래 진리의 현현(顯現)이고 그래서 본래 부처인데 임제와 덕산은 소위 중생을 제도한답시고 본래 부처들에게 방과 할을 마구 사용했으니 그래서 틀렸다는 것이다. 일상의 논리에서 완전히 일탈한 이와 같은 역설의 수사적 표현은 근본적으로 교시할 것이 없다는 조사선의 본래 성불[48]의 입장에서 교시를 해야 진정한 교시가 이루어진다는 투철한 입장을 분명히 드러내는 역할을 하고 있다고 할 수 있다.[49] 위에서 살폈듯이

48 대한불교조계종 불학연구소 전국선원수좌회, 『간화선』, 조계종 출판사, 2005, 62~70쪽 참고.

49 백운은 시에서 뿐 아니라 산문에서도 빈번하게 선을 역설의 방식으로 표현하고 있는데 본인의 시에서는 진리와 진리의 전달, 그 전체에 대한 자기 자신의 평가를 역설의 방법을 통해 매우 함축적으로 드러내는 것이 특징이라면 산문에서는 자신의 이러한 관점을 주장하고 설명하기 위해 핵심적 자료를 인용해 증명하는 과정에 이런 역설을 구사한다는 점이 다르다. 예를 들어 "또 말하라 어떤 것이 하나인가? 옛날에 이르지 않았는가? 한 티끌을 들면 대지를 온전히 거두고 한 꽃이 겨우 피면 세계가 곧 일어난다(且道作麽生是一 古不云乎 一塵才擧 大地全收 一花才發 世界便起 〈홍성사입원소설〉, 앞의 책, 642쪽)"라는 대목이 보인다. 하나를 설명하면서 그 하나를 각기 먼지

백운은 진리 자체와 전법, 교시 등의 여러 과정에서 자신의 목소리나 남의 사례를 인용하여 다양한 방식의 역설을 구사하고 있는데 그와 같은 시대를 살았던 태고 보우의 경우는 주로 자작시에서 역설을 드물게 사용하고 사용 방향도 비교적 단순하다.[50]

와 꽃에 비유하면서 하나가 곧 전체라는 논리를 전개하여 역설을 이루었다. 한 먼지를 들면 대지를 다 거두고 꽃 한 송이가 피면 세계가 일어난다는 것은 비약이고 논리적 모순이다. 선의 진리를 설명하는 과정에 이와 같이 비유와 역설을 동시에 구사하고 있다. 백운은 역설을 사용한 이와 같은 설명을 말을 바꾸어 가면서 계속한다. 예를 들어 "여러분들이 만약 이 안에서 분명히 터득하면 한 티끌 안에서 보왕찰을 드러내고 미진 안에 앉아서 대법륜을 굴리게 될 것이다[諸人若向這裏明得 於一塵中現寶王刹 坐微塵內 轉大法倫 〈흥성사입원소설〉, 앞의 책, 644~645쪽]"라는 부분이 있는데 하나의 티끌이라는 작은 공간에서 보왕찰이라는 거대한 세계를 나타내고 미세한 티끌 안에서 큰 법륜을 굴린다는 것은 논리적으로 불가능하다. 이와 같이 산문에서는 존재 원리나 교화의 과정을 설명하는 효과를 높이기 위해서 역설의 사례를 가져와 사용하고 있다. 백운은 이와 같이 산문에서는 선의 진리를 주장하거나 설명하는 논리전개 과정에 스스로의 말이나 남의 사례를 빌려 역설을 구사하고 있다. 부처의 탄생을 두고 "한 몽둥이로 쳐 죽여 개한테 주어서 먹게 하겠다[一棒打殺 與狗子喫 〈흥성사입원소설〉, 앞의 책, 645쪽]"고 한 운문의 발언을 인용해 보이기도 하고, 경전을 볼 수 있는 안목 즉 看經眼을 설명하면서 "종일 밥을 먹지만 한 번도 쌀 한 톨을 씹은 적이 없으며 종일 옷을 입어도 실오라기 하나 걸친 적이 없다[終日喫飯未曾咬破一粒米 終日着衣 未曾掛着一縷絲 〈흥성사입원소설〉 648]"라는 말을 하고 있다. 승려 운문은 불교의 창건자 부처를 때려죽인다고 한 것이나 백운이 스스로 밥 먹고 옷 입으면서 쌀 한 톨을 씹거나, 실오라기 하나 걸치지 않았음을 믿는다고 하여 극도의 모순 어법의 예를 들어 보인다. 그러나 이러한 표현은 논리적 모순으로 끝나지 않고 고차원의 선적 진리를 구체적 대상으로 드러낸다는 점에서 고도의 상징이 되기도 한다.

50 태고 보우가 『태고록』(태고 보우, 백련선서간행회, 장경각, 불기2535. 이하 『태고록』으로 표기함)에서 역설을 사용한 경우를 보면 자신의 〈태고암가〉에서 "누가 태고의 沒絃琴을 가지고 지금 이 무공적에 호응하겠는가?(誰將太古沒絃琴 應此今時無孔笛 『태고록』, 62쪽)"라고 했는데 〈산중자락가〉에서도 "도연명이 술에 취해 무현을 연주하네(淵明中酒弄無絃)"라고 유사한 표현을 사용했고, 〈雜華三昧歌〉에서는 "해인의 선정 중에 말 없는 말 듣고 전하는 사람 누구인가?(海印定中無說說 聞之傳之者是誰 『태고록』, 64쪽)"라고 했는데 '무설설'과 같은 어법을 말만 바꾸어 자주 사용하고 있다. 〈雪崖〉에서 "백우의 흰 것은 희지 않은 흼이요 희지 않은 흼 가운데 따로 흼이

3) 상징적 표현

백운의 선시에서 역설적 표현은 진리의 존재 방식과 그에 따른 진리의 전달, 교화 방편 등을 압축적으로 드러내는데 사용되고 있었다. 진리를 없음과 있음의 통합으로 보고 양자를 하나라고 보는 입장에서 이를 드러내고 또 이 같은 진리의 입장에서 이를 전하고 전달받으며 교시하는 과정에 일관되게 현실적 논리에서는 허용될 수 없는 상호 모순적인 내용을 하나로 묶어 나타내면서 자연스럽게 역설적 표현법이 구사됐다. 이것은 겉으로 논리적 모순의 표현이라는 점에서 역설이 되는 것이었는데 역설은 그 자체로 끝나지 않고 그 통사단위 전체나 역설을 표현하는 과정에 만들어진 일상 세계 어디에도 존재하지 않는 대상이 어떤 관념을 대변함으로써 상징으로까지 비약하는 현상을 보여 준다. 백운 선시에 나타난 상징은 일반 비유와 달리 원관념과 거리는 가늠할 수 없을 정도로 멀고 현실에 존재할 수 없는 구체적 물상으로 무형의 원관념을 표현하여 독자를 향해 충격을 극대화한다.

있네[白牛之白非白白 非白白中別有白 『태고록』, 77쪽]"라고 하고 같은 작품에서 같은 방식으로 "이 산중의 즐거움은 즐거움 아닌 즐거움일세[此山中樂非樂樂]"라고 역설을 구사하고 있다. 부정과 긍정을 병치하는 이 같은 방식은 〈공도〉에서도 "이 공은 공 아닌 공이고 이 도는 도 아닌 도일세(是空非空空 此道非道道 『태고록』, 91쪽)"라고 반복하고 있다. 이런 방식을 조금 바꾸어 〈無奈〉에서는 "갈대꽃과 눈빛이 하나이면서 하나가 아니네[蘆花雪色一非一 『태고록』, 89쪽]"라고 하고 〈妙峰〉에서는 "우뚝하고 미묘함은 색이면서 색이 아니네(崔嵬微妙色非色 『태고록』, 89쪽)"라고 읊거나 또 〈石溪〉에서는 "한결같이 흐르고 한결같이 흐르지 않으며 고요함이 있고 고요하지 않음이 있네[一流一不流 有嘿有非嘿 『태고록』, 91쪽]"라고 표현하고 있는 것이 그것이다. 이런 방식 이외 논리적으로 역설을 보이는 경우도 있으나 그런 사례는 매우 드물고 여기서 든 것이 역설의 중심 표현이다.

(11) 그 가운데 조사서래의를 알고자 하는가?
불 속에서 지네가 범을 삼키네.
箇中欲識西來意　火裏蝍蟉呑大蟲[51]

(12) 돌 여자 문득 아이를 낳으니
나무 남자 가만히 머리를 끄덕이네!
곤륜산이 쇠 말을 타니
순야다가 쇠 채찍을 들었네!
두 진흙 소가 싸우다가
울부짖으며 바다로 들어가니
과거 현재 미래에
헤아려도 소식이 없네!
石女忽生兒　木人暗點頭
崑崙騎鐵馬　舜若着金鞭
兩箇泥牛鬪　哮吼走入海
過去現未來　料掉無消息[52]

지금까지 백운이 사용한 수사적 표현을 살펴 왔지만 상징은 상대적으로 드물게 사용되고 있다. 그러나 상징은 가장 핵심적인 내용을 가장 충격적으로 전달하며 문학적 형상화의 한 정점을 이룬다는 점에서 주목할 필요가 있다. (11)에서 첫 행은 일상어를 사용한 직접적 서술로 되어 있다. '조사가 서쪽에서 온 뜻'은 선가에서 흔히 말하는 "왜 달마가 서쪽 인도에서 동쪽으로 왔는가?"라는 그 근본 의미에

51 〈하화(下火)〉, 앞의 책, 655쪽.
52 〈우작십이송정사(又作十二頌呈似)〉, 앞의 책, 660쪽.

대한 질문을 직설적으로 말하고 있다. 그런데 이 질문에 대한 대답이 상징으로 표현되었다. 여기서는 용어 자체가 상징을 이루기보다는 통사 단위 전체가 상징을 이루고 그런 맥락 안에서 일상어가 상징어로 상승하는 양상을 보인다. 이 문장의 핵심 용어는 불, 지네, 범이다. 이 삼자의 관계가 일상의 사유와 논리로는 도저히 미칠 수 없는 요원한 지경을 보여 상징으로 상승하고 있다. 지네는 작은 벌레이고 범은 큰 동물인데 범이 지네를 삼키는 것이 아니고 지네가 범을 삼킨다고 하여 상식적 관계 자체가 성립 불가능한 역설이 되었다. 그런데 이 역설은 조사가 서쪽에서 온 뜻을 함의한다는 점에서 상징적 기능을 동시에 수행한다. 의미론적으로 지네와 범의 관계 자체도 불가능한 설정인데 이 놀라운 작용이 일어나는 구체적 배경이 더욱 충격적이다. 지네가 범을 삼키는 일이 불 속에서 벌어진다고 말하기 때문이다. 불 속에서는 일체가 타버려서 존재할 수 없는 것인데 여기서는 엄연히 지네가 범을 삼키는 기상천외한 일이 불 속에서 태연히 일어나고 있다.[53] 논리적으로 불가능한 것을 가능한 것으로 그려 역설이면서 이 역설적 표현 전체가 조사서래의를 대변하면서 상징으로 기능했다. 역설이 중첩되면서 표현 전체가 상징으로 고도화되었다. 지네가 범을 삼킨다는 것이 역설이고 그 행위가 타는 불속에서 이루어진다는 것도 역설이라서 역설이 이중으로 강화되었다면

---

53 따지고 분석할 여지를 주지 않는 이와 같은 표현을 두고 송준영은 "스승이 제자의 슬기를 빼앗아버리는 적기법문(賊機法門)이 있다(송준영, 『선, 언어로 읽다』, 소명출판사, 2010, 15쪽)"고 하였다. 일상의 논리를 초월한 선적 표현법을 이렇게 말할 수도 있으나 여기서도 논리적 체계적 분석은 필요하다. 엄밀히 말하자면 초논리의 정연한 질서가 분명히 거기에는 내재해 있기 때문이다.

그 전체가 조사서래의를 의미하면서 상징의 층위로 상승했기 때문이다. 그래서 마침내 형식적인 불교가 아닌 진정한 불교의 면모를 제대로 실현하기 위하여 조사가 서쪽에서 왔다는 교학적 설명의 방식으로는 도저히 드러낼 수 없는 심원한 이치를 고도화된 상징을 통해 대변했다고 할 수 있다. 따라서 두 번째 행은 논리적으로 역설이면서 통사 단위 전체는 고도의 상징을 이룬 표현이 된다.

(12)를 보면 또 다른 용어를 구사하여 상징의 전형을 보여 주고 있다. 이 작품에서는 그 자체가 상징인 용어가 등장한다. 석녀(石女), 목인(木人), 철마(鐵馬), 니우(泥牛) 등이 그것이다. 그러나 이들 용어의 상징성은 통사적 맥락으로 더 분명하게 뒷받침된다. 문맥을 배제하고 용어 자체만 두고 보면 인형이나 장난감으로 실제 존재하는 대상물이 될 수도 있기 때문이다. 제시된 문맥 안에서 이들 대상은 인형이나 장난감이 아님은 물론 이들 대상이 벌이는 활동은 더욱 심상치 않다. 1,2행을 보면 석녀가 갑자기 아이를 낳고 목인이 몰래 머리를 끄덕인다는 행위에서 이를 알 수 있다. 3행에서 철마는 근현대에 기차를 나타내는 말로 사용되었지만 이 역시 작품 안에서 곤륜산이라는 무정물이 타는 도구로 나와서 철마(쇠말)라는 문자 그대로의 의미로 사용되고 있다. 5행 니우의 경우에도 문맥 안에서 흙으로 빚은 장난감 소가 아니라 싸움을 벌이는 실제 소와 같다는 것을 알 수 있다. 문맥을 근거함으로써 그 성격이 일상적이지 않고 이들 대상들이 선에서 말하는 진리와 같은 어떤 관념을 대신한다는 점에서 용어 자체로 상징이 된다. 무정물과 유정물을 하나로 조합하여 세상 어디에도 없는 물상으로 상징을 만들었다는 점이 공통된 특징이다.[54] 구체적 표현은 다르지만 무정과 유정의 결합이라는 공통된 특징을 통해

서 선의 어떤 원리를 나타낸다는 점에서 이들 용어들은 그 자체로 상징이 된다. 그 자체로 상징성을 가진 이 용어들이 석녀가 아이를 낳고, 목인이 머리를 끄덕이는 행위, 곤륜산이 철마를 타는 작용, 니우가 싸우고 포효하며 바다로 뛰어든다는 문맥 안에 배치됨으로써 상징성은 더욱 강화된다. 일련의 이런 현상은 일상적 상상을 뛰어넘는 놀라운 것인데 마지막 두 행에서 그 진상을 두고 소식이 없다는 말로 마무리를 하여 선의 진리라는 관념적 원리를 상징으로 표현했다는 것을 직설을 통해 다시 확인해 준다. 선에서 말하는 진리, 혹은 진여는 자취가 없기 때문에 현상의 활발하고 다양한 작용이 끝내 아무 근거가 없다는 점을 작품 전체적으로 이렇게 표현함으로써 상징의 깊이를 더 심화했다[55]고 할 수 있다.

---

54 돌과 여자, 나무와 사람, 쇠와 말, 진흙과 소의 결합이 각각 석녀, 목인, 철마, 니우이기 때문에 무정물과 유정물의 결합이라 할 수 있다.

55 백운은 산문에서 역시 상징의 수법을 사용하고 있는데 제시 문맥이 선시의 경우와 다르다. 선시가 장례의식의 과정이나 관념적 설명의 결론으로 상징적 표현을 사용했다면 산문에서는 상징 수법의 표현을 먼저 제시하고 그 의미를 사유하게 하고 단적으로 답하는 방식을 택하고 있기 때문이다. 우선 (11)번 작품은 琛上座라는 승려의 火葬에서 불을 붙이는 下火 과정에 읊은 게송이다. (12)번 작품은 48행의 장시의 마지막 8행으로서 그 앞에서 학인을 대상으로 大死, 情識, 佛法, 本心, 智慧, 本分事, 一物, 平常心, 佛眼, 道人, 聲色 등의 개념어를 사용하여 다양한 방식으로 진리를 설명하고 결론적으로 상징의 수법을 통하여 진리를 다시 표현하고 있다. 그러나 산문에서 사용한 사례를 보면 〈흥성사입원소설〉의 여러 법문 가운데 한 상당 법문에서 상징을 집중적으로 사용하고 있는데 법문을 바로 시작할 때 다른 인물의 상징적 표현을 내세운다. 제일 먼저 운문의 "주장자가 용으로 화하여 건곤을 삼켜버렸다…하략…[拄杖子化爲龍 呑却乾坤了…下略…, 앞의 책, 643쪽]"를 제시하고 "알겠는가?[會麽]"라고 묻고, 다시 몽산의 "어제 밤 초명충이 동해물을 다 마셔버렸다…하략…[昨夜蟭螟蟲吸乾東海…下略…]"을 제시하고 "왜 그런가?[爲甚麽]"라고 묻고, 지공 화상의 선시(앞의 각주 47)번 참고)를 인용하고 "이것이 무슨 말인가?[是甚麽言歟]"라고 묻고 논리적 사고로 이를 이해하려는 몇 가지 사례를 들고는 잘못 되었음을 지적한다. 그러

4. 선의 시적 표현 방식

지금까지 백운 경한이 시에서 선을 어떻게 표현하고 있는가를 그 자신의 산문이나 태고 보우의 시를 부분적으로 비교하면서 논의를 진행하였다. 한 인물의 구체적 작품을 통하여 선의 시적 표현 원리를 따져보고 이런 연구 결과를 다른 자료의 논의에 확대 적용하는 계기로 삼고자 하였다.

먼저 직설적 표현 가운데 개념적 표현의 문제를 다루었다. 백운은 시에서 선의 핵심 진리나 일상생활, 형상화된 공부선 과제의 해석을 개념어로 설명하였다. 정법안장을 비롯한 진리를 나타내는 다양한 개념어를 동원하여 역대 전등이 왜 중요한지 가치를 알리고 구체적 환경 속에서 살아가는 일상이 어떤 의미를 갖는지를 설명하며, 형상화된 말로 표현되어 알기 어려운 선구를 설명하는 과정에 개념어를

면서 다시 이런 것을 알려고 하면 이것을 알아야 한다고 하면서 또 다시 "바다 밑에 먼지가 나고 산위에 파도가 일어난다.…하략…[海底塵生 山頭起浪…下略…]"이라는 상징적 표현을 제시하고는 "이와 같이 도리가 분명하다[如此道理分明]"고 말한다. 그리고 또 다시 고인이 이른 것이라고 하면서 "…상략…허공 꽃이 씨앗을 맺고 돌 여자가 아이를 낳는다[…上略…空花結子 石女生兒]"라고 하고 왜 그런 의미가 되는지 근거는 설명하지 않고 "이것이 여래의 대원각[此如來大圓覺]"이라고만 단정하여 말한다. 따라서 전체 산문 가운데 이 부분에 집중된 상징적 표현은 대중들을 깨우치기 위하여 문제를 제기하는 데에 주로 사용되고 있다는 것을 알 수 있다. 태고도 선시에서 상징을 사용한 사례를 보이는데 역설의 경우와 달리 양상이 백운의 경우와 비슷하다. 〈태고암가〉에서 "한가히 와서 태고가를 크게 부르며 철우를 거꾸로 타고 인천의 세계를 다니네[閑來浩唱太古歌 倒騎鐵牛遊人天 『태고록』, 62쪽]"에서 상징어 鐵牛를 사용했고, 〈백운암가〉에서는 "산은 묵묵하고 물은 졸졸 흐르는데 석녀는 시끄럽게 떠들고 목인은 혀를 차네[山默默水潺潺 石女喧譁木人咄 『태고록』, 67쪽]"라고 하여 여기서는 석녀와 목인이라는 상징어를 사용하고 있다. 두 작품 모두 상징어를 통하여 진리 자체를 주로 드러낸다는 점에서 백운의 경우와 닮아 있다.

구사하였다. 이는 대중들에게 그들이 익숙한 언어 습관에 근거하여 전법의 가치와 일상, 내적 모순을 가진 삼구의 선적 의미까지를 이해시키려는 의도에서 주로 통사 단위에서 사용한 표현법이 바로 개념적 표현이라는 것을 밝혔다.

둘째는 서사적 표현에 대하여 논의하였다. 백운은 선시에서 역대 전승 가운데 부처와 달마의 두 핵심 사례만 제시하여 그 의미를 말하고, 스승 지공의 삶의 과정이나 현재 자신의 생활 모습을 제시하는 데에 담화의 단위에서 서사적 표현의 기법을 사용하고 있었다. 이것은 그가 편집한 「직지」가 역대 전등의 전체 과정을 산문 서술과 함께 선시로 나타낸 것과는 달리 그 가운데 핵심만 요약해 보이고, 스승의 삶을 길고 자세하게 서술하여, 역대 전등의 가치와 그를 자신이 이었다는 자부심을 은연중 드러내고, 또한 일상 속에서 인물과 있었던 사연을 서술하여 시적 대상 인물과는 다른 본래 성불인 자기 삶의 모습을 대비적으로 드러내기 위한 것이었다.

다음은 수사적 표현에 대하여 통사적 단위 차원에서 주로 이루어진 비유와 역설, 상징을 나누어 논의하였다. 셋째 비유적 표현에서는 직유와 은유가 주로 많이 나타났다. 백운은 직유를 통해서 본래 진면목, 진여성과 같은 개념을 허공이나 해와 같은 구체적 대상에 직접 견주어 감각적으로 대중의 이해를 돕고자 하였다. 은유의 세부적 방식에 있어서는 원관념과 보조 관념을 달리하거나(ㄱ은 ㄴ이다: 부처가 마음이다), 같게도 하며(ㄱ은 ㄱ이다: 산은 산이고 물은 물이다), 보조 관념만을 사용하는(ㄴ이다: 지는 꽃 지저귀는 새 한가지로 봄일세) 등의 방식으로 대중을 깨우치려고 하였다. 또한 은유에 그치지 않고 상징적 의미를 이면에 가지기도 하여 수사적 표현이 중층적인 성격을 보여 주기도 하였다.

넷째 역설적 표현에서는 개념적으로 설명한 것과 실체 없는 진리 자체, 그 교시 등의 유무 통합적 성격을 드러낼 때 모순 어법인 역설의 기법이 사용되었다. 역설을 담은 창조된 대상물은 상징적 성격까지 획득하는 경우가 나타났다. 예를 들어 '줄 없는 거문고 곡조[無絃琴曲]'는 진리의 유무 통합이라는 모순적 성격을 나타내어 역설이면서 진리라는 관념을 구체적 대상으로 나타낸다는 점에서 상징어가 되었다. '말없는 말[不說說]과 들음 없는 들음[不聞聞]'은 전법의 과정에 대한 역설이고, 대표적 선승 덕산과 임제가 방과 할을 잘못 사용했다는 것은 교시에 대한 역설인데 실체 없는 유무 통합적 연기라는 진리를 전하고 가르칠 때도 철저히 그런 원리에 근거해야 한다는 입장에서 역설의 표현법을 사용하고 있었다.

다섯째, 상징적 표현에서는 창조적 대상물 자체나 그 대상물들이 작용을 벌이는 통사적 문맥 전체가 상징으로 기능하는 경우가 나타났다. 역설이 진리와 교화가 가진 유무 통합의 양면적 성격을 드러내기 위해 사용되었다면 상징은 양면적 진리의 역동적 현현 작용을 드러내기 위하여 사용되고 있었다. 대상물로는 무현금곡(無絃琴曲), 석녀(石女), 목인(木人), 철마(鐵馬), 니우(泥牛) 등이 그 자체와 그 상호 작용으로 선적 진리를 대신하여 상징이 되기도 하고, 지네나 범은 그 자체로 상징어가 아니지만 '불 속에서 지네가 범을 삼킨다.'는 문맥에 놓이면서 이 통사단위 전체가 '조사가 서쪽에서 온 뜻'을 의미하여 상징이 되기도 했다.

이상에서 살핀 일련의 이런 표현법들은 별개로 존재하지 않고 상관 관계를 맺고 있다. 특히 장시에서 개념적 설명이나 서사적 제시가 길게 이어지고 그 중간 중간에 비유와 역설, 상징의 요소를 담고 있기도 하며, 선시가 표현하고자 하는 선적 진리 자체가 가지는 성격 때문에 설명을 한 것이 논리적으로 역설을 연출하기도 하고, 역설을 품고 있는 대상물을 만들어 선적 이념을 대신하면서 상징으로 기능하는 사례까지 나타나기 때문에 백운 선시에서 드러난 이러한 다양한 선적 표현법은 상호 유기적 질서 속에 다층적으로 구사되고 있음을 보여 주고 있다.

제2부

태고 보우 선사의 문예 미학

제1장

태고 보우와 석옥 청공 선시의 거리

1. 태고 보우와 석옥 청공 선시의 비교 문제

태고 보우는 고려 말 삼사(三師)의 한 사람으로서 한국 선을 발전시킨 위대한 선승으로 알려져 있다. 국내에서 수행을 통해 이미 깨달음의 경지에 도달했으면서 다시 원나라에 유학하여 석옥 청공을 만나 인가를 받고 돌아와 고려의 선법을 바로 세우는 역할을 하였다. 석옥 청공과 태고 보우는 중세 동아시아 같은 문명권 안에 살면서 국가를 초월하여 사제 관계를 맺고 특히 함께 수행하고 마침내 깨치고 인가받는 전통 승가 공동체의 활동을 보여 주었다.

이런 과정에서 두 사람은 상호 영향을 주고받으면서 선시라는 공통의 문학 작품을 유산으로 남겼다. 그래서 실제 문학 활동에서 이 두 사람이 어떤 성취를 보이는지? 두 사람의 문학 작품을 비교 검토하고 구체적으로 논의를 진행하고자 한다. 특히 이들이 남긴 선시 작품 가운데 공통의 재제를 다룬 작품을 서로 대비하여 두 사람이 보인 선의 이념적 특성을 먼저 살피고, 다음으로 표현 기교로서 수사는 어떻게 구사하고 있는지 비교하고, 끝으로 두 사람이 같은 시대를 살면서도 서로 다른 환경에서 놓여 있었기 때문에 이들이 남긴 선시가 어떤 현실적 맥락의 구도를 반영하고, 시적 특성을 보이고 있는지 비교하여 두 사람이 남긴 선시 문학의 공통점과 차이점, 그리고 이런 양상이 보여 주는 문학적 의의를 찾아보고자 한다.

태고 보우에 대해서도 주로 그의 사상이나 인물에 대하여 연구가 진행되었고 문학에 대한 연구는 매우 부족한 상태에 놓여 있다. 석옥 청공에 대한 연구 역시 국내에서는 태고와의 비교 차원에서 극히 부분적으로 이루어졌고[1] 문학에 대한 논의는 거의 이루어지지 않은 상황이다. 그래서 이 장에서는 선시 문학이라는 측면에서 두 사람을 비교 분석하여 그 의의를 구명해 보고자 한다.

작품에 나타난 공통의 제재는 이들의 승려라는 기본적 생활과 연관되어 나타난다. 출가의 공간이 되는 산이나 주거지를 노래 형태로 읊은 작품이 나타나고[2], 출가 승려로서 함께하는 불교 이념의 시원자인 부처, 부처의 가르침을 실천하여 깨달음을 얻은 나한, 실질적으로 선을 창도한 달마 등이 대표적 공통의 제재이다.[3] 그리고 자기 반성적으로 자기 자신을 두고 읊은 〈자찬〉, 두 사람의 관계를 직접 다룬 작품[4] 등이 두 사람이 공유한 세계를 알려주기 때문에 이들 작

1 차차석, 「석옥청공과 태고보우의 선사상비교」, 『한국선학』 3, 한국선학회, 2001, 203~234쪽.

2 산중 생활을 읊은 작품으로 노래에 해당하는 작품으로 태고의 〈山中自樂歌〉가 있고 석옥의 〈歌〉가 있다.

3 태고의 경우 〈釋迦住山相〉, 〈釋迦出山相〉, 〈文殊〉. 〈魚藍觀音〉, 〈達摩 玄陵請〉, 〈乘蘆達摩〉, 〈布袋〉, 〈藥王〉, 〈五祖童形〉, 〈六祖〉, 〈羅漢 玄陵請〉, 〈自讚張海院使請〉와 같은 작품을 남겼고 석옥은 〈讚出山佛二首〉, 〈觀大士二首〉, 〈羅漢二首〉, 〈達磨二首〉, 〈讚及菴和尙并師同幀〉, 〈自讚〉 등의 작품을 남겼다.

4 〈辭石屋和尙〉, 〈太古庵歌〉. 이상의 작품들을 주된 연구 대상으로 하고 필요에 따라

품을 중점적으로 다루고자 한다. 그래서 여기서 다룬 대상 작품은 사회, 문화, 사상 등에서 이루어진 동아시아 문명권 내의 다양한 교류 가운데 문학과 사상의 측면에서 교류가 어떻게 이루어졌는가를 알아보는 구체적 자료가 될 수도 있다.

주로 작품을 비교 분석하고 필요에 따라 이들의 전기적 삶의 과정을 부차적으로 참고하는 방식으로 논의를 진행하고자 한다. 작품의 대비는 같은 제재의 작품을, 작품이 보여 주는 내용이나 표현 현상 등에 따라 하고자 한다. 공통의 제재를 다룬 작품에 대한 이러한 부분적 논의를 통하여 두 인물의 문학적 성취의 전반이나 선시의 일반적 특징을 드러내는 미래 작업의 기초를 삼고자 한다.

연구 자료는 두 사람의 문집인 『태고록』[5]과 『석옥청공선사어록』[6]을 사용하고자 한다.

2. 선적 표현 근거로서의 불교 이념

여기서는 두 사람이 남긴 작품에서 가장 핵심이 되는 선의 근본 이념이 무엇인지를 찾아보고자 한다. 같은 제재를 다룬 작품끼리 대비하면서 두 사람이 근거하고 있는 선시의 근본 정신을 구명하고자 한다.[7]

다른 작품을 원용한다.

5 태고 저, 백련선서간행회 번역, 『태고록』, 장경각, 불기2535년. 앞으로 작품 인용은 이 두 어록에서 했기 때문에 일일이 출처를 표기하지 않고, '앞의 책'으로 표기한다.

6 석옥 저, 지유 편, 이영무 번역, 『석옥청공선사어록』, 불교춘추사, 2000.

(1) 그대는 태고 이 가운데 즐거움을 보라.
두타는 취해 춤추고 광풍은 일만 골짜기에 일어나네.
스스로 즐거워 세월 가는 줄 알지 못하고
다만 바위에 꽃 피었다 또 지는 것만 보네
君看太古此中樂　頭陀醉舞狂風生萬壑
自樂不知時序遷　但看巖花開又落[8]

또한 저 가벼운 수레와 높은 일산 즐기지 않고
또한 저 대중 거느리고 무리 교화하는 것 즐기지 않고
또한 저 서방 극락을 즐기지 않고
또한 저 천상 정거를 즐기지 않네.
마음은 항상 부족함이 없고
눈앞에 부딪히는 일마다 여유가 있네.
也不樂他輕輿高盖　也不樂他率衆匡徒
也不樂他西方極樂　也不樂他天上淨居
心下常無不足　目前觸事有餘[9]

(2) 말고 말고 말아라. 꿈을 말하지 말아라.
어찌 눈 안의 꽃이 아니리오?
높고높고 낙락함이여! 붉고 깨끗하도다!
세밀하고 세밀하고 넓고 넓음이여! 깨끗하고 붉도다
莫莫莫休說夢　渠非眼中花
巍巍落落兮赤洒洒　密密恢恢兮淨裸裸[10]

---

7 같은 제재를 다룬 작품을 함께 봐야 대비 효과가 있기 때문에 나누어 분석하지 않는다. 이하 동일. 그리고 선시 자체를 비교하기 때문에 이념적 근거를 시에서 찾아보고자 한다.

8 태고 보우, 〈山中自樂歌〉, 앞의 책.

9 석옥 청공, 〈歌〉, 앞의 책.

팔꿈치 깨어져 옷은 떨어지고 뼈는 가죽에 싸였고
산을 내려와 고개 돌려보니 걸음은 느리고 느리네.
부왕이시여! 사람을 보내 안부하지 마십시오.
얼굴 모습은 궁중에 있을 때만 같지 못하니.
肘破衣穿骨裹皮　下山回首步遲遲
父王休遣人來問　顔貌不如宮裏時[11]

(3) 기운을 동서에 팔지 말고
옛 산중으로 돌아가자!
세상 사람들과 시비를 다투지 않고
오랜 세월 일 없이 솔바람 소리 들으리.
莫將些氣賣西東　歸去來兮舊山中
不與世人爭是非　長年無事聽松風[12]

눈에 힘줄이 없는 사람은
그림자 위에서 어지럽게 의심하는 것을 면치 못하고
가죽 아래 피가 흐르는 사람은
끝내 단청을 향하여 이리저리 헤아리지 않네!
쯧쯧 !!!
간절히 펴서 남에게 보이지 말고
한가한 방에 걸어두고 소나무, 대나무와 짝하라.
眼裏無筋底　未免向影子上胡猜亂猜
皮下有血底　終不向丹青上東卜西卜
咦　切須莫展與人看　挂向閒房伴松竹[13]

---

10 태고 보우, 〈釋迦出山相〉, 앞의 책.
11 석옥 청공, 〈眞讚出山佛二首〉, 앞의 책.
12 태고 보우, 〈自讚張海院使請〉, 앞의 책.
13 석옥 청공, 〈自讚〉, 앞의 책.

(1)에 보인 두 작품은 산중의 생활을 노래한 것이다. 앞 단 태고의 작품을 먼저 보면 시적 자아는 군(君)이라는 시적 대상 인물에게 산중의 즐거움을 노래 불러 주고 있다. 구체적 내용은 두타가 취해서 춤을 추고 일만 골자기에 광풍이 일어나는 것이고 스스로의 즐거움에 시간의 흐름을 잊고 바위에 꽃 피고 지는 것을 보는 것이라고 소개하고 있다. 두타는 본래 세상의 탐욕을 극복하기 위해 수행을 하는 사람인데 여기서는 그가 취해서 춤을 추고, 골짜기에는 미친 바람이 일어난다고 했다. 바로 그것이 즐겁다고 하고 그런 즐거움에 시간의 흐름도 잊는다고 했다. 그러면서 즐거움의 또 다른 하나로 말한 것이 바위에 꽃이 피고 지는 것을 보는 것이라 했다. 꽃이 피고 지는 것은 인위적 힘을 가하지 않고 일어난 자연 현상이다. 즉 불교적 입장에서 인공을 가하지 않고도 자연은 본래 그렇게 존재한다는 것을 말하고 있는 것이다. 특별한 수행을 가하지 않고도 자연스럽게 진리 자체로 존재하는 모습을 주관적 관점에서 '취해서 춤춘다'고 하고, 객관 대상을 통하여 '꽃 피고 진다'고 묘사하고 있는 것이다. 이 작품의 결론에 쓰인 이런 표현은 그 앞의 "사람들은 날로 쓰면서도 잡기 어렵지만 도연명은 술 가운데서 줄 없는 거문고를 희롱한다"[14]는 말에서 그

---

14 人雖日用難摸着 淵明中酒弄無絃 〈山中自樂歌〉. 無絃琴이라는 표현은 모순되는 말이다. 거문고는 줄이 있어야 되는데 줄이 없는 거문고라고 하고 있기 때문이다. 이를 沒絃琴이라고도 하는데 이와 유사한 표현으로 無孔笛, 無底船이란 말도 있다. 피리 역시 구멍이 있어야 되는데 구멍이 없는 피리라는 말을 하고, 배는 밑바닥이 있어야 배의 구실을 하는데 바닥이 없는 배라는 말을 하고 있다. 이것은 모두 선에서 즐겨 사용하는 관습적 역설이다. 이것을 〈반야심경〉의 말을 빌려서 설명하자면 色卽是空의 세계, 즉 있는 그대로 없는 존재의 원리, 연기의 원리를 나타낸다고 할 수 있다. 그러데 이런 연기의 법칙은 본래 이루어져 있는 것이며 이런 성격을 본래 성불이라고도 표현한다. 여기서는 연기 자체를 부처로 보는 입장을 이렇게 표현하고 있다고

가 즐기는 것이 있는 그대로의 연기적 삶이라는 것을 알 수 있다.

후반의 작품은 석옥의 〈가(歌)〉라는 작품인데 시적 자아는 자신이 즐거워하지 않는 것을 몇 행에 걸쳐 나열하고 있다. 가벼운 수레와 높은 일산, 대중을 거느리고 무리를 바로잡는 것, 서방 극락, 색계 제4선천인 정거천을 즐거워하지 않는다고 했는데 그 이유는 마음이 항상 부족함이 없고 목전에 만나는 일이 다 여유가 있기 때문이라고 했다. 다시 말하자면 지금 있는 이대로가 부족함이 없고 여유 있기 때문에 따로 세상의 높은 벼슬이나 교시, 서방 극락이나 하늘과 같은 다른 세계를 추구하기를 즐기지 않는다는 말이다. 즉 세속의 부귀영화도 출세간의 초월도 구하지 않는다는 말을 하여 지금 있는 이대로가 '본래 온전하다'는 말을 하고 있는 것이다.

즉 태고는 자연의 있는 그대로를 즐긴다고 하고 석옥은 인공의 다른 세계를 즐기지 않는다고 하여 본래 이루어져 있는 현실을 긍정함으로써 일체가 본래 진리의 현현이라는 공통된 입장을 분명하게 보여 주고 있다.

(1)이 산중 생활을 노래하는 과정에 본래 이루어진 세계를 읊었다면 (2)에서는 부처가 도를 깨치고 산에서 나오는 같은 일을 두고 두 사람이 읊은 작품이다. (2)의 전반부 태고의 〈석가출산상(釋迦出山相)〉를 보면 눈 안의 꽃이라고 하면서 꿈을 말하지 말라고 하고 본래 이루어진 자리를 묘사하고 있다. 이 작품 맨 앞을 보면 '석가(釋迦)', '실달타(悉達陀)'라는 두 대상을 두고 꿈이고 눈 안의 꽃이라고 했다. 태자가 있고 깨달은 부처가 따로 있다는 말은 모두 꿈속 이야기이고

할 수 있다.

눈 속의 꽃에 불과하다는 것이다. 본래 이루어져 있는 그 자리는 이름이나 수행을 통한 깨달음과 같은 일체 모든 것을 초월해 있다는 것을 마지막 두 행과 같이 표현하고 있기 때문이다. 우뚝이 높고 붉은데 물 뿌린 듯하고, 세밀하고 넓으면서 깨끗하기가 옷 벗은 듯하다[15]는 표현을 한 것이 바로 그것이다. 석가라는 부처, 실달타라는 중생이 본래 없으며 다만 우뚝하게 높고 세밀하고 넓고 맑고 깨끗하다는 말로 본래 이루어져 있는 본래 성불[16]의 자리를 묘사하고 있다.

(2)의 후반부 석옥의 〈진찬출산불 2수(眞讚出山佛二首)〉를 보면 산에서 내려오는 부처의 외모를 묘사하고 있다. 옷은 다 떨어지고 피골이 상접하고 걸음도 느리고 얼굴 모습은 궁중에 있을 때보다 못하다는 말을 하고 있다. 이것은 수행한다고 고생하여 몰골이 나빠진 모습을 단순히 묘사하는 것이 아니다. 외모의 묘사를 통하여 고행이라는 괜한 일을 한 부처를 역설적으로 표현하고 있는 것이다. 본래 다 이루어져 있는데 공연히 수행한다고 출가하여 고행하며 심신만 상했다는 말이다.[17] 이런 표현도 수행 이전에 본래 이미 갖추어진 완전한 상태를 나타내는 말이다. 중생이 부처가 되어서 위대하다는 말이 아니라 본래 부처인데 다시 부처 된다고 사서 고생을 하고 평지에 풍파를 일으켰다[18]는 선적 입장을 이렇게 나타낸 것이다.

---

15 본래 이루어진 자리를 이렇게 표현한 전거는 『金剛經』 冶父의 頌에 보인다. 야부는 이 경전의 '如是'를 해석하면서 "깨끗하기가 발가벗은 것 같고 붉기가 물뿌린 것 같아서 잡을 수 없네[淨裸裸 赤洒洒 沒可把]"라고 한 데서 확인할 수 있다.(冶父 頌 『金剛經』 法會因由分第一)

16 고우 외4인, 『간화선』, 조계종출판사, 2005, 61~69쪽 참고.

17 일반적으로 교학에서는 수행해서 깨달아 부처가 된 것을 그대로 묘사하고 칭송한다. 그러나 선에서는 본래 성불의 입장에서 그런 발상을 뒤집는다.

(3)은 모두 〈자찬(自讚)〉을 내용으로 한 작품이다. 먼저 전반부 작품을 보면 '기운을 동서에 파는 일'과 '시비를 다투는 일' 두 가지를 그만두고 산중으로 돌아가서 솔바람 소리를 듣겠다고 말하고 있다. 그런데 인용 부분의 바로 앞 구절을 보면 여기서 기운은 '악독(惡毒)한 기운'이다.[19] 그러면 악독한 기운은 무엇을 의미하는가? 시적 자아가 석옥을 만나고 나서 악독함이 더 드러났다는 말을 하고 있기 때문에 여기서 악독한 기운은 수행하고 깨닫고 인가받는 행위를 뜻한다고 할 수 있다. 그리고 시비라는 것도 이런 성격을 가진다. 즉 시비는 중생과 부처를 나누고 옳고 그름을 따지면서 교화하는 일체의 행위를 나타내는 표현이다. 수행하고 깨닫는 행위나 교화 행위 모두가 필요 없다는 판단을 하고 산으로 돌아가 솔바람 소리를 듣는다는 시적 자아의 말에는 본래 성불해 있기 때문에 거기에는 다시 교화와 시비가 있을 수 없다는 본래 성불의 이념이 전제되어 있다. 그래서 수행과 깨침, 인가, 교시를 그만 둔다는 말은 일체가 본래 성불해 있다는 선의 기본 이념을 분명하게 드러낸다.

후반의 작품을 보면 먼저 두 가지 유형의 사람이 나온다. 눈에 힘줄 없는 사람과 가죽 아래 피가 흐르는 사람이다. 전자는 그림자를 두고 어지럽게 의심을 하고 후자는 단청을 끝내 헤아리지 않는다. 일반적으로 어지럽게 의심하는 것은 잘못이고 헤아리지 않는 것은 옳은 것이라고 보기 쉬운데 뭔가 진리를 찾으려는 일체의 행위는 그

---

18 이 표현도 『金剛經』 法會因由分第一 冶父의 頌에 보인다. "평지에 파도가 일어나는 것을 보고 보라[看看平地波濤起]"라는 표현이 그런 의미이다.

19 생략된 부분을 보면 "홀연히 하봉의 노인 부딪히니 독기 막으려 해도 더욱 드러나네[忽然撞着霞峰老 十分惡毒遏愈露〈自讚〉]"로 되어 있다.

자체가 모두 잘못이라는 말을 하고 있다. 여기서 '쯧쯧(咦)!!!'이라는 말은 선구로서 일반적으로 앞에 한 말을 모두 부정할 때 사용한다.[20] 본래 이루어진 그 자리는 의심할 수도 없고 헤아리지 않을 수도 없는 것인데 유무로 나누어진 양극단의 두 인물은 의심하기만 하거나 아예 헤아리지 않는다는 말을 하고 있다. 그래서 잘못된 양변의 두 가지 극단을 모두 부정하고 시적 자아는 남에게 보이려 하지 말고 걸어두고 한가한 방에서 송죽과 함께 하는 일을 하겠다고 말하고 있다. 결국 여기에는 있는 그대로의 송죽이 두 가지 그릇된 추구 행위를 모두 부정하는 근거가 되고 있는 것이다. 즉 잘못된 방법으로 그 자리를 추구하지도 말고, 남에게 보이지도 말고 그냥 일상을 있는 그대로 살면 된다는 말을 하고 있는 것이다. 이러한 표현의 근거가 바로 본래 성불의 선 이념이라 할 수 있다. 일체는 본래 성불해 있기 때문에 어떤 방법이든 추구하는 행위 자체, 그래서 얻은 깨달음이라는 결과를 남에게 보이는 것 자체도 모두 문제라는 것을 이런 방식으로 표현하고 있는 것이다.

요컨대 태고와 석옥은 부처, 달마, 나한과 같은 불교 인물은 물론 자신들의 삶을 두고서도 일체가 본래 성불해 있다는 이념[21]을 철저히 선적 표현의 바탕으로 하고 있다는 공통성을 보여 주고 있다.

---

20 한국 선의 교과서라고 할 수 있는 『선요』에 보면 '捷, 咄' 등의 용어가 쓰이는데 이것 역시 '咦'와 같이 앞에서 한 말을 부정하는 감탄사의 일종이다.(고봉 저, 고우 감수, 전재강 역주, 『선요』, 운주사, 2010, 90·108·123·128·129쪽 참고)

21 불교의 근본 이념은 본래 성불이지만 교학에서는 중생과 부처를 나누고 중생은 닦아 깨달아야 부처가 된다고 본다. 선에서는 이런 전제 자체를 부정하고 중생과 부처의 나눔, 수행, 깨침, 교화 등을 통렬히 내려침으로써 본래 성불의 입장을 철저히 강조하기 때문에 본래 성불의 이념이 선의 핵심 이념이다.

3. 선적 표현 기교로서의 문예 수사

선을 표현할 때는 의도해서가 아니라 저절로 다양한 문예 수사를 구사하게 되어 있다. 선의 세계가 세속의 일상과는 다른 측면을 가지고 있기 때문이다.[22] 그래서 여기서는 선을 표현하면서 사용되는 문예 수사가 어떤 것이 있고 왜 그런 수사를 사용하는지를 대비하여 논의하고자 한다.

(4) 눈 푸른 스승 오기 전에도
사람마다 콧구멍은 하늘로 향했고
집신 가지고 서천으로 떠나도
개개의 모든 사람 눈썹은 쌍으로 온전했네.
이렇게 가고 온 것은 무슨 일 때문인가?
냉정하게 보면 한 번 웃을 일일세.
碧眼師未來前　人人鼻孔撩天
攜隻履還西去　箇箇眉目雙全
恁麽去來爲甚事　冷地看來一笑緣[23]

대 낮에 손발 멈추지 않아서
황혼이 이르기 전 심신이 피곤하네.

---

22 불교 사상에 기초한 선사상은 일체를 연기 중도로 본다. 이것은 존재의 실상이 공하다는 전제를 가지고 일체는 연기 현상으로만 존재한다고 보고 상대적 세계를 인정하지 않는다. 예를 들면 있음과 없음, 너와 나, 정신과 물질 등 일상에서 대립적으로 보는 이런 것을 하나의 통체로 본다. 그래서 당연하게 나누어 보는 대상을 하나로 보고 이런 입장을 언어로 표현하려고 하기 때문에 수사를 어쩔 수 없이 구사하게 된다고 할 수 있다.

23 태고 보우, 〈達摩 玄陵請〉, 앞의 책.

돌아와 발 씻고 침상에 올라 잠자다가
심히 피곤해 산에 뜬 달 가는 것도 알지 못했네.
숲 속 깊은 곳 새 소리에 홀연히 깨어나니
붉은 해 소나무 가지에 걸렸네.
오늘도 내일도 또 이와 같고
내년과 그 내년도 또한 이와 같네.
봄에 풀은 파릇파릇, 여름에 나무는 무성하네.
가을 구름 조각조각 떠가고, 겨울엔 눈 저리 내리네.
白日不得手脚住　　黃昏未到神思疲
歸來洗足上床睡　　困重不知山月移
隔林幽鳥忽喚醒　　一團紅日懸松枝
今日明日也如是　　來年後年還如斯
春草離離 夏木蔵蔵　秋雲片片 冬雪霏霏[24]

(5) 사람이 비록 날로 쓰면서도 잡기 어려운데
도연명은 술이 취하여 줄 없는 거문고를 희롱하네.
人雖日用難摸着　淵明中酒弄無絃[25]

홀로 소림에 앉아 악독한 기운 머금고 있다가
한 짝 신 가지고 서쪽으로 갔으니 참으로 쾌활하네,
…중략…
성내고 또 성낸 것은 무슨 일 때문인가?
부처가 눈에 먼지이기 때문일세.
獨坐少林含毒氣　隻履西歸眞快活 …中略…
怒且嗔何事　　　佛是眼前塵[26]

---

24 석옥 청공, 〈歌〉, 앞의 책.
25 태고 보우, 〈山中自樂歌〉, 앞의 책.
26 태고 보우, 〈達摩 玄陵請〉, 앞의 책.

종일 멋대로 탐내고 성낸다고
어느 때에 생사를 念慮할까?
終日恣貪嗔　幾時念生死[27]

(6) 그대는 보지 않았는가?
태고 노승 한 곡조 노래 부르니
곡조 가운데 도리어 무궁한 즐거움이 있는 것을.
스스로 즐기고 노래함은 무엇 때문인가?
낙천지명하여 함이 없는 즐거움 때문일세.
어찌 스스로 노래하고 또 스스로 즐거워하는가?
나도 또한 어떤 즐거움이 즐거운지 모른다네.
君不見
太古老僧歌一曲　曲中還有無窮樂
自樂自歌何所爲　樂天知命無爲樂
胡爲自歌還自樂　吾亦不知何樂樂[28]

한 떼기 밭을 개간하여
반 짐 곡식을 얻었네.
죽을 끓이면 조금 남는데
밥을 지으면 도리어 부족하네.
그래도 명리인(名利人)보다 나으니
그들은 남으로 또 북으로 달린다네.
開得一坵田　收得半擔穀
煮粥儘有餘　做飯却不足
也勝利名人　奔南又走北[29]

---

27 석옥 청공, 〈歌〉, 앞의 책.
28 태고 보우, 〈山中自樂歌〉, 앞의 책.
29 석옥 청공, 〈歌〉, 앞의 책.

(4)의 전반부는 태고가 달마를 두고 읊은 찬시(讚詩)다. 여기서 '벽안사'는 달마를 지칭한다. 달마가 뒤에 짚신 한 짝을 메고 인도로 되돌아갔다는 설화를 셋째 행에서 읊고 있다. 이 작품에서 관심은 달마가 오고 간 것에 있지 않다. 달마의 거래와 상관없이 본래 코가 세로로 되어 있고 두 눈썹이 가로로 되어 있다는 데에 관심이 가 있다. 그래서 작품에서도 달마가 오기 전이나 돌아가고 나서도 세로로 된 코와 가로로 된 눈썹은 처음부터 아무 변화가 없다는 것이다. 그래서 끝의 두 행에서 이렇게 오고 간 것이 무슨 일인가라고 되묻고 그것은 우스운 일이라고 읊조리고 있다. 여기에 사용된 수사를 따져 보면 달마의 고사를 인용해 와서 인용법, 마지막 행에서 묻고 대답한 것은 문답법이라고 할 수 있다. 그런데 여기서 핵심은 코가 세로이고 눈썹이 가로인 것이다. 이 두 가지는 사람 누구나 갖추고 있는 보편된 현상을 나타내는 것으로 본래 갖추고 있는 무엇인가를 상징한다. 이런 상징은 선서에서 일반적으로 본래 성불의 의미로 많이 사용한다.[30] 수행하고 깨닫기 이전에 일체는 본래 성불이라는 것을 말할 때 이런 표현을 자주 사용한다. 따라서 선을 표현하는 이 작품의 핵심적 수사는 상징법이고 부차적으로 인용법이나 문답법을 구사했다고 할 수 있다. 태고는 선의 핵심 이념인 본래 성불을 드러내기 위하여 선의 전통적 상징어를 사용하여 상징법을 구사했다고 할 수 있다.

---

30 야부(冶父)는 『금강경』 〈大乘正宗分第三〉의 頌에서 "머리는 하늘을 향하고 발은 땅을 딛고 섰고, 코는 세로이고 눈은 가로로 되어 있네[頂天立地 鼻直眼橫]"라고 읊고 여기에 더하여 본래 이루어진 본래 성불의 상태를 "당당한 대도여, 밝고 분명하도다! 사람마다 본래 갖추고 있고 개개인이 원융하게 이루어져 있도다![堂堂大道 赫赫分明 人人本具 箇箇圓成]"라고 표현하고 있다.

후반부를 보면 다소 다른 양상으로 작품이 이루어져 있다. 여기서는 시적 자아 자신의 생활을 묘사적으로 읊고 있다. 낮에 쉬지 않고 일하다가 피곤해서 돌아와 잠을 자고, 달이 뜬 것도 모르다가 새 소리에 잠을 깨니 해가 소나무에 걸려 있다고 읊고 있다. 이런 생활을 오늘도 내일도, 내년도 그 내년도 한다고 하고 다시 사계절의 풍광을 풀, 나무, 구름, 눈을 가져와서 묘사하고 있다. 산승의 일상을 읊고 변함없는 사계의 모습을 묘사해서 읊은 것이다.

그러나 이것은 단순한 생활의 묘사에 그치지 않는다. 이것은 어떤 수행을 요구하지 않는 본래 이루어진 성불의 세계를 드러낸 것이라 할 수 있다. 이렇게 해석할 수 있는 근거는 같은 작품 인용 부분 앞뒤에 그가 사용한 선구에서 구체적으로 확인할 수 있다. 예를 들면 석옥은 위 인용문 앞부분에서 "스스로 또한 범부와 성인을 알지 못하는데 그가 어찌 소와 나귀를 알겠는가?"[31]라고 하고 있는데 여기서 범부와 성인, 소와 나귀는 중생과 부처를 나누는 것과 같은 차별을 나타내는 말이다. 이를 알지 못한다고 부정하여 부처와 부처 아닌 것을 나눌 수 있는 것이 아니라 본래 모두 부처라는 뜻을 이렇게 나타냈다.

이 외에도 위 인용문의 뒤 부분에서 "작게는 불서를 읽지 않고, 크게는 현지도 알지 못한다."[32]고 한 표현이 있다. 불서를 읽는 것은 현재 부처 아닌 사람이 장차 부처가 되기 위하여 하는 수행 행위이고 현지를 아는 것은 깨달아서 부처가 되는 행위인데 이 두 가지를 하지 않는다고 했다. 이것은 수행을 포기한 것이 아니라 본래 부처라는

31 自亦不知是凡是聖 他豈能識是牛是驢(〈歌〉『석옥청공선사어록』)

32 小不讀佛書 大不識玄旨(〈歌〉『석옥청공선사어록』)

의식을 드러내고 그 자신의 삶이 이런 입장에서 전개되고 있다는 것을 소개한 것이다. 또 그는 “부처도 또한 될 필요가 없으니 생각을 움직이면 곧 마군이 된다.”[33]고 하였다. 따로 부처가 될 필요가 없는데 부처가 되겠다는 생각을 일으키면 바로 마군이 된다는 말을 직접적으로 한 것이다. 부처와 중생을 나누고 부처가 되어야겠다는 생각을 하면서 불서를 읽고 수행하는 행위 자체가 다 잘못되었다는 발언을 하고 있는 것이다. 이런 그의 기본적 생각을 꾸밈없는 있는 그대로의 그 생활과 연관해서 살피면, 석옥은 부처가 되겠다는 이원적 생각을 다 놓아 버리고 자연인으로 살아가는 모습을 묘사하여 그 생활 자체로써 본래 성불의 세계를 상징했다고 할 수 있다.

전반부의 작품이 역사적 사례를 가지고 와서 선의 본래 성불 이념을 상징했다면 후반부 작품은 자신의 일상생활을 묘사해 보여 주는 것으로 본래 성불 이념을 상징하고 있다. 인용해 오거나 묘사한 것이 궁극적으로 상징으로 기능했다는 점은 같으나 상징의 기반인 인용과 묘사라는 구체적 표현 기법은 다르다고 할 수 있다.

선의 본질을 직접 표현할 때에는 상징법을 가장 많이 구사했는데 그 다음으로 많이 사용한 기법이 역설법이다. (5)의 첫째 작품을 보면 ‘줄 없는 거문고를 연주한다.’는 말은 역설이다. 줄이 있어야 거문고가 될 수 있고 연주도 가능하다. 그런데 여기서는 줄 없는 거문고라고 하여 역설을 말하고 다시 이것을 연주한다고 하여 역설의 깊이를 더 해주고 있다. 둘째 작품을 보면 ‘악독한 기운을 머금다’라는 부분이 있는데 달마가 그랬다는 것이다. 그러다가 서역으로 돌아가

---

33 佛也莫要做 動念卽成魔(〈歌〉『석옥청공선사어록』)

니 쾌활하다는 말을 하여 이 역시 역설의 연장이다. 이 말이 단순히 반대의 개념을 드러낸다면 반어가 되겠지만 이 표현이 의미하는 것이 선의 근본 이념인 본래 성불이어서 모순 어법의 역설이 되었다. 그리고 이 작품 후반부 또 다른 부분에서 왜 화를 내었는가?라고 묻고 부처는 눈앞의 먼지이기 때문이라고 하였는데 이것 역시 역설이다. 부처는 성인이고 훌륭한 존재인데 왜 부처를 눈앞의 먼지라고 했는가? 이것 역시 중생과 부처의 이분법이 아닌 본래 부처라는 제3의 함의를 이렇게 드러내면서 강조나 반어가 아닌 역설의 기능을 하였다고 할 수 있다.

셋째 작품을 보면 시적 자아는 일상생활에서 종일 멋대로 탐내고 성내느라 생사를 염려할 시간이 없다고 하였다. 출가한 승려가 탐진을 끊고 생사를 생각하여 수행을 열심히 해야 하는데 시적 자아는 전혀 그렇지 않다. 이 표현 역시 반대로 탐진을 끊고 생사를 생각하는 반대의 의미를 나타낸다면 반어가 되겠지만 이 표현의 의도는 다른데 있어서 역설이 되었다. 수행하고 수행하지 않고를 떠나 있는 그대로의 삶이 곧 부처이고 성불이라는, 선의 핵심 내용인 본래 성불이라는 제3의 내용을 읊고 있기 때문이다.

선을 드러낼 때 사용하는 표현 기법의 핵심인 역설은 일반적으로 다소 개념적, 관습적 언어와 친연성을 가진다. 위 예문에서 몰현과 독기가 선가의 관습적 표현이라면 탐진과 생사, 쾌활은 개념적 표현이라고 할 수 있다. 역설을 두 사람 모두 구사하고 있으나 역설의 구체적 표현 방식에서 태고는 선가의 관습적 표현을 많이 가져 오고, 석옥은 자신의 생활 묘사를 통해서 하고 있으며, 사용 빈도수에 있어 석옥 시보다 태고의 시에 역설이 더 많이 나타나는 점이 다르다.

선의 핵심을 표현하는데 주로 상징법과 역설법이 사용되었다면 그 핵심의 배경이나 주변적 정황을 나타낼 때는 그 외 여러 가지 수사법이 구사되고 있다. (6)의 전반부 작품을 살펴보면 우선 전체 내용을 묻는 질문을 하고 나아가 구체적 질문을 하고, 질문에 호응하는 대답을 이어가는 방식으로 작품이 전개되고 있다. 먼저 전체적 삶에 대한 질문을 하여 문답을 시작하고 이어서 노래하는 이유를 묻고 이유를 대답하고 또 즐거움이 무엇인가라는 질문을 하고 즐거움이 무엇인지 모른다고 대답하고 있다. 그래서 전체적으로 문답법이 표현의 기법으로 사용되었으면서도 이런 문답의 과정에 작가가 말하고자 한 내용을 충분히 해설해 주고 있어서 설명의 기법이 겸용되었다고 할 수 있다.

그런데 (6)의 후반부 작품을 보면 전반부와 다르다. 시적 자아가 자기 생활의 구체적인 것을 보여 주고 그런 생활을 타인의 것에 대비하고 있기 때문이다. 밭을 개간하고 반 짐의 곡식을 얻었는데 죽을 끓이면 조금 남고 밥을 하면 도리어 부족한 자신의 산중 생활을 생생하게 묘사하고 있다. 그리고 마지막 두 행에서는 그런 자신의 생활이 풍족하게 사는 명리인보다 낮다는 것을 대비하여 말하고 그들이 남북으로 늘 달리는 것을 그 이유로 들어 보여 주었다. 그래서 이 작품은 묘사와 대조의 수법을 표현기법으로 사용하였다.

선의 본질을 보이는 데에 주로 사용한 상징법이나 역설법과 달리 설명이나 문답법, 묘사나 대조법 등은 그 자체가 선의 본질을 직접 드러내는 데는 사용되지는 않으면서 역설이나 상징법으로 선을 표현하는 작품 표현의 기본 배경 역할을 하고 있다. 그런데 이런 주변적 수사에 있어서도 석옥이 있는 그대로의 자기 삶을 그려 보이는 묘사하는 방식을 주로 사용한다면 태고는 관념적 언어를 사용하여 설명하는 표현 방식을 상대적으로 우세하게 사용하는 양상을 보여 주고 있다.

4. 선적 표현 맥락으로서의 현실 구도

선사들은 스승을 찾아서 수행을 하고 스승에게 인가를 받는다. 또한 그 스스로 제자를 기르고 법을 전해준다. 태고 보우는 석옥 청공과의 관계에서 법을 전해 받은 입장에 있고 석옥 청공은 법을 전해준 입장에 서 있다. 이렇게 두 사람이 사제 관계를 맺으면서 주는자와 받는자로 나누어지는데 선사로서 활동하는 이들의 외연은 여기에서 그치지 않는다. 당시 석옥은 천자 나라의 백성이고 태고는 왕의 나라 백성이라고 할 수 있다. 선사로서의 활동, 선시의 창작이 모두 이와 같은 작품 내외적 관계 맥락 속에서 이루어진다는 점을 감안하고 작품을 읽을 필요가 있다. 작품에는 이런 표지들이 상당히 자주 등장하고 작품의 성격을 일정 부분 설명하는 데에 유용할 수 있기 때문이다.

실제 작품에서 선시가 창작되는 현실적 근거로서 삶의 구도가 작품 안에서 어떻게 나타나 있는지를 살피고자 한다. 이런 기미를 보여 주는 작품의 해당 부분을 먼저 들고 논의를 진행하고자 한다.

(7) 위대한 원나라 천자 성인 중에 성인
암곡을 하사하셔서 세월 보내게 해 주셨네.

…중략…
다만 원컨대 성수가 만세에 이르시고
만세 동안 길이 만세의 즐거움이 되시기를
大元天子聖中聖　賜居岩谷消日月 …中略…
但願聖壽萬萬歲　萬歲長爲萬歲樂[34]

(8) 해동의 몸이오, 부처의 뼈로다!
뱃속은 검고 눈은 옻과 같도다!
하나의 쑥대 화살을 만들어
천하를 횡행했지만 뜻 펴지 못했네.
홀연히 하봉의 늙은이 부딪혀서
지극히 악독한 기운 막아도 더욱 드러났네.
海東身竺西骨　肚裏黑眼似漆
且撚一隻蓬蒿箭　橫行天下意不展
忽然撞着霞峰老　十分惡毒遏愈露[35]

(9) 두 늙은 비구
무슨 연유가 있는가?
먼저 깨닫고 뒤에 깨닫고
동주에 살고 서주에 살고
건양산에서 서로 보았을 때는
좋기가 골육보다 더 했는데
서봉사에서 다시 참례한 뒤에는
나쁘기가 원수 같았네.
二老比丘　有何因由

34 태고 보우, 〈山中自樂歌〉, 앞의 책.
35 태고 보우, 〈自讚張海院使請〉, 앞의 책.

先覺後覺　東州西州
建陽山中相見時　好於骨肉
西峰寺裏再參後　惡似寃讎[36]

(7)은 태고가 산중 생활을 읊은 작품이다. 산중에서 수도 생활하는 승려가 현실 세계의 지배자인 천자를 칭송하고 있다. 작품에서 이런 내용을 담은 해당 부분만 가져왔는데 그 나머지 부분에서 수행자의 삶을 주로 말하면서도 선을 읊는 작품 전체 흐름에 어울리지 않는 이런 현실적 송도의 내용을 넣어서 읊고 있다. 이것은 그의 현실적 입장이 어떠하다는 것을 말하는 것이면서 선시가 창작되는 현실의 구체적 문맥을 보여 주는 것이다. 성인중의 성인은 부처인데 여기서는 천자를 성중성이라고 하고, 성수의 만세를 빌면서 그것이 만세의 즐거움이라고까지 하여 출가 승려의 시에 어울리지 않을 정도로 세속의 천자를 칭송하고 있다. 이 내용은 산중의 즐거움이 이런 구체적 현실 문맥에 규정되어 있음을 보여 주는 것이다.

태고는 천자국과의 관계에서 이런 입장을 드러냈다면 국내에서도 정치 현실적으로 일정한 문맥 속에 소속될 수밖에 없었는데 이것을 보여 주는 작품을 남기고 있다. 왕사로 있다가 사직하는 내용을 읊은 작품이 그것이다. 〈사왕사(辭王師)〉를 보면 "출가는 무엇을 하기 위함인가? 길이 세상 인연을 끊기 위함입니다. …중략… 다만 성정에 맞게 덕을 닦아 밝은 임금께 보답하기 위함입니다. …중략… 마음을 오로지 임금님 장수를 빌고 아침 저녁으로 일주향을 피우겠습니

36 석옥 청공, 〈讚及菴和尙并師同幀〉, 앞의 책.

다."[37]라고 했다. 세속을 등지고 출가하는 것이 세상 일을 끊기 위함이라고 하면서도 거기서 쉽게 벗어나기 어려운 현실을 엿볼 수 있다. 왕사의 직위에서 물러나 산으로 돌아가기 위해서 도리어 더욱 현실의 임금을 생각하고 지속적으로 임금의 장수를 기원하는 현실적 일에 오로지 해야 한다는 모순을 말하고 있기 때문이다.

천자에게 수행 공간과 기회를 준 것을 감사하고, 현실을 떠나면서 국왕에게 도리어 더욱 축원을 올려야 하는 현실이 선사로서 그가 처했던 현실적 문맥이다. 이런 현실적 문맥은 그의 선시의 성격도 어느 정도 규정하는 것이라고 할 수 있다.

이런 측면이 그의 불교 외적 현실 구도였다면 그는 출가해서도 일정한 문맥에 소속되면서 그것이 그의 삶과 작품에 반영된다. (8)번 작품이 바로 그런 관계를 나타내는 대표적인 예다. (8)은 시적 자아 자신의 수행과정을 보인 것이다. 몸은 해동의 사람이지만 본래 부처의 면모를 가졌다는 것을 전제하고 만행을 하다가 드디어 석옥을 만나서 깨달음을 얻은 과정을 읊고 있다. 불조와의 관계, 스승을 만나 수행하고 깨달음을 얻어 법을 받는 이런 과정이나 스승과의 관계를 보여 주는 작품으로 〈태고암가(太古庵歌)〉와 〈사석옥화상(辭石屋和尙)〉이 있다. 〈태고암가〉에는 불교 내적으로 선대와의 관계를 "이 암자에는 다만 노승만 사는 것이 아니라 티끌 같이 많은 부처와 조사가 풍격을 함께 하네"[38]라고 하여 시적 자아가 거처하는 암자에 무수한 부처

---

37 出家何所爲 永斷世緣務…中略…但爲適性情 修德報明主…中略…專心祝聖壽 朝暮香一炷(〈辭王師〉『太古錄』)

38 此菴非但老僧居 塵沙佛祖同風格(〈太古庵歌〉『太古錄』)

와 조사가 풍격을 함께한다고 하여 자신과 불조를 하나로 인식하고 있다. 그런데 이 작품은 작품 안에서 불교 내적 상호 맥락을 보여 주면서도 그의 스승 석옥이 제자인 태고의 이 작품을 찬미하는 시를 지어 줌으로써 작품 외적으로 맺은 사제 관계에서 나오는 칭송 작품의 추가라는 다른 차원의 맥락을 함께 보여 주고 있다. 이 작품을 읽고 석옥은 "먼저 이 암자가 있고 바야흐로 세계가 있게 됐네. 세계가 무너질 때에도 이 암자는 무너지지 않네"[39]라는 제자를 칭송하는 시를 보내 주고 있다. 이 작품은 제자에 대한 대단한 찬미이면서 이를 통하여 역시 선을 표현하고 있다. 불교 내적 인간 관계는 시를 주고받는 모습으로도 나타나고 제자인 태고가 스승을 이별하면서 주는 〈사석옥화상〉과 같은 작품으로도 표현된다. 〈사석옥화상〉에서 태고는 "함께 위 없는 대열반에 놀기를 한결같이 오늘 하무산에 노는 것과 같아지이다. 비록 허깨비 제 몸은 이곳과 저곳으로 나누어지나 이 마음은 끝내 곁을 떠나지 않으리이다."[40]라고 읊고 있다. 불교 내적 인간 관계가 이런 작품으로 나타난 것이다.

태고는 자기 스스로 수행하며 경험했던 구체적 관계를 말하면서 자신의 불교적 수행의 연원이 어디에서 유래했는지를 역대 조사의 경우를 가져 와서 증명하려는 그의 숨은 의도를 그가 남긴 여러 다른 작품에서 읽을 수 있다. 부처와 나한에서 시작하여 육조, 포대, 석옥 등을 읊은 데까지 나아간 시적 보폭에서 이런 면모를 짐작할 수 있

---

39 先有此菴 方有世界 世界壞時 此菴不壞(石玉 〈無題〉『太古錄』)

40 同遊無上大涅槃 一如今日遊霞霧 吾雖幻質分彼此 此心終不離左右(〈辭石屋和尙〉『太古錄』)

다. 석옥에 비하여 더 많은 불교적 인물을 시적 대상으로 하여 읊고 있다. 우선 부처를 두고 〈석가주산상(釋迦住山相)〉과 〈석가출산상(釋迦出山相)〉이라는 두 작품을 남겼고, 달마에 대해서도 〈달마 현릉청(達摩 玄陵請)〉와 〈승로달마(乘蘆達摩)〉 두 수의 장편시를 남겼다. 그 외에 〈문수(文殊)〉, 〈포대(布袋)〉, 〈약왕(藥王)〉, 〈오조동형(五祖童形)〉, 〈육조(六祖)〉가 있고 나한에 대해서도 〈나한 현릉청(羅漢 玄陵請)〉라는 작품을 남기고 있다. 이것은 부처로부터 시작하여 법이 이어져온 연원 선상에서 중요한 인물을 읊고 그 자신을 같은 대열에 위치시킴으로써 자신의 위상을 분명하게 드러내기 위함이었다고 할 수 있다.

태고의 경우 불교 외적 사회 맥락을 시에 담아서 표현했는데 석옥의 경우는 그런 면은 나타나지 않고 불교 내적 관계에 대한 내용만을 시에서 보여 주고 있다. 불교 내적인 경우도 태고의 경우처럼 많은 사례를 모두 다 포괄하여 보여 주지 않고 그 가운데 일부만 다루고 있다. (9)는 석옥이 법을 받은 스승 급암에 대하여 찬미하는 내용의 작품이다. 스승과 자기의 관계를 다른 지역 출신이면서 먼저 깨닫고 뒤에 깨달은 관계로 규정하고 이를 뒤 네 행에서 선적으로 표현하고 있다. 깨닫고 나서 얻은 경지를 골육보다 더 좋고 원수같이 나쁘다는 말로 표현하고 있다. 존재 원리의 양면 가운데 살의 측면을 후자, 활의 측면을 전자처럼 표현하고 있는 것이다.[41] 불교 내적 문맥을 보여 주는 그의 작품으로 〈진찬출산불 2수(眞讚出山佛二首)〉, 〈관음대사 2수(觀音大士二首)〉, 〈나한 2수(羅漢二首)〉, 〈달마 2수(達磨二首)〉, 〈찬

41 살활(殺活)이라는 말은 선에서 존재를 표현할 때 사용하는 용어이다. 이를 경전의 용어와 대비하면 〈반야심경〉에서 살은 공(空), 활은 색(色)에 해당한다고 할 수 있다.

급암화상병사동정(讚及菴和尙幷師同幀)〉, 〈자찬(自讚)〉 등이 있으나 부처와 관음, 달마와 같은 인도의 불교 인물을 주로 거론하고 중국에는 자기 직계 스승만 작품에서 다루고 있음을 알 수 있다. 이것은 직계 스승을 드러낸 것만으로도 자기 위상을 분명하게 알릴 수 있기 때문에 오조, 육조, 포대와 같은 중국 역대 조사는 선시로 표현하지 않았다고 할 수 있다.

이상에서 선시의 배경이 되는 현실적 문맥을 작품에서 찾아보았는데 태고의 경우에는 불교 외적 사회 현실 관계와 불교 내적 관계를 작품 안에서까지 모두 보여 주었다면 석옥은 후자의 관계만 보여 주었다. 불교 내적 문맥을 알리는 작품의 경우에도 석옥이 자기 스승만 읊은 데 대하여 태고는 포대, 오조, 육조 등의 중국 역대 조사를 시의 중요한 내용으로 가져와서 자기 수행의 전통성을 의도적으로 드러내고자 한 경향을 보여 주었다. 이런 불교 내외적 문맥은 이들의 문학 작품의 성격 형성에도 상당한 영향을 끼친 것으로 판단된다. 태고가 상대적으로 전통 선의 역설적 표현을 많이 사용한 데 비하여 석옥은 일상생활 자체의 묘사를 통하여 상징적 표현을 우세하게 사용한 것이 이런 문맥과 관련된 것으로 해석할 수 있기 때문이다.

5. 태고 보우와 석옥 청공 선시의 거리

지금까지 태고 보우와 석옥 청공의 선시 가운데 재제를 같이하는 작품을 비교하는 논의를 진행하였다. 비록 국가는 달랐지만 두 사람이 사제 관계를 맺고 수행과 깨달음이라는 과정을 함께 했다는 점,

이것은 당시 같은 동아시아 문명권 안에서 이루어진 중요한 문화적 현상이라는 점에서 충분한 논의의 가치를 가진다고 보았다. 특히 이들이 남긴 선시 작품은 양국 한시의 특징은 물론 선시의 성격을 이해하는 데에 일정한 기여를 할 것으로 보인다.

먼저 두 인물의 시가 가진 공통된 사상적 기반이 무엇인가를 살폈다. 긴 역사를 가진 불교가 다양한 사상적 흐름을 보여 주지만 선시의 핵심 기반이 되는 사상은 일체가 본래 부처라는 본래 성불 이념이다. 그런데 두 사람은 그들의 시에서 본래 성불이라는 기본적으로 일치된 사상적 기반을 가지고 있었다. 이런 사상적 특성은 불교 종조인 부처를 읊은 작품, 선의 역사적 출발이라 할 수 있는 달마, 현실에서의 구체적 선 수행자인 자신들을 제재로 읊은 시에서 이런 면이 확인되었고 나머지 작품에서도 이런 사상적 특성이 드러나는 것으로 나타났다.

다음은 이런 공통된 사상적 기반이 어떻게 시로 표현되고 있는가를 살폈다. 선의 핵심 사상인 본래 성불의 이념을 나타내는 데에 가장 많이 사용된 수사는 상징과 역설이었다. 여기서 두 인물은 같은 상징법을 사용하더라도 상징을 나타내는 구체적 방법에서 있어서는 차이가 드러났다. 태고가 전고 인용과 설명 등의 방법을 통하여 역설과 상징을 구사했다면 석옥은 자신의 생활 자체를 주로 묘사하여 보여 주는 방법으로 상징과 역설을 구사했다. 그 외에 핵심적 선의 배경, 주변을 표현하는 수사법은 인용법, 문답법, 대조법 등 다양하게 나타났는데 선의 핵심을 표현하는 상징법이나 역설법을 보조하는 역할을 하고 있었다.

그리고 선사상을 시에 표현하게 된 구체적 현실 문맥을 살폈다.

두 사람은 불교 내적 문맥 상황은 같이 공유하면서도 불교 외적 문맥에서는 달랐다. 석옥이 불교 내적 문맥만 작품에 반영했다면 태고는 불교 외적 문맥을 불교 내적 문맥과 함께 작품에 표현하고 있었다. 불교 내적 문맥에서도 석옥이 중요한 인물로 맨 위로 부처를 시작으로 나한, 달마, 작자의 직계 스승, 자신 등을 소재로 다루는 데에 그쳤다면 태고는 거기에 중국 포대, 오조, 육조 등의 역대 조사를 따로 더 읊어서 자신이 조사의 계열에 소속되었다는 것을 분명하게 드러내려 했다. 불교 외적 문맥은 태고에게만 나타나서 특이했는데 그는 원나라 천자를 칭송하고 국내 왕사 자리를 물러나면서 국왕의 평안을 기원하는 내용으로 나타났다. 이런 현실의 문맥은 구체적으로는 두 인물의 선시가 창작되는 현실적 기반이 다르다는 것으로 선시 창작에도 일정한 영향을 끼친 것으로 보았다. 전통의 권위를 빌려야 하는 태고의 입장과 자신의 삶 자체를 드러내는 데에 만족할 수 있는 석옥의 입장이 달랐기 때문에 현실 문맥의 차이가 작품 안에까지 나타난 것으로 보인다.

두 인물은 선의 핵심 사상의 측면에서 본래 성불이라는 일치된 입장을 분명하게 드러내면서도 이를 구체적 작품으로 나타내는 과정에는 다른 양상을 보여 주었는데 그것은 이들의 개인차와 함께 그들이 실제 처했던 현실적 문맥의 차이에서 연유한 것으로 판단된다. 이런 논의는 선이라는 같은 제재를 다루지 않은 이들의 전체 시에까지 논의를 확대하여 여기서 내린 판단이 보편성을 가지는지 확인할 필요가 있다. 이런 논의 결과는 앞으로 초월적이라고만 알고 있는 선시를 논의할 때 일정한 참고가 될 것으로 예상한다.

제2장

선인(禪人)과 관인(官人)에게 준 태고 보우 선시의 성격

1. 세출세간 인물 모두에게 선시를 주는 이유

고려 말 삼사(三師)[1]의 한 사람이고 현재 조계종 중흥조로 인정받는 태고 보우는 선승이면서도 당시의 정치에 영향력을 크게 행사했고 특히 구산선문으로 나누어진 불교계의 통합과 선의 대중화에 많은 노력을 기울였다. 그는 국내에서 철저한 수행을 통하여 깨달음을 얻고 원나라 석옥 청공이라는 선사를 만나 다시 깨달음을 인가받는 과정을 거친다. 그리고 국내에 돌아와서는 왕사, 국사를 두루 거치며 정치, 포교 등 여러 가지 활동을 전개한다.[2]

일찍이 이런 일련의 과정에 주목하여 그가 보인 정치적, 사상적 행보와 관련한 연구가 많이 진행되었다. 그의 문학에 대한 연구는 상대적으로 미진한 상태라고 할 수 있다. 나옹 혜근, 백운 경한, 태고

---

1 나옹 혜근, 백운 경한, 태고 보우.

2 유창, 〈행장〉, 『태고록』, 장경각, 불기2537, 207~230쪽, 一一四~一三零面 참고.

보우라는 소위 고려 말 삼사를 종합적으로 검토하면서 그들의 문학을 일괄적으로 논의하거나 보우 시의 개괄적 논의, 보우의 특정 작품인 〈오도송〉이나 〈태고암가〉, 〈토굴가〉, 명호시의 논의, 석옥 청공 시와의 비교 논의 정도가 그 문학에 대한 연구의 대부분이라고 할 수 있다. 기존의 이런 포괄적 연구나 개별 작품, 작품 유형에 대한 연구들이 당시 선시 문학에 대한 일반적 경향이나 흐름을 드러내고 일부 작품을 이해하는 데에 일정한 기여를 한 것은 사실이다. 그러나 구체적 문학 작품으로 들어가서 논의를 심화하고 이를 거시적 관점에서 다시 하나로 통합해야 한다는 입장에서 볼 때는 지금까지의 연구는 아직 미진하다고 할 수 있다.

필자는 보우 선시의 연구를 한 차례 진행한 적이 있는데 중국의 석옥 청공 선사의 경우와 비교 논의를 한 것이었다.[3] 이 글에서는 그가 보인 불교 이념적 성향에 대한 논의를 시작으로 선시 창작의 현실적 맥락, 선시의 표현 기교 등을 따져 보았다. 그러나 이 논의에서도 두 인물의 공통된 관심사를 다룬 작품을 선택적으로 비교하는 데에 그쳐 그 문학 작품에 대한 전면적 논의를 진행한 것은 아니었다. 그는 특정 대상을 상정하지 않고 무문자설(無問自說)[4]에 해당하는 깨달

---

3 전재강, 「태고 보우와 석옥 청공 선시의 비교 연구」, 『우리말글』 62, 우리말글학회, 2014, 217~242쪽.

4 이것은 부처의 교시 가운데 하나로서 제자나 이교도가 질문을 했을 때 대답을 하여 가르침을 주는 경우와는 달리 다른 사람의 질문이 없음에도 불구하고 스스로 자신의 깨달음이나 가르침을 설하는 것을 이렇게 말한다. 부처의 교화에는 크게 위의 교화와 설법 교화 두 가지가 있는데 설법 교화에는 고기송(孤起頌), 중송(重頌)과 같은 운문, 비유, 인연담, 문답, 전의법(轉意法) 등이 있다. 이 가운데 질문 없이 나온 언설의 가르침을 모두 무문자설이라고 할 수 있다.(교양교재편찬위원회 편, 『불교학개론』, 동국대학교 출판부, 2009, 64~65쪽 참고)

음과 법열의 세계를 자발적으로 읊은 선시 작품이 여러 수 있고, 그 주변의 다양한 인물들의 명호(名號)를 두고 읊은 소위 명호시[5]가 한 유형을 이룰 정도로 많이 남아 있다. 또한 부처를 비롯한 달마, 육조 혜능 등 불교적 인물과 그들의 삶을 찬양하는 작품 역시 많이 남기고 있다. 따라서 그의 시에서 많은 비중을 차지하는 이런 대표적 작품군을 일일이 분석하고 유형들을 상호 비교하면서 그의 시에 대한 논의를 진행해야 되기 때문에 태고 보우의 선시는 앞으로도 많은 연구의 여지를 남겨 놓고 있다.

여기서는 이런 보우 선시의 전체적 연구에 접근하는 하나의 선행 단계로서 그가 구체적 인물들에게 준 시를 집중적으로 논의해 보고자 한다.[6] 앞에서 언급한 바 그는 출가 승려였지만 정치와 사회 참여를 많이 했던 인물이고 이 과정에서 출가와 재가의 많은 사람들과 만나면서 자연스럽게 상당수의 시를 주고받은 것으로 보인다. 승속과의 관계 맥락에서 창작된 작품들은 작품 수가 적지만 그의 선시 문학의 성격은 물론 그가 출가나 재가를 향하여 무엇을 어떤 방식으로 표현하고자 했는지? 그것이 어떤 의의를 가지는지를 구명하는 데

---

5 이종찬은 『한국의 선시』(이우출판사, 1985, 207쪽)에서 승려나 거사의 호에 대한 송시를 명호송이라고 일컫고 있는데 필자는 송 역시 시이기 때문에 명호시로 명명하고자 한다. 이하 필자는 남에게 주는 시를 증여시, 『태고록』에 나타난 가음명(歌吟銘)을 묶어서 가음(명)시로 잠정 일컫기로 한다. 그 외 선시 하위 유형의 명칭은 이종찬의 책을 따른다는 것을 밝혀 둔다. 선시 연구를 진행하면서 선시의 하위 유형 분류에 대한 본격적이고 체계적 논의를 별도로 진행해야 할 필요성이 드러났다고 본다.

6 태고 보우의 선시는 『태고화상어록』 상에 가음명(歌吟銘) 6수, 『태고화상어록』 하에 게송(偈頌) 부분에 90수의 명호시(名號詩), 18수의 증여시, 하권 찬발(讚跋) 부분에 찬시(讚詩) 13수가 있다. 이 가운데 사람에게 증여시 18수를 중심으로 하되 나머지 유형의 작품도 필요에 따라 원용하고자 한다.

에 중요한 단서를 제공해 줄 수 있다. 사람들에게 주는 시는 먼저 그가 스스로 수행하고 깨닫고 나서 다시 현실에 돌아와서 교화를 하는 과정에서 지은 작품이기 때문에 그가 평소 가졌던 불교 이념의 성격이나 그 선시의 성격, 대상 인물에 대한 그의 인식을 보여 주는 것이기도 하여 이 유형에 속하는 작품은 그 자신의 선시 문학에서는 물론 그 당시 전체 선시 문학에서도 역시 중요한 의의를 차지한다고 할 수 있다.

그는 선사나 관리들에게 시를 많이 주고 있는데 이 시의 저변에 깔린 근본적 이념의 성격이 어떠한지를 먼저 살펴보고 시적 대상 인물에 대하여 어떤 이유로 칭송의 태도를 보이는지, 또한 대상 인물에게 구체적으로 어떤 교시를 어떻게 표현하고 있는지를 살피고자 한다. 이런 논의 과정에서는 선인(禪人)이나 관인(官人)[7]이라는 대상 인물의 승속간 차이를 거론하게 되고 사람에게 주는 증여시가 아닌 스스로 읊은 시나, 명호를 읊은 시와 같은 그 외 다른 유형의 시, 그가 남긴 편지와 같은 산문도 부분적으로 원용하여 논의를 진행함으로써 남에게 주는 증여시가 보여 주는 작품 성격을 자세히 천착해 보고자 한다. 이 논의의 자료로는 그의 문집인 『태고록』[8]을 사용하고, 기존 연구 가운데 일부를 참고하고자 한다.

---

7 보우가 시를 준 출가인은 선 수행자가 많아서 선인, 재가인은 관료가 많아서 관인이라 지칭하고자 한다.

8 태고 보우 지음, 백련선서간행회 번역, 『태고록』, 장경각, 불기2537.

2. 본래 성불의 이념성

여기서는 이 유형에 속한 작품들이 기본적으로 가진 이념적 기반을 찾아보고자 한다. 당시 고승의 입장에서 다른 승려나 일반인에게 주는 작품들이기 때문에 기본적으로 이들 작품 내면에는 이념적 바탕을 지니고 있다고 할 수 있다. 작품의 성격을 규정하는 데에 이념적 기반이 중요해서 이에 대한 논의를 우선적으로 진행할 필요가 있다.

본래 성불(本來成佛)이라는 말은 불교에서 말하는 일체 존재가 본래 완성된 부처라는 말이다. 흔히 중생이라는 말을 하고 있기는 하지만 그 중생도 본래는 부처라고 보는 불교 이념이 바로 본래 성불이다. 이런 불교의 이념은 기본적으로 불교 전체의 공통적 이념의 기반으로 되어 있지만 상대적으로 교학보다 선학에서 본래 성불의 불교 이념을 더 강조한다.[9] 이는 선이 언어나 여타 매개 수단을 거치지 않고 바로 존재의 본질에 나아가려는 성향을 가지고 있기 때문에 나타난 현상이다.[10]

이런 이념적 기반이 사람에게 주는 시에서 실제 어떻게 나타나고 있는지 작품을 예로 들면서 논의를 계속하고자 한다.

(1) 봄 아닌 이곳에 꽃이 피었으니
부질없이 오가는 뜬 구름에 맡기시게

---

9 고우 외4인(전국선원 수좌회 편찬위원회), 「3.간화선에서 본래성불을 강조하는 이유」, 『간화선』, 조계종불학연구소, 조계종출판사, 2005, 61~69쪽 참고.

10 이런 경향을 선에서는 직지인심(直指人心) 견성성불(見性成佛)로 표현한다. 바로 마음을 가킨다고 하고 성품을 보아 부처를 이룬다는 의미이다.

선 자리가 여여(如如)하여 변하지 않는데
헌원은 하필 요대에 오르려 하는가?
非春是處是花開　也任浮雲空去來
立處如如如不變　軒轅何必上瑤臺[11]

(2) 내 이렇게 주노니
그대 또한 이렇게 받으시오
내 진실로 얻고 잃음이 없으니
그대 어찌 공(功)이 있고 없으리.
우리나라는 산악이 수려하고
부상에는 한 붉은 해일세
가여워라! 눈 속에 선 사람이여!
하마터면 가풍을 잃을 뻔했구나!
吾以恁麽寄　師亦恁麽通
吾誠無得失　師豈有無功
海東山嶽秀　扶桑一點紅
可憐立雪子　幾乎喪家風[12]

(3) 나는 부처의 대원경지를 보고
또한 제자인 나의 평등성을 보네.
한 가지로 한 체가 시방에 두루하여
확연히 밝아 그림자가 없네.
…하략…
吾觀本師大圓鏡　亦觀弟子平等性
同是一體徧十方　廓然瑩徹了無影
…下略…[13]

---

11 〈答廉政堂 興邦〉, 앞의 책.

12 〈寄日本石翁長老〉, 앞의 책.

(1)번 작품은 보우가 잘 알고 지내던 염흥방이라는 권력층의 인물에게 준 작품이다. 세속 인물에게 준 작품임에도 내용이 상당히 고준하다. 1,2행을 보면 상징적 표현이 쓰이고 있다. 일반적으로 봄에 꽃이 피는 것으로 생각하는데 여기서는 봄이 아닌데 꽃이 피는 것으로 읊고 있다. 이어서 오고 가는 구름의 작용을 공연하다고 말하고 있다. 이것은 자연 대상과 현상이라는 풍경만을 읊고 있는 것 같지만 상징적 의미를 가진다. 일반 상식의 논리를 넘어서는 표현을 하고 있기 때문이다. 여기서 '봄아님[非春]'은 봄이라는 현상이 없음이라는 비작용 즉 살(殺)을 나타내고 그런데도 '꽃이 핀다[花開]'라는 말은 현상이 일어나는 작용 즉 활(活)을 나타내는 상징어이다.[14] 그런데 이런 두 가지 요소는 별개가 아니고 같은 공간에 공존하는 것으로 표현되어 있다. 비작용이 작용과 공존하는 것으로 그려져서 살이 곧 활이라는 역설을 만들었다. 거기에 다시 바람이 오고 간다고 했는데 이런 작용이 공연하다고 하였다. 여기서 오고감은 작용이고, 공연하다는 것은 실체가 없다는 의미의 비작용이라고 할 수가 있다. 따라서 1,2행은 살활의 존재 원리, 〈반야심경〉의 용어를 빌리면 있음과 없음이 하나가 된 색즉시공(色卽是空)의 함의를 이렇게 형상화해 내고 있다.

---

13 〈辭石屋和尙〉, 앞의 책.

14 선(禪)의 용어 가운데 살활(殺活)이라는 말이 있는데 이것을 교(敎)의 용어로 바꾸면 체용(體用)이라고 할 수 있다. 그래서 살은 체이고 작용하지 않는다고 하여 비작용, 활은 용이고 작용한다고 하여 작용이라고 말하기도 한다. 〈반야심경〉의 용어를 빌리면 살은 공(空), 활은 색(色)에 각각 해당한다고 할 수 있다. 선시에서 사용된 체언이나 용언 등 핵심 용어들은 살활을 상징하는 기능을 수행하는데 이를 나옹의 선시를 논의하면서 정리한 적이 있다.(전재강, 「나옹선시에 나타난 체언계열 어휘의 양면성」, 『어문학』 121, 한국어문학회, 2013, 215~244쪽; 전재강, 「나옹선시에 나타난 용언계열 어휘의 양면성」, 『한국시가연구』 35, 한국시가학회, 2013, 33~66쪽 참고)

이것은 일체 존재가 연기 현상이라는 불교의 다른 표현인데 불교에서는 이 연기 현상을 바로 부처라고 본다. 이런 논리를 따라가면 이 두 행은 꽃 피고 구름 떠가는 자연 현상을 통하여 살활공재(殺活共在)로서의 연기를 말하여 일체가 본래 성불해 있다는 의미를 나타낸다.

이러한 해석은 이어진 3,4행을 보면 그 의미가 더욱 분명해진다. 선 그 자리가 바로 '여여(如如)하다'고 했다. '여여'는 있는 그대로 진리라는 의미인데[15] 헌원이라는 사람은 괜스레 진리를 찾겠다고 여기 이 자리를 떠나서 요대라는 신선 세계에 올라간다는 핀잔을 주고 있다. 진리는 지금 여기를 떠나서 다른 데 있지 않다는 말을 하면서 바로 이 자리 이대로가 진리임을 천명하고 있는 것이다. 봄이 아니라도 꽃이 피고 하염없이 부는 바람 그 자체가 진리라는 것을 3,4행에서는 이렇게 다시 바꾸어서 직설적으로 표현하고 있다. 주객을 초월한 있는 이대로가 진리임을 1,2행에서는 대상 현상을 통해서, 3,4행에서는 역사적 인물의 고사를 통해서 각각 표현하고 있다. 이 작품에서 작자는 일체가 진리임을 주객의 시적 대상을 통하여 이렇게 표현함으로써 본래 성불의 이념을 철저히 드러내고 있다고 할 수 있다.[16]

(2)는 석옹이라는 나이든 승려에게 준 시이다. 두 수 가운데 앞의 작품은 나와 너라는 시적 대상 인물과 시적 자아를 대응시켜 이원적

15 진리를 불교식으로 표현하면 진여(眞如)라고 한다.

16 보우는 이 시를 준 같은 인물에게 편지도 보내고 있는데 편지의 내용은 이 시의 내용과는 다르다. 시에서는 이와 같은 본래 성불의 이념을 상징이나 역설의 방식으로 형상화하여 표현했다면 그에게 준 편지에서는 '무자 화두(無字話頭)' 드는 방법과 과정을 세세하게 설명하고 있다. 일체가 본래 성불임에도 불구하고 화두를 참구하는 참선 수행을 거치지 않은 상태에서 본래 성불임을 자각하지 못한 상대방의 근기에 따라 이러한 교시를 내리고 있다고 할 수 있다.

세계의 초월을 보여 줌으로써 너와 나는 같다는 주객 통합의 양상을 매우 재미있게 표현하고 있다. 내가 이렇게 보내면 너는 이렇게 받고, 내가 득실이 없으니 너 역시 유무가 없다고 한 것이 그것이다. 너와 내가 모두 상대적 세계를 초월함으로써 궁극에는 너와 나도 사라지는 모습을 연출하고 있는 것이다. 그래서 첫 작품에서는 너와 나라는 상대를 초월함으로써 일체가 하나의 진리, 본래 부처의 상태라는 것을 드러내고 있다고 할 수 있다.

그런데 이 작품 두 번째 수에서는 너와 나를 버리고 객관 대상을 가져와서 다시 진리의 세계를 표현하고 있다. 1,2행에서는 해동 즉 우리나라의 산악이 수려한 것, 부상의 나라 일본의 붉은 해를 제시하여 그 자체가 바로 진리라는 말을 전제하고, 3, 4행에 오면 일체 대상 자체가 진리인데 진리를 또 구한다고 눈 속에서 기다리고 섰던 제2조 혜가의 사례를 가져와서 이를 비판하고 있다. 달마 대사의 처소에 가서 진리를 가르쳐 달라고 눈이 와도 움직이지 않고 심지어 팔을 끊어서 바치기까지 하면서 남에게 진리를 구했던 혜가라는 인물을 두고 시적 자아는 그를 연민한다고 말하고 있다. 이것은 그가 추위에 떨면서 고생한 것을 연민한 것이 아니라 눈 속에 서서 팔까지 끊어 바치며 진리를 남에게 구하는 그 자체가 선의 본래 성불의 가풍과는 어긋나기 때문에 연민한다는 말을 하고 있는 것이다.[17] 연민이 이러한 성격을 가지고 있기 때문에 철저히 그 바탕에는 본래 성불의 이념이 내재하고 있다고 할 수 있다. 그래서 흔히 진리를 구한다고

---

17 혜심·각운 지음, 김월운 옮김, 〈100.법인(法印)〉, 『선문염송·염송설화』 1, 동국대역경원, 2005, 472쪽 참고.

스스로 참구하고 스승을 찾아서 공부하는 일체의 행위를 대표적 화두집, 선어록이라고 할 수 있는 『벽암록』에서는 멀쩡한 살을 긁어서 상처를 내고 평탄한 길을 파서 구덩이를 만드는데 비유하기도 하여 본래 성불의 입장을 강조한다.[18]

(3)번은 보우가 스승 석옥 청공을 이별하면서 준 시이다. 시의 서문에 '삼가 덕을 칭송하고 발원하며 게를 지어 올려 작은 정성을 표한다.'[19]고 하였다. 이 작품의 후반에 가면 대상 인물에 대한 칭송이 많은 부분을 차지하지만 작품 전반부인 인용 부분은 일체 본래 완성된 모습을 직설적 방법으로 표현하고 있다. 부처의 크게 원만한 경계, 자신의 평등한 성품을 1,2행에서 말하여 본래 성불의 세계를 불교적 용어를 통하여 직설하고 있다. 그리고 3,4행에서도 하나의 체가 시방에 두루하다고 하여 체라는 본질이 시방이라는 현상으로 드러난 관계를 표현하고 그렇기 때문에 이는 밝고 밝아서 그림자가 없다는 말로 현상과 본질 양자가 공재하는 역설적 원리를 드러내고 있다. 여기에 이어지는 두 행을 더 보면 '중생도 없고 부처도 없어 주객이 끊어졌고 신령하게 통하고 밝고 깨끗하여 항상 고요히 비추네.'[20]

---

18 최고의 선서로 꼽히는 『벽암록』 3〈마조일면불(馬祖日面佛)〉의 수시(垂示)에서 가르치는 것을 두고 "좋은 살을 긁어서 부스럼을 내고 구덩이와 굴을 만드는 일[好肉上剜瘡, 成窠成窟]"이라고 하였고 『선요』에서는 〈통앙산노화상의사서(通仰山老和尙疑嗣書)〉에서는 가르침을 청하러 간 고봉을 설암화상이 주먹으로 때려서 내쫓고 문을 닫아버린 이야기를 하고 있다. 선어록에 나타나는 이런 표현들이 모두 본래 성불의 이념을 나타낸 것이다. 본래 부처인데 가르침을 청하고 가르친다는 것은 부스럼을 내고 멀쩡한 길을 파서 구덩이를 만드는 것과 같다는 말이다. 선어록에는 이런 유사한 표현들이 반복적으로 나타난다.

19 謹頌德 兼發志願 作偈獻之 以表寸誠云(〈辭石屋和尙〉, 『太古錄』, 九五-九六面)

20 無生無佛絕能所 靈通皎潔常寂照(〈辭石屋和尙〉, 『太古錄』, 九五-九六面)

라고 하였다. 앞 행에서는 흔히 말하는 중생과 부처, 주관과 객관이라는 이원 대립의 요소가 완전히 사라졌다고 하여 살의 차원을, 뒤 행에서는 그 자리에 통해서 밝고 항상 비춘다고 하여 드러난 활의 차원을 각각 읊고 있다. 이와 같이 일체가 살이면서 활인 존재 원리를 말하여 역시 일체가 있으면서 없고 없으면서 있다는 연기 현상을 표현하여 본래 성불의 이념을 표현하고 있다고 할 수 있다.[21]

이와 같은 본래 성불의 이념은 태고 보우가 수행을 통해서 깨달음

21 태고 보우는 〈無能〉이라는 작품에서 "이 일은 본래 남이 없지만/인연 따라 곳곳에 분명하네.//이 같은 뜻 확실히 믿으면/집에 돌아가서 물을 것이 없으리[此事本無生 隨緣處處明 信了如斯旨 歸家罷問裡]"라고 읊고 있는데 이 작품은 명호시에 해당한다. 시의 제목이 누구에게 준다는 식이 아니라 상대방의 호를 제시하고 있기 때문이다. 그러나 이 작품의 대상 인물인 무능은 거사임이 보우가 같은 인물에게 써준 편지인 〈무능거사 박성량 상공(無能居士 朴成亮 相公)에게 주는 글〉에서 확인이 된다. 시와 이 편지는 상관성을 밀접하게 가진다. 작품을 보면 1,2행에서 존재 원리 불교의 진리인 진여의 상태를 표현하고 있다. 이 일은 본래 남이 없다고 하고 다시 인연을 따라 일체처에 분명하다고 표현하고 있다. 무생이기 때문에 살, 또는 공이지만 연기를 따라 곳곳에 분명하게 드러나는 활, 또는 색이라는 말을 하고 있는 것이다. 그래서 1행에서는 살의 측면, 2행에서는 활의 측면을 교묘하게 연결하여 살활을 병치하여 표현하고 있다. 이를 〈반야심경〉의 표현을 빌리면 공즉시색(空卽是色)의 관계라고 할 수 있다. 즉 없기도 하고 있기도 한 진리의 속성을 이렇게 표현한 것이다. 그래서 바로 이 부분이 일체가 살활의 모습으로 존재하는 진여를 표현하여 일체가 본래 성불임을 드러냈다고 할 수 있다. 3,4행에 오면 대상 인물에게 이런 본래 성불의 이념을 믿으라고 하고 믿음이 철저하면 진리로 가는 길 즉 시에서는 집에 돌아가는 길을 따로 묻는 일을 그만 두게 될 것이라고 충고하고 있다. 이런 내용을 그에게 준 편지 내용과 연관해서 보면 3,4행이 바로 이 편지와 직접 연관이 된다. 1,2행에서 제시한 일체가 본래 성불임을 3,4행에서 철저히 믿으면 바로 집에 돌아가겠지만 그렇지 못할 경우에는 편지에서 제시한 무자 화두 수행을 해서 진짜 종사에게 길을 물어서 깨달음으로 가라는 논리가 세워질 수 있기 때문이다. 이와 같이 일체가 본래 성불임을 선언하는 경우에는 선 자체를 상징이나 역설을 통하여 바로 드러내는 표현 방식을 사용하고 있다. 이 작품은 명호시에서도 남에게 주는 시와 비슷하게 본래 성불의 이념성을 보여 준다는 것을 알려 준다.

을 얻은 뒤에 발견한 것으로서 그의 가음시(歌吟詩)[22]에 가장 광범하고 철저하게 표현되어 있다. 보우에게 있어 수행하는 목적이 깨달음이고 깨달음의 내용이 바로 본래 성불의 진리이기 때문에 남에게 주는 증여시에서도 이런 핵심적 이념을 상징이나 역설, 비유를 통해서 표현하고 있다. 여기에 든 이 작품들은 본래 성불의 세계 자체가 어떠한가를 형상화하거나 직설적 방법으로 표현하고 있는 것이 특징이다.

3. 인물 칭송의 송도성

태고 보우가 세출세간을 막론하고 여러 인물들과 교류했지만 선적 표현을 담은 시에서 칭송한 인물은 출가 수행자로만 나타난다. 이런 칭송의 대상 인물이 모두 출가 수행자로만 나타난다는 것이 무엇을 의미하는지, 칭송의 구체적 내용이 무엇이고 표현의 방법은 어떠한지를 작품을 통하여 살피고자 한다.

(4) 서천의 참다운 불자시여,
그대 자신은 흰 구름과 함께 한가하네.
산은 산이오 물은 물이라는 말 부치노니
모름지기 반갑게 보시게나.
西天眞佛子　身與白雲閑

22 『태고화상어록 상』에는 〈태고암가〉, 〈산중자락가〉, 〈운산음〉 등과 같이 가(歌)나 음(吟)이 붙은 작품이 나오는데 이를 그냥 가음시로 통칭한 것이다.

寄語山山水　須開青眼看[23]

(5) 서쪽에서 온 한 곡조 아는 사람이 없으니
비록 백아는 있어도 종자기가 없네.
홀로 고요히 앉아 밤은 깊어 가는데
발을 뚫은 잔월은 선사의 옷에 사무치네.
西來一曲沒人知　雖有伯牙無子期
獨坐寥寥向深夜　簾殘月徹禪衣[24]

(6) 두루 밝은 한 덩이 백옥
이르는 곳마다 그 빛 찬란하네.
움직임에 값 매길 수 없는 보배 일으키니
그대의 중생 이롭게 함이 끊임없음을 알겠네.
圓明一顆白玉　到處光燦爛
動用翻興無價珍　知君利物無間斷[25]

(4)에서 시적 자아는 1행에서는 상대방을 참다운 불자라고 칭송하고 있다. 그 이유를 2행에서 밝히고 있는데 대상 인물이 진리의 현현이라고 할 수 있는 백운과 한가하게 지내는 것이 칭송의 구체적 내용이다. 즉 진리에 따라 살아가는 시적 대상 인물의 삶을 칭송한 것이다. 그리고 3,4행에 오면 시적 자아는 그에게 진리를 표현한 언구를 전하면서 이를 반갑게 보라고 권하고 있다. 시적 자아가 보낸 언구

23 〈送達摩悉歸竺乾國〉, 앞의 책.
24 〈寄無極和尙 江南人〉, 앞의 책.
25 〈璘禪人求頌〉, 앞의 책.

는 '산산수(山山水)'인데 이것은 산산수수(山山水水)의 줄인 말로서 드러난 현상 이대로가 본래 성불의 진리라는 말이다. 진리대로 살아가는 상대를 칭송하고 진리의 표현구를 주면서 이를 반갑게 보라고 함으로써 진리를 알고 진리대로 살아가는 상대를 높이 평가하고 있다. 이 작품에서는 인물 칭송의 이유는 상대가 진리를 알고 진리대로 살아가기 때문이라는 것을 보여 주고 있다. 이렇게 선적 표현을 통하여 인물을 칭송하는 것은 단순한 칭송의 시와는 다르다. '백운과 한가하게 지낸다.'는 표현은 불교 교리의 직설적 표현도 아니고 공안이나 불교 사적도 아니고 일상생활의 자연스런 한 측면에 선적 진리를 함의하도록 삶의 모습을 묘사하고 있어서 선기시(禪機詩)[26]에 접근하고 있다고 할 수 있다. 그러나 시적 자아가 상대방에게 건네 준 제3행의 산산수수라는 표현구는 선의 관용구로 이것은 선구를 바로 드러내는 방식이 되어 염송시(拈頌詩)[27]에 근접하는 표현의 성격을 보인다고 할 수 있다. 따라서 이 작품은 선기시적, 염송시적 표현 방법으로 시적 대상 인물의 바람직한 삶을 칭송하고 있다고 할 수 있다.

(5)번 시 역시 칭송의 이유가 (4)와 근본적으로 다르지는 않다. 그러나 표현에 있어서는 상당한 거리를 가진다. 제1,2행은 '서래일곡(西來一曲)'은 달마가 인도에서 중국으로 온 사실을 의미한다. 분명히

---

26 이종찬은 『한국의 선시』(이우출판사, 1985, 89~91쪽 참고)에서 '종교적 목적을 떠나 시 자체로 존재하면서도 선적 함축성을 내포하는 시들이 있다'고 하면서 이런 성격을 가진 작품을 선기시(禪機詩)라고 했는데 바로 이 작품이 그러한 성격을 보여준다.

27 이종찬은 『앞의 책』(87쪽)에서 '염송시는 선사들의 어록이나 공안에 대해 시로 표현하는 것이다'라고 하고 있다. 이런 성격의 시를 염송시라고 하면서 선시 가운데서는 이런 유형에 속하는 작품이 가장 많은 것으로 말하고 있다.

달마가 서쪽에서 온 이유가 있는데 사람들은 그것을 알지 못한다는 것이다. 그러나 시적 대상 인물은 그 의미를 아는 사람으로 인정하고 있다. 그런데 백아에게 종자기가 없듯이 그 의미를 알면서 자기를 알아주는 그 친구가 없다는 것이다. 시적 자아의 입장에서 보면 무극 화상은 '서래일곡'의 의미를 아는 사람이고 자기에게는 종자기와 같은 지기인데 지금 없다는 말이 되어 상대를 서래의를 아는 사람, 자기와 친구를 할 수 있는 사람으로 칭송하고 있는 것이다. 3,4행에 오면 깊은 밤까지 고요히 혼자 앉아 있는데 발을 뚫은 달빛이 선의(禪衣)를 비춘다고 하여 자신을 알아주는 친구가 떠난 상태에서 떠난 대로 그 환경에 자신을 맡긴 자연스런 모습을 그려 보이고 있다. 그래서 시적 대상 인물을 서래의의 의미를 알고 나를 알아줄 수 있는 인물이라고 읊어서 이 작품은 송도적 성격을 가지게 되었다.[28]

이 작품의 표현 방식을 보면 앞의 두 행과 뒤의 두 행이 서로 다르다는 것을 알 수 있다. 앞의 두 행에서는 불교의 조사 공안과 세속 지기의 고사를 인용하고 있다. 그래서 조사 공안의 내용을 가져온 이 부분은 역시 염송시적 표현을 한 것으로 볼 수 있다. 그런데 뒤 두 구절에 오면 수행승의 생활 일상을 묘사하고 있어서 선기시적 특성을 보인다고 할 수 있다. 혼자 깊은 밤까지 앉아 있고 잔월이 발을 통해 옷에까지 비치는 광경을 그리고 있는데 이 표현 역시 선적 함의

28 무극(無極)이라는 중국 승려는 태고 보우 〈행장〉에 보이는데 뛰어난 재능과 능숙한 논변으로 많은 선지식을 간파한 사람으로 서술되어 있다. 그러나 태고 보우에게 항복한 것으로 기록하고 있는데 이것은 그가 태고 보우의 인품을 알아봤다는 의미로 보인다. 이 작품의 내용으로 봐서 〈행장〉의 기록처럼 누가 누구에게 항복하고 말고 하는 관계가 아니라 서로를 알아본 좋은 지기 관계라는 것을 알려 주기 때문이다.

를 가지고 있다. 심야를 향하는 것은 시간과의 일치를, 잔월이 발을 통과하여 옷에까지 이른 것은 공간상 대상과의 일치를 보여서 시간의 분별, 공간의 구분을 떠나서 일체가 하나로 통일되어 가는 선적 이치를 드러낸다고 할 수 있다. 따라서 시 전체적으로는 앞의 작품과 같이 염송시적 표현, 선기시적 표현의 두 방식을 사용하여 인물 칭송을 하고 있다.

(6)에서는 칭송이 앞의 두 경우보다 한 발 더 나가 있다. 1행을 보면 시적 대상 인물을 두루 밝은 한 덩이 백옥이라고 칭송하고 있다. 그 이유는 바로 다음 2행에서 그는 가는 곳마다 찬란하게 빛을 발휘하기 때문이라는 것이다. 찬란한 빛을 발한다고 상징적으로 표현한 언구의 구체적 내용이 3, 4행에 나온다. 그는 움직이기만 하면 값을 매길 수 없는 보배를 만들어 내고 그렇게 하여 중생제도를 끝없이 하고 있다는 것이 바로 그 내용이다. 상대방의 정체성을 백옥에 비유하고 그 백옥의 작용을 1, 2행에서 나타냈는데 이것은 교화의 행적만을 말하는 것은 아니다. 대상 인물의 존재 자체가 진리체로서의 정체성을 가진다는 점을 여기 사용된 백옥이나 빛 등의 용어에서 알 수 있는데 백옥 자체가 체라면 빛은 그 용을 상징한다고 할 수 있기 때문이다. 교학적 용어를 빌리면 체용의 양면을 두루 갖춘 존재가 바로 시적 대상 인물이라는 말이 된다. 진리 자체인 시적 대상 인물은 저절로 진리를 알려 주변에 대한 영향력이 지속될 수밖에 없다는 것을 이렇게 말하고 있다. 따라서 단순히 훌륭한 인물이 포교라는 좋은 일을 한다는 식의 표면적 의미를 넘어서 진리체가 진리의 작용을 한다는 의미심장한 선적 표현을 통하여 상대를 칭송하고 있다고 할 수 있다.

칭송을 겉으로 드러내서 직접적으로 표현하는 작품은 그리 많지 않다. 드러내지 않고 은연중에 칭송하는 작품은 더 발견된다. 이 작품의 경우에도 선적 표현을 빌려서 칭송을 하고 있어서 선적 표현이라는 문학적 형상화의 단계를 거친 선기시적 작품 특성을 보여 준다. 앞장에서 살핀 (2)번 작품의 전반부가 바로 그러한 경우이다. '내가 이렇게 보내니 그대가 이렇게 알고 내가 상대를 초월하니 그대도 상대를 초월한다.'는 것 자체가 상대에 대한 칭송이다. 상대 유한의 세계를 초월하여 절대 무한의 선적 세계에 진입한 것으로 상대방의 수승함을 인정하는 내용이기 때문이다. 그런 역량 때문에 시적 대상 인물을 두고 종자기에 해당하는 지기라는 칭송을 하고 있다.[29]

칭송을 내용으로 하는 송도적 성격의 작품들은 선 자체를 읊기보다는 선적 삶을 살아가는 인물을 칭송하여 대상 인물의 삶의 모습이 선적으로 형상화되고 있다. 시적 대상 인물들은 선적인 삶을 모범적으로 살면서 그런 삶을 세계로 확장하는 중요한 역할을 하는 것으로 그려지고 그 때문에 이들을 칭송한다. 선의 공안이나 유래 등을 담아서 염송시적 방법을 사용하기도 하고 일상생활을 통하여 선적 함의를 자연스럽게 표현하여 선기시적 방법을 사용하기도 했다. 본래

29 (3)번 작품의 후반부도 보면 "스승이 화장 세계 주인이면/나는 장자가 되어 그 이익을 돕고//도솔천에 계시며 법을 연설할 때에는/나는 하늘 주인이 되어 항상 호위하며//보리수 아래 앉아 계실 때에는/나는 국왕이 되어 법보시를 행하오리[師爲華藏世界主 我爲長子助其利 或住兜率演法時 我爲天主常衛侍 或坐菩提樹下時 我爲國王行法施〈사석옥화상〉 172]"라고 읊고 있다. 시적 자아는 서문에 밝힌 스승을 받드는 뜻을 이렇게 표현하여 칭송을 하고 있는 것이다. 스승이 화장 세계의 주인, 도솔천에서 설법, 보리수하에 앉는 등의 표현이 시적 대상 인물을 최고로 높이는 것으로 되어 있다. 이와 짝이 되어 시적 자아가 따라 가며 그를 돕고 보좌하겠다는 데서 최고의 칭송을 확인할 수 있다.

성불의 이념을 표현한 작품의 경우가 선의 세계를 형상화하거나 직접적 방법으로 읊었다면 인물을 칭송하여 송도적 성격을 보이는 작품의 경우에는 인물의 삶을 통해 선을 읊고 있는 것이 다른 점이다. 본래 성불의 이념에 맞게 살거나 그래서 시적 자아의 지기가 되거나 중생을 본래 성불의 세계로 나아갈 수 있게 돕는 동지적 인물을 칭송한다. 즉 대상 인물에 대하여 칭송의 내용으로 봐서 출가 수행자에게 칭송이 집중된 것은 그들의 삶이 본래 성불의 이념에 부합하고 이를 바탕으로 시적 자아와 상호 소통할 수 있으며 그들이 중생 교화의 본분을 실천하기 때문인 것으로 볼 수 있다. 다시 말하자면 시적 자아와 동등한 위치에서 본래 성불의 진리를 구가하고 서로를 이해하며 교화의 길을 함께 가는 사람을 칭송한다고 할 수 있다. 기준이 이러하기 때문에 칭송의 대상은 출가자, 그중에서도 동등한 경지에 오른 사람이 될 수밖에 없었다고 하겠다. 또한 인물 칭송의 근거가 본래 성불 이념의 실천과 공유, 그 교시에 있기 때문에 송도성은 본래 성불의 이념성을 기반으로 하는 성격이라고 할 수 있다.

4. 수행 실천의 교시성

선(禪)은 불교 하위 한 유파의 종교 사상이다. 일반적으로 종교는 스스로를 확장하려는 속성을 가지고 있다. 평생 선을 수행하여 깨닫고, 인가받고 교화하는 과정을 살아간 태고 보우 역시 이러한 기본적 성향을 벗어나지 않는다. 그는 그가 걸어간 방식대로 사람들에게 선 수행과 관련한 중요한 교시를 편지로 직설하기도 하고, 형상화의 기법을 사용한 시를 통하여 가르침을 내리기도 했다. 시를 통한 교시는 함축, 비유, 상징, 역설과 같은 표현 기법을 통하여 문학성이라는 문제를 어느 정도 소화하고 내용과 균형을 유지함으로써 단순한 이념에 떨어지지 않고 교시성이 문학으로 승화되는 좋은 사례를 보여 주기에 이른다. 실제 작품을 들어가면서 논의를 진행하고자 한다.

(7) 해동에는 천고의 달이요,
강남에는 만 리의 하늘일세.
맑은 빛은 피차가 없으니
제방의 선을 분별하지 말게나.
海東千古月　江南萬里天
淸光無彼此　莫認諸方禪[30]

(8) 그대들은 보지 못했는가?
싯달타의 벽산행이
호흡간에 인생을 버린다는 것을 너희에게 경고하는 것을.
그대들에게 권하노니 깊은 마음으로 묘한 화두 참구하라.
얻기 어려운 좋은 시절 어찌 헛되이 보내겠는가?
한량없는 세월에 이런 날이 없으니
장부의 마음은 다만 이래야 하네.
君不見
悉達多之碧山行　警汝呼吸棄人生
勸君深心叅妙話　難得良晨可虛過
無量劫來無此日　丈夫心志只恁麽[31]

30 〈送珦禪人之江南〉, 앞의 책.
31 〈送寧宏二禪師歸山〉, 앞의 책.

(9) 여래의 청정한 몸도
옛날에는 윤회하는 사람이었고
또 이 공자도
창황하여 혹 진나라에 있었네.
무엇을 본받을 것인가?
마음의 진실 구하는 것만 같은 것 없으니
삼가 남을 따라 찾다가
자기 보배를 매몰하지 말라.
…하략…
如來淸淨身　舊日輪廻人
又是孔夫子　蒼皇或在陳
何者可以効　莫若求心眞
愼勿從他覓　埋沒自家珍
…下略…[32]

(7)을 보면 교시를 내리면서도 교시의 흔적을 잘 내보이지 않는다. 이것은 1,2행에서 선적 표현을 시작으로 3행에서도 상대를 초월한 존재 원리를 형상화하여 표현하고 있기 때문이다. 다만 4행에서 함축적 표현을 통하여 교시를 미약하게 짐작하게 하고 있다. 그러나 전체적으로 분명히 선적 형상화의 방법을 통하여 깊은 성찰에서 나온 교시를 내리고 있다. 자세히 살펴보면 1,2행에서는 해동과 강남의 풍광을 드러내고 있다. 해동에는 달, 강남에는 하늘이 있다고 했는데 이것은 있는 그대로의 자연 대상을 읊은 것 같으나 선기시적 성격을 보임으로써 선적 함축성 즉 불교의 존재 원리를 나타낸 것이

32 〈答金承制 二首 希祖〉, 앞의 책.

다. 이 두 행은 드러난 자연 대상, 또는 현상을 가지고 존재 원리를 표현하고 있어서 활의 측면을 표현한다고 할 수 있다. 〈반야심경〉의 용어를 빌리자면 색의 차원에서 존재 원리를 드러낸 것이다. 그리고 3행에 오면 맑은 빛이라는 역시 드러난 현상을 가지고 존재 원리를 표현하고 있다. 이 맑은 빛에는 이것과 저것이라는 이원적 대립이 없다고 한 점에서 살의 측면이 내재돼 있다. 선에서는 일반적으로 이원적 대립을 부정한다. 이원 대립의 대표적 현상이 이것과 저것[彼此], 좋다·싫다[好惡], 있다·없다[有無] 등이다. 있는 것처럼 보이는 이런 이원 대립의 세계가 실제 살의 차원, 공의 차원에서는 없다는 것이다. 3행에서는 바로 이런 이원 대립이 없는 살의 차원을 청광이라는 드러난 현상을 가져와서 말하고 있다.

여기까지는 선에서 말하는 존재 원리를 살활의 차원에서 자유롭게 표현하고 교시의 흔적을 드러내지 않는다. 그런데 제4행에 오면 시적 대상 인물에게 직접 해주는 말하기 방식으로 이 앞서 말한 내용을 근거로 대상 인물의 문제적 인식을 지적하고 있다. '제방선(諸方禪)'은 풀어서 말하자면 다양한 문파의 선으로서 선가에서 사용하는 말을 빌리자면 이를 가풍(家風)이라고 하는데 그런 가풍을 분별하여 좋고 나쁘고를 따지지 말라는 충고를 하고 있다. 겉으로 제방의 선이 방식이나 역사가 다르다고 해도 선의 핵심은 같다는 말이다.[33] 선

33 선의 분열을 염려하고 이를 통합하고자 한 보우의 뜻은 그가 공민왕에게 진언한 말에서도 거듭 확인된다. 〈행장〉에 "지금 9산의 선객들은 각각 그 문중을 등에 업고 피차의 우열을 따지며 심히 싸우다가 요즈음에는 도문(道門)으로써 더하여 창과 방패를 쥐고 울타리를 만들어 그로 말미암아 화합을 해치고 정도를 깨뜨립니다. …중략… 이것이 이른바 시대의 폐단이라는 것입니다[今也 九山禪流 各負其門 以爲彼劣我優 鬩鬪滋甚 近者益之以道門 持矛楯作藩籬 繇是 傷和敗正…中略…此時之蔽也, 〈行狀〉,

의 본질에 충실하게 수행만 제대로 하면 되는 것이지 여러 파의 선을 굳이 분별하여 우열을 따지려는 수행의 태도는 잘못이라는 것을 지적하고 있다. 앞의 3개 행에서 일체 존재 자체가 본래 분별을 떠나 있다는 것을 먼저 교시의 근거로 제시했다고 할 수 있다. 이를 근거로 4행에서 존재 원리와 배치되는 수행 태도는 그 목적을 달성할 수 없다는 교시를 내리고 있다. 선기시적 표현을 통하여 본래 성불의 선적 정신에 입각하여 교시를 내리고 있는 것이 바로 이 작품의 특징이라고 할 수 있다. 따라서 이 작품의 교시성은 선적 형상화를 거침으로서 생경하지 않고 감동을 유발할 수 있는 수월성을 확보하고 있다고 할 수 있다.

이에 비하여 (8)은 교시가 상당히 직설적이다. 작품의 시작에서 '그대는 보지 못했는가?'라는 제시어를 사용하고 그 다음 2,3행에서 부처의 출가가 인생의 무상을 가르친다고 설명하듯 직설하고 있다. 생명의 길이가 호흡 간에 있다고 한 부처의 말을 인용하고 있다. 그러면서 4,5행에서 깊은 마음으로 화두를 참구하라고 권하고 좋은 시절을 헛되이 보내지 말라고 설의의 방법으로 강조하고 있다. 그래서 수행의 구체적 방법으로 여기서는 화두를 참구하는 간화선을 권장하고 있다. 이어서 6,7행에서는 거듭 시간의 무상성을 강조하고 있다. 무량겁의 긴 시간 속에서 이런 날이 없다는 것이다. 지금 이 순간이 가장 수행하기 좋은 시기라는 점을, 마지막 행에서 장부의 마음이 이러해야 한다고 하여 거듭 강조하고 있다. 이 작품은 공부의 절박성을 시간 문제와 연관하여 읊고 있다.[34] 인생이 호흡간이라는

『太古錄』, 一二四面, 223쪽]"

표현, 좋은 날을 다시 얻기 어렵다는 말, 한량없는 시간 가운데 이날 같은 날이 없다는 등의 시간 관련 표현을 통하여 수행의 절박함을 강조하고 있다. 인생의 순간성, 그런데 그 순간이 가장 좋은 시절이라는 뜻을 표현을 달리 하며 거듭 강조하고 그런 절실한 순간에 해야 할 수행이 바로 화두를 참구하는 간화선이라는 점을 강조하고 있다.

위의 두 작품이 출가 수행자에게 준 작품이라면 (9)는 김희조(金希祖)라는 세속 인물에게 준 두 수의 시 가운데 첫 번째 작품이다. 먼저 앞의 네 행에서는 여래와 공자의 사례를 시적 내용으로 가져와서 이들이 성인(聖人)으로 존경받기 이전의 상황을 읊고 있다. 여래가 청정하지만 본래는 윤회하는 중생이었고 공자도 진나라에서 한 때 고난을 당하기도 했다는 말을 하고 있다. 그런데 이들이 어떻게 그 이전과 달리 어떻게 숭앙받는 성인이 되었는가를 말하면서 교시를 내린다. 이어진 5,6행을 보면 앞에서 제시한 인물들로부터 무엇을 본받을 것인가?라고 자문하고 마음의 진실을 구하는 것만 같은 것이 없다고 스스로 답하고 있다. 진실한 마음 찾는 일을 배우라는 교시이다. 이어서 7,8행에서 그래야 할 이유를 더 명백히 밝히고 있는데 다른 것을 따라가서 찾다가 자기의 보배를 묻어버리지 말아야 하기 때문이라는 것이다.[35] 작품 전반부에서 두 성인의 발전 사례를 소개하고 후

34 보우는 〈시당두고저영장로(示堂頭古樗英長老)〉에서 "얻기 어려운 좋은 때를 어찌 헛되이 보내리/푸른 대숲 속의 물소리 오열하네[難得良辰可虛過 碧琅玕裏水嗚咽]"이라고 읊어서 시간을 아끼고 허송하지 말라고 충고하고 있다. 시간의 문제를 중시한 이유가 앞의 인용시에서 보이는 수행을 위한 것이라는 것을 짐작할 수 있다.

35 세속인에게 주는 시인데 부처와 공자를 같은 선상에 놓고 말하고 있다. 그러나 교시 내용은 마음 수행이라는 불교 가르침으로의 통일을 보이고 있다. 세속 인물을 불교로 유인하기 위해서 유교 교주를 수단으로 인용하고 있다고 할 수 있다.

반부에서는 그 선례를 따라 안으로 마음을 구하는 공부를 권하고 있다. 진정한 수행은 밖으로 찾는 것이 아니고 안으로 자기 보배인 마음을 찾는 것이라는 것을 역사적 사례를 들어서 교시하고 있다.

지금까지 세 편의 작품에서 선기시적 형상화를 통하여 또는 직설을 통하여 아니면 사례를 인용하면서 서로 다른 내용의 교시를 내리고 있는 것을 살폈다. 존재 원리와 어긋나게 분별하지 말 것, 순간인 인생을 잃지 말고 간화선 수행을 할 것, 밖으로 찾지 말고 성현들처럼 안에서 마음을 찾을 것 등의 세 가지 서로 다른 교시를 내리고 있다.[36] 여기에 해당하는 작품에서는 보우가 직접 드러내고, 같은 경지를 보이는 인물을 칭송하는 것과는 달리 본래 성불의 이념을 아직 모르고 있는 승속간의 인물들에게 본래 성불의 세계를 깨달을 수 있는 방법을 교시하고 있다. 작품에서 그가 내린 교시에는 승속 간 차

---

36 이러한 교시는 그가 준 편지 글에서도 거듭 확인된다. 명호시에 해당하는 〈낙암(樂庵)〉이라는 작품에도 교시가 나타난다. "산중의 한 초옥은/꿈속의 천종록일세//염불하여 공을 이루면/당장에 극락에 나리[山中一茆屋 夢裏千鍾祿 念佛以成功 當生極樂國, 〈樂庵〉, 『太古錄』, 九四-九五面, 163쪽]"라고 하여 여기서는 선이 아닌 염불을 교시하고 있다. 낙암거사라는 인물에게는 〈시낙암거사염불약요(示樂庵居士念佛略要)〉라는 글을 주기도 했는데 여기서 보우는 "방편이 많지만은 요점을 말하면 마음이 바로 정토라는 것과 자기 성품이 아미타불이라는 것으로서 마음이 깨끗하면 불토가 깨끗하고 본성이 나타나면 불신이 나타난다 하였으니 바로 이것을 두고 말한 것입니다[方便雖多 以要言之 則唯心淨土 自性彌陀 心淨則佛土淨 性現則佛身現 正謂此耳(〈示樂庵居士念佛略要〉, 『太古錄』, 五一面, 70쪽)]"라고 하였다. 이와 같이 낙암이라는 인물에게는 시도 주고 편지도 주어서 염불 수행을 하도록 강조하고 있다. 그러나 편지에서 교시한 염불의 내용은 실제 공간적으로 멀리 있는 서방 정토를 가라는 것이 아니라 유심 정토와 자성 미타를 강조하여 역시 앞의 시에서 교시한 내용과 일치하는 모습을 보이고 있다. 예시 (9)에서 밖으로 찾지 말고 안으로 자기 보배인 마음을 구하라는 것과 다르지 않는 내용이기 때문이다. 이름만 정토이지 이 역시 마음의 세계를 지칭하는 것이라는 점에서 그러하다.

이가 보인다. 출가승에게는 분별하지 말 것, 시간을 아껴 간화선 수행을 할 것을 교시하고, 세속인에게는 밖으로 찾지 말고 마음에서 구할 것을 강조한다. 이는 불교 수행과 관련하여 당시 승속간의 문제를 해결하고자 한 것이다. 선 수행을 한다면서 수행 방법을 분별하여 우열을 다투고, 간화선 수행을 하지 않고 시간을 낭비하던 당시 출가자들의 문제, 세속에서 벼슬하며 밖으로 물질과 권력만을 추구하던 당시 사회 풍토의 문제에 대한 처방으로, 출세간에는 분별하지 말고 시간을 아껴 간화선 수행에 몰두할 것, 세간에는 밖으로 드러난 현상만을 추구하지 말고 안으로 마음을 닦을 것을 교시했다고 할 수 있다. 이런 교시 내용은 구체적 방법과 수준에 있어서는 차이가 있지만 본래 성불을 깨우치려는 궁극적 목적은 일치한다고 할 수 있다. 따라서 교시성은 본래 성불의 세계로 세간과 출세간을 인도하려는 의도에서 나타난 성격이기 때문에 본래 성불의 이념성은 교시성의 목적이 된다고 할 수 있다.

5. 태고 보우 선시의 성격

고려 말 선승으로서 수행과 깨달음, 인가의 과정을 거쳐 정치 참여와 대중 교화라는 과업을 가장 활발하게 보여준 태고 보우의 선시의 성격을 구명하려는 것이 이 글의 의도였다. 시와 산문을 다 포괄하면 문학적 성과는 더 커지게 되는데 지금까지 그에 대한 연구가 종교, 사상, 역사의 측면에 치중해왔고 문학에 대한 연구는 상대적으로 미진한 상태였다. 태고 보우 시는 깨달음과 출세간의 생활을 스스로 읊은 선시와 주변 지인들의 이름에 의미를 부여하고 가르침을 주는 명호시, 승속의 특정 인물에게 주는 증여시, 부처를 비롯한 불교적 인물을 칭송하는 송도시 등 상당히 폭 넓은 주제성을 보여 주고 있다. 그래서 이 장에서는 보우가 남긴 몇 가지 하위 유형의 선시 가운데 작품 수는 적지만 그 문학의 다양한 성격을 통합적으로 보여 주고 있다고 사료되는 남에게 주는 증여시를 집중적으로 논의하였다. 논의의 객관성을 확보하기 위해서 필요에 따라 그의 다른 유형의 시, 산문까지를 함께 거론하면서 논의를 진행하였다. 이러한 논의 결과 남에게 주는 증여시가 세 가지의 성격을 유기적 질서에 따라 가진 것으로 나타났다.

먼저 본래 성불의 이념성이 남에게 주는 증여시의 근본적 성격임을 확인하였다. 중생을 포함한 일체 모든 존재가 본래 부처, 다른 말로 연기 현상, 선적 표현으로 살활이라는 사상이 본래 성불의 이념인데 남에게 주는 증여시는 이런 이념적 성격을 저변에 깔고 있었다. 존재의 연기론적 현상을 주객의 대상, 자연 현상을 통하여 역설적 상징적으로 표현하는 문학성을 동시에 보여 주었다. 이것은 작자가 깨달음을 통해 체험한 것이 본래 성불의 세계이고 거기서 절대적 기쁨인 법열(法悅)을 경험했기 때문에 남에게 주는 증여시에서도 스스로 확인한 진리를 알리고자 해서 나타난 작품 성격이었다.

다음은 시적 대상 인물을 칭송하여 송도적 성격을 가지고 있다는 것을 확인하였다. 칭송의 대상 인물은 모두 출가 승려였고 이들의 선 수행과 지기(知己)의 역할, 교화의 활동이 구체적 칭송의 내용이었다. 근본 이념인 본래 성불을 표현할 때는 선의 세계를 자연 현상과 같은 대상을 통해 역설적 상징적으로 표현하였다면 칭송을 할 때에는 선을 실천하고 가르치는 인물의 삶과 주변현상으로 선의 세계를 형상화하여 표현하는 특징을 보여 주었다. 출가자를 주로 칭송한 이유는 그가 보기에 그들은 선 수행과 깨달음을 통하여 본래 성불의 근본 이념에 충실하며 작자를 이해하는 지기가 되며, 교화를 통하여 이러한 이념을 함께 세상에 펼칠 수 있다고 보았기 때문이다. 그래서 송도성의 저변에는 본래 성불의 이념성이 내재하여 두 성격은 상하 중층적 관계를 맺고 있었다.

끝으로 선 관련 다양한 가르침을 세간과 출세간의 모든 인물들에게 펴는 내용을 담고 있어서 이 시편들은 교시성을 성격으로 가지고 있었다. 교시의 내용은 상당히 구체적으로 언급되었는데 수행 과정에 분별하지 말 것, 밖으로 찾지 말 것, 화두를 의심하는 간화선 수행을 할 것, 유심 정토 차원의 염불 수행을 할 것 등이 시로 표현된 교시의 구체적 내용이었다. 이 가운데 출가 수행자에게는 선의 종류를 분별해 따지지 말고 선의 본질에 충실하며 시간을 아껴 간화선 수행을 할 것을 교시하고, 세속인에게는 세상의 부귀를 추구하지 말고 안으로 마음을 찾으라고 교시했다. 이런 교시성은 당시 세간과 출세간이 처한 문제를 극복하는 하나의 방안을 선시로 표현하면서 나타난 성격이라고 할 수 있다. 이러한 문학을 통한 교시에는 선적 표현이 항상 병행되어 교시가 문학적 형상화를 거침으로써 교시의 감동적 효과를 유발하고 있었다. 교시성의 궁극적 목적이 세간과 출세간을 본래 성불의 세계로 인도하려는 것이었다는 점에서 수단인 교시성은 본래 성불의 이념성을 목적으로 하고 있었다.

남에게 주는 증여시의 유형에 속하는 작품의 수는 18수 정도로 얼마 되지 않지만 작품이 보여준 성격에서 볼 때 이는 태고 보우의 나머지 유형의 작품을 이해하고 해석하는 데에 중요한 지표 역할을 한다는 점에서 의의가 있다고 본다. 남에게 준 증여시 유형이 본래 성불의 이념성을 기초로 그에 해당하는 출세간의 인물을 칭송하여 송도적 성격을 가지게 되었으며, 그에 미치지 못하는 세간과 출세간의 인물들에게 본래 성불을 가르치는 과정에 교시성을 작품 성격으로 가져 와서 보우 선시의 전체적 성격을 이 유형이 잘 대변하고 있기 때문이다. 이념성의 기초위에 송도성, 이념 실천을 위해서 교시성이 증여시 한 유형의 작품에 모두 드러난 것이다. 그래서 그가 가음시에서 깨달음과 깨달음의 기쁨, 본래 성불의 근본적 이념을 표현한 경우나, 명호시를 통하여 역시 진리 표현이나 교시를 하는 경우나, 불교적 인물들을 칭송하면서 나타난 송도적 성격 등 나머지 유형들이 하나씩 가진 각각의 성격을 남에게 주는 증여시 유형의 작품이 세 가지 성격 모두를 연관 질서에 따라 보여줌으로써 보우의 전체 선시의 성격이 매우 다양하면서도 상호 유기적이라는 것을 알려 준다.

따라서 지난 번 석옥 청공과의 비교, 여기서 남에게 주는 증여시 유형의 논의를 마무리하면서 실제 그의 가음명시 유형, 명호시 유형, 불교적 인물을 칭송하는 송도시 유형을 차례로 논구할 필요가 있다.

제3장

태고 보우의 산문과 가음명시(歌吟銘詩)에 나타난 작가 의식의 성격

1. 선 시문에서의 작가 의식 문제

태고 보우(太古普愚, 1301~1382)는 고려 말 세 사람의 걸출한 선승 가운데 한 사람으로서 한국 선(禪)의 중흥조로 알려져 있다. 그는 스스로 깨치고 다시 원나라 석옥 청공 선사에게 가서 인가를 받고 돌아와 왕사로서 현실 정치에도 상당한 영향력을 행사하고 출재가 제자를 배출하는 등 많은 사회 활동을 한 인물이다. 이러한 이유에서 지금까지 태고에 대한 연구는 그의 인물됨, 선사상, 사회적 위상 등 역사와 철학, 사상 분야에 집중되어 왔다고 할 수 있다. 그런데 그가 남긴 다양한 선시는 작품 수가 많을 뿐 아니라 작품의 문학적 성취가 예사롭지 않고 이를 통하여 자기 내면세계를 표현하고 출재가인들과 소통하며 큰 영향력을 행사하는 삶을 살았기 때문에 태고 보우를 이해하기 위해서는 물론 당대 문학의 이해를 심화하기 위해서라도 그의 문학 작품에 대한 본격적 논의는 반드시 이루어져야 할 과제라고 할 수 있다. 특히 당대 문학은 선승을 중심으로 한 불가 문학과 신흥 사대부를 중심으로 한 유가 문학이라는 두 축의 문학 활동이 상호 경쟁적 관계 속에서 다양하고 역동적으로 전개되고 있었기 때문에 당대 문학의 전모를 구명하기 위해서는 한 축에서 중요한 자리를 차지하는 태고의 문학을 우선적으로 거론할 필요가 있다.

태고의 문학에 대한 기존의 연구는 그의 명호시를 연구한 사례가 보이고, 그의 〈토굴가〉 연구, 태고 보우와 석옥 청공 선시를 비교 연구한 것, 그가 주변의 출재가인에게 준 선시를 연구한 정도가 문학 관련 연구의 대략이다.[1] 그가 남긴 문학의 성과에 비하면 이 정도의 연구는 시작에 불과하다고 할 수 있다. 당대 유가의 사대부 문학에 대한 연구가 매우 활발한데 견주어보면 또 다른 한 축을 형성한 불가 문학에 대한 연구는 상대적으로 부족하다 하겠다. 당시 문학의 전모를 밝히기 위해서 논의에서 소외된 분야에 연구력을 더 집중해야 한다고 본다. 이 둘이 별개로 존재한 것이 아니라 상호 연관성 속에서 끊임없이 조화와 갈등을 거듭해 왔다는 점에서 고려 말 문학은 매우 입체적이고 역동적이기 때문에 부족한 연구의 보완을 통해서 장차는 양쪽의 문학을 유기적으로 구명할 필요가 있다.

여기서는 앞으로 나아가야 할 이러한 유불 문학의 실상과 상호 관련성이라는 원대한 연구에 이르기 위한 작은 시작으로서 당대 문학

---

1 이혜화, 「태고화상 〈토굴가〉고」, 『한성어문학』 6, 한성대학교 한성어문학회, 1987, 29~45쪽; 이종군, 「태고선사의 명호시 연구」, 『국어국문학』 29, 부산대학교 인문대학 국어국문학과, 1992, 27~46쪽; 주호찬, 「태고 보우와 나옹 혜근의 오도송」, 『어문논집』 46, 민족어문학회, 2002, 167~212쪽; 전재강, 「태고 보우와 석옥 청공 선시의 비교 연구」, 『우리말글』 62, 우리말글학회, 2014, 217~242쪽; 전재강, 「선인과 관인에게 준 태고보우 선시의 성격」, 『한국시가문화연구』 37, 한국시가문화학회, 2016, 215~242쪽.

의 정점이기도 한 태고 보우 문학의 한 측면을 논의하고자 한다. 특히 그는 가음명시(歌吟銘詩)[2], 명호시(名號詩), 칭송시(稱頌詩), 증여시(贈與詩) 등 다양한 유형의 선시를 남기고 있는데 모두 일정한 상황 맥락 속에서 필요에 의하여 창작한 작품 유형들이다. 여기서는 그의 가음명시와 산문을 중심으로 작가 의식의 성격을 논의하고자 한다. 작품 창작의 맥락으로 봐서 가음명시는 주로 작자 스스로의 자기 표현과 교시의 과정에 창작되었다면 산문은 현실의 구체적 관계 속에서 외부적 필요에 의하여 산출되었다. 따라서 어떠한 작가 의식이 어떻게 표출되고 있는 지를 파악하고 그 본질을 드러내려면 작자 내적 요구나 외부적 필요에 의하여 작성된 작품을 포괄적으로 다루어야 한다. 증여시나 칭송시 등은 어느 정도 논의를 진행했고 산문이 산출된 외부적 관계 맥락과 유사한 측면을 가지기 때문에 논외로 한다. 일반적으로 출가 승려의 작품은 출세간적이고 초월적 성격을 가진다고 보면서 그 작가 의식을 그렇게만 치부하고 지나칠 일은 아니다. 출세간의 인물 역시 한 시대의 구체적 공간에 살았다는 점, 특히 보우의 경우는 다양한 정치 현실, 출가수행과 오도, 원나라 유학, 교화라는 복잡한 여정을 걸어갔다는 점에서 더욱 그러하다고 할 수 있다.

작가 의식은 어떤 대상에 대하여 어떻게 인식하고 자각하는 심신

---

2 태고의 어록에는 시와 산문이 함께 실려 있다. 시를 보면 남에게 주는 증여시, 인물을 칭송하는 칭송시, 인물의 이름이나 호에 의미를 부여하는 명호시 등이 있다. 그 가운데 문집에는 '가음명(歌吟銘)'이라는 별도의 장에 가(歌) 4편, 음(吟)과 명(銘) 각각 1편을 싣고 있는데 여타 시에 비하여 장편이고 노래 부르거나 읊조리는 방식으로 향유하며 내용도 작자의 정신 세계와 교시를 담고 있다. 따라서 '가음명시'란 태고가 그의 정신 세계와 교시의 내용을 노래하거나 읊조리는 방식으로 표현한 장편 한시라고 정의할 수 있다.

의 행위라고 할 수 있는데 문학은 이런 작가 의식을 표출하는 중요한 기제가 된다. 작가가 처한 시대나 입장, 개별적 성향에 따라 이는 매우 다양하게 나타날 수밖에 없는데 태고 보우 역시 그러하다. 이 장에서는 출가 승려로서 직면한 특징적 현실을 어떻게 의식하고 표현하고 있는지? 출가 승려로서 당연하다고 할 수 있는 일상 현실의 초월이나 극복의 문제, 나아가서 현실과 초월이라는 양자의 관계에 대한 의식은 어떠했는지? 그리고 이러한 작가 의식을 표현하면서 어떠한 문학적 표현 방식을 구사하고 있는지 등을 논의하고자 한다. 연구 자료는 『태고록』[3]을 저본으로 하고 이에 관한 기존의 문학 연구 성과를 주로 참고하면서 그의 철학, 사상, 역사 관련 사항은 필요에 따라 부차적으로 참고하고자 한다.

2. 현실적 작가 의식

출가 수행자에게는 재가자와는 다른 현실이 있다고 보고 재가와 출가라는 이분법을 강조하거나 재가만을 현실의 기준으로 삼다 보면 재가는 현실, 출가는 이상 또는 초월이라는 양극단적 단순 논리의 함정에 빠질 수 있다. 현실과 초월이라는 것은 단순하게 분리된 것이 아니고 단순한 공간의 이동에서 비롯되는 것이 아니라, 같은 공간이나 대상을 두고 바라보는 은밀한 인식의 내면적 작용에서 비롯된다.

3 태고 저, 백련선서간행회 번역, 『태고록』, 장경각, 불기 2535.

따라서 출가 승려인 태고에게는 크게 두 가지 현실이 작가 의식의 대상으로 존재한다고 할 수 있다. 당시 고려가 직면한 원나라나 일본과의 국제적 관계라는 현실[4], 국왕과 대신, 경제, 사회 등 국내의 다양한 현실과 같은 재가적 현실이 있고, 승려로서 출가하여 수행하고 깨닫고 인가받고 교화를 펼치는 출가적 현실이 모두 있기 때문이다. 출가자로서 태고는 이러한 재가와 출가의 공간을 모두 자기 현실로 살아갈 수밖에 없었던 인물이다. 출가의 공간도 그에게는 또 다른 현실일 뿐이다. 재가자와 달리 그는 출가자이기 때문에 출가의 세계 역시 매우 심각한 현실로 받아들일 수밖에 없다고 하겠다. 그렇다고 재가의 공간을 더구나 무시할 수도 없었다. 출가 공간을 허용해 주는 존재로서의 재가 세계 역시 절대적 중요성을 가지기 때문이다.

그렇다면 실제 태고의 두 세계에 대한 작가 의식이 어떤 성격을 가지며 구체적 작품으로 어떻게 표현되고 있는지 살피고자 한다.

(1) 원나라 천자는 성인 중의 성인
거처할 바위 계곡 내려서 세월 보내게 해 주셨네.
나와 산중의 즐거움 함께 할 사람 없으니
나 홀로 나를 연민하여 소활하고 점점 옹졸해지네.
차라리 수석과 길이 스스로 즐길지언정
세상 사람에게 이 즐거움 알게 하지 않겠네.

---

4 태고는 당시 원나라에 석옥 청공 선사를 찾아 유학하면서 인가를 받고 거기서 개당설법(開堂說法)을 하기도 하였고 〈송일본웅선인유강남(送日本雄禪人遊江南)〉, 〈기일본석옹장로(寄日本石翁長老)〉, 〈시일본지성선인(示日本志性禪人)〉과 같이 일본의 승려에게 시나 글을 주는 등 국제적 교류를 하고 있었다.

다만 원하는 것은 성수 만만세
만세토록 길이 만세의 즐거움 누리시는 것
그런 뒤에야 나도 근심이 없겠네.
바위 언덕 산골 물굽이에 쓸쓸함을 달게 여기고
바위 구석 작은 암자 족히 몸을 가릴 수 있네.
또한 흰 구름 따라 서로 의탁하네.
大元天子聖中聖　賜居岩谷消日月
無人共我山中樂　吾獨憐吾踈轉拙
寧同水石長自樂　不與世人知此樂
但願聖壽萬萬歲　萬歲長爲萬歲樂
然後可以吾無憂　巖阿澗曲甘蕭索
巖隈小庵足庇身　也任白雲相依托[5]

(2) 받들어 축원합니다. 우리나라 대왕전하 천년 천년 또 천년 오래 사시기를. 엎드려 원하옵니다. 지혜는 더욱 밝은 해와 같고 더욱 밝은 빛을 내시며 수명은 진공과 같아서 길이 봄이 되어 늙지 마시기를. …중략…. 받들어 축원합니다. 숙옹공주 전하 천년 천년 또 천년 오래 사시기를. …〈현릉이 원나라 황제를 위하여 스님에게 봉은사 원에 들어가 별도로 성스런 분을 축원해 줄 것을 청함〉[6]

(1)은 산중에서 스스로 즐긴다는 내용의 〈산중자락가(山中自樂歌)〉의 일부분이다. 작품 전체적으로 시적 자아는 출가 승려로서 산중에

5 〈山中自樂歌〉, 앞의 책.
6 奉爲祝延本國今上大王殿下 千年千年復千年 伏願 智逾白日而增輝發明 壽等眞空 而長春不老…中略…奉爲祝延肅雍公主殿下 千年千年復千年…(〈玄陵爲大元皇帝 請師於奉恩寺入院 別祝 聖〉, 『太古錄』, 장경각, 2535, 31~35쪽). 이하 인용 작품도 동일 출처로서 출처 표시 생략함.

서 혼자 즐긴다고 하면서도 인용 부분을 보면 작품 전체 문맥과는 부자연스런 내용을 말하고 있다. 산중 암자에 살면서 갑자기 원나라 천자를 성인 중의 성인으로 칭송하고 있다. 성인 중의 성인은 본래 부처를 높여서 붙인 이름인데 여기서는 다른 나라 군왕을 부처와 같다고 칭송하고 있는 것이다. 구체적 이유는 둘째 줄에 바로 나오는데 천자가 시적 자아에게 바위 계곡을 하사하여 거기서 살게 해 주었다는 것이다. 이어서 자연과 오래 즐긴다고 하다가는 다시 천자의 수명이 만만세가 되고 만세 동안 근심이 없기를 축원하고 그런 뒤에야 자기도 근심이 없겠다고 말하고 있다. 그러고 나서는 다시 자연과 더불어 즐겁게 지내겠다고 읊고 있다.[7]

시적 자아는 출가 수행자이지만 출가 공간까지 지배하는 정치 세력을 하나의 명백한 현실로 인정하고 있다. 천자를 부처와 같은 성인으로 추켜세우고, 세상의 모든 사람에게는 알지 못하게 할 정도로 즐거운 산중 생활을 독점하려는 의지를 가지고 있으면서도 다시 현실로 돌아와 천자의 장수와 그에게 영원히 근심 없기를 축원하는 시적 자아의 행위에서 당시의 국제 정치 현실이 출세간의 수행자에게도 어떤 영향을 끼치고 있는지를 짐작하게 해 준다. 출세간의 공간에서 출세간의 세계를 철저히 추구하고 구축해 간다면 불교적 관점에서 세속의 일체를 허망하고 상관없는 것으로 인식할 만한데 여기서는 출세간의 삶을 가능하게 해 준 절대 권력을 칭송하는 적극적 방향으로 나갔다.[8] 보우는 부귀영화가 모두 허망하다는 입장이 아니라 세

---

7 강호자연 속의 은거를 군왕의 은혜로 인식하는 태고의 이런 태도는 은거를 군은(君恩)으로 돌리는 사대부적 사유와 일맥상통한다.

속의 천자가 부처와 같으며 그래서 그를 위해 장수와 근심 없기를 축원해 주어야 한다는 엄중한 현실로 인식하고 있다. 즉 국제 관계 속에서 포착된 세속을 정신적으로 초월하기보다는 이를 세속의 논리를 따라 인정하는 세간에 대한 현실적 작가 의식을 보여 주고 있다.

(2)에 오면 이러한 현실적 작가 의식이 대상을 달리하면서 더 분명하게 드러난다. (2)는 그가 원나라 황제를 위해 내린 축원 법문을 적은 것인데 법문을 하게 된 동기가 제목에 그대로 나타나 있다. 작품 제목은 공민왕이 원나라 황제를 별도로 축원하라고 명하여 하게 된 축원 법문임을 알려 주고 있기 때문이다. 그래서 이글의 앞부분은 (1)의 경우와 같이 원나라 천자를 축원하고 칭송하는 내용으로 되어 있고 인용문 부분 (2)에 오면 국내 현실 상황을 표현하고 있다. 생략한 인용문 앞부분에서 원나라 황제를 축원했지만 태고는 황제 축원에 그치지 않고 황후, 황태자 등을 차례로 축원하고 나서 (2)에 와서는 황제 축원을 명한 당시 고려의 임금 공민왕과 공주를 위한 축원을 자발적으로 하고 있다. 이것은 태고가 처한 국내의 정치 현실을 철저히 인정하는 장면이다. (1)(2)에서 태고는 출가 승려이면서도 부정할 수 없는 국제, 국내 정치 현실을 긍정하는 모습을 보여 주고 있는 것이다. 이것이 세속의 현실 속에서 세속의 요구에 부합되게 현실을 긍정하는 태고의 현실적 작가 의식을 읽을 수 있는 근거이다.[9]

---

8 태고의 스승 석옥 청공은 출세간의 세계만 집중적으로 보여 이와 다른 면모를 보여 주고 있다는 것을 논의한 바 있다.(전재강, 「태고 보우와 석옥 청공 선시의 비교 연구」, 『우리말글』 62, 우리말글학회, 2014, 232~237쪽 참고)

9 (2)와 같은 작품 안에서 더 구체적으로 현실의 가치를 중시하는 부분도 있다. 해당

(3) 소요산 흰 구름 많은데
오래 산위의 달과 짝을 하네.
어떤 때는 맑은 바람에 좋은 일 많으니
다른 산이 더욱 절경임을 와서 알려 주네.
…중략…
나는 이제 무엇으로 지금 사람 위할까?
춘하추동 좋은 시절에
더우면 시냇물 향하고 추우면 불을 향하며
한가히 백운을 끊고 밤에는 좌선하고
곤하면 백운루에 한가히 눕네.
솔솔 부는 솔바람 소리 절절한데
그대 여기 와서 남은 해 보전하기를 청하노니
배고프면 나물이 있고 목마르면 샘이 있다네.
逍遙山上多白雲　長伴逍遙山上月
有時淸風多好事　來報他山更奇絶
…中略…
我今將何爲今人　春秋冬夏好時節
熱向溪邊寒向火　閑截白雲夜半結
困來閑臥白雲樓　松風蕭蕭聲浙浙
請君來此保餘年　飢有蔬兮渴有泉[10]

부분을 들어보면 "다음으로 어향사 금강길과 우리 나라 모든 관인과 재상, 백관의 수명이 길어지고 복록이 커지며 복의 인연이 자재하기를 빌며, 세세생생 길이 제왕의 충신이 되어 안으로 왕도를 편안하게 하고 세세생생 항상 불조의 좋은 벗이 되어 밖에서 불문을 보호하기를 엎드려 빕니다[次祝御香使金剛吉泊吾本朝諸位官人宰相百官 壽祿延弘 福緣自在 伏願生生長作帝王之忠臣 內安王道 世世常爲佛祖之善友 外護法門32 〈玄陵爲大元皇帝 請師於奉恩寺入院 別祝 聖〉]"라고 하여 세·출세간에 대한 현실적 작가 의식을 드러내고 있다.

10 〈白雲菴歌〉, 앞의 책.

(4) 세월은 번갯불 같으니
시간을 진실로 아껴야 하네.
생사는 호흡 간에 달렸으니
아침저녁 사이에도 보전하기 어렵다네.
가고 머물고 앉고 눕는 사이에
짧은 시간도 헛되이 버리지 말고
용맹정진하고 더 용맹정진하기를
우리 스승 부처님과 같이 하라
정진하고 또 정진하여
마음을 성성적적하게 하라
부처와 조사의 뜻을 깊이 믿고
모름지기 분명히 분간하라
마음이 곧 천진 부처이니
어찌 수고로이 밖을 향해 구하겠는가?
…중략…
피곤하면 다리 뻗고 잠을 자고
배고프면 입맛 가는 대로 먹네.
사람들이 무슨 종파냐고 물으면
방과 할을 비 내리 듯 퍼부으라
日月似電光 光陰良可惜 生死在呼吸 難以保朝夕
行住坐臥間 寸景莫虛擲 勇猛加勇猛 如我本師釋
精進復精進 心地等惺寂 深信佛祖意 須要辦端的[11]
心卽天眞佛 何勞向外覓 …中略…
困來展脚眠 飢來信口喫 人問是何宗 棒喝如雨滴[12]

11 이 구절이 의미로 봐서는 '辨端的' 같으나 원문의 표기를 그대로 따라 바꾸지 않는다.
12 〈叅禪銘〉, 앞의 책.

(3)에는 시적 자아가 처한 출세간의 공간을 그리고 있다. 그런데 여기서도 그가 수행한 깨달음의 세계나 대중을 교화하기 위한 실천은 직접적으로 보이지 않고 백운암이라는 공간과 거기서 이루어지는 시적 자아의 생활이 잔잔하게 묘사되고 있다. 시적 자아가 거처하는 백운암이 위치한 소요산의 모습, 거기서 일어나는 자연 현상, 그리고 그 속에서 살아가는 시적 자아의 생활이 표현되어 있다. 그는 사계절이 모두 좋은 때라고 하면서 더우면 냇가로 가고 추우면 불가로 가며 좌선도 하다가 피곤하면 누각에 눕기도 하면서 불특정 시적 대상 인물 '그대[君]'를 향하여 함께 하기를 청하기도 한다. 문맥으로 봐서 그가 처한 출세간의 현실이 소박하지만 배고프면 먹을 나물이 있고 목마르면 마실 샘물이 있다는 것이 그대를 청한 이유라고 할 수 있다.

앞의 인용문과 연관하여 보면 정치 현실이라는 공간과 떨어져 있는 것은 아니지만 출세간의 공간이 또 다른 현실로 표현되어 있다. 이 출세간의 공간은 산속의 암자, 그 암자를 품고 있는 소요산, 그 산에 일어나는 바람, 더위와 추위라는 자연 현상으로 구성되어 있다. 이런 자연 배경 속에서 시적 자아는 사계절을 모두 좋은 시절이라 하거나 생활에 필요한 의식주 등의 문제에서 나물과 마실 물도 남을 불러 함께 하고 싶을 정도로 넉넉하다고 보아 출세간의 환경을 매우 만족스러운 것으로 여기는 현실적 작가 의식을 드러내고 있다.

(4)에는 출세간에서 일어나는 더 구체적 현실 정황이 나타난다. (3)에서 보여 준 한가하고 여유 있는 현실과는 달리 존재에 대한 철저한 인식과 치열한 수행 행위가 이루어져야 하는 출세간의 또 다른 당면한 현실을 표현하고 있기 때문이다. 처음부터 보면 출세간의 현

실에서 시간은 번갯불처럼 빠르기 때문에 아껴야 하는 것으로, 생사는 호흡에 달려있어 보전하기 어려운 것으로, 그래서 일상에서 용맹정진하기를 부처처럼 해야 하는 것으로, 마음은 성성적적하게 가져야 하며 마음 밖에서 부처를 구하지 말아야 하는 것으로 각각 인식하고 행동해야 한다는 말을 하고, 끝 부분에 오면 피곤하거나 배고프면 자고 먹되 사람들에게 방과 할이라는 교시를 내려야 하는 것이 출세간의 현실이라는 인식을 하고 있다. 시간이나 생명, 수행에 대한 인식을 불교 이념에서 가져왔으면서도 시적 자아는 이것을 당면한 출세간의 공간에서 반드시 실천해야 할 당위로서의 자기 현실로 인식하여 현실적 작가 의식을 보여 주고 있다.[13]

이상 (1)(2)에서는 태고가 거처한 공간, 당시 정치 환경을 현실 그 자체로 인정하고 그의 요구에 호응함으로써 세속에 대한 현실적 인식을 드러냈다. (3)에서처럼 소박한 출세간의 공간에서 청빈하게 살기도 하지만 (4)의 경우와 같이 네 가지 은혜를 받은 출가자들은 치열한 수행을 전개해야 하는 곳으로 인식하여 출세간의 세계에 대해

---

13 불교에서는 네 가지 은혜를 흔히 말하는데 수행의 생활을 가능하게 해준 나라의 은혜, 낳아 길러준 부모의 은혜, 물질적인 환경을 갖추어준 중생들의 은혜, 가르침을 직접 베풀어주는 삼보의 은혜가 그것이다. 사은(四恩)도 마지막 삼보를 제외하고는 모두 세간의 은혜이다. 이와 같이 불교는 세간과 출세간을 엄격하게 이분법적으로 나누지 않는다. 이런 태도는 특히 대승 불교에서 와서 소승에서 말하는 출가 중심주의적 사고를 극복하면서 뚜렷이 자리 잡은 현실 인식이라고 할 수 있다. 이런 맥락과 태고가 남긴 작품들 간의 관계 질서에서 볼 때도 세간 현실은 출세간 현실과 밀접한 관계를 맺고 있다는 것을 알 수 있다. 부모가 낳아서 길러주고 나라가 출세간의 수행 공간을 마련해주고 중생들이 지원을 해 주며 삼보가 가르침을 내리는 사은의 내용은 출가 수행자가 당면한 세간과 출세간이 연속한 현실임을 이미 전제하는 것이라고 할 수 있다.

서도 태고의 작가 의식은 현실적 성격을 갖는다고 할 수 있다.

3. 초월적 작가 의식

세간과 출세간에 대한 태고의 이러한 현실적 작가 의식은 위에서 예든 같은 작품 안에서 현실이라는 하나의 차원에만 머물지 않고 또 다른 차원으로 전개되는 역동성을 동시에 보여 준다. 앞 장에서는 태고의 작가 의식을 매우 현실적인 성격을 가진 것으로 논의했는데 그는 현실의 맥락 안에서 다시 근원적으로 현실의 이면을 뒤집어 보이는 표현을 계속 하고 있다. 이것은 부정 어법을 통해서 이루어지고 있는데 현실의 구체적 개별성, 대립성, 존재 자체를 극복하려는 지향을 가지고 있어서 초월적이라는 성격을 획득한다. 그래서 태고는 현실적 성격과는 상반되는 어떤 작가 의식을 보여 주는데 이러한 작가 의식이 어떤 성격의 것이며 실제 작품에 어떻게 표현되고 있는지를 사례를 들면서 논의하고자 한다. 현실적인 작가 의식과 상반되는 작가 의식이 구체적으로 어떤 성격의 것인지? 그것을 초월적이라 한다면 그 초월이 무엇에 대한 초월인지, 이를 통하여 지향하는 바가 무엇인지, 구체적으로 어떤 문맥에서 이러한 작가 의식이 드러나는지를 살피고자 한다.

(5) 나는 이 암자에 살면서도 나는 알지 못하니
깊고 깊어 은밀하나 옹색함이 없네.
하늘과 땅 다 덮어서 향하고 등진 것이 없으니

동서와 남북에도 머물지 않네.
주옥(珠玉)으로 된 높은 집도 상대가 될 수 없고
소림사의 법도도 또한 본받지 않네.
吾住此庵吾莫識　深深密密無壅塞
函盖乾坤沒向背　不住東西與南北
珠樓玉殿未爲對　少室風規亦不式[14]

(6) 고금의 권교(權敎) 소인들은
단도직입으로 가리켜도 믿지 못하네.
부질없이 듣기만하고 깨닫지 못해 지혜 없는 이를
곧 이름하여 귀머거리 같고 벙어리 같다고 하지.
보려 해도 또한 보아 미칠 수 없고
들으려 해도 또한 들어 미치지 못하네.
古今權小人　單單直指信不得
徒聞未證無智者　是卽名爲如聾似啞
見也見不及　聞也聞不及[15]

(7) 어찌 수고로이 밖을 향해서 찾는가?
만사를 내려놓고 보라.
길이 다하기를 철벽과 같이
망념이 모두 다 사라져야 하네.
사라진 자리도 도리어 다 없애서
몸과 마음이 허공에 의지한 것 같고
조용하게 빛이 사무쳐 비치리라
본래의 면목이 누구인가?

---

14 〈太古庵歌〉, 앞의 책.
15 〈雜華三昧歌〉, 앞의 책.

겨우 화살 들자 돌에 박히고
의심 덩어리 산산이 부서지네.
何勞向外覓　放下萬事看
路窮如鐵壁　妄念都滅盡
盡處還抹卻　身心如托空
寂然光達赫　本來面目誰
纔擧箭沒石　疑團百雜碎[16]

(5)는 시적 자아가 거처하는 공간 태고암을 소개하는 작품 서두의 일부분이다. 여기에서 시적 자아는 이 암자에 스스로 거처하면서도 자신은 이곳을 모른다고 하고 암자는 작고 은밀한데 2행에 와서는 옹색함이 없다고 하였다. 여기서 더 나아가 하늘과 땅을 덮어서 향하고 등지는 향배(向背)가 없다고 하고 동서남북의 공간에 머물지 않고 세속의 주옥(珠玉)으로 된 집도 상대가 되지 않을 뿐 아니라 선의 종조(宗祖)라 할 수 있는 달마의 가르침도 따르지 않고 부처의 8만4천 가지 가르침까지도 다 녹여버린다고 하였다.

처음에 시적 자아가 이 암자는 모르는 것이고 옹색하지 않다고 한 표현은 건곤과 동서남북의 공간을 뛰어넘고 세간의 부귀와 출세간의 불교 이념도 극복한다는 것을 의미하는 데까지 확장된다. 이 과정에 주로 부정의 화법이 사용되고 있다. 예를 들면 '알지 못한다[莫識], 옹색하지 않다[無壅塞], 머물지 않는다[不住], 상대가 되지 않는다[未爲對], 본받지 않는다[不式], 향배를 두지 않다[沒向背]' 등의 용어들이 그것이다. 그는 거처하는 작은 공간의 초월에서 시작하여 하늘과

16 〈叅禪銘〉, 앞의 책.

땅, 동서남북과 같은 거대 공간을 초월하고 여기서 더 나아가 세간의 부귀함과 출세간의 거룩한 가르침까지 차례로 모두 초월하고 있다. 자기가 거처하는 암자를 가지고 태고는 이와 같이 일체를 초월하는 과정을 보임으로써 초월적 작가 의식을 선명하게 드러내고 있다. 요컨대 시적 자아는 자기가 거처하는 공간의 소개라는 문맥에서 부정의 화법을 통하여 자기가 거처하는 작은 공간, 하늘과 땅, 동서남북이라는 거대 공간, 세간의 부귀라는 가치, 출세간의 불교와 선이라는 이념까지 넘어서는 초월의 확장적 과정을 보여 줌으로써 초월적 작가 의식을 드러내고 있다.[17]

(6)은 〈잡화삼매가(雜華三昧歌)〉의 중간 부분이다. 여기서 잡화(雜華)라는 말은 『화엄경(華嚴經)』을 의미한다. 이 경전에서 말하는 삼매는 해인삼매(海印三昧)이다. 이 작품 전체 문맥으로 봐서 인용 부분은 권도(權道), 소인, 증득하지 못하여 지혜가 없는 사람이 해인삼매에서 얻은 진리의 세계를 두고 어떠한가를 읊고 있는 것이다. 권도만 아는 소인의 경우는 진리를 바로 가리켜 주어도 믿지 못하며, 증득하지 못하여 지혜가 없는 사람은 귀머거리, 벙어리 같아서 보아도 볼 수 없고 들어도 들을 수 없다고 하였다. 여기서도 믿지 못하고 볼 수 없고 들을 수 없다고 하여 역시 부정의 어법을 구사하고 있다. 그러니까 부정의 어법을 통하여 진리는 일상의 인식이나 감각의 범위를 넘어서 있다는 것을 말하고 있다. 소인이라는 일상인의 인지

---

17 현실적 인식을 보이는 인용 자료 (3)에서 시적 자아의 자유로운 모습은 현실적이면서도 초월적임을 암시하는 것으로 읽을 수도 있다. 시적 자아의 걸림 없는 현실의 행위 자체가 내면적 초월이 없으면 이루어지기 어려운 일이기 때문이다.

행위와 연관하여 화엄사상을 표현하는 문맥에서 부정 어법을 통하여 진리는 일상적 인지를 초월해 있음을 작품 전반부에서 나타내고 있다. 그래서 시적 자아는 감각과 수단, 방편을 초월한 어딘가에 진리가 있다는 것을 시종일관 부정의 어법으로 표명하여 초월적 작가 의식을 드러내고 있다. 이 작품의 내용으로 봐서 초월적 작가 의식은 시적 자아가 진리의 세계를 추구하고 드러내려는 과정에서 형성됐음을 알 수 있다. 인용문 (6)이 보여준 내용과 연관해 보면 (5)에서 시적 자아가 공간이라는 차원에서 이와 같은 초월적 작가 의식을 통하여 지향하고 드러내려는 것 역시 진리임을 알려 준다.

(7)은 작품의 이름에서 이미 알 수 있듯이 참선 수행을 하는 과정에 대한 내용을 읊고 있어서 앞의 두 작품에서 시적 자아가 거처하는 삶의 공간, 『화엄경』이라는 경전을 내용으로 하는 경우와는 다른 측면을 읊은 작품이다. 여기서는 참선 수행을 통하여 앞 두 작품에서 제시된 진리의 세계에 접근해 가고, 깨닫고 교화하는 과정을 읊고 있다. 먼저 수고롭게 밖을 향하여 찾지 말 것, 만사를 내려놓을 것, 이렇게 함으로써 길이 다하고 망념이 사라지고, 사라진 자리도 다 없애야 한다고 말하고 있다. 그리고 끝에 오면 본래 면목은 화살을 드는 순간 돌에 들어가 버리고 의심은 산산 조각난다고 하였다. 여기서는 부정 어법을 직접적으로 구사하지는 않았지만 부정 어법과 같은 의미를 가진 용어를 사용하여 역시 초월적 작가 의식을 드러내고 있다. 어찌하여 수고롭게 밖을 향하여 찾는가라는 말은 밖을 향하여 찾지 말라는 부정의 다른 표현이고, 만사를 내려놓으라는 것은 집착하지 말라는 부정의 표현, 망념이 사라지고 사라진 자리도 없앤다는 것 역시 망념을 갖지 않고 사라진 자리도 두지 말라는 부정 표

현의 문맥적 의미를 갖기 때문이다. 돌에 박혀서 화살이 없어지고 의심 덩어리가 깨어진다는 것 역시 마찬가지이다.

이 작품에서는 앞의 작품에서 말한 진리의 세계를 '본래 면목(本來面目)'이라는 다른 용어로 표현하고 있다. 여기서는 간접적 부정의 화법을 통하여 진리를 바로 드러내기보다는 수행자들이 이런 부정의 과정을 통하여 소위 진리의 세계인 본래 면목에 도달하라는 교시의 의도를 보여준다. 그래서 시적 자아는 본래 면목에는 이러한 부정에 의거한 수행을 통하여 도달할 수 있으면서 본래 면목은 부정어법으로밖에 표현할 수 없는 초월의 세계임을 나타내서 초월적 작가 의식을 보여준다.

> (8) 다음은 품고 있던 향을 가지고 이르기를 "이 향은 부처와 조사도 알지 못하고 귀신도 헤아릴 수 없고 천지(天地)가 낳은 것도 아니다."[18]

> (9) 주장자를 잡고 한 번 내리며 이르기를 "이 안에 부처가 와도 때리고 조사가 와도 때린다."[19]

태고의 초월적 작가 의식은 시가에 국한하지 않는다. (8)은 태고가 중국 하무산 석옥 청공에게 법을 얻고 나서 영녕 선사의 주지가 되어 개당 설법을 한 내용을 서술한 산문이다. 설법의 한 부분으로서 태고는 가슴에 지닌 향을 들고 말하기를 이 향은 부처와 조사도

---

18 次拈懷香云 此香 佛祖不知 鬼神莫測 非天地所生 〈住持永寧禪師開堂〉, 앞의 책.

19 拈拄杖卓一下云 這裏 佛來也打 祖來也打 〈奉恩寺入院別祝聖〉, 앞의 책.

알지 못하고 귀신도 알지 못하고 천지가 낳은 것도 아니라고 하여 철저히 부정 어법을 통하여 향의 정체를 설파하고 있다. 시적 자아가 거처하는 암자라는 공간을 가지고 노래한 (5)의 경우와 비슷한 방식이다. 어떤 구체적 대상을 가지고 초월적 세계를 드러낸다는 점에서 그러하다. 태고암이라는 공간은 시적 자아가 거처할 수 있는 구체적 대상물이고 향이라는 물건은 행사할 때 사용하는 구체적 사물이다. 향은 냄새 맡을 수 있는 것이고 암자는 거처할 수 있는 구체적 사물이고 공간이다. 구체적 사물이라는 말은 형상으로 존재하여 감각으로 인식할 수 있다는 것인데 여기서는 그런 향을 가지고 그 위대한 성인인 부처나 조사도 알지 못하며 귀신조차도 헤아릴 수 없으며 하늘과 땅에서 난 것도 아니라고 하여 초월의 극치를 보여 준다. 처음 법을 받아서 시행하는 개당 설법이라는 행사의 문맥에서 향을 가지고 부정 어법을 통하여 초월적 작가 의식을 드러내고 있는 것이다. 그런데 인용문의 바로 앞부분에는 대원나라 황제, 태자의 수명이 만세, 천세가 되라고 축원하는 내용이 배치되어 있다. 일반적으로 법을 설하는 개당 설법에서 현실적 요구에 따라 축원을 했고 그 축원에 사용한 향의 의미는 이렇게 부여하고 있다. 앞의 다른 예문과 연관해 보면 시적 자아가 여기서 부정 어법을 통하여 보이고자 한 세계 역시 불교적 진리라고 할 수 있다.[20]

(9)는 공민왕이 태고에게 원나라 황제를 위하여 축원을 하라는 지

20 이것을 경우에 따라 지혜라고 하고 본래 면목이라 명명하여 이름이 다르기는 하지만 같은 '진리 그 자리'이기 때문에 인간의 감각과 인식, 승속을 초월해 있는 어떤 것으로 그리고 있는 것은 같다.

시에 따라 행한 축원 법문의 서두이다. 주장자를 잡고 한 번 내리면서 이 안에서는 부처가 와도 때리고 조사가 와도 때린다는 말을 하고 있다. 이는 마치 선문에서 부처를 죽이고 조사를 죽인다는 살불살조(殺佛殺祖)와 같은 성격의 말이다. 누군가를 축원한다면 부처와 조사의 위신력을 빌려 그가 건강하고 부귀하고 소원을 이루도록 빌어줘야 할 터인데 그런 부처와 조사를 죽인다고 하였으니 역시 부정의 극치이다. 수행 상에서도 부처와 조사는 따라야 할 모범일 뿐 아니라 축원을 할 때에도 부처는 중생의 고통을 덜고 원하는 바를 이루어 주는 절대 권능을 가지는 존재인데 여기서는 부처와 조사를 때린다고 하여 부정의 태도를 견지하고 있다. 그런데 인용문 바로 뒤에서 대원황제, 황후, 황태자의 장수를 비는 내용이 나온다. 여기서 '때린다, 죽인다'는 말은 물론 일상어에서 말하는 직설적 의미가 아니라 상징적 의미를 갖는다. 즉 대상을 부정하고 초월한다는 상징적 의미를 가진다. 축원을 위한 설법의 문맥에서 주장자라는 사물을 가지고 불교의 정신적 상징인 부처와 조사를 때린다고 서두에서 부정함으로써 현상을 넘어선 무엇인가를 추구하거나 알리고자 하여 역시 초월적 작가 의식을 드러내고 있다.

이상에서 운문과 산문에서 일관되게 나타나는 초월적 작가 의식을 살폈다. 태고의 작가 의식은 구체적으로 태고암이라는 거처 공간, 『화엄경』이라는 경전, 참선하는 수행의 과정, 개당 설법, 축원 법문 등의 다양한 문맥에서 다양한 대상을 두고 초월적이라는 것을 확인했다. 이러한 부정을 통한 초월은 불가가 말하는 궁극적 진리인 지혜, 본래 면목에 이르거나 그 자체의 성격을 드러내려는 지향을 가진 것이었다. 현실적 작가 의식이 표현된 문장, 문단의 앞뒤에 초월적 작가 의식을 담은 문장, 문단을 배치한 것은 현실의 요구에 따라 의식을 진행하지만 이것은 그 모든 것이 초월의 진리성에 근거함을 보이기 위한 태고 나름의 교시적 의도가 정교하게 반영된 결과라고 할 수 있다.

4. 원융적 작가 의식

태고가 세간과 출세간의 현실을 철저히 있는 그대로 긍정하는 현실적 작가 의식을 보이는가 하면 이러한 현실을 다양한 문맥에서 부정하며 초월하고자 하는 초월적 작가 의식을 또한 보이고 있어서 언뜻 보면 이 양자는 상호 모순되는 것이 아닌가 하는 의구심을 가질 수 있다. 사실 전체 작품을 세밀하게 읽지 않으면 이런 상반된 내용 때문에 선(禪)의 역동적 표현을 돌이킬 수 없는 모순으로 치부하거나 이해할 수 없는 허언으로 오해할 수도 있다. 그러나 태고가 보여준 작가 의식을 면밀히 검토하면 이런 현실과 초월의 작가 의식이 또 다른 작가 의식과 매우 정교하게 유기적으로 연관되면서 상호 내면적 연속선상에 놓여 있다는 것을 알 수 있다.

원융(圓融)하다는 말은 원만하게 조화롭다는 의미를 가지는데 무엇과 무엇이 원만하게 조화로운가 하는 것을 파악하는 것이 중요하다. 실제 작품을 들어서 이 문제를 구명해 보고자 한다.

(10) 누가 감히 그대와 기특함을 논하는가?
　　한 털 끝 위에 태고암은

넓지만 넓지 않음이여! 좁지만 좁지 않도다!
겹겹의 세계 그 가운데 감춰져 있네.
誰敢與君論奇特　一毫端上太古庵
寬非寬兮窄非窄　重重刹土箇中藏[21]

(11) 비로자나불의 법체는 뚜렷하고 원만하게 이루어져 있으니
좋기도 좋구나! 삼매가 훌륭하도다!
좋고 좋은 삼매
그 삼매 삼매가 이루어져
문득 화장 세계의 바다 드러났네.
화장 세계는 겹겹으로 다함이 없으니
나는 일찍이 듣고 보고 지금에야 믿게 되었네.
遮那法體現圓成　好也好也三昧多　好好也三昧
三昧三昧成　頓現華藏世界海　華藏世界重重無盡
我曾聞見今乃信[22]

(12) 나는 청산의 말을 따라
몸을 내려 놓고 청산의 누각에 크게 누우니
어떤 때는 꿈꾸고 어떤 때는 깨어 있네.
꿈과 깨어남 원래 구애됨이 없으니
꿈속에서 도리어 올 때의 그 길을 찾았네.
장안의 술집에서 나무소를 탔더니
나무소는 봄바람으로 둔갑하였네.
我從靑山語　放身大臥靑山樓　有時夢有時覺

21 〈太古庵歌〉, 앞의 책.
22 〈雜華三昧歌〉, 앞의 책.

夢覺元無拘　夢裏卻尋來時路
長安酒肆騎木牛　木牛化作春風意[23]

(10)에서 기특함은 기이하고 특이한 어떤 것을 말하는데 태고암은 그렇지 않다는 말을 설의의 화법으로 먼저 하고 있다. 실제 태고암이 한 올의 털끝 위에 있다고 하였는데 없음의 상징인 털끝 위에, 있음의 상징인 태고암이 있다고 하여 없음과 있음이 혼재하는 모순적 상태를 그리고 있다. 이어서 넓지만 넓지 않고 좁지만 좁지 않다는 역설적 표현을 통하여 좁고 넓음이라는 차별이 하나로 통합되어 있음을 말하고, 또 더 나아가서 수많은 세계가 바로 그 안에 감춰져 있다고 하여 태고암 하나가 무한의 세계임을 읊고 있다. 일반적 논리를 따르면 이와 같은 주장은 매우 터무니없어 보인다. 없는데 있고, 넓은데 넓지 않고, 좁은데 좁지 않으며 하나에 여럿이 감춰진다는 말이 일반적 논리를 넘어선 역설의 수사이기 때문이다. 여기서 태고암, 넓음, 좁음, 겹겹이라는 말은 제1장에서 말한 가시적으로 존재하는 현실적 작가 의식과 통하고 털끝 위, 넓지 않음, 좁지 않음 등은 현상적 존재를 넘어선 초월적 작가 의식과 통한다고 할 수 있다.

그런데 여기서는 이러한 현상으로 드러난 세계와 초월로 보이지 않는 세계라는 불연속적 두 세계가 표면적으로 하나로 연속된 것으로 그려지고 있다. 이러한 상징은 〈잡화삼매가(雜華三昧歌)〉의 핵심 내용을 이루고 있는 『화엄경』에서 사용되는 용어를 빌리면 더 간략하게 말할 수 있다. 이 경전에 따르면 현상의 차원을 사(事), 부정을

23 〈雲山吟〉, 앞의 책.

통한 보이지 않는 초월의 차원을 이(理)라고 하는데 이 이 양자가 하나의 몸을 이루고 있다고 말한다.[24] 이러한 입장은 인용 작품의 다른 부분에서 표현을 달리하며 다시 등장한다. 예를 들어 "이 암자는 본래 태고라는 이름이 아니니/ 지금으로 인하여 태고라 일렀네,/ 하나 가운데 일체요 많은 가운데 하나일세./ 하나를 얻지 못하는 가운데 항상 분명하여/ 능히 모나기도 하고 또한 원만하기도 하네./흐름따라 흘러간 곳 모두 깊고 현묘하네."[25]라는 부분이 그것이다. 이것은 전형적인 『화엄경』 사상의 표현으로서 의상이 남긴 〈화엄일승법계도〉에 이미 천명된 바 있다.[26] 여기서 하나와 일체, 많음과 하나의 관계는 태고가 말한 있음과 없음의 상징어들이다. 상반된 듯한 이 두 가지가 하나임을 말하고 있어서 양자가 분리된 것이 아니라 한 덩어리로 통합되어 있음을 말하고 있다. 이와 같이 현상과 본질, 〈반야심경〉의 용어를 빌리면 있음을 나타내는 색(色), 없음을 나타내는

---

24 『화엄경』에서는 이 양자의 관계를 이사무애(理事无碍)라는 말로 표현하고 이를 더 확장하여 사사무애(事事无碍)라는 용어를 사용하기도 한다. 없음과 있음의 세계가 걸림 없이 하나로 통합되어 있다는 말이고 이렇게 보면 있음이라는 사(事)가 곧 없음이라는 이(理)이기 때문에 사와 사도 하나인 지경을 말한다. 우리 나라 화엄사상의 종조라고 할 수 있는 의상은 방대한 『화엄경』을 짧은 시로 요약한 그의 〈화엄일승법계도〉에서 이 둘의 관계를 "이와 사는 혼연히 섞여서 분별할 수가 없네[理事冥然無分別]"라고 하였다. 이와 같이 있음과 없음의 양자가 하나로 통합된 상태를 불교에서는 흔히 '원융'이라는 말로 표현한다.

25 此菴本非太古名/乃因今日云太古/一中一切多中一/一不得中常了了/能其方亦其圓/隨流轉處悉幽玄2 〈太古庵歌〉, 앞의 책.

26 "하나 가운데 여럿이 있고 여럿 가운데 하나가 있으며/하나가 곧 일체이며 여럿이 곧 하나이네./하나의 가는 먼지 가운데 시방세계가 포함되어 있고/모든 먼지 가운데도 또한 이와 같네[一中一切多中一/一卽一切多卽一/一微塵中含十方/一切塵中亦如是]"라는 대목에서 첫 구절을 그대로 옮겨 왔다는 것을 알 수 있다.

공(空)이 하나로 통일되어 있는 것을 불교적 용어로는 '원융하다'고 하는데 태고는 바로 태고암을 노래한 이 작품에서 이런 세계를 보여줌으로써 철저히 원융적 작가 의식을 드러내고 있다. 이 작품의 위 인용문은 그가 거처하는 태고암이라는 구체적 대상물을 가지고, 이 작품 서두에서 제시한 부정을 통한 초월을 넘어 원융적 작가 의식을 보여 주는 데까지 나아가고 있다는 것을 보여준다.

(11)이 『화엄경』이라는 구체적 경전의 내용을 가지고 원융적 작가 의식을 표현하고 있다는 점이 인용문 (10)과 다르다. 이 경전의 주인공은 비로자나불이고 여기서 강조하는 삼매는 해인삼매이다. 비로자나불이나 삼매는 모두 본질을 상징하는 용어들이다.[27] 비로자나불은 일체 부처를 드러내는 근원자인 부처, 삼매는 일체의 모든 현상이 끊어진 어떤 정신의 상태여서 앞에서 말한 이(理)나 공(空)의 차원을 뜻한다. 이 작품의 전반부에서는 이(理)나 공(空)의 초월적 세계를 읊다가 후반부에 해당하는 인용문에 오면 이러한 삼매에서 갑자기 화장 세계라는 세상이 나타나고 그 화장 세계는 겹겹이 한이 없는 것으로 묘사되어 있다. 이 말은 역시 아무런 작용이 일어나지 않는 삼매가 곧 무한정의 구체적 작용의 세계임을 연속선상에서 표현하는 것이다.

---

27 부처를 말할 때 삼신(三身)을 말하는데 법신(法身), 보신(報身), 화신(化身)이 그것이다. 여기서 법신은 본질인 부처로서 바로 비로자나불을 말하고 보신과 화신은 석가모니불과 같은 현상의 부처를 말한다. 그래서 비로자나불은 형상으로 나타나지 않은 부처로서 공이나 없음의 차원을 나타내는 용어로 사용된다. 그리고 삼매는 공, 무아와 일치된 집중의 정신 상태라고 할 수 있어서 역시 없음의 차원을 나타낸다. 부처에서 있음의 현상 차원은 보신과 화신, 삼매에서 있음의 현상 차원은 깨달음, 살아남이라고 할 수 있다.

이 경전이 가진 본래 용어를 빌려서 이렇게 부동의 삼매와 현상의 세계가 통일되어 원융하다는 작가 의식을 나타내기도 하면서 같은 작품의 다른 부분에서 새로운 용어를 사용하여 원융적 작가 의식을 재확인하기도 한다. 예를 들면 "중류의 한척의 큰 배/ 만방의 사람 실어도 걸림이 없네./ 한산과 습득은 큰 원수로서/ 잠시도 떠나지 않고 길이 서로 따르네./ 지극히 친하다가 도리어 멀어져서 바다 속에서 싸우네."[28]라는 부분이 있다. 여기서는 한척의 배와 만방의 사람, 한산과 습득[29]이라는 새로운 용어가 사용되었다. 여기서 사용된 한척의 배와 한산은 삼매와 같고 만방사람과 습득은 세계와 각각 같은 의미로 사용된 용어로서 여기서도 이 양자는 서로 어기지 않고 하나 되는 모습을 보여 주는 것으로 묘사되고 있어 역시 원융적 작가 의식을 드러내고 있다. 한 척의 배가 만방의 사람을 다 싣고도 걸림이 없다거나 한산과 습득이 원수처럼 다르지만 잠시도 떨어지지 않고 서로 따른다는 표현이 바로 이를 의미한다.

태고는 자신의 거처 공간인 태고암과 『화엄경』이라는 경전의 내용을 가지고 현상과 초월이 하나임을 다양하게 표현하였다. (12)에 오면 주변 공간을 가지고 또 다른 방식으로 원융적 작가 의식을 드러내고 있다. 생략된 전반부에서는 백운, 유수, 행우(行雨), 청풍, 강산,

---

28 中流一葉舟子大/萬邦人物載無导/寒山拾得大寃讎/造次弗離長相隨/極親還踈鬪海裏 〈雜華三昧歌〉, 앞의 책.

29 선문의 풍간거사(豊干居士)에 의하면 여기 보인 한산과 습득을 문수와 보현에 각각 배대하기도 한다. 문수는 살, 보현은 활에 해당하는 것으로 되어 있어서 한산은 살, 습득은 활로 해석할 수 있다.(이철교 외 2인 편, '천태풍간'조 『선학사전』, 불지사, 1995, 649쪽 참고)

백구 등의 있는 그대로의 모습을 그려 현상을 보여 주었다. 그러다가 후반부에 와서는 청산의 누각이라는 구체적 공간에서 누워 꿈을 꾸기도 하고 깨어 있기도 하지만 이 두 가지에 구애됨이 없다고 하여 양자가 시적 자아에게는 같은 것으로 인식된다는 것을 보여 준다. 그리고 마지막 두 행에 오면 매우 특이한 표현이 사용된다. "술집에서 나무소를 탔는데 나무 소는 봄바람으로 둔갑했다"고 하였다. 나무로 깎은 소는 생명이 없는 것인데 이것이 작용을 일으켜 봄바람이 되었다고 하였다. 여기서는 나무소라는 작용 없는 존재가 작용을 하는 존재로의 변화를 스스로 일으킴으로써 비작용과 작용이 온전히 하나임을 보여 주고 있다. 작용 없는 존재가 둔갑이라는 작용을 일으킴으로써 초월의 존재와 현상의 존재가 혼연히 일치되는 것으로 표현되어 있다. 어느 하나가 다른 하나와 통합되는 것이 아니라 본래 하나가 작용과 비작용의 양면을 가지고 있어 원융다는 것을 보여 줌으로써 여기서는 또 다른 방식으로 원융적 작가 의식을 표현했다고 할 수 있다.

태고의 이와 같은 원융적 작가 의식은 이상에서 본 운문에 국한하지 않고 산문의 다른 문맥에서도 발견된다. 실제 예를 들어 가면서 논의를 계속하고자 한다.

> (13) 향을 잡고 이르기를 이 향은 뿌리가 대천 사계에 서려 있고 잎은 백억의 수미와 비로를 덮었다. …중략… 이 향은 성인이 여기에서 일어나고 범부가 여기에서 출생한다. …중략… 이 향은 성인께서 이르시기를 신령한 가운데 만덕의 위력을 머금고 오묘한 밖에까지 밝으며 여러 신령함의 두려워할 거동을 나타낸다.[30]

(14) 한 물건이 있으니 밝고 분명하며 거짓이 없고 사사로움이 없어서 고요히 움직이지 않다가 크게 신령한 앎이 있다. …중략… 큰 체와 용을 갖추어서 그 체를 말하자면 광대한 것을 다 싸버려서 밖이 없고 미세한 것을 다 거두어들여 안이 없다. 그 작용을 말하자면 부처 세계의 미진수의 지혜와 신통, 삼매와 변재를 지나서 곧 숨고 곧 나타나서 종횡 자재하여 크고 신통한 변화가 있다.[31]

(15) 아미타불의 깨끗하고 미묘한 법신은 일체 중생의 마음에 두루 있다. 그러므로 이르기를 마음과 부처, 중생 이 셋이 차별이 없다고 하고, 또 이르기를 마음이 곧 부처이고 부처가 곧 마음이라 마음 밖에 부처가 없고 부처 밖에 마음이 없다. 상공께서는 진실로 염불을 한다면 다만 바로 자성 미타를 생각하고 하루 12시 가운데 네 가지 거동 안에 아미타불의 이름을 마음과 안전에 붙여 두십시오.[32]

(13)은 원나라 당시 황제를 축원하면서 황후, 황태자 등을 차례로 축원하는 축원 법문의 일부이다. 인용 부분에는 축원을 할 때 사용한 향에 태고가 부여한 의미가 나타나 있다. 먼저 황제를 축원하는 데 사용하는 향을 두고는 향의 뿌리가 대천 사계에 서려 있고 그 잎

---

30 拈香云 此香根盤於大千沙界 葉覆於百億彌盧…中略…此香 聖也從茲而起 凡也從茲而生…中略…此香 聖云神中含萬德之威力 明乎妙外 現群靈之畏儀 〈奉恩寺入院別祝聖〉, 앞의 책.

31 有一物 明明歷歷 無僞無私 寂然不動 有大靈知…中略…具大體用 言其體則包羅盡廣大而無外 收攝盡微細而無內 言其用則過佛刹微塵數智慧神通三昧辯才 卽隱卽顯 縱橫自在 有大神變 〈玄陵請心要〉, 앞의 책.

32 阿彌陀佛淨妙法身 徧在一切衆生心地 故云 心佛及衆生 是三無差別 亦云 心卽佛 佛卽心 心外無佛 佛外無心 若相公 眞實念佛 但直下念自性彌陀 十二時中四威儀內 以阿彌陀佛名字 帖在心頭眼前 〈示樂庵居士念佛略要〉, 앞의 책.

은 백억의 수미와 비로를 덮고 있다고 하였다. 황후를 축원하며 사용한 향은 성인도 여기서 나오고 범부도 여기서 나오는 것이라고 하고, 황태자 축원에 사용한 향은 만덕의 위력을 머금고 묘한 바깥에 밝으며 여러 신령의 두려워할 만한 거동을 나타낸다고 각각 의미를 부여하고 있다. 먼저 향의 뿌리는 대천 사계라는 모든 존재에 근원하고 잎은 수미와 비로를 덮는다고 했는데 여기서 뿌리는 본질의 상징으로 대천 사계라는 현상과 관계 맺으며, 잎은 드러난 현상의 상징으로 근원자인 수미, 비로와 밀착되어 있다는 것을 보여 향은 현상의 세계와 초월의 세계를 아우른 존재라는 작가의 원융적 작가 의식을 드러내고 있다.

두 번째 경우에도 이 향은 성인과 범부가 여기서 나오는 것으로 말하여 대립적 세계를 모두 포괄하는 존재로 인식하고 있고 다음 세 번째의 경우도 이 향은 모든 덕을 안으로 가지면서 밖의 세계에 밝으며 두려워할 만한 거동을 나타내기도 한다고 하여 역시 작용 없는 향이 작용으로 나오는 측면을 드러내서 작용과 비작용이 향이라는 객관 대상으로 혼연히 하나가 되어 나타나도록 서술하여 역시 원융적 작가 의식을 드러내고 있다. 제1장에서 논의했듯이 출가자로서 세속의 황제와 군왕을 축원해줌으로써 피할 수 없는 현실을 그대로 수용하여 철저히 현실적 작가 의식을 보여 주는 문맥에서조차 태고는 축원 과정에 사용하는 향이라는 사물에 의미를 부여하면서 현실과 초월이 일치되어 있음을 함께 표현하고 있다.

(13)이 축원이라는 구체적 현실의 환경에서 내린 법문이었다면 (14)는 공민왕이 마음에 대한 가르침을 청해서 내린 법어이다. 축원의 의식 과정에는 축원에 사용되는 특정 사물인 향을 가지고 원융적

세계를 드러냈지만 여기서는 교화에 '한 물건[一物]'이라는 선문(禪門)의 용어를 가지고 원융적 작가 의식을 표출하고 있다. 선에서는 존재 원리를 말할 때 '한 물건'이라는 말을 사용한다. 그런데 이 한 물건이 여기서는 먼저 분명하고 뚜렷하다고 하고 거짓과 사사로움이 없으며 고요하여 움직이지 않지만 신령한 지각이 있다고 하여 움직이지 않음과 신령한 지각의 움직임이 동시에 있다고 하여 작용과 비작용이라는 양면을 함께 지니고 있는 것으로 봄으로써 역시 원융적 작가 의식을 드러내고 있다. 인용문 후반부로 오면서 이러한 원융적 작가 의식은 직접적 설명으로 다시 부각하고 있다.

(15) 역시 교화의 일환으로 이루어진 글이다. 낙암거사라는 인물에게 염불하는 방법을 말하고 있다. 상대방을 교화하기 위하여 가장 접근하기 쉬운 염불의 방법을 말하면서 마음과 부처, 중생의 관계를 설명한다. 먼저 아미타불의 깨끗하고 미묘한 법신은 모든 중생의 마음에 편재해 있다고 말한다. 더 나아가 마음과 부처, 중생이 차별이 없다고 말한다. 마음이 바로 부처이기 때문에 염불을 하려면 자성미타를 생각해야 하고 항상 아미타불의 이름이 마음과 눈앞에 있어야 한다고 상대방에게 말한다. 깨끗하고 미묘한 법신은 감각으로 잡을 수 있는 구체적 대상이 아니다. 법신은 형상을 초월하여 보고 들을 수 없는 존재인데 여기서는 구체적 대상 인물인 중생들에게 두루 존재한다고 말하고 있다. 그는 이것을 달리 자성 미타라고 하였다. 이런 주장은 형상을 초월한 미타가 형상인 중생과 하나라는 말을 하는 것이어서 역시 현상과 초월 관계가 하나로 융합돼 있다고 보는 초월적 작가 의식을 보여 주는 것이다. 미타를 객관의 대상으로 보기 쉬운데 이런 오류를 방지하기 위해서 태고는 자기 안에 있는 미타

가 자성 미타라는 것을 논리적으로 주장하고 있다.

이상에서 논의해 보았듯이 태고는 시를 통해서는 그의 구체적 거처 공간인 암자와 산, 그리고 경전을 가지고 각각 그 의미를 부여하면서 현실과 초월이 혼연히 하나임을 드러내서 원융적 작가 의식을 드러냈고, 산문에 와서 축원이라는 매우 정치현실적 문맥 속에서 행사에 사용하는 대상물인 향에 대한 의미 부여를 통하여, 또 다른 산문에서는 일반적 교시, 염불 방법의 교시 등의 과정에 선문에서 사용하는 진리의 다른 표현인 '한 물건', 여러 부처 가운데 '아미타불'이라는 용어를 풀이하면서 현상과 초월이 하나로 혼연 일체되어 있음을 다양하게 주장함으로써 원융적 작가 의식을 드러내고 있다. 이로 볼 때 그의 원융적 작가 의식은 출세간에만 해당하고 세간에 해당 없는 것이 아니라 두 세계를 관통하는 또 하나의 작가 의식으로 드러나 있음을 알 수 있다.

5. 산문과 가음명시(歌吟銘詩)에 나타난 작가 의식

지금까지 태고 보우 선사의 작가 의식의 성격을 살펴보았다. 선사로서 선 수행을 우선시하면서도 현실 참여적 모습을 강하게 보여준 그의 작가 의식이 어떤 특성을 가지는지를 논의하였다. 철저한 수행자로서 현실에 대한 인식이 부족할 것으로 예상했지만 실제는 그렇지 않았다. 그러나 현실에 매몰되지 않고 이를 초월하는 작가 의식을 보임으로써 그는 작가 의식에서 입체성의 깊이를 더해 보였다.[33] 또한 그는 여기에도 머물지 않고 이 양자를 온전히 하나로 통합하는 차원으로 더 나아감으로써 원융적 작가 의식을 표현하기에 이른다. 지금까지의 논의를 간략히 요약하면서 세 유형의 작가 의식의 관계 질서를 간단히 정리해 보고자 한다.

첫째 태고는 그의 가음명시와 산문의 전반부에서 주로 현실적 작가 의식을 표현했다. 출가 수행자로서 태고는 출가와 재가의 두 세계 모두를 현실로 인식하고 그 현실을 있는 그대로 표현함으로써 현실적 작가 의식을 보여 주었다. 출가 수행자이지만 출가의 세계를 허용한 세속의 황제나 군왕의 위신을 전적으로 긍정하며 그들을 위해 축원을 올리고 출가 공간의 소박하고 순수한 환경, 수행과 깨달음, 교화의 당위적 현실을 역시 있는 그대로 그림으로써 두 세계의 현실을 현실로 인식하는 현실적 작가 의식을 보여 주었다.

둘째 태고는 겉으로 드러난 현실에 국한하지 않고 운문과 산문 두 유형의 작품에서 초월적 작가 의식을 드러냈다. 태고는 자기가 거처하는 공간이나 『화엄경』의 내용, 선 수행의 과정을 표현한 시, 설법이나 축원 법문과 같은 산문에서 감각으로 잡을 수 없는 세계를 부정의 어법으로 표현함으로써 초월적 작가 의식을 드러냈다. 태고암은 알 수 없고 방향이나 상대가 없으며, 화엄의 진리는 보고 들을 수 없으며, 본래 면목에 이르는 수행에서는 일체를 내려놓고 망념을 극복해야 한다고 시가 작품 후반부에서 말하고, 개당 설법이나 축원

33 출가 수행자가 세속의 일체를 부정하기 쉬운데 그는 현실을 인정했고 그러면서도 이를 철저히 초월하는 또 다른 축을 견지함으로써 현실과 초월이라는 상반되고 모순된 작가 의식을 동시에 가진 인물로 여겨지고, 논리적으로 일정한 견해가 없는 인물로 간주되기 쉽다. 그러나 그는 불교 고유의 이사(理事) 이론, 살활(殺活) 이론에 근거하여 논리를 뛰어 넘은 역설적 통찰을 통하여 양자를 작품에 적절히 통합 배치하여 불교 진리를 원융하게 드러내고 대중을 교화하고자 했다고 볼 수 있다.

법문, 교시와 같은 현실적 맥락에서 하는 법문에서도 단락 내에서 행사에 사용하는 향이나 주장자와 같은 대상물을 가지고 일체 상대 유한의 세계를 부정하고 초월적 세계를 보임으로써 초월적 작가 의식을 드러냈다.

셋째 태고는 현실적 맥락에서 창작한 시나 산문의 같은 작품 안에서 앞에서 살핀 것과 같이 상반되고 모순되는 듯한 작가 의식을 보여 주었는데, 작품의 중간이나 후반부에 오면 이 양자를 하나로 통합하는 시적 표현이나 서술을 함으로써 원융적 작가 의식을 역시 보여주고 있었다. 같은 태고암을 두고서 있음과 없음이 하나인 존재, 좁고 넓음이 하나 된 존재로 보거나, 화엄의 진리를 두고도 삼매 속에 화장 세계가 드러난다고 하여 역시 없음과 있음이 통합된 어떤 상태로 보고, 자연에 은거하는 삶에서 꿈과 깸이 하나이며 작용 없는 나무소가 봄바람으로 화하여 작용하는 것으로 그려서 현상이 초월과 혼연 일체가 되어 있음을 상징적으로 표현하고, 산문의 경우에는 축원이나 교시의 법문의 현실 맥락에서 현상과 초월의 경계가 하나임을 서술하고 있어서 원융적 작가 의식을 역시 보여 주었다.

이상에서 살핀 세 가지 작가 의식의 상관 방식이 겉으로는 매우 모순적이면서 의외적인 것으로 비칠 수 있다. 다양한 맥락에서 일체의 존재를 현실 그대로 긍정하다가 문득 그것을 부정하는 방식으로 표현하고 마침내 있음의 현실과 없음의 초월은 별개가 아니라 하나라는 인식으로 비약하기 때문이다. 그런데 이렇게 세 가지를 나누어 펼쳐 놓고 보면 세 국면이 모두 별개로 인식될 수 있다. 그러나 태고의 본래 의도는 그 반대이다. 이를 선문(禪門)에서는 있는 측면을 활, 없는 측면을 살, 양자 통합의 차원을 살활동시라고 하는데 태고도 여기서 세 국면이 별개가 아니라는 것을 표현하고자 한 것으로 보인다. 존재의 실상은 이원(二元)이 일치된 것인데 다만 말할 때 어느 한 측면을 잡아서 말할 수밖에 없기 때문에 나누어서 말했다. 존재원리를 설명하는 불교의 교설에 입각하여 대상을 인식하는 과정에서 태고는 자연스럽게 위와 같은 세 가지 작가 의식을 노정하였고 끝에서 원융적 작가 의식을 통하여 이를 다시 하나로 통합해 보여주고 있었다. 따라서 초월적 작가 의식은 현실적 작가 의식의 극복이고 원융적 작가 의식은 초월과 현실적 두 가지 작가 의식의 절대적 극복으로서 기능한다고 할 수 있다.[34]

그런데 이러한 작가 의식이 유가 사대부의 작가 의식과 비교될 수 있는 단서가 바로 현실적 작가 의식이다. 현실적 작가 의식은 두 부류의 작가들이 모두 가지고 있기 때문이다. 더 확장된 논의를 통하여 당시 견해를 달리했던 유자들과 작가 의식을 대비하여 논의함으로써 고려 말 유불 양대 문학의 존재 기반을 들여다보고 전환기에 양쪽의 역사적 역할을 읽어낼 필요가 있다.

34 선사들 사이에도 현상을 있는 그대로 중시하는 경우, 본질을 중시하는 경우가 있는데 전자를 활 가풍, 후자를 살 가풍이라고 말한다. 활을 말하면 살이 이면에 숨어 있고 살을 말하면 활이 또 이면에 숨어 있다고 보아 겉으로는 둘로 나누어진 듯하지만 본래 살활이 공재하는 원융한 성격을 드러낸다는 것이 여기에는 전제가 되어 있다. 이런 관점에서 태고는 두 가지 성격을 다 보이면서도 양자를 통합한 내용까지 보여 주고 있는 특징이 있다.

제3부

나옹 혜근 선시의 문예 미학

제1장

나옹 선시에 나타난 시공 표현의 어휘 유형

1. 선시에서 시공 표현 어휘 문제

고려 말에 생존했던 나옹은 불교계는 물론 당시 일반 정치 사회적으로도 무게를 지닌 인물이었다. 그런 인물일수록 사상이나 문학에서는 상대적으로 빈약할 수 있는데 나옹은 오히려 이 분야에서 높은 성과를 남기고 있어서 많은 주목을 받아 왔다. 사상적으로 그는 조사선이라는 전통 선법을 스스로 익히고 다시 중국에 가서 지공이라는 인도의 승려, 평산처림이라는 중국의 선사를 만나 이를 더욱 공고히 다지고 국제적으로 인가를 받아왔다.[1] 그런 과정에서 그는 수행과 교시, 깨달음에 관련된 수많은 선시를 남기고 있는데 여기에 그치지 않고 더 나아가 포교를 위하여 대중들에게 가사나 시를 통하

1 깨달음을 인가하는 징표로 평산은 나옹에게 "법의와 불자를 지금 맡기노니 돌 가운데서 집어낸 티 없는 옥일러라[拂子法衣今咐囑 石中取出無瑕玉. 나옹 저, 백련선서간행회 역, 〈行狀〉, 『나옹록』, 장경각, 2001, 21쪽. 이하는 원전의 작품 이름과 '앞의 책'으로 표시하고자 한다.]"라는 게송을 지어 주었고, 지공은 "동서를 바라보면 남북도 그렇거니 종지 밝힌 법왕에게 千劍을 주네[東西看見南北然 明宗法王給千劍〈행장〉]"라는 게송을 지어주면서 나옹을 인가해 주었다.

여 염불을 가르치기도 했다.[2] 이런 문학과 사상적 비중 때문에 나옹 화상에 대한 연구는 다른 어떤 작자의 경우보다도 활발하게 진행되었다. 대략 그에 대한 기존 연구는 그의 가사에 관련한 연구, 사상체계에 대한 연구, 그의 선시에 대한 연구로 나누어볼 수 있다.

이 가운데 그의 선시에 대한 연구는 이제 막 시작 단계에 접어들었다고 할 수 있다. 이 말은 우리 나라 다른 선사들의 선시에 대한 연구를 두고도 전반적으로 적절한 판단이라 할 수 있다. 남아 있는 많은 선시 자료에 비하여 진행된 연구가 부족하기 때문이다. 선시를 연구하기 위해서는 우선 선시가 어떤 것인지 그 정체성을 구명하고 그 기준에서 선시를 선별하고 선적 표현을 연구해야 하는데 여기에 대한 반성이 필요하다. 어떤 것이 선시인지를 변별해 내기 위해서는 실제 선이 어떤 것인지 알고 시와 연관시킬 수 있어야 한다.

여기서는 선시 자체의 일반적 본질을 구명하기보다는 나옹의 선시를 실제로 다루는 과정을 통하여 귀납적으로 선시를 자연스럽게 변별해 내고 이렇게 선택한 작품을 구체적으로 논의함으로써 나옹 선시의 성격을 구명하고 장차 선시 일반의 개념을 수립하는 논의에도 일부 도움을 주고자 한다. 나옹의 시에는 선시도 있고 선시가 아닌 것도 함께 있다. 선시에서는 특징적 표현의 방식이 있는데 그 여러 가지 가운데 시간과 공간을 나타내는 용어가 매우 중요한 선시 표현의 도구로 사용되고 있다. 이것은 선시 일반이 가진 특징이면서

2 나옹의 가사로 알려진 〈승원가〉(임기중, 『불교가사원전연구』, 동국대학교 출판부, 2000, 649~666쪽)나 자기를 보고 싶어 하는 누이에게 보내는 편지 〈答妹氏書〉에서 염불을 적극 권유하고, 8수로 된 〈示諸念佛人〉에서도 여러 사람들에게 염불의 방법을 가르치면서 권유하고 있다.

나옹 선시의 특징이기도 하다. 논의를 거치면 나옹 선시가 선시 일반의 특성을 가지면서도 독자성을 가진 측면이 자연스럽게 드러나리라 본다.

선시는 일상적 표현을 사용하기도 하면서도 특징적 시어를 사용하기도 한다. 선시가 어떤 형태이든 시적 언어 표현을 한다는 점에서 다른 일반 시와 외양은 같다고 할 수 있으나 사용된 시어의 내적 지향은 전혀 다르기 때문에 함의는 차별성을 가진다. 시에 사용된 여러 가지 용어 가운데 시간과 공간을 표현하는 용어가 특히 선시를 이해하는데 매우 중요한 역할을 한다. 선시에서 시간과 공간은 일체 존재를 드러내는 차원을 판단할 수 있는 기제로 작용하기 때문이다. 따라서 이 장에서는 나옹 선시에 사용된 시간, 공간을 표현하는 용어로 어떤 유형이 있으며 이들이 어떤 의미와 기능을 수행하는지 유형 체계를 통하여 살핌으로써 나옹 선시의 구체적 성격을 밝히고자 한다. 문학에서 시간과 공간의 문제는 일찍부터 주목을 받아 왔는데 실제 나옹의 선시에서는 시공간 부분이 어떻게 구현되고 있는지를 살피고자 한다. 시공 표현의 용어를 다루는 연구 방식은 다른 일반 모든 선시에 접근하는 하나의 보편적 열쇠가 될 수도 있기 때문에 나옹 선시라는 구체적 작품들을 대상으로 이런 논의를 경험적으로 시작하는 것은 나옹이라는 개별 작자와 장차 일반적 선시 이해에 의의가 적지 않다고 본다.

나옹 선시를 연구한 기존의 성과를 참고하면서 『나옹록』[3]에 나오는 모든 시를 대상으로 하되 특히 그의 선시에 집중하여 연구를 진행

---

3 나옹 저, 백련선서간행회 역, 『나옹록』, 장경각, 2001.

하고자 한다. 선시 아닌 시도 부차적 연구 대상으로 삼음으로써 선시의 특징을 더 분명하게 드러내는 효과를 거둘 수 있으리라고 본다.

2. 일상적 시공 표현의 어휘 유형

여기서 일상적 시간과 공간이라는 말은 물리적 시간과 공간의 기본 개념을 바탕으로 하면서 작품 안에 들어와 시적 시간과 공간으로 변한 경우를 의미하는 것으로 사용하고자 한다. 그리고 이것이 작자의 어떤 의식이나 정서를 표상하는 시간과 공간이 아니라 시의 작품 내적 배경으로 작용할 때 그 시간과 공간을 시에서의 일상적 시간과 공간이라는 의미로 규정하고 논의를 진행하고자 한다.

여기서 일상적이라는 포괄적 용어로 간단하게 표현하였지만 작품의 구체적 실상을 보면 그렇게 간단하지 않다. 일상적 시간과 공간의 다양한 표현 양상이 어떠한지를 실제 작품을 예로 들어가면서 논의하고자 한다.

(1) 종전의 모든 잡다한 견해 다 쓸어버리고
화두 들기를 더욱 급하게 힘쓰라.
하루 아침에 어머니 낳기 전 소식을 알아버리면
호랑이 굴과 마군의 궁전이 바른 길로 통하리.

掃盡從前諸雜解　話頭提起急加功
一朝識破娘生面　虎穴魔宮正路通[4]

4 〈紹禪者求偈〉, 앞의 책.

(2) 사원을 중수하고 오는 사람 맞이하니
남북의 선화자들 갔다가 다시 오네.
또 서방 정토 향하는 마음으로 부지런히 염불하면
연화대 상품이 저절로 열리리.
重修寺院接方來　南北禪和去再廻
又向西心勤念佛　蓮花上品自然開[5]

(3) 한가히 오고 한가히 가서 더욱 한가하여
항상 천암만학 사이에 머무네.
물 구경하고 산 보는 것이 오히려 부족하여
동문의 깊은 곳에 겹문을 만들었네.
閑來閑去復閑閑　常往千巖萬壑間
翫水觀山猶未足　洞門深處作重關[6]

(1)은 나옹에게 소선자라는 사람이 게송을 요구하여 지어준 작품이다. 이 작품 결구의 내용을 보면 선시이다. 선 수행을 통하여 깨닫고 나서 열린 새로운 선적 세계를 같은 작품 안에서 표현하고 있기 때문이다.[7] 이 작품의 기승 구에는 시간을 나타내는 용어가 두 번 사용되었다. 기구의 종전(從前), 승구의 급(急)이다. 기구에서 종전이라는 용어가 그 이전까지의 잡된 견해를 다 쓸어버리라는 문맥에 놓이

---

5 〈示李尙書〉, 앞의 책.

6 〈遊谷〉, 앞의 책.

7 그런데 깨달음 이전 수행에 대하여 교시하는 내용을 담고 있는 기구와 승구만 두고 보면 선시라고 할 수 없다. 그러나 같은 작품 안에서 선적 표현이 있고 그렇지 않은 표현이 있을 때 부분이든 전체이든 선적 표현을 담고 있는 작품은 모두 선시로 봐야 한다. 선적 표현이 같은 작품 안에 나타남으로써 일상적 표현도 상호 영향을 받아 선적 분위기에 합류하기 때문이다.

면서 시간적으로 실제 과거라는 의미를 가지게 되었다. 현재와 미래가 아닌 과거라는 구체적 의미로 종전이라는 용어가 사용된 것이다. 승구의 급(急)을 보면 과거·현재·미래와 같은 시간의 어떤 시점을 말하는 것이 아니라 시간의 길이와 관계 되는 속도를 표현하고 있다. 천천히 하여 시간이 많이 걸리지 말고 급하게 빨리 하여 수행 시간을 단축하라는 말이다. 그래서 이 작품의 기승 구에 사용된 시간 용어는 과거·현재·미래와 같은 시간의 구체적 기점이나 빠르고 늦은 시간의 길이와 관련된 일상적 의미[8]로 사용되었다. 그리고 이 작품에서 이와 같은 일상적 시간 용어는 현실의 시간 선상에서 현재와 과거의 단절을 강조하고, 수행 시간의 단축을 요구하는 시적 자아의 교시적 의도를 분명하게 드러내는 기능을 수행한다.

이와 같은 유사한 문맥에서 사용된 시간 용어는 특히 수행이나 교시를 내용으로 하는 구게시(求偈詩)나 구송시(求頌詩)[9]에 빈번하게 발견된다. 예를 들어 보면 〈수선자구게(修禪者求偈)〉 기승구에서 "하루 가운데 항상 다잡아 들어서, 거두어 오고 놓아 감에 급히 채찍을 더하라"[10]라고 하고 있는데 여기서도 '二六時中, 急' 등의 시간 용어가

8 깨닫기 전 실제 사람이 살아가는 데 선후(先後)와 장단(長短)이 있는 시간은 일상적인 것이다. 이는 깨닫고 나서 얻은 초월의 세계에서 시공이 사라진 것과는 다르기 때문이다.

9 수행자들이 나옹에게 게송이나 송을 청구하여 여기에 답하여 지어준 시를 일컫는다. 여기서 게와 송은 묶어서 보면 게송이 되어 같은 의미로 사용되었다. 나옹은 구게시와 구송시 수십 수를 남기고 있는데 수행자들에게 수행법과 같은 교시를 내리는 내용을 주로 다루고 있다. 예를 들어보면 〈寶禪者求偈〉의 急과 斜暉, 〈瑢禪者求偈〉의 山과 早, 前, 年年, 〈鈴禪者求頌〉의 急, 〈然禪者求頌〉의 世間, 〈孤禪者求頌〉의 日月과 山川, 〈演禪者求頌〉의 河山, 〈了禪者求頌〉의 何處와 二六時 등 결정적 깨달음을 얻기 직전까지 일상적 시간과 공간을 나타내는 용어가 매우 빈번하게 사용되고 있다.

사용되고 있다. 여기서 두 용어 모두 길이를 나타내는 시간 용어이다. 그런데 하루는 '二六時' 즉 12시의 단 하루만을 의미하는 것이 아니라 계속이라는 의미가 있고 '급히'라는 말은 앞의 작품 경우와 같이 시간의 단축을 의미한다. 그래서 여기서 사용된 시간 용어는 지속적으로 열심히 공부하여 기간을 단축하라는 시적 자아의 교시를 돕는 결정적 기능을 수행하고 있다. 그래서 수행과 교시를 내용으로 하는 작품에서 사용된 시간은 깨닫지 못한 과거의 단절, 수행의 변함없는 지속과 깨침의 빠름을 나타내고, 공간은 세상이라는 광범한 만행 현장을 나타내어 수행과 교시의 일상적 시공간으로 되어 있다.

(2)에서도 기승 구에 시공 표현의 용어가 나타난다. 기구에서는 사원을 중수하고 오는 사람을 맞이한다고 하여 '사원'이라는 공간 용어가 사용되고 있다. 여기 사원은 무슨 깨달음을 상징하거나 초월적 어떤 세계를 가리키는 것이 아니고 실제 수행 공간인 사원일 뿐이다. 사원은 중수할 때가 되면 이런 공사를 하고, 또 오는 사람을 맞이하기도 하는 생활 속의 일상 공간이다. 이어서 승구를 보면 '남북'이라는 방위를 나타내는 공간 용어가 사용되고 있는데 이 용어 역시 어떤 이념을 상징하거나 비유하는 말로 쓰이지 않고 실제 공간의 개념으로만 쓰였다. 남쪽과 북쪽의 선화자(禪和者)들이 떠났다가는 다시 돌아온다는 말을 단순히 하고 있기 때문이다. 그리고 여기서 남북은 남쪽과 북쪽의 '어디에나'라는 의미로 확대될 수도 있다. 그래서 실제 공간적으로 넓은 지역을 포괄적으로 표현한 용어이다. 이 작품의 기승 구는 전체적으로 수행의 공간인 사원을 다시 짓고 여러 곳에서

---

10 二六時中常逼拶/收來放去急加鞭 〈修禪者求偈〉, 앞의 책.

찾아오는 선화자 즉 수행자들을 맞이하는 일상을 있는 그대로 잘 그려 보여 주고 있다. 여기에 사용된 사원은 선화자가 모이는 공간이고 남북은 그들이 만행하는 공간으로서 모두 일상적 공간이다.[11]

이와 같이 세속인과의 관계에서 있는 일상을 표현하는 과정에 시공간 용어를 함께 사용한 예도 빈번하게 발견된다. 예를 더 들면 〈시홍상국(示洪相國) 仲元〉에서는 “높은 몸 굽혀 게으름을 잊고 먼 산에 오르고 다시 심산의 암자를 지나서 나를 찾아 왔네.”[12]라고 읊고 있다. 여기서도 산과 암자라는 공간의 용어가 사용되고 있다. 이 공간은 시적 자아가 거처하는 공간이고 여기에 시적 대상 인물인 외부 손님이 찾아 온 것이다. 일반 세속인을 상대로 한 생활과 관련된 일상의 시공간은 여러 작품에 나타나고 있다.[13] 여기에 속하는 작품은

---

11 그런데 이 작품이 선시인가는 하는 데에는 의견이 다를 수 있다. 전결 구에서 염불을 권하고 그 결과 얻은 경지를 말하고 있기 때문이다. 나옹에게 있어서는 염불이 선일 수 있는 면모를 많이 보여 주고 있어서 간화선을 내용으로 하고 있지 않더라도 역시 선시의 부류에 넣을 수 있다. 나옹은 염불을 내용으로 하는 다른 작품에서도 이런 염불선적 입장을 잘 보여 주기 때문이다. 예를 들면 “생각이 다해 생각 없는 데까지 생각이 이르면 여섯 문에 항상 자금광이 나리라[念到念窮無念處 六門常放紫金光〈示諸念佛人八首〉]”는 작품에서 보면 염불이 생각 없는 데까지 이르면 육문으로 된 이 심신에서 자색의 광명이 난다고 하여 깨달음을 나타내고 있다. 이것은 화두를 통하여 삼매에 들고 마침내 깨달음을 얻는 같은 과정의 다른 표현이라고 할 수 있다. 그래서 이 작품은 염불을 하면 연화 상품의 세계가 저절로 열린다고 하고 있어서 화두를 통하여 깨달음의 세계가 열린다는 간화선의 논리와 같은 논리를 표현만 달리 하였지 역시 잘 보여준다고 할 수 있다.

12 屈尊忘倦遠登山 更歷深菴道者看 向道誠心勤又重 必當參透祖師關 〈示洪相國 仲元〉

13 그 외에 〈示辛相國 廉 二首(1)〉의 다년(多年)과 금조(今朝), 〈示杏村李侍中 嵒〉의 대지(大地)와 춘(春), 찰찰(刹刹), 행화촌리경(杏花村裏景), 한실(閑室), 북(北), 〈贈廉侍中〉의 임간(林間)과 금일(今日), 〈贈河察訪 二首〉의 임간(林間), 〈贈原州牧使金有華〉의 설천(雪天)과 임간(林間), 〈謝淮陽李副使林間垂訪〉의 금강정(金剛頂)과 청평산리(淸平山裏) 등을 더 들어 볼 수 있는데 이 모두 세속인을 상대로 한 작품에서

시적 자아나 시적 대상 인물이 사는 공간에서 만나거나 시를 주고 받는 생활의 일상 시공간을 특히 작품 전반부에서 읊고 후반부에서는 공부를 권유하거나 깨침, 이치의 발현을 선적으로 표현하고 있다. 그래서 이 유형에 나타난 일상의 시간과 공간은 작품에서 선경의 구실을 하고 이것을 바탕으로 후반에 선적 차원의 교시나 이치를 드러내고 있다.

(3)은 작품의 제목을 보면 '유곡(遊谷)'이라는 특정 공간 대상물을 읊은 작품이다. 작품이 (1)유형의 내용과 같이 교시를 내리거나 수행의 과정을 보여 주지도 않고 (2)유형에서처럼 세속인들과의 일상생활을 읊지도 않는다. 내용을 보면 이 작품 기구에서 한가하게 오고 가서 더욱 한가하다고 하고 승구에서 항상 천암만학의 사이를 간다는 출세간적 모습을 읊고 있어 보이기 때문이다. 그런데 이 내용은 세속을 초월하여 자연과 하나가 된 자유로운 삶을 나타내는 것 같기도 하고, 자연 속의 실제 생활을 구체적으로 나타내는 것 같기도 하다. 여기서 사용된 시공의 용어를 찾아보면 천암만학(千巖萬壑), 수(水), 산(山), 동문(洞門) 등 주로 공간 용어가 사용되고 있는데 여기서 만학천암은 시적 자아가 가는 공간이고, 수와 산은 보고 완상하는 공간이며 동문은 거처하는 공간으로 되어 있다. 시적 자아가 천암만학의 공간에 가서 산수를 감상하며 동문에서 중관을 짓고 살아간다는 이야기가 된다.[14]

일상생활에서의 시간과 공간을 표현하는 용어들이다.

14 그런데 이것은 출세간의 구체적 시공간을 나타내는 성격도 동시에 가지고 있는 것으로 볼 수도 있다. 그런데 이런 생활의 공간은 실제 공간이면서 이런 공간을 포함하는 이 작품 전체가 출세간의 삶을 함축한 것으로 해석할 수도 있어서 중의성을 가진다.

이와 유사한 작품의 예를 더 들어 보면 〈설악(雪嶽)〉에서 "하루 밤에 옥가루 날리고 날려 기암은 높이 솟아 흰 은단이 되었네. 밝은 달 매화를 어찌 견주리오? 겹겹이 쌓여 차고 또 차네"[15]라고 했는데 여기에는 밤, 기암, 밝은 달 등의 시간과 공간의 용어가 모두 나타난다. 여기 사용된 시공의 용어들은 구체적 실제 시간과 공간이다. 어느 날 밤에 눈이 기암에 실제 내렸다는 것이고, 매화의 경우에도 밝은 달밤에 실제 피었던 꽃을 뜻하기 때문이다. 그래서 하나의 경물시이면서 '차고차다'라는 결구의 표현에서 서정성을 획득하게 되었다. 그런데 이 작품도 전체적으로 보면 이와 같은 선경후정의 서정시로 볼 수도 있지만 차고 차다는 선적인 해석의 여지를 가진 용어 때문에 중의성을 가지는 작품이 되었다.[16] 이와 같이 대상을 읊은 경우 구체적 대상 자체이면서 작품 전체적으로는 선적 의미의 해석이 열려 있어서 중의성을 가진 작품의 경우 시공간의 용어는 현상적 한

이와 같이 시공간의 용어가 실제 시공간을 분명하게 나타내면서도 전혀 다른 차원의 세계를 보일 수 있는 중의적 작품의 일면에서 시공을 표현하는 용어가 일상적 의미로 사용되는 사례가 역시 하나의 유형을 형성하고 나타난다.

15 玉屑霏霏一夜間 奇嵓高聳白銀團 梅花明月何能比 疊疊重重寒又寒 〈雪嶽〉, 앞의 책.

16 '차다'는 말은 양변을 초월하여 일체 분별심이 끊어진 자리라고 하는데 나옹은 자신의 시에서 여러 차례 '차다'라는 말을 사용하여 이 용어가 중요한 선적 표현의 하나라는 것을 말해 준다. 이런 표현을 담은 나옹의 몇 작품을 더 들어 보면 "뼈와 온 몸까지 서리와 눈이 차다[徹骨通身霜雪寒, 〈送大圓智首座之金剛山二首〉]"는 표현을 깨달은 뒤 경지의 표현에 사용하고 있다. 또 〈演禪者求偈〉에서 "겁 밖의 신령스런 빛이 쓸개를 비추어 차다[劫外靈光照膽寒]"라고 하였다. 그 외에 '차다[寒]'라는 말을 이와 같은 문맥에서 사용한 작품을 한 작품만 더 들어 보면 〈諸禪者求偈〉(2)에서 "하늘에 통하고 땅에 사무쳐 毛骨이 차다[通天徹地骨毛寒]"라고 하거나 같은 작품 (4)에서 "철저히 맑고 맑아 쓸개까지 차다[徹底澄淸透膽寒]"라고 했는데 이들 작품의 '寒'의 의미 역시 선적 해석이 가능하다. 이들 사례 외에도 나옹의 선시에는 이 같은 용례의 '차다[寒]'는 표현이 더 많이 발견된다.

측면에서 배경 역할을 한 것으로 볼 수 있다. 즉 구체적 대상을 표현하면서도 작품 전체적으로 상징성을 가진 유형의 작품에 사용된 시공간의 용어가 일상적 차원의 한 면에서 작품 내적 배경을 표현하는 기능을 수행하고 있다고 할 수 있다.[17]

지금까지 일상적 시공의 용어가 사용된 작품을 살펴보았는데 수행과 교시의 내용을 담은 작품군, 시적 자아의 일상생활과 교시를 함께 담은 작품군, 시적 자아 자신이나 객관의 특정 대상을 중의적으로 읊은 작품군 등 세 가지 유형이 나타났다. 수행과 교시를 내용으로 하는, 출가인들의 구게시나 구송시와 같은 작품의 경우 시공간의 용어는 깨닫기 직전 교시에 따라 수행하는 진행 과정을 보이는 배경으로 기능했고, 주로 일반 세속인물을 상대로 일상생활과 교시를 내용으로 하는 작품의 시공간 용어는 만나며 시를 주고받고 교시하는 일상생활 과정의 배경으로 사용되었고, 시적 자아 자신이나 특정 대

---

17 여기에 해당하는 작품의 공통된 특징은 수행이나 교시와 관련된 선을 직접 언급하지 않는다는 것이다. 시적 자아 자신과 객관 대상 자체의 모습을 그려 보이는데 관계되는 시공 표현 용어로서 일상적 측면과 초월적 측면 두 방향으로 해석될 수 있는 가능성을 동시에 가짐으로써 한 측면에서 일상적 시공을 보여 주는 것이 특징이다. 대상을 흔적 없이 그려 양면적 해석이 가능한 작품은 이 글 4장 (9)번 유형에서 예를 들어 더 자세하게 확인할 수 있다. 이와는 완전히 대척적인 성격을 가진, 작품 자체가 선시가 아닌 경우에는, 상징적 의미 차원이나 선경(先景)을 나타내는 기승 구에서만 일상적 시공간 용어를 사용하는 것이 아니라 작품 전체적으로 일상적 시공간이 사용되어 다른 일반 한시와 유사한 모습을 보여준다. 전체 네 수로 이루어진 〈歎世〉를 예로 들어 보면 이런 현상이 확인된다. 이 작품의 두 번째 수에서는 瞥眼光陰, 少年時, 산, 바다 고금 등의 시공 용어를 다양하게 사용하고 있는데 눈 깜짝할 시간에 젊음이 노년이 되며, 산에 흙을 더하거나 바닷물을 떠내는 것이 그릇된 생각이며, 탐욕의 나그네가 옛날이나 지금이나 여기서는 아무도 아는 사람이 없다고 읊고 있다. 세월의 빠름, 아는 이가 없다는 것을 뜻하여 역시 물리적으로 같은 일상적 차원의 시공간의 용어를 처음부터 끝까지 사용하고 있다.

상을 표현한 경우에 시공간 용어는 작품 전체에 걸쳐 일상의 한 측면에서 작품 내적 구체적 배경의 역할을 하는 것으로 나타났다.[18]

3. 전환적 시공 표현의 어휘 유형

앞 절의 일상적 시공 표현의 용어가 일상의 물리적 시공간을 나타낸 것이었다면 전환적 시공 표현의 용어는 이런 일상적 시공간에서 초월적 시공간으로의 전환, 같은 초월의 차원에서 존재 방식의 전환을 알리는 표지로서의 의미와 기능을 수행한다. 나옹은 많은 작품에서 일상적 차원에서 초월적 차원으로의 전환을 알리는 시공 표현의 용어를 반복적으로 사용함으로써 그 시의 한 특징을 보여 주기에 이른다. 일상에서 초월로의 이러한 전환은 본래 선 수행에서 수반되는 깨달음의 현상과 관련되는 것으로서 이것이 시에 표현될 때 결과적으로 시문학에 나타나는 낯설게 하기와 표면적으로 유사한 기능을 수행한다고 할 수 있다.[19] 이런 전환의 시공 표현은 일상을 흔들어

---

18 불교의 본질적 관점에서 보면 실재하지 않는 시공이 일상적 차원에서는 물리적으로 뚜렷이 선후와 장단, 원근과 크기가 나누어져 있는 것이 특징인데 이들 시에서는 실재하는 것으로 분화되어 나타나 있다.

19 낯설게 하기는 지금까지 습관적으로 알고 있었던 대상의 알 수 없는 측면을 감각적 대상으로 변화시켜 보이는 것이라 할 수 있다. 그래서 '처음으로 사물을 보는 것처럼 그것을 묘사하는 기법(제레미M. 호손 지음, 정정호 外 옮김, 『현대문학이론 용어사전』, 동인, 2003, 186쪽)'이라고 말할 수도 있다. 또 '대상을 친숙하지 않게 만들고, 형태를 난해하게 만드는 것(조셉 칠더즈·게리헨치 엮음, 황종연 옮김, 『현대문학·문화비평 용어사전』, 문학동네, 2000, 144쪽)'이라 할 수도 있다. 그래서 깨달음을 통해 새롭게 발견한 세계가 일상의 그것과 전격적으로 이질화되어 나타나는 것은

놓고 초월이라는 새로운 차원으로의 변화를 불러오는 분명한 계기를 드러내고, 숫자가 적지만 같은 초월의 차원 안에서 존재 방식의 전환을 알리는 표지로서 사용되는 것으로 나타나는데,[20] 실제 대표적 작품을 들어가면서 논의를 계속하고자 한다.

(4) 평생의 티끌 세상 시끄러운 일 다 쓸어버리고
주장자 거꾸로 잡고 산하를 두루 편력하네.
홀연히 물속의 달을 밟으면
한 걸음도 옮기지 않고 집에 이르리.
歸盡平生塵鬧事　烏藤倒握歷山河
忽然蹋着波中月　一步非移便到家[21]

(5) 크게 의정을 일으켜 간격이 없게 하여
몸과 마음이 모두 하나의 의심 덩이 되게 하라
절벽에서 손을 놓아 몸을 한 번 뒤집으면
겁 밖의 신령한 빛이 간담을 비추어 차리라
大起疑情切莫間　身心摠作个疑團
懸崖撒手飜身轉　劫外靈光照膽寒[22]

(6) 남북동서가 텅 비었는데
무엇을 그 가운데서 으뜸이라 부르겠는가?
허공을 다 들이마셔 뒤집은 자리에

결과적으로 낯설게 하기의 효과를 반드시 수반한다.

20 다음 장에서 논의할 초월적 시공 표현의 용어 유형은 여기에서 유발된 새로운 차원을 표현하는 시어들로 구성되어 있다.

21 〈送珀禪者叅方〉, 앞의 책.

22 〈演禪者求偈〉, 앞의 책.

온 하늘과 땅에는 서리 바람이 넉넉하네.
南北東西蕩然空　何物於中喚作宗
吸盡虛空飜轉處　通天徹地足霜風[23]

(4)에는 시간을 나타내는 용어가 기구에서 평생(平生), 전구에서 홀연(忽然) 등 두 가지로 나타나고 있다. 공간을 나타내는 용어로는 승구의 산하(山河), 결구의 가(家) 두 가지가 있다. 그런데 전구의 홀연이라는 시간 용어들을 분기점으로 기승 구와 결구의 내용은 뚜렷한 변화를 보인다. 기승 구에는 평생이라는 일정한 실제 기간 동안 있었던 티끌 세상의 시끄러운 일을 모두 쓸어버리는 일과 주장자를 짚고 산하를 유력(遊歷)하는 일상적 행위가 나타나 있다. 이런 행위들은 시간의 앞뒤와 공간의 원근이 있는 일상적 시간과 공간에서 일어난 일들이다. 그런데 결구의 내용을 보면 산하를 유력하기 전, 한 걸음도 옮기지 않아도 바로 집에 이르렀다고 하고 있어서 집을 떠난 사람이 집을 찾아오는 수고를 거치지 않고 서 있는 바로 그 자리가 집이라는 시공간 초월의 표현을 하고 있다. 일상의 시간과 공간이 사라진 것이다. 이 표현은 객지와 집이 둘이 아니라는 말이 되어 양자의 초월적 융합을 보여 주고 있다. 그래서 '홀연'은 그 앞의 일상적 세계에서 그 이후 초월적 세계로의 전환을 알리는 역할을 하는 시간 용어인데 이 용어가 나타내는 시간의 길이가 매우 짧아서 초월은 전격적으로 이루어짐으로써 초월의 낯 선 세계를 바로 직면하게 하는 것으로 작품 내용이 전개된다.

23 〈無一〉, 앞의 책.

이와 같은 전격적 전환을 알리는 시간 표현 용어는 빈번하게 발견되는 데 예를 하나 더 들어보면 〈의선자구게(義禪者求偈)〉에서 "모름지기 기약하는 용맹심을 내어 집요하게 공부를 지어가야 하네. 일조(一朝)에 마음이 끊어지고 인정이 사라지면 둔한 쇠와 완고한 쇠에 눈이 열리리."[24]라고 읊고 있다. 여기서도 일조를 기점으로 열심히 공부해가는 수행의 일상적 과정을 묘사하는 기승 구, 쇠와 구리의 눈이 열린다는 초월적 표현의 결구로 나누어지고 있다. 그 분기점인 전구에서는 시간을 나타내는 일조라는 용어가 자리하여 일상에서 초월로의 전환을 알리는 표지 역할을 하고 있다. 이와 같이 나옹의 선시에는 전환을 나타내는 시간 표현의 용어가 빈번하게 쓰이는데 예를 들면 홀(忽), 홀연(忽然), 홀지(忽地), 맥(驀), 맥연(驀然), 맥지(驀地), 졸지(卒地), 후(後), 일조(一朝), 조조(早早), 불일(不日), 직수(直須), 금(今), 금조(今朝), 금일(今日) 등 다양하다. 그런데 이런 다양성에도 불구하고 전환을 표현하는 시간 용어는 매우 짧은 순간의 시간을 나타낸다는 것이 공통된 특징이다. 이런 순간을 나타내는 시간 표현 용어의 사용은 전환이 짧은 한 순간에 전격적으로 이루어진다는 것을 의미한다.[25]

전환을 표현하는 용어로 시간 관련 용어가 가장 많고 다양하지만, 사용되는 회수는 공간 용어 역시 많고 비중이 적지 않은 것으로 나타난다. (5)는 전환을 알리는 공간 용어가 사용된 작품이다. 이 작품에

24 須發丈夫勇猛期 工夫拶省做將來 一朝心絕情忘去 鈍鐵頑銅眼豁開 〈義禪者求偈〉, 앞의 책.

25 선 수행에서 일어나는 변화와 관련시켜 보면 선가에서 흔히 말하는 '몰록 깨닫기' 즉 頓悟를 표현하는 시어라고 할 수 있다.

서도 전환을 알리는 용어는 전구에 사용되고 있다. 먼저 기승 구에서 절대로 사이에 끊임없이 의정을 크게 일으켜서 심신이 하나의 의심 덩어리가 되게 해야 한다는 화두 들기 수행법을 일상의 평범한 교시 방식으로 제시하고 있다. 그런데 결구에서는 시간을 초월한 신령한 빛이 간담을 차게 비춘다고 하여 초월적 세계를 표현하고 있다. 기승 구와 결구 간의 이런 전환에는 현애(懸崖)라는 공간 용어가 관여되어 있다. 전구에 낭떠러지, 절벽 등으로 해석되는 현애라는 공간 용어가 사용되고 있는데, 매달린 손을 놓아 버리고 몸을 뒤치는 공간으로 현애가 표현되어 있다.

전환을 알리는 공간 용어는 시간 용어에 비하여 종류는 상대적으로 적지만 전환의 결정적 역할을 빈번하게 수행하여 비슷한 무게를 지닌다. 예를 들어 〈송심선자참방(送心禪者叅方)〉의 경우 "참방 가서 도를 묻는 것은 다른 것이 없고 다만 본인이 바로 집에 이르려고 함이네. 허공을 쳐부수어 한 물건도 남기지 않으면 백 천의 모든 부처도 눈 가운데 모래일세."[26]라고 읊고 있다. 여기서도 기승 구에서는 다니며 도를 묻는 이유를 순차적으로 표현하고 결구에 와서는 모든 부처가 눈 속의 모래라는 초월적인 내용을 표현하고 있다. 이 작품에서도 일상과 초월이라는 변화의 분기점에 허공이라는 공간 용어가 자리하고 있다. 허공을 부수는 행위를 통하여 전반부에서 찾아다니며 도를 묻던 일상의 참방(叅方) 행위가 종식되고 부처도 눈 속의 모래처럼 해로운 존재가 되는 초월이라는 지극히 낯선 변화를 겪게

26 叅方問道別無他 只要當人直到家 打碎虛空無一物 百千諸佛眼中沙 〈送心禪者叅方〉, 앞의 책.

된다. 이런 공간 용어로는 현애(懸崖)를 비롯하여 허공(虛空), 간두(竿頭) 등이 주로 반복해서 나타난다. 종류가 다양하지 않은 공간 용어에서 현애가 가장 빈번하게 사용되고 허공이 다음으로 많이 사용된다. 〈향선자구게(向禪者求偈)〉에서는 맥(驀)과 간두(竿頭)라는 시간과 공간의 표현 용어가 동시에 사용되어 전환의 기능을 더욱 강화하기도 한다. 머물 수 없는 짧은 순간과 자리할 수 없는 비좁은 공간을 병치함으로써 전환이 더욱 완전하고 전격적으로 이루어진다는 것을 표현한다.[27]

그런데 공간 표현의 용어를 보면 그 특징이 상징적이라는 것이다. 낭떠러지나 허공, 장대 끝은 실제 그런 공간 대상을 말하는 것이 아니고, 머물기 어려운 마음의 상태를 나타내는 상징적 공간이다. 낭떠러지나 장대 끝은 없을 정도로 지극히 좁은 공간이고 허공은 아예 머물 수 없는 공간이기 때문에 수행 과정상 얻게 되는 전일한 정신의 상태를 형상화하여 표현하는 선가의 한 전통이 세워졌고 여기서도 이를 따랐다고 할 수 있다.[28]

앞에서 살핀 (4)와 (5)유형에 나타난 시공 표현의 용어를 통하여 드러난 전환이 일상적 차원에서 초월적 차원으로의 질적 변화였다면 (6)을 대표로 하는 이 유형의 작품에 나타난 전환은 같은 초월적 차원 안에서 이루어지는 살(殺)과 활(活)이라는 존재 방식[29]의 성격적

---

27 그 전환의 공간 용어를 사용한 작품은 이 외에도 〈送湘禪者叅方〉의 懸崖, 劫外, 他年과 〈瓊禪者求偈〉의 六窓과 忽, 現處, 大地山河 등을 더 들어 볼 수 있다.

28 선가나 선시에서 사용되는 이런 공간 용어는 바로 화두 일념의 삼매를 상징한다.

29 선에서는 존재의 현상을 活, 존재의 본질을 殺이라고 하는데 나옹은 '나의 칼은 사람을 능히 죽이기도 하고 또한 능히 살리기도 한다[吾劒能殺人亦能活人〈行狀〉]"고 하

변화를 보여 주고 있어서 전환의 내용이 근본적으로 다르다. (6)은 기승 구에서 어떤 것도 으뜸이라고 세울 수 없는 텅 빈 허공을 읊고, 결구에 와서는 하늘과 땅에 서리 바람이 넉넉하다고 읊고 있다. 아무것도 없는 데서 서리 바람이 넉넉한 상태로 변화가 나타난 것이다. 이런 변화의 전환점에 허공을 다 들이마시고 뒤친다는 전구의 내용이 자리하고 있다. 여기에 변화의 공간 용어로 허공(虛空), 처(處)라는 말이 사용되고 있는데 (5)의 유형에서 공간을 나타내는 용어들이 상징적이었듯이 여기서 사용된 허공과 처라는 용어도 상징적이다. 불교에서 말하는 비어 있는 공(空)의 상태를 구체적 대상 개념인 허공이나 장소라는 용어로 대치하고 있기 때문이다.

시공 표현의 용어를 사용하여 내적 전환을 보인 작품을 더 들어보면 "혹 봉우리에 있고 골에도 있어 돌아가는 새 여기에 이르러 길 분간하기 어렵네. 홀연히 학을 짝하고 바람을 따라 도니 만학천암이 가까이 있지 않네."[30]라는 〈횡곡(橫谷)〉의 경우, 전구의 '홀연히'를 분기점으로 어렵지만 봉우리와 골짜기에 있는 상태에서 결구에서는 있지 않은 상태로 전환을 보여 주고 있다. 이것은 깨닫기 전 수행의 일상에서 깨달아서 초월하는 변화를 보이는 것이 아니라 있다가 없고, 없다가 있는 존재 자체의 속성을 보여준다고 할 수 있다. 그래서

고 "살인도와 활인 검이 다만 본인의 수중에 있다[煞人刀活人劍 只在當人一手中〈謝空都寺惠刁〉]"고도 하여 직접 이런 용어를 선문답이나 시에서 사용하기도 했다. 선에서는 또 달리 이를 無心과 平常心이라고도 하는데 『반야심경』에서는 空과 色, 『화엄경』에서는 理와 事, 일반 교학에서는 體와 用 등 다양한 표현을 하고 있으나 같은 내용이다.

30 或在峯頭或洞門 歸禽到此路難分 忽伴鶴隨風轉 萬壑千嵓邇不存 〈橫谷〉, 앞의 책.

깨달음을 통한 초월이 아니라 두 측면의 존재 방식의 변화를 보여 주는 데에 시공 용어가 또 하나의 중요한 전환 표현의 역할을 하는 것으로 나타났다. 이런 존재 방식의 내적 전환을 보이는 작품은 앞의 두 유형에 비하여 상대적으로 수가 적지만 한 유형을 형성할 만큼 중요한 자리를 차지한다.[31]

요컨대 앞의 (4)(5)유형이 수행을 통해 일상적 미혹의 세계에서 초월적 세계로 나아가는 변화를 보여준다면 (6)유형은 깨달은 이후에 바라본 존재 원리의 내적 변화를 보여 준다. (4)(5)유형의 전환이 일상과 초월이라는 뚜렷한 차원의 단층적 변화이기 때문에 (6)유형의 경우보다 더 많은 작품에서 전환 표현의 시공간 용어가 빈번하게 사용되고 있다. (6)유형의 경우에는 존재 방식의 내적 전환을 보이는 유사한 작품이 많기는 하지만 변화가 새로운 차원으로 전개되는 것이 아니라 같은 차원 안에서 자연스럽게 일어나기 때문에 별도로 변화의 시공 표현을 사용할 필요성이 상대적으로 적었다. 그래서 초월적 세계 안에서 내적 전환을 실제 보이는 작품은 많지만 실제 전환을 표시하는 용어를 직접 사용한 작품은 (4)(5)의 경우보다 적다.

---

31 예를 들면 〈竹笋〉에서 因玆忽憶靈山事의 忽, 〈新雪二首〉에서 '昨夜普賢大菩薩'의 昨夜, 〈瑞雲〉에서 於此飜身親蹋着의 此, 〈映菴〉에서 寒光掃盡飜身轉의 寒光, 〈大陽〉에서 通天驀得翻身轉의 天과 驀 등의 표현들이 초월의 같은 차원 안에서 존재 방식의 전환을 알리는 시공 표현의 용어들이다.

4. 초월적 시공 표현의 어휘 유형

일상적 시공 표현의 용어들이 시간의 앞뒤와 장단, 공간의 원근과 크기를 나타내는 물리적 시공에 기초한 개념들이며, 전환적 시공 표현 용어들이 일상적 세계에서 초월적 세계로의 전환이나 초월적 세계 안에서 존재 방식의 전환을 알리는 표지로서의 의미를 가지고 기능한다는 것을 작품을 통하여 살펴보았다. 그런데 여기서 초월적 시공 표현의 용어들은 전환을 통하여 나타난 결과인 초월적 세계를 표현하는 데에 사용된 시공 용어들이다. 여기에는 초월적 세계를 보여주는 별도의 용어를 사용하기도 하고 특별한 용어 없이 일상이 바로 초월이라는 것을 알려주는 중의적 작품까지 등장한다. 이것은 일상에서 전환을 거쳐 도달한 초월의 세계가 일상을 떠나 있는 것이면서도 일상 그 자체가 초월적 세계임을 드러내는 불교적 논리에 기초하고 있다고 할 수 있다.[32] 초월적 시공 표현이 작품에 실제 어떻게 나타나고 있는지를 해당하는 작품을 들면서 논의를 계속하고자 한다.

(7) 갑자기 그른 것을 알고 지금 홀연히 깨달으니
여섯 창문의 찬 달이 다시 분명하네.
이로부터 티끌 생각 좇지 않으니
네 벽이 영롱하여 안과 밖이 맑네.

---

32 이것은 마치 '산은 산이오, 물은 물이라[山山水水]'는 일상에서 시작하여 '산이 산이 아니오, 물이 물이 아니라[山非山水非水]'는 것으로 전환하고 다시 '산은 산이오, 물은 물이라[山山水水]'는 초월이 일상인 데로 다시 돌아 간 것과 유사한 선적 논리라고 할 수 있다.

驀得知非今忽悟　六窓寒月再分明
從玆不逐情塵念　四壁玲瓏內外淸[33]

(8) 가을이 깊어 지팡이 짚고 산중에 이르니
암반의 단풍나무는 이미 가득 붉네.
서쪽에서 온 조사의 분명한 뜻이
일마다 물건마다 먼저 통했네.
秋深投杖到山中　岩畔山楓已滿紅
祖道西來端的意　頭頭物物自先通[34]

(9) 영롱한 정체 누가 능히 견주리오?
붉고 흰 꽃빛깔 창에 가득 비치네.
반은 닫고 반은 열려 입을 열고 웃으니
넓은 하늘 땅을 둘러도 다시 짝이 없네.
玲瓏正體誰能比　紅白花光映滿窓
半合半開開口笑　普天匝地更無雙[35]

(7)의 기구에는 맥(驀), 홀(忽) 등의 전환을 나타내는 시간 용어가 사용되고 있다. 일상에서 초월로의 전환을 알리는 시간 표지어가 첫 행에 나오고 이하 부분에서는 초월적 내용이 작품의 중심을 이룬다. 승구에서는 육창(六窓)과 월(月), 결구에서 사벽(四壁), 내외(內外) 등 공간 용어가 사용되고 있다. 그런데 여기서 육창은 실제 여섯 창문이 아니라 인간의 여섯 가지 감각기관[36]이고 사벽은 육체를 이루는 네

33 〈省菴〉, 앞의 책.
34 〈遊山〉, 앞의 책.
35 〈芍藥〉, 앞의 책.

가지 요소인 사대[37]이다. 이렇게 바꾸어서 보면 여섯 가지 인간의 감각 기관이 달이 비치듯 분명하고 사대로 된 육신은 안과 밖이 욕심이 없어 영롱하게 밝고 깨끗하다는 것을 의미한다고 할 수 있다. 이런 해석의 첫째 근거는 기구에 나오는 깨달음에서 먼저 찾을 수 있는데 '이로부터 인간의 티끌 생각을 따르지 않게 되었다'는 전구의 설명에서 더욱 분명하게 확인할 수 있다. 그래서 승구와 결구의 내용은 육창과 사벽이라는 공간 개념으로 비유된 인간의 심신이 전구에서 말한 것처럼 티끌 생각 즉 욕망을 쫓아가지 않고 이를 초월한 삶을 살아간다는 것이다. 승구에서 다시 분명하다거나 결구에서 안과 밖에 맑다는 말을 하여 상호 융통하는 공간 현상으로 현실의 욕망을 초월한 시적 자아의 모습을 형상해 보이고 있다. 그래서 초월적 세계를 나타내는데 쓰인 이 작품의 공간 용어는 비유적 공간으로 되어 있다.

이와 같이 기구에서 바로 전환의 변화를 보여 주고 작품의 나머지 부분에서 초월적 세계를 보이는 작품은 이외에도 더 있다. 예를 들어 〈서운(瑞雲)〉을 보면 "홀연히 비상한 것을 터득하여 진경이 드러나니 밝고 밝은 일월이 어둡네. 어찌 용화세계 모임을 기다리리? 한 조각 상서로운 빛이 큰 허공을 막네."[38]로 되어 있는데 기구에 '홀연히'라는 전환의 시간 용어를 사용하여 전환을 알린 뒤부터는 승구에서 밝은 것이 어두운 것이라 하고, 결구에서 상서로운 빛이 큰 허공을 막는다고 하여 일상의 논리에서 불가능한 초월적 현상을 드러내

---

36 불교에서는 여섯 가지를 안이비설신의(眼耳鼻舌身意)로 말한다.

37 지수화풍(地水火風)이라는 네 가지 물질적 요소를 말한다.

38 忽得非常眞境現 明明日月暗昏蒙 何須待望龍華會 一片祥光塞大空 〈瑞雲〉, 앞의 책.

보이고 있다. 밝은 일월이 어둡다거나 한 줄기 빛이 허공을 막는다는 것이 초월적인 내용의 핵심이다. 여기에 사용된 용어도 보면 명명일월(明明日月), 용화회(龍華會), 대공(大空) 등 모두 공간 용어이다. 밝은 일월이 어둡거나 빛이 허공을 덮는다는 것은 일상적 차원에서 보면 의미가 통하지 않아서 3차원적 공간 개념이 무너지고 상호융통하는 상태를 나타내는 상징적 성격을 가진 것으로 해석된다. 이와 같이 일상적 시공을 보여 주지 않고 작품 들머리에 전환의 순간을 보이고 그 이후 초월적 시공간의 융통된 현상을 보이는 작품이 다수 나타난다.[39]

이 유형의 작품에서는 전환 직후 보여 주는 초월의 시공간 용어 가운데 겁외(劫外)와 같은 시간 용어는 드물게 쓰이고 육창(六窓), 사벽(四壁), 일월(日月), 대공(大空), 수저(水底), 처(處) 등 공간 용어가 주로 사용되었다. 이들 용어는 작품 내적 배경이 아니라 진리 현현의 상징적 존재로 기능하고 있다는 것이 초월적 시공간 용어의 특징이다.

(8)에서 기구에는 추(秋)라는 시간 용어, 산중(山中)이라는 공간 용어가 사용되었고, 승구에는 암반산(岩畔山)이라는 공간 용어, 전구에

39 〈歇菴〉의 기구에 "모든 인연 내려놓고 문득 돌아오니[萬緣放下便歸來]"라고 하여 전환을 보이고, 그 이하 내용에서 四壁, 寬處 등의 공간 용어를 사용하여 네 벽에 청풍이 분다거나 좁은 것이 넓을 것을 수용한다는 등의 초월적 것으로 되어 있다. 〈無及〉의 기구에 "갑자기 계급을 잊으니 체가 온전히 드러난다[頓忘階級體全彰]"라고 하여 들머리에서 바로 전환을 보이고 何處, 悟場, 內外中間 등의 공간 용어를 통하여 虛豁豁한 초월의 세계를 보여 주고 있다. 그 외에도 〈信菴〉의 六窓과 東西, 小屋, 終年, 〈益祥〉의 家鄕과 處, 平地, 天上天, 〈坦庵〉의 六窓과 明月, 四壁, 劫外, 〈瓊禪者求偈〉의 大地山河와 水底, 虛空, 叢林 〈諸禪者求偈(1)〉의 處, 〈示永昌大君〉의 別家鄕과 蓮華國, 處處, 極樂堂, 〈贈智首座〉의 萬像森羅 등도 전환 이후 초월의 세계를 표현하는 시공간 용어들이다.

는 서(西)라는 공간 용어가 쓰였다. 그리고 결구에는 두두물물(頭頭物物)이라는 공간 용어가 사용되고 있다. 일반적으로 기승구의 내용은 한시에서 선경(先景)에 해당하는데 실제 이 작품의 기승구도 작품 내적 배경으로서 경치를 보여 주고 있다. 그런데 후정(後情)의 내용을 담고 있는 전결구에 오면 일상적 경치가 초월적 이치의 표상물로 바뀐다. 결구에서 '먼저'라는 시간 용어를 사용하여 기승구의 대상물이 결구의 내용과 본래 상관된 것임을 밝히고 있다. 기승 구에서 공간 개념으로 제시한 추(秋), 산중, 암반산 등의 대상들을 두두물물로 받아 이것이 모두 조사의 뜻에 먼저 통하고 있다는 말로 작품을 마무리를 하고 있기 때문이다. 그래서 이 작품에서는 일상에서부처 출발하여 이를 극복하여 초월로 전환하는 일련의 과정은 보여 주지 않고 초월의 세계 자체를 바로 보여 준다고 할 수 있다. 기승 구에서 공간 용어를 통하여 제시한 다양한 대상을 결구에서 두두물물이라는 말로 받아 그것이 바로 서쪽에서 온 조사의 뜻과 먼저 통한다고 하여 일상적인 것이 초월적인 것과 일치한다는 작자의 사유를 표현하고 있다. 그런데 이 유형의 작품에는 일상과 초월적 내용이 일치한다는 것을 직접적으로 드러내는 표지가 구체적으로 나타난다. 전구에서 조도서래(祖道西來)라는 초월적 세계의 표지를 제시하고 있고 결구에서 와서는 기승구의 일상이 전구의 초월적 세계와 '먼저 통한다[先通]'는 말로 그 일치됨을 보여 주고 있기 때문이다.

이과 같이 시공간의 용어를 사용하여 일상적 세계와 초월적 세계를 하나로 묶어 양자의 일치를 구체적 표지어를 사용하여 나타내는 작품이 많이 보인다. 〈한우(旱雨)〉를 예로 들어 보면 "농부는 삿갓 쓰고 바삐 손 움직이고 나물 캐는 처녀 양하(蘘荷) 헤치며 급하게 몸

움직이네. 이 만반의 일상사 보니 일마다 물건마다 다 진리일세."[40] 라고 했는데 결구를 보면 (8)번 작품과 유사한 표현법이 구사되고 있다. 기구와 승구에서는 망망(忙忙)과 급급(急急)이라는 시간 용어를 사용하고 있는데 이를 통하여 표현된 내용은 농부와 채녀가 손과 몸을 열심히 바쁘게 놀려 일하는 것으로서 매우 일상적인 현상이다. 그런데 전구에 와서 이것을 만반상식사(萬般常式事), 결구에서 두두물물(頭頭物物)로 각각 받아 와서 이 모든 것을 다 진리라고 단정하고 있다. 그래서 이 작품에서도 일상적 현상과 초월적 세계를 일치시키고 있는데 여기서도 '두두물물이 다 진리이다'와 같은 양자 일치의 직접적 표현을 구체적으로 사용하고 있다. 이와 같은 유형에 속하는 작품들은 시간과 공간의 용어를 사용하여 일상을 표현하고 이것을 초월적 세계와 일치시킴으로써 결국 일상이 곧 초월적 세계라는 표현 방식을 따르고 있다. 그래서 이 유형의 작품에서는 아직도 일상과 초월의 세계를 이어주는 흔적이 표면적으로 분명하게 드러난다는 것이 특징이다.

일상에서 출발하여 초월로 전환하는 과정은 보이지는 않고 일상이 바로 초월이라는 양자 일치의 자취를 드러내는 관념적 표현이 작품에 사용되고 있는 것이 특징이라고 할 수 있다.[41] 이 유형의 작품에

40 農夫戴笠忙忙手 菜女披囊急急身 見此萬般常式事 頭頭物物盡爲眞 〈旱雨〉, 앞의 책.

41 〈회암(會菴)〉의 경우 홀(忽), 육창(六窓), 여금(如今), 사벽(四壁) 등의 시공간 용어를 사용하고 있는데 친구를 만나 웃고 기뻐하는 일상이 초월적 세계와 일치한다는 것을 물외진(物外珍)이라는 용어를 사용하여 직접적으로 나타내고 있다. 〈山居(8)〉에서도 계변(磎邊), 공겁미생전(空劫未生前) 등의 시공 용어를 사용하여 흐르는 물이 선을 말하며 만나는 사물과 인연이 진체(眞體)를 드러낸다고 하여 일상이 바로 초월적 세계임을 선(禪), 진체, 공겁미생전 등의 직접적 용어를 사용하여 표현하고 있다. 그

서도 시공간 용어 중에서 공간 용어가 더 우세하게 사용됐는데 모두 진리를 표상하는 상징물로 기능하고 있다.

그런데 여기서 한 발 더 나아가서 교합의 흔적 자체가 없어서 일상만을 드러낸 듯하면서도 초월의 세계를 드러내는 작품이 하나의 유형을 이루고 나타난다. (9)는 작약을 두고 읊은 정물시인데 주로 시각적 용어를 사용하면서 승구에 창(窓), 결구에 천지(天地)라는 공간 용어를 사용하고 있다. 기구에서 비할 데 없는 영롱한 정체를 말하고 붉고 흰 꽃 빛이 창문에 가득한 작약의 모습을 읊고 있다. 또 전구에서 반쯤 열리고 닫혀서 웃음 웃는 모습은 천지의 넓은 세상에 짝이 없다고 읊고 있다. 여기서 창과 천지라는 공간 용어는 작약의 빼어난 면모를 드러내는 데에 배경으로 기능하고 있다. 그런데 대상에 대한 이러한 묘사는 (8)번 유형을 연관해서 이해할 필요가 있다. 초월적 표지가 드러나는 (8)유형에서는 일체의 현상과 사물이 모두 진리 아닌 것이 없다는 말을 직설적으로 하고 있는데 나옹의 이런 논리를 따라가면 이 작품의 작약 역시 일체 가운데 하나이기 때문에 진리의 표현이다. 그리고 (8)번 유형이 가진 일상과 초월의 항을 묶어내는 직접적 표현과는 다르지만 실제 (9)번 작품에도 초월적 세계를 은밀하게 드러내는 표현 언구가 사용되고 있다. 예를 들어 (9)번 기구의 영롱한 정체는 누구도 견줄 수 없다는 것, 결구에서 천지에 역시 짝이 될 것이 없다는 표현이 불교에서 말하는 법성이라는 진리

외에도 같은 방식을 보이는 작품에 사용된 시공간 용어를 더 들어보면 〈寄幻菴長老山居(2)〉의 신조(晨朝), 〈月夜遊積善池〉의 반야시(半夜時)와 지당(池塘), 계(溪), 〈季秋偶作〉의 정중(庭中)과 벽공(碧空), 진산(珍山), 헌(軒), 〈仁禪者求偈〉의 진진찰찰(塵塵刹刹), 호혈(虎穴), 마궁(魔宮) 등이 더 있다.

를 상징하는 것으로 이해할 수 있기 때문이다. (8)번 유형이 보여 주는 논리와 (9)번 자체의 미세한 표현 방법이라는 두 가지 이유에서 (9)번 작품이 순수하게 사물을 묘사한 정물시로 해석이 가능하면서도 사물로 표상된 초월적 진리를 읊은 선시로 읽을 수 있는 중의성을 가진다고 할 수 있다.[42]

관념성의 흔적을 지우고 시적 자아 자신의 생활을 그려 보이는 작품을 예로 더 들어보면 〈산거(山居)〉의 경우 "깊은 산 하루 종일 오는 사람 없으니 띠 집에 홀로 앉아 만사를 쉬네. 석자 사립문은 밀어서 반만 닫아 놓고 피곤하면 잠자고 배고프면 밥 먹으며 임의대로 소요하네."[43]라는 작품이 있는데 기구에 깊은 산(山)과 경일(竟日), 승구에 모암(茅菴), 전구에 시비(柴扉) 등 공간과 시간을 나타내는 용어가 쓰이고 있다. 작품 내용을 보면 시적 자아는 깊은 산에 하루 종일 아무도 오지 않아서 혼자 일 없이 모암에 앉아 있으면서 피곤하면 잠자고 배고프면 밥 먹고 마음대로 소요한다고 하고 있다. 깊은 산의 모암은 시적 자아가 생활하는 일상의 공간 배경이다. 시적 자아가 하는 일상은 마지막 결구에 자고 먹고 소요하는 일로 집약되어 있다. 시

---

42 나옹은 자신의 생활과 함께 특정 자연 사물이나 현상을 있는 그대로 많이 읊는데 이런 작품에서 사용한 시공간의 용어를 몇몇 들어보면 〈喜雨〉의 건곤(乾坤), 〈谷泉〉의 만학천암(萬壑千嵓)과 동리(洞裏), 〈懸峰〉의 허공(虛空)과 청천(靑天), 동서남북(東西南北), 고진(高鎭), 〈竹林〉의 만경랑간(萬頃琅玕)과 함전(檻前), 계중(堦中), 〈寶峯〉의 청소(靑霄)와 내외(內外), 로(路), 〈杲山〉의 공(空)과 봉만(峰巒), 청천(靑天), 수미(須彌), 면전(面前), 〈谷磎〉의 만학추천(萬壑秋天)과 성야(星夜), 기간(其間), 〈璧山〉의 군만(群巒)과 공중(空中), 금고(今古), 영상(嶺上), 〈深谷〉의 나변(那邊)과 동문전(洞門前), 벽산(碧山) 등이 있다. 이때 사용된 시공간의 용어들은 모두 시적 자아의 생활과 객관 대상물을 관념적 흔적 없이 표현하는 장치로 사용되고 있다.

43 深山竟日無人到 獨坐茅菴萬事休 三尺柴扉推半掩 困眠飢食任逍遙 〈山居〉, 앞의 책.

적 자아가 자신의 일상을 표현하고 있다는 점에서 작약이라는 시적 대상물을 표현하는 (9)번 작품과는 내용이 다르다. 그러나 (9)는 자연 대상인 객관을, 〈산거〉는 화자 자신인 주관을 표현한 것은 다르지만 일상이 초월의 세계와 일치한다는 것을 미세한 표현으로 은밀하게 나타낸 것은 같다고 할 수 있다. 이 작품의 결구에서 보인 잠자고 먹고 소요하는 시적 자아의 생활은 역대 선사들의 실제 생활이나 선시에서 빈번하게 사용되는 문구이다. 즉 도를 깨치고 나서 도인들이 보이는 자유자재하는 생활의 일상을 관용적으로 이렇게 많이 표현한다. 전환을 담고 있는 작품에서 시공을 초월하는 깨침을 얻은 뒤에 일체로부터 자유로운 삶을 살아가는 도인의 삶을 종종 이렇게 표현한 데서도 증거를 찾을 수 있다.[44] 〈산거〉라는 작품이 전체 8수로 이루어진 연작시인데 이 안의 세 번째 작품에서도 이러한 면모를 확인할 수 있다. "소나무 비친 창문에 종일 시끄러움이 없고 바위는 평평하고 들 물이 맑네. 다리 부러진 솥 안에 재미가 넉넉하니 어찌 명리와 영화를 구하리?"[45]라고 하여 창문, 평평한 바위, 들물, 솥 안 등의 공간 용어를 사용하여 그 공간을 배경으로 살아가는 시적 자아의 일상을 읊고 있는데 시적 자아의 이런 생활이 바로 초월의 세계임을 암시하는 무진료(無塵鬧), 자미족(滋味足) 등의 표현을 사용하여 일

44 〈送谷泉謙禪師遊方〉의 결구에서 "달이 되고 구름이 되어 가고 또 온다[爲月爲雲去又還]"라고 하거나 〈送無住行首座廻金剛山〉에서 "큰 소나무, 늙은 잣나무 향기로운 바람을 흩네[喬松老栢散香風]"라고 한 것을 더 들어 볼 수 있는데, 〈溫禪者求頌〉의 "하늘을 뒤 집고 땅을 덮는 것도 또한 일상이다[飜天, 覆地也尋常]"라고 하기도 해서 초월이 일상임을 직접적 설명으로 분명하게 드러냈다.

45 松窓盡日無塵鬧 石槽常平野水淸 折脚鐺中滋味足 豈求名利豈求榮 〈山居〉, 앞의 책.

상과 초월의 양자 일치를 암시한다. 초월적 시공 표현의 표지가 뚜렷하게 나타나지는 않지만 이 작품은 초월적 면모를 내재한 작품으로 이해될 수 있어서 일상을 읊으면서도 초월적 세계를 공유하는 중의성을 가진 작품으로 볼 수 있다.[46]

구체적인 용어를 사용하지도 않고 일상과 초월적 세계의 일치를 은밀하게 드러내는 작품 유형에는 시적 자아의 일상을 주로 보여 주는 작품, 시적 대상물을 주로 묘사하는 작품 등 두 가지가 있다. 2장에서 살핀 일상 시공간을 읊은 (3)번 유형의 양면적 성격 가운데 초월적 측면이 (9)번 유형으로 재해석될 수 있는 요소이다. (3)(9)유형의 작품은 일상과 초월이 상호 소통할 수 있는 요소를 전면적으로 가지고 있다. 깨닫고 나서 영위하는 삶의 과정이 깨닫기 전의 일상과 조금도 다르지 않으며, 일상에서 바라본 사물이 초월적 세계를 떠나지 않았다는 인식이, 선적 표현의 미세한 흔적으로 양자의 통합을 보여 주는 (9)번 유형의 작품으로 표현되었다고 해석할 수 있다.

그래서 (9)유형의 다양한 시공간 용어는 일상적 차원에서는 작품 내적 배경 역할을 하면서도 초월적 차원에서는 작품의 중심 내용이 되는 시적 자아나 대상물은 물론 일상의 배경인 시공간까지 진리의 상징이 되는 중의적 특성을 보여준다.

---

46 2장의 (3)번과 4장의 (9)번 유형의 작품은 일체 양면의 관계를 맺고 있다고 할 수 있다. 미세한 초월 표지를 사용하고 있는 (3)과 (9)번 유형은 일상과 초월의 양면적 해석이 열려 있다. 그래서 이들 작품에 사용된 시공간은 일상적이면서 초월적이고, 초월적이면서 일상적인 성격을 동시에 가지고 있다.

5. 시공 표현의 어휘 유형

나옹의 선시를 이해하기 위해서 특히 중요한 요소인 시간과 공간을 나타내는 용어의 유형을 세 가지로 나누어 논의해 보았다. 선은 일상을 뛰어 넘는 초월을 추구하면서도 이것이 결코 현실을 떠나 있지 않다는 것을 일관되게 보여 주는 특징을 가지고 있다. 이런 선적 내용을 담고 있는 나옹의 선시 역시 이런 선의 특성을 표현하고 있었는데 일상과 전환, 초월이라는 과제가 시공간 용어를 통해서 매우 유기적으로 시에 표현되어 있었다. 이런 일련의 시공 표현의 용어가 실제 나옹의 선시에서 어떻게 나타나고 기능하고 있는지를 살펴서 확인한 몇 가지 특징을 간단하게 요약하여 결론을 대신하고자 한다.

첫째로 일상적 시공간 용어를 사용하는 유형의 작품에서 일상적 시공간은 몇 가지 구체적 환경에서 나타났다. 출가자에게 준 구게시나 구송시에서 수행이나 교시, 주로 세속인에게 준시에서의 일상생활과 교시, 시적 자아 자신이나 특정 대상을 중의적으로 읊은 작품에서 고루 일상적 시공 표현의 용어가 사용되었다. 이때 사용된 시공 표현의 용어는 각각 다르면서도 모두 일상의 일들이 이루어지는 물리적 시간과 공간을 보여 주는 공통점을 가지고 있었다. 수행과 교시를 내용으로 하는 경우 시공 표현은 깨닫기 전 실제 시공간의 무상과 빠름, 변화를 강조하고, 일상생활의 경우는 만나고 교류하는 익숙한 공간과 시간의 흐름을 나타내고, 시적 자아와 대상 세계를 읊은 경우에는 일상과 초월의 양면성 가운데 표면적으로 사물 자체의 모습을 묘사하거나 시적 자아가 한가하게 지내는 모습을 주로 담아내는 데에 시공간의 용어가 작품 내적 배경으로 기능하고 있었다.

둘째로 전환을 나타내는 시공간 용어 유형에서는 특히 시간을 나타내는 용어가 공간을 나타내는 용어보다 더 다양하고 많이 사용되고 있었는데 전환은 크게 두 가지 유형으로 나타났다. 그 하나는 수행으로 미혹을 넘어서 깨달음을 얻는 변화를 알리는 전환이었고, 다른 하나는 이미 깨닫고 나서 도달한 초월의 세계 안에서 존재 방식의 내적 변화를 알리는 전환이었다. 전자의 경우는 일상과 초월이라는 차원상의 근본적 변화였기 때문에 변화의 표지로 홀(忽), 홀연(忽然), 홀지(忽地), 맥(驀), 맥연(驀然), 맥지(驀地), 졸지(卒地), 후(後), 일조(一朝), 조조(早早), 불일(不日), 직수(直須), 금(今), 금조(今朝), 금일(今日) 등 순간을 나타내는 시간 용어, 현애(懸崖), 허공(虛空), 간두(竿頭) 등 머물 수 없는 상징적 공간 용어가 거의 그 상황마다 사용되었고, 후자의 경우에는 그와 유사한 변화의 표지가 사용은 되었으나 내적 변화를 반드시 단층적으로 환기해야 할 필요가 없어서 홀(忽), 맥(驀), 작야(昨夜) 등의 시간 용어, 차(此), 허공(虛空), 처(處), 한광(寒光), 천(天) 등의 공간 용어가 가끔씩 사용되는 것으로 나타났다.

셋째로 초월의 시간과 공간을 표현하는 용어 유형에서는 일상에서 초월로 전환이 작품 서두에서 이루어지고 나서 기구를 제외한 작품 나머지 부분에서 초월을 직접 보여 주는 작품 유형, 전환의 흔적 없이 작품 전체에서 초월적 용어를 직접적으로 사용하여 초월을 바로 드러내는 작품 유형, 전환이나 초월적 용어 두 가지 모두 사용하지 않고 초월의 세계를 은밀하게 보이는 작품 유형 등이 세 가지가 나타났다. 승구부터 육창(六窓)과 가향(家鄕), 겁외(劫外), 극락실(極樂室) 등 초월의 세계를 보이는 작품 유형에는 불교 진리와 직접 관련된 용어가 많이 사용됐고, 전체적으로 초월을 직접 보인 작품의 경우에는 선적 용어와 함께 일반적 용어가 병용되었고, 전환과 초월의 용어를 모두 사용하지 않는 유형에서는 다양한 일상의 시공간 용어를 사용하여 일상적인 작품과 외양이 일치하는 특성을 보임으로써 초월의 세계가 처음부터 일상 그 자체였다는 선의 논리를 형상화하여 잘 보여 주었다.

지금까지 시간과 공간 용어라는 기준에서 나옹 선시의 성격을 논의해 보았다. 시공간의 용어 상에 나타난 일상과 전환, 초월의 면모는 나옹 선시가 선시의 다양한 국면을 모두 보여 주는 통합적 성격을 가지고 있다는 사실을 입증하는 것이라 할 수 있다. 그래서 이 같은 다채로운 나옹 선시의 성격은 선시 일반의 특성을 상당 부분 설명해 줄 수 있는 가능성을 가졌다고 말할 수 있다.

선은 본래 일상의 시간과 공간을 초월하면서도 다시 그 시간과 공간으로 돌아오는 부정과 긍정의 과정을 모두 보여 주는 정신 활동이다. 이를 내용으로 하는 나옹의 선시에서 시공이 어떻게 표현되고 있는가를 구체적으로 살핌으로써 그 특성의 일면을 살펴보았다. 그러나 나옹 선시의 내적 맥락을 따져서 그 본질을 더 심층적으로 살피고, 다른 작자의 작품과 대비하여 논의해야 할 과제는 여전히 해결하지 못한 채 남아 있다. 시공 표현뿐만 아니라 여타 여러 기제에 의거하여 나옹이 무엇을 주로 시로 표현하였고 그 무엇은 어떠하다는 논리를 전개하고 있는지를 또 작자와 대비하여 살펴야 나옹 선시가 표현하고자 하는 작품 세계를 더욱 구체적으로 밝힐 수 있다고 보기 때문이다.

제2장

나옹 선시 하위 유형의 작품 세계와 선적 표현

1. 일상시와 물상시와 교화시 문제

지금까지 필자는 선시 또는 선적 표현을 이해하는 데 필요한 기본적인 몇 가지 작업을 진행해 왔다. 그 동안 나옹의 선시에서 특히 비중 있게 사용되는 시간과 공간 용어 문제를 제일 먼저 논의해 보았고[1] 여기서 논의를 더 확대하여 나옹 선시 전반에 걸친 용어상의 특징을 다룬 바 있다. 나옹 선시에 나타난 체언과 용언 계열의 용어를 살적 자질, 활적 자질, 살활동시적 자질의 성격으로 나누어 살핀 것이 바로 그것이다.[2] 그래서 작품을 구성하는 가장 기저 자질이라고 할 수 있는 핵심적 어휘의 성격을 살핌으로써 이제는 문장이나 작품 단위 차원에서 선시 논의가 가능하게 되었다고 할 수 있다.

이 장에서는 나옹시에 대한 이러한 기초적 연구를 바탕으로 작품

---

1 전재강, 「나옹 선시에 나타난 시공 표현의 용어유형」, 『우리말글』 57, 우리말글학회, 2013. 4, 283~313쪽.

2 전재강, 「나옹 선시에 나타난 체언 계열 어휘의 양면성」, 『어문학』 121, 한국어문학회, 2013. 9, 215~244쪽; 전재강, 「나옹 선시에 나타난 용언 계열 어휘의 양면성」, 『한국시가연구』 35, 한국시가학회, 2013. 11, 33~66쪽.

차원에서 작품 세계와 선적 표현의 성격을 논의하고자 한다. 그 동안 언어 단위 가운데 어휘 층위를 논의하였기 때문에 다음으로는 통사나 작품 층위로 단계를 높여 가면서 논의를 진행할 만하지만 통사와 작품 층위의 관계는 분리하여 논의하기가 적절하지 않고 양자의 관계를 유기적으로 논의해야 하기 때문에 여기서는 양자를 통합하는 작품 전체적 논의의 길을 선택하였다.

그래서 나옹시가 보여 주는 작품 세계의 두드러진 특징에 따라 일상시, 물상시, 교화시를 나누고 이들 작품 군에 나타난 내용과 선적 표현을 논의고자 한다. 구체적으로 이보다 더 다양한 작품 양상이 나타나지만 이들 세 유형이 가장 두드러진 특징을 보여 주고 있기 때문이다.[3] 우선 선적 표현이라고 하면 선의 세계를 선적으로 나타낸 표현이라고 할 수 있다. 여기서 선의 세계는 불교가 주장하는 존재 원리를 말하고, 선적 표현은 그 존재 원리를 살적 자질, 활적 자질의 언어로 표현하는 것이라고 할 수 있다. 불교가 말하는 존재 원리의 핵심은 연기론이다.[4] 연기론은 일체 존재가 실체 없이 현상으로만 존재한다는 주장인데 일체 존재의 본질을 두고 달리 공(空), 무아(無我), 무상(無相)이라고도 말한다. 그래서 일체 존재는 현상만 있

---

3 여기서 일상시는 승려로서 시적 자아가 가지는 일상생활이 중심 내용이 된 시이고, 물상시는 특정 사물이나 현상을 읊은 시를 말하고, 교화시는 승려나 일반 대중을 가르치는 내용을 담은 시를 말한다. 내용에 따른 이러한 유형의 분류는 내용의 성격에 따라 선적 표현 역시 뚜렷한 차이를 보여 주기 때문이다. 특정 내용을 나타내기 위해서 특정 선적 표현을 수용하고 있기 때문에 이런 유형별 분류를 통한 논의를 진행하게 되었다.

4 불교의 연기설은 전변설과 적취설과 구별되는 매우 특이한 이론으로서 불교의 존재론을 그대로 받아들인 선불교에서의 핵심 내용도 바로 연기설이다.

는 측면과 실체가 비어 있는 두 측면을 동시에 가지고 있다고 보며, 용어 논의에서 이미 살펴보았듯이 있다는 측면, 비었다는 측면, 양자 통합적 측면을 상징적, 역설적, 비유적 언어로 나타내는 것이 바로 선적 표현이라고 할 수 있다.[5] 불교의 경전이나 논장에서는 존재 원리를 비교적 논리적으로 풀어서 설명하지만 선에서는 그러한 존재의 본질에 바로 도달하고 경험할 수 있도록 구체적 현상을 통하여 표현하는 방법을 강구하는 것이 그 특징이다.

불교에서는 일체 존재를 여러 가지 방법으로 설명하지만 크게 보아 주관과 객관으로 나누어서 아(我)와 법(法)이라고도 한다.[6] 불교에서는 주객의 관계 속에서 존재를 말하기 때문에 항상 존재를 말할 때는 양자가 어떠하다는 방식으로 말하는데 이를 시에서 보자면 시적 자아의 입장을 중심에 둔 것이 주관이라면, 시적 자아가 바라보는 대상은 바로 객관이라고 할 수 있다. 이러한 방식의 존재 원리를 전제하면서 스스로 깨친 세계를 드러내거나 존재 원리의 현현으로서의 대상을 표현하고 존재 원리를 남에게까지 가르치는 교시의 길로 나서면서 시는 자족적인 성격과 함께 확대 지향적 교시의 성격까지 보이기에 이른다. 화자의 일상과 사물 현상, 중생 교화라는 주제가 나옹시에서 중요한 비중을 차지하며 나타는 이유가 바로 여기에 있다고 할 수 있다.

요컨대 선의 핵심 과제인 자아의 일상과 객관 물상, 교시라는 세

5 전재강,「나옹 선시에 나타난 체언 계열 어휘의 양면성」,『어문학』121, 218쪽 참고.

6 주관인 眼耳鼻舌身意와 여기에 상대되는 객관인 色聲香味觸法을 12處라고 하고 이것을 존재의 전체로 본다.

측면을 담고 있는 시의 유형을 가지고 나옹시가 보여 주는 작품 세계와 선적 표현의 성격이 어떠한가를 구명하고자 한다. 이는 나옹시의 일반 한시적 미학을 밝히는 일이면서 여기에 선적 내용과 표현이 더해졌을 때 나타나는 나옹 특유의 선시를 규명하는 일이기도 하다. 이 논의는 나옹시만 살피는 일이지만 이를 계기로 장차 태고 보우, 백운 경한과 같은 당대 선승의 시문학은 물론 근현대 선사들의 시문학을 밝히는 데까지 징검다리가 될 수 있다고 본다. 논의가 나옹의 한시 문학적 특성을 단순히 드러내는 데에 그치지 않고 선적 내용과 표현의 원리에 따라 쓰인 나옹 선시의 문예 미학을 구명하는 것이 본고의 궁극적 목적이라 할 수 있다.

논의의 범위는 나옹의 전체 한시를 중심으로 하고 필요에 따라 부차적으로 그의 산문, 가사 작품까지 포괄하여 논의를 진행하고자 한다. 자료는 『나옹록』, 그의 불교 가사 등을 연구 범위에 포괄한다.

2. 일상시의 작품 세계와 선적 표현

출세간의 일상은 세간의 일상과 다를 수 있다. 생계를 유지하기 위해서 생산에 종사하는 세간인들의 삶과 생활 방식이 다르기 때문이다. 출세간에서는 기본적으로 선 수행, 자연 완상, 사람을 만나고 보냄, 여러 가지 불교 행사, 교시 등이 일상의 중심이 된다고 할 수 있다. 그리고 이런 여러 가지 국면들은 일상생활 속에 하나의 질서로 연관되어서 출세간의 한 세계를 형성한다고 할 수 있다.[7]

그런데 이러한 다양한 국면의 생활을 자세히 들여다보면 일정한 구분이 있다는 것을 알 수 있다. 특히 이런 사항들이 작품에 수용됐을 때 작자가 중심이 되는 경우, 대상이 중심이 되는 경우, 누군가를 교시하는 경우 등이 나타나 있기 때문이다. 크게 보면 출세간의 일체 행사가 일상일 수 있지만 작품으로 표현되는 여과 과정을 거치면서 뚜렷한 변별적 성격을 나타내게 된다. 이런 점에서 시적 자아가 중심이 되어 생활하는 일상을 읊은 작품은 자연 친화적 생활과 그 속에서 만난 어떤 대상을 두고 지은 제시(題詩)나 그 외 화답시(和答詩), 사례시(謝禮詩), 참례시(參禮詩), 찬시(讚詩) 등을 일상시에 포괄할 수 있다.[8]

(1) 이유 없이 발길 따라 시냇가에 이르니
흐르는 물은 차고 차서 스스로 선을 말하네.
만나는 사물, 만나는 인연마다 진체가 드러나니
하필 공겁미생전을 논하겠는가?
無端逐步到磎邊　流水冷冷自說禪
遇物遇緣眞體現　何論空劫未生前[9]

(2) 천련대의 자리 몇 천년이 되었는데
일천의 부처 높고 높기를 고금에 그러하네.

7 불교 가사가 승가 사회 내 여러 가지 국면의 필요에 따라 창작되는 것과도 일정한 연관이 있을 수 있다.(전재강, 『한국불교가사의 유형적 존재 양상』, 보고사, 2013 참고)

8 일상시의 내용은 나옹의 가사로 알려진 〈나옹화상증도가〉에 보이는 자연 취향의 생활과 수행 오도 후에 발견한 존재 원리를 표현하는 부분과 상통한다.(전재강, 위의 책, 190~202쪽)

9 〈山居〉 제8수, 앞의 책.

내 직접 와서 말없는 말을 들으니
위음왕 부처가 나기 이전일세.
千蓮臺座幾千年　千佛巍巍古今然
我到親聞無說說　威音王佛未生前[10]

(3) 사람마다 코는 바르고 두 눈썹은 가로인데
무슨 일로 설산에서 굶고 추위에 떨었던가?
명성을 한 번 보고 도를 깨달았다고 이르니
이로부터 후세 아손들이 눈이 멀어졌네.
人人鼻直兩眉橫　何事饑寒雪嶺竹
一見明星云悟道　兒孫從此眼昏盲[11]

(1)은 〈산거(山居)〉라는 작품으로 전체 여덟 수로 이루어진 7언 배율의 시 가운데 맨 마지막 작품이다. 전체적으로 산중 출세간 생활의 즐거움을 읊은 작품이다. 이 작품의 첫수에서는 산에 사는 전체적 생활, 둘째 수에서는 소박한 생활, 셋째 수에서는 명리(名利)를 떠난 삶, 넷째 수에서는 삼간(三間)의 집에서 자연을 즐기는 삶, 다섯째 수에서는 세정(世情)이 없는 삶, 여섯째 수에서는 사람 없는 곳에서의 자유로운 삶, 일곱 번째 수에서는 세속과 다른 자연 친화적 삶, 인용한 위 여덟 번째 작품에서는 시냇가를 거닐며 자연과 어우러진 삶을 각각 노래하고 있다.

그런데 겉으로 드러난 이런 자연 친화적 생활이 작품 내용의 전부가 아니라는 것은 그 시에 나타난 생활의 내면을 조금만 살펴도 알

10 〈題東海國島二首〉, 앞의 책.
11 〈讚出山像〉 제2수, 앞의 책.

수 있다. (1)에서 시적 자아는 계변(溪邊)이라는 자연 공간을 찾아 가는 행위를 제1행에서 보여 주고는 이어서 그가 만난 대상이 모두 선이나 진리를 드러내는 것으로 그리고 있기 때문이다. 제2,3행에서 유수(流水)가 선을 말하며 만나는 물(物)과 연(緣)에 진체(眞體)가 드러난다고 한 것이 그것이다. 그리고 마지막 4행에서 시적 자아가 만난 자연을 두고 일체 현상이 나타나기 이전을 나타내는 공겁미생전(空劫未生前)을 논할 것이 없다고 하여 현상 이대로가 진리임을 천명하고 있다. 보고 들을 수 있는 구체적 대상이 보이지도 들리지도 않는 이치를 드러내어 현상 그대로가 이치 그 자체임을 읊고 있다. 특히 마지막 행에서는 시적 자아가 자연 속에서 만난 자연 대상이, 일체 현상이 나타나기 이전 소식을 바로 말하고 있기 때문에 별도로 본질을 말할 것이 없다는 것을 설의의 화법을 통하여 강조적으로 나타내고 있다. 여기서 보고 들을 수 있는 구체적 대상은 현상, 보고 들을 수 없는 이치는 본질이라고 할 수 있는데 존재의 이런 있고 없는 두 측면을 하나로 통일해서 보이는 것이 불교 연기론의 입장이고 그런 선적 내용을 드러내는 방식 자체가 선적 표현이다. 만나는 물연(物緣)은 보이는 것이고, 진체(眞體)는 보이지 않은 것인데 이것을 하나라고 말함으로써 있는 것이 없는 것이라 하여 선적 표현이 되었다. 이것을 수사법 상으로 보면 역설법이다. 이를 선적 용어로 바꾸어 말하면 없는 것은 살, 있는 것은 활이라고 할 수 있는데[12] 여기서는 활

---

12 선에서는 존재의 현상적 측면을 활, 본질적 측면을 살이라고 한다.(전재강, 「나옹 선시에 나타난 체언 계열 어휘의 양면성」, 『어문학』 121, 한국어문학회, 2013. 9, 220~221쪽 참고)

이 곧 살이라고 하여 이 살활이 공재한 것으로 표현한 것이다. 자연 대상이라는 구체적 현상을 떠나 따로 진리가 있는 것이 아니고 현상 자체가 진리라는 입장을 살활의 자질을 가진 두 가지 용어를 병렬함으로써 나타내고 있다.[13]

시적 자아의 자연 속 일상생활을 드러내는 작품은 이 외에도 여럿이 있는데[14] 이 가운데 〈기환암장로산거(寄幻菴長老山居)〉의 경우 "구름은 앞 산에 가득하고 물은 병에 가득하다"[15]거나, 〈유산(遊山)〉의 경우 "조사의 서래의가 두두물물에 드러났다"[16]고 한 것이나, 〈월야유적선지(月夜遊積善池)〉의 경우 "대상이 비고 마음이 고요하니 온 몸이 시원하다"[17]고 하거나, 〈양도암작(養道菴作)〉의 경우 "소나무와 회나무, 맑은 샘물에 뼛속까지 차다"[18]고 하거나, 〈안심사작(安心寺作)〉에서 "동해 바위 가에 마음대로 노닌다"[19]고 하거나, 〈계추우작(季秋偶作)〉에서 "일체가 본래 근본 자리에서 편안하니 현함에 가득한 가을

13 인용한 제8수에서처럼 네 번째 작품에서 간수(磵水)가 반야(般若)를 말한다고 표현하기도 하여 구체적 대상이 본질을 드러낸다는 방식의 표현을 하기도 하지만, 드러난 생활 자체를 통하여 상징적으로 현상이 진리의 현현임을 말하는 선적 표현을 더 많이 구사하고 있다. 예를 들어 제1수에서 '任騰騰', 제2수에서 '打閑眠', '鶉衣過百年', 제4수의 '坐臥經行', 제5수의 '時聞衆鳥指南聲' 제6수의 '困眠飢食任逍遙' 제7수의 淸風과 달, 磵水 등이 그것이다. 여기 보인 용어들은 전통적으로 선문에서 일상이 바로 선이라는 것을 상징적으로 드러낼 때 자주 사용되는 용어들이다.

14 〈寄幻菴長老山居〉, 〈遊山〉, 〈月夜遊積善池〉, 〈養道菴作〉, 〈安心寺作〉, 〈季秋偶作〉, 〈旱雨〉, 〈閑中有懷〉, 〈解夏〉, 〈蚊子〉 등이 더 있다.

15 雲滿前山水滿甁 〈寄幻菴長老山居〉, 앞의 책.

16 祖道西來端的意 頭頭物物自先通 〈遊山〉, 앞의 책.

17 境空心寂通身爽 〈月夜遊積善池〉, 앞의 책.

18 松檜澄泉徹骨寒 〈養道菴作〉, 앞의 책.

19 東海嵓邊任自遊 〈安心寺作〉, 앞의 책.

빛이 푸르고 붉네"[20]라는 표현을 들어볼 수 있다. 이들 표현도 모두 구체적 사물이 보이지 않는 진리를 나타낸다고 역설적으로 표현한 예로 〈유산(遊山)〉의 경우가 한 번 있고, 그 나머지 작품은 나타난 현상 그 자체만을 가지고 존재의 본질적 측면을 상징적으로 나타내어 현상 이대로가 진리라는 선적 표현의 양상을 보여 주고 있다.

그래서 자연 속에서의 일상을 읊은 작품에서는 시적 자아가 자신이 접하는 구체적 사물이나 현상이 바로 보이지 않는 진리를 나타낸다는 것을 역설적으로 그리기도 하고, 드러난 현상만을 가지고 그 자체가 바로 진리를 나타낸다는 상징적 표현 방식으로 선적 표현을 하고 있다.

(2)번 작품은 나옹이 동해 국도를 방문하여 지은 제시(題詩)이다. 유람을 하다가 느낀 점이 있어서 지은 일상시라고 할 수 있다. 그는 승려였기 때문에 섬을 바라보는 관점 역시 불교적인 것으로 나타나 있다. 1,2행에서는 대상의 모습을 시간의 관점에서 묘사하고 있다. 천연대좌는 몇 천 년이 되었고 천불은 고금에 높다고 하고 있기 때문이다. 3,4행에서는 말없는 말을 듣는다고 하고 그것이 위음왕 나기 전 일이라고 했는데 여기서 말 없는 말과 그 말 없는 말을 듣는 것이 위음왕 나기 전이라고 한 역설법이 바로 선적 표현이다. 이것은 연기법이라는 불교의 존재 원리를 모순 어법으로 표현한 것이다. 말 없음이 본질이라면 말은 현상이라 할 수 있는데 이 양자가 나누어진 것이 아니라 하나라는 것, 또 와서 듣는 것은 현상이고 위음왕 나기 전은 본질이라서 다른 것인데 이 양자를 하나라고 모순 어법을 통하

---

20 法法本來安本位 滿軒秋色半青紅 〈季秋偶作〉, 앞의 책.

여 표현하고 있기 때문이다.

제시(題詩)는 이 외에도 더 나타나는데[21] 여기서 한 두 작품을 더 보면 〈제강남구리송(題江南九里松)〉 마지막 행에 "땅을 비추고 하늘로 처든 것이 겁의 공에 이르렀네"[22]라고 한 것이 선적 표현이다. 땅을 비추고 하늘에 솟은 드러난 현상이 겁이라는 긴 세월의 공이라고 연기론을 말하고 있기 때문이다. 〈제오대산중대(題五臺山中臺)〉의 4행을 보면 "일 만 골짜기 솔바람 나날이 통하네"[23]라고 하여 자연 풍경을 지극히 서경적으로 그린 듯한데 실제는 존재 원리를 선적으로 형상화하여 표현한 것이다. 일만 골짜기가 드러난 현상이라면 나날이 통하는 솔바람은 본질을 나타내기 때문이다. 본질을 말할 때 공(空)이나 공겁전(空劫前), 위음왕(威音王) 등의 직설적 용어를 쓰기도 하지만 여기서처럼 두루 통하는 바람이나 물 등을 가지고 본질을 형상화하여 표현하기도 한다. 이와 같이 제시의 경우는 시적 대상이 되는 사물을 통하여 존재의 본질을 선적으로 표현하면서 상징이나 역설의 수사법을 구사하는 것이 그 특성이다.

나옹은 사물을 두고 읊는 것 이외에 사람들과의 사이에서 남의 시에 화답하는 화답시나 사례하는 사례시, 예배하는 참예시를 생활 속에서 쓰고 있어 일상시의 또 다른 예를 보여 주고 있다.[24] 이 가운데

---

21 〈題江南九里松〉, 〈題逍遙屈天生石羅漢〉, 〈題利嚴尊者塔〉, 〈題東海文殊堂〉, 〈題五臺山中臺〉, 〈題東海寶陀屈〉, 〈住淸平山偶題〉 등이 더 있다.

22 〈題江南九里松〉, 앞의 책.

23 萬壑松風日日通, 〈題五臺山中臺〉, 앞의 책.

24 화답시로 〈和古人牧牛頌〉, 〈和圓定國師頌〉, 〈和高城安尙書韻二首〉, 〈和叢石亭韻〉, 〈和伊嵓居士韻〉 등이 있고, 사례시로는 〈謝淮陽李副使林間垂訪〉, 〈謝空都寺惠刁〉가 있고, 참례시에는 〈禮江南洛伽窟〉, 〈禮普德窟觀音〉 등이 있다.

화답시 하나를 보면 〈화고인목우송(和古人牧牛頌)〉의 3,4행에서 "본래 꽃다운 봄풀 먹지 않는데 무슨 일로 아이는 채찍을 쓰는가?"[25]라고 하고 있는데 이 작품은 불교에서 말하는 심우도의 내용이나 목우의 행위를 두고 읊은 작품이다. 이 작품에 사용된 원래 자료의 내용에서는 소를 찾아 나서거나[26] 소를 먹이듯이[27] 수행을 해야 하는 것으로 말하고 있는데 나옹은 선의 입장에서 이를 다르게 해석하고 있다. 아이는 소에게 봄풀을 먹이기 위해 채찍을 가하지만 실제 소는 풀을 먹지 않고도 배는 본래 부르다고 보는 입장이 그것이다. 이것은 선문에서 기본적으로 가지고 있는 본래 성불 사상의 상징적 표현이다. 일체가 본래 성불해 있다[28]고 보기 때문에 수행한다는 것 자체가 모순이라는 선의 입장을 소는 본래 풀을 먹지 않는다는 상징적 언구로 나타낸 것이다. 사례시를 하나 보면 〈사공도사혜조(謝空都寺惠刁)〉의 1,2행에서는 "살인도와 활인검이 다만 본인의 수중에 있네"[29]라고 하고 있는데 여기서는 살활이라는 용어를 직접 쓰면서 살리고 죽이는 칼이 본인의 손에 있다고 표현하고 있다. 이 역시 살활의 존재 원리가 본래 모든 사람에게 갖추어져 있다는 것을 이렇게 비유적으로 표

---

25 從來不喫芳春草 何事兒童敢著鞭 〈和古人牧牛頌〉, 앞의 책.

26 십우도(十牛圖). 전재강, 『한국불교가사의 유형적 존재양상』, 보고사, 2013, 248~252쪽 참고.

27 중국 송나라 보명화상이 지은 게송으로 〈牧牛十圖頌〉이 있는데 길들이지 못한 검은 소가 길든 흰 소로 변해가다가 마침내 일원상(一圓相)이 나타나는 경지까지 마음 공부에 참고하게 하고 있다.(김승동 편저, '목우십도송조' 『불교·인도사상사전』, 부산대학교 출판부, 2001, 466쪽 참고)

28 대한불교 조계종 불학연구소 전국선원수좌회, 『간화선』, 조계종 출판부, 2008, 62~68쪽.

29 煞人刀活人劍 只在當人一手中 〈謝空都寺惠刁〉, 앞의 책.

현한 것이다. 존재 원리를 칼에 비유하여 표현하는 것은 선문의 오랜 관행이다. 그리고 참례시 가운데 〈예강남낙가굴(禮江南洛伽窟)〉 1,2행을 보면 "묘상은 원래 상이 없으니 관음은 곳곳에 통하네"[30]라고 하여 상이 있음과 없음이 하나임을 역설적으로 표현하고, 더 나아가 관음이 두루 통한다고 상징적으로 그리고 있다. 이 세 가지 종류의 시 역시 본래 성불이라는 존재 원리를 역설적, 상징적, 비유적 기법으로 표현함으로써 선적 표현의 묘미를 구현하고 있다.

(3)번과 같이 승가 생활의 특성을 나타내는 것으로 불교적 인물에 찬을 붙이는 경우가 있다.[31] 여기서도 코가 바르고 눈썹이 가로라는 선구를 사용하여 일체 현상이 본래 있는 그대로 진리임을 나타내고 있다.[32] 그럼에도 석가는 설산에서 고행을 하고 마침내 깨달았다고 했는데 그 때문에 오히려 후대 사람들의 눈을 멀게 했다는 것이다. 본래 그대로가 다 부처인데 다시 스스로 깨닫고 남을 깨달으라고 가르치니 이것은 머리에 머리를 더하는 것과 같이 사람을 혼란하게 하는 것이라는 의미이다. 이것은 선에서 말하는 본래 성불의 정신을 역설법을 통하여 나타낸 것이다. 교학에서는 부처가 나타남으로써 무명을 밝혀 세상을 밝게 하였다고 하는데 여기서는 도리어 사람들의 눈을 어둡게 만들었다고 뒤집어 말하고 있기 때문이다. 그 나머지 작품 가운데 〈찬관음(讚觀音)〉의 경우도 "이미 모든 것이 원통한

30 妙相元無相 觀音處處通 〈禮江南洛伽窟〉, 앞의 책.

31 〈讚出山像〉, 〈讚指空〉, 〈讚登山像〉, 〈讚達磨〉, 〈讚竹網達磨〉, 〈讚觀音〉, 〈自讚〉 등이 있다.

32 나옹이 〈결제에 상당하여(結制上堂)〉라는 법문에서 말한 "눈을 가로이고 코는 바르다[眼橫鼻直 『나옹록』 64, 36쪽]"는 내용과도 같다.

관자재인데 어찌 수고로이 머리 위에 머리를 더하는가?"[33]라고 하여 선사상의 핵심 근거인 본래 성불의 정신을 머리위에 머리를 더한다는 비유를 통해 또 다른 선적 표현을 하고 있다.[34]

시적 자아가 중심이 되어 일상을 읊은 유형 안에는 자연 완상의 생활, 접하는 사물이나 사람과의 관계, 불교의 역사적 인물에 대한 찬미를 담은 작품들이 주로 해당한다. 이 유형의 작품은 가시적 자연이나 현상이 곧 보이지 않는 진리라고 하여 역설법, 현상 자체를 진리의 상징으로 보는 상징법, 본래 성불의 사상을 나타내면서 비유나 상징의 표현 기법을 사용하고 있다.

---

33 旣是圓通觀自在 何勞頭上更安頭 〈讚觀音〉, 앞의 책.

34 출세간의 일상과 관계되는 것으로 삭발을 하는 내용을 담은 작품도 있는데 〈爲妹尼緣落髮〉를 들어 보면 "무명의 거친 풀 뿌리 다 끊어 버리니 당당한 성품의 계율 두루 원만하네. 이제부터 천 가지 다른 길 밟지 않고 바로 위음 겁외의 근원을 투과하리[剗盡無明荒草根 堂堂性戒自周圓 從今不蹋千差路 直透威音劫外源, 165쪽]"라고 하고 있다. 이 작품은 승가 생활 가운데 처음 출가를 시킬 때 삭발하는 행사를 두고 읊은 작품이다. 이런 내용의 작품이 많지는 않지만 가장 승가다운 면모를 보이는 일상이기 때문에 따로 다룰 만하다. 이 작품은 제목으로 봐서 나옹이 자기 누이 동생의 머리를 깎아 주는 것으로 되어 있다. 1행에서 머리 깎는 일을 단순히 머리카락을 깎는 것이 아니라 무명의 거친 풀뿌리를 잘라내는 것으로 상징적 의미를 부여하고 1행에서 말한 이러한 삭발을 2행에서는 본래 갖추어진 성품의 계율이 두루함을 드러내는 것으로 읊고 있다. 3,4행에 오면 지금부터 천 가지의 길을 밟지 말고 바로 위음겁외의 근원을 투득할 것을 주문하고 있다. 이것은 현실의 차별 세계를 넘어 존재의 본질을 깨칠 것을 교시하고 있는 것이다. 여기서 위음겁외원은 바로 살적 자질의 용어로서 본질의 세계를 상징적으로 나타내는 선적 표현구이다. 그 외에 〈爲妙靈尼落髮〉의 경우도 "오늘 아침 풀을 뿌리째 자르니 광겁의 무명이 바로 재가 되네[今朝殿草和根剗 曠劫無明當下灰]"라고 하여 삭발 행위를 풀과 그 뿌리를 제거하는 것으로 말하고 이 자체가 바로 무명을 바로 없애는 행위임을 읊고 있다. 삭발이 일상이지만 이를 내용으로 하는 작품 내용에는 교시의 의도가 상당히 우세하게 나타나 있어 내용은 교화시라고 할 수 있다.

3. 물상시의 작품 세계와 선적 표현

앞 절에서는 작자가 출세간에서 하는 여러 가지 일상을 읊은 시를 살펴보았다. 이들 작품에는 시적 자아가 작품 안과 밖에서 주체가 되어 구체적 활동을 하는 것으로 나타난다. 작품 안에서 자연 대상을 찾아 나서거나 어떤 감회를 느끼고 작품 밖으로는 다른 사람의 시에 화답을 하고, 어떤 정황을 두고 시를 쓰며 사례하고 참례하고 삭발을 시키는 등 다양한 활동을 하고 시적 자아가 중심이 되어 이런 일상의 모습을 시로 보여 주었다.

그런데 물상시라고 하면 시적 자아의 정서적 감응이나 활동이 최소화되고 사물과 현상 등 대상을 중심에 두고 이것이 어떠하다고 읊는 작품이다. 나옹이 남기고 있는 물상시는 일반적이지 않다. 물상의 사전적 개념이 눈으로 보고 들을 수 있는 구체적 대상이나 현상이라면 나옹시에 나오는 시적 대상들은 구체적 사물인 경우도 있으나 어떤 현상이나 매우 추상적 관념인 경우도 많이 나타나기 때문이다. 더욱이 이 구체적 사물과 현상, 관념적 대상은 실제 어휘가 표면적으로 의미하는 대상 자체에 그치지 않고 상징적 의미를 통해서 선적 세계를 나타내거나 특정 인물을 지칭하기까지 해서 나옹시에서 시적 대상은 매우 복합적이고 중층적 의미를 가지는 것이 특징이다. 그래서 용어의 특성상 순수한 사물로서 의미를 가지는 데서부터 관념과 사물의 의미가 혼용된 경우, 현상이나 관념만으로 된 경우 등이 모두 나타난다. 이는 불교에서 일체 존재를 말할 때 생명 있는 것과 생명 없는 것, 형상 있는 것과 형상 없는 것 등을 나누었을 때 나타나는 생명 없는 것과 형상 없는 것까지 두루 포괄하는 대상을 나옹시는 다루고 있다는 것을 의미한다고 볼 수 있는데 이런 시를 물상시의 범주 안에서 다루가자 한다.[35]

(4) 일만 골짜기에 천의 바위, 소나무, 홰나무 사이
신령한 근원 맑고 깨끗하여 본체가 한가하네.
깊고 깊은 골에 항상 유출하니
마시는 자 온몸 뼛속까지 차리라.
萬壑千嵓松檜間　靈源皎潔體安閑
深深洞裏常流出　飮者通身徹骨寒[36]

(5) 만 가지 생각이 모두 한 생각으로 돌아가 사라지니
육창이 이로부터 지극히 고요해졌네.
헌함에 떠오른 보월이 항상 고요하나
청풍과 더불어 사벽에 나부끼네.
萬慮都歸一念消　六窓從此極寥寥
當軒寶月常常寂　和與淸風四壁飄[37]

(6) 긴 세월 당당하여 체는 스스로 비었으나
고요하게 사물에 응하면 곧 통하네.
원래는 한 점도 찾을 곳 없으나

---

35 여기서 사물, 현상, 관념 등은 모두 물상이라는 이름으로 포괄하여 사용하고자 한다. 물상이라는 용어의 함의를 구체적 사물은 물론 다양한 현상을 모두 포괄하는 것으로 확대하여 사용하고자 한다. 현상에는 물리적 현상은 물론 관념적 현상까지 모두 포괄할 수 있기 때문이다. 그래서 '추산(秋山)'이나 '문자(蚊子)'와 같은 구체적 대상은 물론 '정암(靜庵)'의 경우와 같이 지칭하는 것이 인물이든 실제 어떤 암자이든 고요한 현상이든 모두 포괄할 수 있다.

36 〈谷泉〉, 앞의 책.

37 〈靜菴〉, 앞의 책.

법계에 두루 하여 옛 늙은이 감추기 어렵네.
劫劫堂堂體自空　寥寥應物卽能通
元來一點無尋處　偏界難藏舊主翁[38]

(4)는 작품의 제목으로 봐서 '계곡의 샘'이라는 자연 대상을 읊은 작품이다. 1행에서는 곡천이 위치한 공간을 묘사하고 있는데 만 골짜기와 천 개의 바위가 있는 소나무와 홰나무 사이가 바로 곡천이 자리한 곳이라고 하고 있다. 2행에 오면 곡천 자체의 맑고 깨끗하고 안한(安閑)한 모습을 그리고 있다. 3행에서는 깊은 골에서 항상 흘러 넘치는 곡천의 작용을 읊고 마지막 4행에서는 그 물을 마시는 사람이 뼛속까지 차게 된다고 하고 있다.

작품의 표면만 따라가면 이 작품은 곡천이라는 자연 대상을 그려 보이는 서경적 성격을 가진다고 할 수 있다. 그러나 2행에 쓰인 영원(靈源)과 체안한(體安閑), 4행에 쓰인 철골한(徹骨寒) 등의 용어가 가지는 선적 함의를 자세히 고려하면 단순한 서경이나 서정을 넘어 더 깊은 의미를 가진다는 것을 알 수 있다. 특히 2행에서 '본체가 한가하다[體安閑]'는 말은 곡천이라는 단순한 자연물을 묘사하기에 적절하지 않고 자연 대상을 다른 어떤 의미의 상징물로 변화하게 하는 역할을 한다. 그리고 3행에 오면 안한하던 곡천이 유출하는 작용을 하고 4행에서는 그 물을 마신 사람은 온 몸 뼛속까지 차게 된다는 말을 했는데 여기서 '차다[寒]'는 말은 감각적으로 차다는 의미를 가지면서도 실제 나옹시에서는 존재의 본질을 나타내는 상징적 용어

38 〈本寂〉, 앞의 책.

로 주로 빈번하게 사용된다.[39] 요컨대 2행에서는 곡천이라는 존재의 본질, 3행에서는 곡천이라는 존재의 작용, 4행에서는 마시는 사람이라는 다른 존재와 곡천이라는 존재의 관계 등을 차례로 읊고 있는데 2,3행에서는 존재의 본질과 작용을 나누어서 말하고 4행에서는 존재의 작용이 바로 존재의 본질이이라는 것을 하나의 문장 안에 포괄해서 나타내고 있다. 그래서 이 작품에서 시적 자아는 자연물의 외양을 그려 보여 먼저 서경적 접근을 하면서도 그 자연물이 존재하는 방식을 불교의 존재 원리의 현현으로 묘사함으로써 객관 대상과 현상을 진리의 상징으로 표현하고 있다.

관념에 의하여 덧칠 되지 않은 순수한 자연 사물을 가지고 와서 이와 같은 방식으로 존재의 본질을 표현하는 작품이 나옹의 물상시에 상당히 여러 수 발견된다.[40] 제목에서 보면 여기에 해당하는 작품의 특징은 자연물 혹은 드물게 인공물 그 자체만이고 거기에 관념을 더할 수 있는 다른 어떤 용어도 사용되지 않고 있다. 이 가운데 한 두 작품을 더 보면 〈신설(新雪)〉 1,2행에서 "고목에 꽃이 피니 겁 밖의 봄이요 산하는 한 조각의 백은단일세"[41] 라고 읊고 있다. 새로 내린 눈으로 덮힌 세계를 고목에 꽃이 피었다고 그 외양을 비유적으로 묘사하고 그것이 곧 시간을 초월한 봄이라고 역설적으로 표현하고, 또

39 전재강, 「나옹 선시에 나타난 용언 계열 어휘의 양면성」, 『한국시가연구』 35, 한국시가학회, 2013, 47쪽.

40 예를 더 들어 보면 〈新雪〉, 〈蚊子〉, 〈牧丹〉, 〈芍藥〉, 〈石室〉, 〈懸峰〉, 〈竹林〉, 〈秋山〉, 〈嶺梅〉, 〈谷蘭〉, 〈谷磎〉, 〈壁山〉, 〈谷月〉, 〈鐵門〉, 〈秋風〉, 〈乳峯〉, 〈雞峯〉, 〈海雲〉, 〈西峯〉, 〈溪月軒〉, 〈梅月軒〉 등이 더 나타난다.

41 枯木化開劫外春 山河一片白銀團 〈新雪〉, 앞의 책.

산과 강을 하나의 흰 은단이라고 하여 일체가 하나라는 존재의 본질 입장에서 대상을 은유적으로 표현하고 있다. 〈곡란(谷蘭)〉을 보면 1,2,3행에서는 곡란이 핀 공간을 소개하고 제4행에서 "갑자기 꽃이 피니 세계에 두루 통하네."[42]라고 했는데 꽃 피는 하나의 현상이 세계라는 일체와 다 통한다고 한 것이 선적인 표현이다.[43] '통하다[通]'라는 말은 하나가 일체와 통한다는 말로서 활적 자질을 보이는 말이다.[44] 하나의 보편자가 무수한 개별자와 하나라는 또 다른 표현이다. 여기에 해당하는 작품[45]은 구체적 대상을 통해서 존재 원리를 상징적 비유적으로 나타내고 있다.

(5)는 〈정암(靜菴)〉이라는 제목의 작품이다. 제목 자체를 풀어 보면 '조용한 암자' 정도가 된다. '정암'은 암자라는 사물과 조용하다는 현상이 결합된 대상물이다. 그런데 작품의 내용을 검토해 보면 제목으로 나타난 대상의 의미를 더 분명하게 알 수 있다. 1,2행에서 만가지 생각이 모두 한 생각으로 돌아가 사라져서 여섯 창이 지극히

---

42 忽地花開遍界通 〈谷蘭〉, 앞의 책.

43 의상은 "하나가 곧 일체이고 일체가 곧 하나이다[一卽一切多卽一 〈法性偈〉]"라고 했는데 이와 같은 내용이다.

44 전재강, 「같은 글」, 『같은 책』, 53쪽.

45 나머지 해당하는 작품의 핵심적 표현을 간단히 보면 다음과 같다. 〈牧丹〉에서 "눈뜨기 전에 발을 통과하여 붉다[未開眼處透簾紅]", 〈芍藥〉에서 "반은 닫혀있고 반은 피어서 입 열어 웃네[半合半開開口笑]", 〈石室〉의 "영원한 세월에 높고 높아 흩어져 무너짐이 없네[劫劫巍巍無散壞]", 〈懸峰〉의 "높고 높이 솟아나서 청천을 꿰뚫었네[巍巍透出插靑天]", 〈竹林〉의 "그림자가 계단을 쓸어도 먼지는 그대로 있네[影掃堦中塵自然]", 〈秋山〉의 "수미산을 티끌에 넣어도 또한 친한 것은 아니네[須彌芥納也非親]" 등을 들 수 있는데 그 외에 〈嶺梅〉, 〈谷磎〉, 〈璧山〉, 〈谷月〉, 〈鐵門〉, 〈秋風〉, 〈乳峯〉, 〈雞峯〉, 〈海雲〉, 〈西峯〉, 〈溪月軒〉, 〈梅月軒〉 등도 이와 유사한 선적 표현을 하고 있다.

고요해졌다고 했는데 이것은 제목의 '고요함[靜]'을 표현한 내용이다. 3,4행에 오면 헌함에 뜬 달이라고 말하여 암자 혹은 집이라는 의미를 나타내고 있다. 그런데 그 집을 고요하면서 청풍과 더불어 네 벽이 나부낀다고 묘사해서 작품 내용이 고요한 집이라는 의미를 나타내면서도 겉보기에 집을 형성하는 듯한 육창(六窓)과 사벽(四壁)이 또 다른 의미를 가지고 있어서 '정암'은 사람을 상징하는 의미로 해석될 수 있는 복합성을 보여 주기도 한다. 불교에서 육창은 인간의 여섯 가지 감각 기관이고 사벽은 사대로 이루어진 몸을 나타내기 때문이다. 따라서 이 작품의 제목에 나타난 대상은 구체적 사물인 공간이면서 살아 움직이는 인물을 상징하는 이중의 성격을 중층적으로 가지기에 이르렀다. 공간과 인물이라는 이중의 의미를 가진 '정암'은 한 생각으로 돌아와 사라져 고요하기도 하면서 청풍과 함께 나부끼기도 한다고 하여 사물과 그것으로 상징된 인물이 모두 작용하기도 하고 고요하기도 하는 양면적 성격을 동시에 가지고 있다는 것을 나타내고 있다. 존재의 현상과 본질을 고요함과 움직임이라는 대립적 두 가지 개념을 가지고 선적으로 표현하고 있는 것이다. '정(靜)'이라는 현상과 '암(菴)'이라는 사물을 결합하여 나타난 대상을 통하여 일체 존재가 살활이 혼연하여 이루어졌음을 선적으로 표현하고 있다고 할 수 있다.

나옹시에서 물상을 읊은 작품이 가장 많이 나타나는데 대표적인 작품 〈환봉(幻峯)〉의 일부를 보면 "보면 있는 것 같아서 분명히 나타나지만 궁구해 가면 도리어 없어서 분명하게 비었네"[46]라고 하여 분

---

46 看來似有明明現 究去還無的的空 〈幻峯〉, 앞의 책.

명하게 있으면서[明明現] 분명하게 없다[的的空]는 것을 역설적으로 표현하였다. 환봉이라는 가상의 대상을 통하여 있으면서 없고 없으면서 있는 존재의 양면을 역설을 통해 선적으로 표현하고 있는 것이다. 선에서는 존재 원리를 표현하는 살활의 양면을 일반적으로 이렇게 드러낸다. 연기라는 불교 이론에 따르면 이것은 지극히 당연한 표현이지만 문학의 수사에서 보면 '있는 것'이 '없는 것'이라는 말은 일반 논리에 맞지 않아서 역설이라는 수사로 설명될 수밖에 없는 것이다.[47] 또 다른 작품 〈현계(玄溪)〉의 3,4행을 보면 "잠기고 고요하니 누가 능히 볼 수 있는가? 한 가닥 소리가 밝은 달에 화답해 오네"[48]라고 하고 있다. 이것은 작품의 제목인 '현묘한 시냇물'을 두고 읊은 내용인데 현묘한 성격을 가진 시냇물이라는 대상이 그러하다는 것이다. 잠겨 있고 고요해서 눈으로 볼 수는 없지만 한 가닥 소리가 밝은 달에 화답해 온다고 하여 귀와 눈으로 분명히 듣고 볼 수 있다는 모순된 표현을 하고 있다. 그래서 현묘한 시냇물이라는 제목을 내세우고 있다고 할 수 있다.[49] 그 외 〈식암(息菴)〉의 3,4행을 보면 "이로부터 티끌티끌이 흩어져 사라졌으니 육창에는 밝은 달과 맑은 바람일세"[50]라 하고 있다. 티끌의 다양한 현상이 사라지니 명월과 청풍이 온다는 말이다. 제목과 연관해서 보면 현상을 쉬어버림으로써 본질이 드러난다는 살활이 대비된 모습을 읊고 있다.[51] 여기에 해당

---

47 환자(幻字)가 들어가는 대상물을 제목으로 하는 작품으로 〈幻菴〉과 〈幻山〉이 있는데 유사한 선적 표현 방식으로 존재 원리를 나타내고 있다.

48 沈沈寂寂誰能見 一道聲和明月來 〈玄溪〉, 앞의 책.

49 현자(玄字)를 쓴 작품으로 〈玄機〉라는 작품이 더 보인다.

50 從此塵塵消散去 六窓明月與淸風 〈息菴〉, 앞의 책.

하는 작품들은 존재의 현상을 통해 본질을 드러내는 상징법, 존재의 살활 대립적 성격을 동일시하는 역설법을 통하여 선적 표현을 하고 있는 것이 특징이다.[52]

(6)은 앞의 두 경우와는 또 다른 유형의 작품이다. (4)유형 작품들이 순수한 물상을 작품의 제재로 사용하고 (5)의 경우는 물상에 그 성격을 더해서 작품의 대상으로 가져 왔다면 (6)은 현상 또는 성격을 나타내는 말만으로 이루어진 대상을 시적 제재로 사용하고 있는 작품이기 때문이다. 관념적 현상을 이렇게 직접 드러내어 작품의 제재로 사용한 사례가 하위 유형을 이룰 정도로 적지 않게 나타난다. 우선 (6)번 작품의 제목 〈본적(本寂)〉은 '본래 고요하다'는 의미인데 이 작품 1,2행을 보면 당당하면서도 본체는 비었고 고요하면서도 사물

---

51 같은 이미지의 작품으로 〈歇菴〉이 보인다.

52 논의에서 다루지 않은 나머지 해당하는 작품을 보면 〈笑菴〉, 〈會菴〉, 〈仁山〉, 〈孤舟〉, 〈順菴〉, 〈寶峯〉, 〈映菴〉, 〈大陽〉, 〈瑞巖〉, 〈玉林〉, 〈澄菴〉, 〈響菴〉, 〈瑞雲〉, 〈晤菴〉, 〈信菴〉, 〈璨菴〉, 〈妙峯〉, 〈電菴〉, 〈藏山〉, 〈省菴〉, 〈正菴〉, 〈璧山〉, 〈意珠〉, 〈古鏡〉, 〈是菴〉, 〈寶山〉, 〈一山〉, 〈玉田〉, 〈竺雲〉, 〈虛菴〉, 〈峻山〉, 〈杲山〉, 〈深谷〉, 〈中菴〉, 〈聖谷〉, 〈晶菴〉, 〈默雲〉, 〈嵢峯〉, 〈玉溪〉, 〈堅室〉, 〈窄山〉, 〈古潭〉, 〈橫谷〉, 〈刃菴〉, 〈秀巖〉, 〈寂堂〉, 〈坦庵〉, 〈瓛峯〉 등이 있는데 이들 작품 제목의 첫 글자를 보면 그것을 알 수 있다. 현상 또는 관념과 사물이 결합된 대상을 읊은 작품은, 사물이 가진 다양한 존재 방식을 나타내는 현상이나 관념과 일체 존재를 말하기에 적절한 사물들을 가져와 결합하고 그 대상을 읊고 있다. 바로 앞에서 살폈듯이 환(幻), 현(玄), 식(息) 등의 경우처럼 같은 말을 대상물에 두어 번 사용하기도 했지만 나머지 대부분은 존재의 원리를 나타낼 수 있는 다양한 현상의 관념적 용어를 그때마다 다르게 사용하고 있다. 그리고 현상이나 관념을 나타내는 말의 뒤에 사용된 구체적 대상 용어는 비교적 같은 말을 많이 반복하여 사용하고 있다. 인용한 관련 각주에서 보면 주로 하나의 존재를 나타내기에 적절한 '암(菴)'이나 '봉(峯)' 자를 많이 사용하고 있고 암(菴)과 유사한 당(堂)과 실(室)이나, 봉(峯)과 유사한 산(山)을 또한 사용하고 있다. 두 번 사용한 곡(谷)을 제외하고 양(陽), 주(舟), 림(林), 운(雲), 주(珠), 경(鏡), 전(田), 운(雲), 담(潭) 등은 한 번씩만 사용된 사물들이다.

에 응하여 통한다고 하여 양면적 존재 원리를 선적으로 표현하고 있다. 당당하면 있어야 하는데 비었으며, 고요하면 없어야 하는데 사물에 응하여 통한다고 하여 있으면서 없고, 없으면서 있다는 존재 원리의 자기 모순적 양면을 이렇게 역설적으로 표현하고 있다. 3,4행에 와서는 이를 원래는 조금도 찾을 곳이 없지만 온 세계에 구주옹(舊主翁)을 숨길 수도 없다고 말하고 있다. 존재의 본질은 형상이 없어서 다른 데서 찾을 수는 없지만 온 세계 자체가 본질의 표현이기 때문에 없지도 않다는 것을 역설적으로 표현하고 있다. 찾을 곳이 없어서 없는 듯 하지만 온 세계 자체가 바로 그것이기 때문에 없는 것도 아니라는 역설적 논리를 '감추기 어렵다'는 말로 표현하고 있다. 이 유형에 해당하는 작품들은 감각 기관으로 잡아낼 수 없는 존재의 본질을 작품의 제목으로 가져 왔으면서도 그것이 존재의 현상과 하나임을 천명하는 선적 표현의 작품이라고 할 수 있다.

〈담연(湛然)〉이라는 작품을 하나 더 보면 "철저히 맑고 맑아 만 길이 차고/서풍이 불어 움직이나 움직임은 도리어 어렵네./깊고 넓고 멀어 가을 달 머금었으니/흙덩이 진흙 덩어리가 기뻐하네."[53]로 되어 있다. 제목 '담연'이라는 말은 맑고 담박하다는 말인데 존재의 일면을 그렇게 나타낸 말이다. 이 작품 1,2행에서 차다고 하고 움직이기도 하고 움직이기 어렵다고도 하였다. 이것은 움직임과 움직이지 않음이 공존한다는 말이다. 3,4행에서 가을 달을 머금었기 때문에 무정물인 진흙 덩어리가 기뻐하는 작용을 하는 것으로 그리고 있다. 역시 작용 없는 존재가 작용을 하는 것으로 그리고 있다. 맑고 깨끗하다는

---

53 徹底澄淸萬丈寒 西風吹動動還難 寥深廣遠含秋月 土塊泥團盡得歡 〈湛然〉, 앞의 책.

관념어로 표현된 어떤 존재가 존재하는 방식을, 움직임과 움직이지 않음을 병치하여 역설적 상징적으로 표현하고 있다고 할 수 있다.

지금 여기서 든 두 편의 작품이 존재 자체의 성격을 드러낸 것이었다면[54] 이와 함께 존재와의 관계에서 인간이 가질 만한 속성을 제목으로 삼고 제재로 다룬 작품도 나타난다. 〈무위(無爲)〉라는 작품을 보면 1,2행에서 "남북동서가 텅 비어 넓으니 하는 모든 일이 다 비었네"[55]라고 하고 있다. 동서남북으로 대표되는 일체가 비었기 때문에 모든 하는 일도 비었다는 것이다. 그래서 해도 함이 없다는 의미로 '무위'라는 말이 사용되고 있다. 하고 하지 않음이 공존하는 존재 원리를 주관적 입장에서 역설적으로 표현하고 있다고 할 수 있다. 〈무애(無礙)〉의 3,4행을 보면 "비어서 위음왕 밖을 비추었으니 돌 절벽과 산천이 어찌 사람을 막으리오?"[56]라고 했는데 앞에서는 비고 비추는 존재 원리를 표현하고 그런 이유에서 사람은 막힘이 없다는 말을 뒤에서 하고 있다. 존재 원리를 터득한 사람이 가지는 걸림 없는 삶의 모습을 비유적으로 나타낸 것이다.[57]

물상을 집중해서 읊은 작품에서는 시적 자아의 입장은 부차적으로 다루고 주로 대상에 치중하여 물상들이 존재하는 원리를 상징적,

---

54 존재 자체의 속성을 작품의 제목으로 가져온 작품을 더 들어보면 〈大圓〉, 〈本寂〉, 〈本寂〉, 〈歷然〉, 〈包空〉, 〈冏徹〉, 〈極閑〉, 〈永寂〉, 〈明通〉, 〈無邊〉, 〈冏徹〉, 〈閑極〉 등이 더 있다. 주관의 인성과 관련될 듯한 제목의 작품인데 제목 의미와 달리 객관 대상에 치중하고 있는 작품으로 〈無失〉와 〈自照〉가 있다.

55 南北東西虛豁豁 諸般所作摠皆空 〈無爲〉, 앞의 책.

56 虛融照徹威音外 石壁山川豈障人 〈無礙〉, 앞의 책.

57 이와 유사한 작품으로 〈無及〉, 〈益祥〉, 〈無學〉, 〈玄機〉, 〈無聞〉 등을 더 들어 볼 수 있다.

역설적, 비유적 수사를 통하여 선적으로 표현하고 있다는 것을 보여준다.

4. 교화시의 작품 세계와 선적 표현

앞 절에서 살핀 일상시가 출세간 생활의 여러 면모를 읊은 것이었다면 물상시는 특정 사물이나 현상, 관념, 이들이 겹쳐 만든 대상을 읊은 것이었다. 이들 작품은 출세간의 일상과 그 일상에서 만나는 다양한 대상이나 현상과 관련하여 작가가 발견한 존재의 본원적 원리를 살과 활이라는 두 가지 차원에서 여러 가지 수사를 통해 선적으로 표현해 주고 있었다. 그래서 앞의 두 유형에 속하는 작품들은 어떤 교시와 수행이 아니라 진리의 현현으로서의 일상과 사물, 현상, 관념을 주로 읊었다고 할 수 있다.

그런데 이 장에서 보고자 하는 교화시는 위 두 유형과는 다른 성격을 보여준다. 불교 수행 방법은 염불, 간경, 주력, 사경, 사불, 참회 등 매우 여러 가지가 있는데[58] 나옹은 시에서 참선을 중심으로 하고 극히 일부 염불을 교시 내용으로 보여준다. 시에서 보인 선을 중심으로 한 나옹의 교시는 염불조차도 선의 관점에서 해석하고 가르친다.[59] 범연하게 보면 앞에서 살핀 두 가지 유형의 작품들도 독자들에게 다른 차원에서 교시 효과를 발휘한다는 점에서 광의의 교화시

58 대한불교 조계종 교육원 불학연구소 편, 『수행법 연구』, 조계종출판사, 2005 참고.
59 〈示諸念佛人〉 八首, 앞의 책.

라고 할 수는 있으나 이 유형의 시에서는 누군가를 가르치려는 의도를 직접적으로 드러내고 특정 대상 인물에게 실제 가르침을 내리고 있다는 점에서 다르다. 이런 시를 교화시로 다루고자 한다.

이런 유형에 속하는 작품은 객이 나옹에게 게송을 요구하는 경우에 우선 많이 나타난다. 구체적으로는 구게시(求偈詩), 구송시(求頌詩)로 나눌 수 있는데 게와 송은 같은 성격의 것이기 때문에 한 유형으로 볼 수도 있다. 그리고 구도의 여행을 떠나는 사람을 보내는 송인시(送人詩), 사람들에게 보여 주는 시인시(示人詩)가 주로 대상 인물들에게 교시를 내리고 있어서 역시 이 유형에 속한다.

(7) 참선하여 도를 배우는 데에는 믿음이 뿌리가 되니
믿음은 눈 푸른 오랑캐도 초월할 수 있네.
종횡을 마음대로 하고 살활을 온전히 하니
악명이 이로부터 강산에 가득하리.
參禪學道信爲根　信得能超碧眼胡
自在縱橫全殺活　惡名從此滿江山[60]

(8) 뜻을 내어 참방하는 것은 별다른 일 아니고
공겁미생전의 소식을 밝히고자 한 것이네.
지팡이가 갑자기 두 눈을 뜨면
눈으로 보고 눈썹 드날리는 것 격 밖의 선일세.
發志參方無別事　要明空劫未生前
烏藤忽地開雙眼　觸目揚眉格外禪[61]

---

60 〈唐智全禪者求頌〉, 앞의 책.

61 〈送明禪者參方〉, 앞의 책.

(9) 온전한 덕이 숲을 이루어 사방을 눌렀으니
당당한 체용은 가장 단정하네.
이제부터 진로의 꿈 짓지 않으니
나날이 항상 공겁전을 행하리.
全德成林鎮四垠　堂堂體用最端然
從玆不作塵勞夢　日日常行空劫前[62]

(7)은 〈당지전선자구송(唐智全禪者求頌)〉라는 작품이다.[63] 여기서는 1,2행에서 참선하고 도를 배우는데 믿음이 근본이 된다고 가르치고 그 믿음은 눈 푸른 오랑캐 즉 달마를 초월할 수 있다고 그 효과를 말하고 있다. 송을 요청한 상대방이 가진 공부의 맹점을 바로 지적하고 이를 극복했을 때 얻게 될 결과까지 인과의 논리에 따라 말하고 있다. 그래서 여기까지는 교시를 내리는 일반적 논리와 일상적 표현의 방법이 사용되었다고 할 수 있다.[64] 후반부 3,4행에서 벽안호를 초월한 내용을 선적으로 표현하고 있다. 먼저 3행에서 종횡을 자재하게 하고 살활을 온전히 한다고 했는데 이것은 벽안호를 초월하고 나서 살활의 존재 원리에 따라 걸림 없이 자유롭게 살아가며 교시를 내리는 것[65]을 종횡이나 살활이라는 선적 용어를 가지고 은유적으로

---

62 〈示全德林〉, 앞의 책.

63 이 작품에서 송(頌)을 요청한 사람은 중국인으로 보인다. 그리고 송(頌)은 흔히 게(偈, Gatha)와 붙여서 게송(偈頌)이라 하는데 게는 송이라는 의미를 가진 인도 말이다.

64 물론 신(信)이라는 것은 참선의 방법으로서 세 가지 중요한 요소인 대신심(大信心), 대분지(大忿志), 대의정(大疑情) 가운데 하나여서 선적 내용이라고 할 수도 있으나 이것은 공부 과정의 한 방법으로서 선의 본질 입장에서 보면 오히려 부차적인 것이라 할 수 있다.(고봉 저, 고우 감수, 전재강 역주, 『선요』, 운주사, 2006, 105쪽 참고)

65 여기서 종횡이나 살활은 같은 뜻의 다른 용어이다. 종은 살, 횡은 활을 의미한다.

나타낸 것이다. 그리고 4행에서 이로부터 악명이 세상에 넘친다는 것은 선에서 말하는 본래 성불의 정신을 반어적으로 표현한 선구이다. 선에서는 깨닫기 이전 일체가 본래 다 성불해 있다는 기본적 입장을 가지고 있는데 이런 관점에서 볼 때 교시를 받아 공부해서 깨닫는 것이나 또 남을 가르치는 행위 자체가 물속에서 물을 찾는 것과 같아서 허물을 짓는 일이기 때문에 악명이 세상에 넘치게 된다고 말한 것이다.

전체 다섯 수로 이루어진 〈제선자구송(諸禪者求頌)〉의 두 번째 작품 3,4행을 보면 "알지도 못하는 사이에 목숨 줄이 다 끊어지면 하늘과 땅이 뼈와 털까지 차리라"[66]라고 했는데 그 앞서 1,2행에서 참선은 반드시 조사관을 투과해야 한다고 하고 그렇지 못했을 때에는 세월을 등한히 보내지 말라고 교시를 먼저 내렸다. 3행에서 말하는 목숨 줄이 다 끊어진다는 것은 1행에서 말하는 조사관을 실제 투과하는 것을 말하고 4행에서 하늘과 땅이 남김없이 차다는 것은 깨치고 나서 발견한 존재 원리의 본질을 나타낸 말이다. 여기서 목숨이 다한다는 것은 깨침의 순간을 상징적으로 나타낸 것이고, 천지가 차다는 것은 깨치고 나서 발견한 진리를 상징적으로 표현한 것으로서 선적 표현의 극치를 보여준다. 활의 자질인 '목숨'이 살의 자질인 '다한다'는 것과 결합하고, 활의 자질인 '천지'와 '골모'가 살의 자질인 '얼다'와 만나서 살활의 상호 작용으로 이루어지는 선의 역동적 세계를 활

'횡설수설한다'는 말은 살활의 이치에 맞게 자유자재로 말을 아주 잘하는 것을 뜻하는 것인데 지금은 앞뒤 이치에 맞지 않게 잘못 말하는 것을 의미하는 것으로 잘못 사용되고 있다.

66 不覺命根都喪盡 通天徹地骨毛寒 〈諸禪者求頌〉, 앞의 책.

발하게 나타내고 있기 때문이다. 이 작품을 구성하는 나머지 일곱 수도 깨치기 전 공부 방법을 알려 주고 깨침 과정을 거쳐 드러나는 진리의 세계를 각기 상징적으로 나타내는 것으로 되어 있다.

〈진선자구송(珍禪者求頌)〉을 보면 이러한 깨달음 과정 없이 깨침 후의 삶에 대해서만 말하여 깨친 뒤의 삶이 어떠해야 하는가에 대하여 교시하고 있다. 전체 이 작품을 보면 "걸음걸음 맑은 바람을 밟고 남북동서에 자취가 없네. 지팡이 거꾸로 잡고 편력해 다녀도 원래 다만 한 털 가운데 있네"[67]로 되어 있다. 작품 1,2행에서 걸음걸음과 남북동서는 존재의 있음을 나타내는 활의 측면을 말하고, 청풍이나 자취 없음은 존재의 없음을 나타내는 살의 측면을 각각 상징한다. 그런데 이 양자를 하나로 묶어서 나타냄으로써 활이 살이고 살이 활임을 보여 주고 있다. 제3,4행에 와서 이런 존재의 원리를 두고, 세상을 편력함이 한 터럭 안에 있다고 하여 역시 살이 활과 다르지 않음을 말만 바꾸어서 다시 표현하였다. 존재의 본래 모습을 천하를 편력하는 대상 인물의 행위를 가져와서 나타내고 있는데, 이는 깨치고 나서 발견하는 진리의 세계가 이와 같은 것임을 암시하여 수행의 결과가 어떠해야 하는가를 교시하고 있다고 할 수 있다. 이와 같은 방식은 나머지 여기서 작품을 들어 보이지 않은 작품에서도 유사한 선적 표현 방식을 보여 주고 있다.[68]

---

67 出門步步足淸風 南北東西沒个蹤 倒握烏藤遊歷遍 元來只在一毫中 〈珍禪者求頌〉, 앞의 책.

68 해당하는 작품을 들어보면 예를 든 것까지 포함하여 전체 40여 수가 된다. 〈瑢禪者求頌〉, 〈休禪者求頌〉, 〈鈴禪者求頌〉, 〈蘭禪者求頌〉, 〈明禪者求頌〉, 〈慧禪者求頌〉, 〈旺禪者求頌〉, 〈雲禪者求頌〉, 〈然禪者求頌〉, 〈通禪者求頌〉, 〈志禪者求頌〉, 〈空禪者求

구송시(求頌詩)와 같은 성격의 것으로 구게시(求偈詩)가 있다. 예를 들어 〈향선자구게(向禪者求偈)〉를 보면 "신령한 빛이 홀로 빛나 주관과 객관을 벗어났으니/앉고 눕고 다니는데 묘한 진리 드러내네./문득 장대 끝에서 한 걸을 나가면/일체가 법왕신을 온전히 드러내리라."[69]라고 하고 있는 데 향선자(向禪者)라는 승려가 게를 청구해서 써 준 작품이다. 공부를 가르치려는 분명한 의도가 나타나고 거기에 맞는 선적 표현을 사용하고 있는 것이 특징이다. 이 작품 1,2행을 보면 신령한 빛은 존재의 본질을 상징하는데 그것이 육근(六根)이라는 주관과 육진(六塵)이라는 객관을 모두 벗어나 있다는 것이다. 이어서 2행에서 앉고 눕고 다니는 일상에 묘한 진리가 드러난다고 하고 있다. 이 두 가지를 묶어서 보면 본질은 현상을 떠나 있는 것 같으나 현상이 바로 본질이라는 모순된 주장을 하고 있다. 그래서 본래 이루어져 있는 존재의 현상과 본질의 관계, 즉 선적 표현으로는 살과 활의 관계를 역설적으로 나타내고 있다고 할 수 있다. 그러나 3,4행에 오면 본래 이루어진 진리 자리이지만 일정한 수행을 거쳐야 얻을 수 있는 것으로 그리고 있다. 홀연히 장대 위에서 한 걸음 내 디뎌야 현상의 일체가 법왕신이라는 본질을 온전히 드러낸다고 하고 있기 때문이다. 1,2행이 깨닫거나 못 깨닫거나 본래 이루어져 있는 존재

頌〉, 〈遵禪者求頌〉, 〈心禪者求頌〉, 〈湛禪者求頌〉, 〈孤禪者求頌〉, 〈溫禪者求頌〉, 〈演禪者求頌〉, 〈喝禪者求頌〉, 〈至禪者求頌〉, 〈瑤禪者求頌〉, 〈修禪者求頌〉, 〈持禪者求頌〉, 〈了禪者求頌〉, 〈希禪者求頌〉, 〈良禪者求頌〉, 〈伸上人求頌〉, 〈普禪者求頌〉, 〈行禪者求頌〉, 〈元禪者求頌〉, 〈澄禪者求頌〉, 〈溫禪者求頌〉, 〈霖禪者求頌〉, 〈晤禪者求頌〉, 〈明禪者求頌〉, 〈泉禪者求頌〉, 〈持禪者求頌〉, 〈仲禪者求頌〉.

69 靈光獨耀脫根塵 坐臥經行現妙眞 驀得竿頭加一步 頭頭全露法王身 〈向禪者求偈〉, 앞의 책.

원리를 역설의 표현 방법을 통해 선적으로 나타냈다면, 4행은 깨달은 후에 발견한 존재 원리를 역시 역설의 수사 방법을 가지고 선적으로 나타냈다고 할 수 있다. 그리고 3행은 깨닫는 순간을 선적으로 표현하고 있다. 선가에서 흔히 이것을 "백척의 장대 끝에서 한 걸음 내딛는다[百尺竿頭進一步]"고 표현하는데 여기서는 이것을 조금 변형하여 상징적으로 표현하고 있을 뿐이다. 20여 수에 이르는 구게시가 이런 점에서 유사하다고 할 수 있다.[70]

구송시와 구게시의 경우 이와 같이 작품의 제1,2행에서 교시를 일반적 논리에 따라 내리고 뒤 두 구절에서 교시를 따르거나 깨달을

---

70 가르침의 게를 청구하는 구게시(求偈詩)는 이 외에도 상당수가 나타난다. 〈彦禪者求偈〉의 경우를 보면 "참선을 절대로 치우친 공에 집착해서는 안 되니/치우친 공에 집착하면 도를 통할 수 없네.//어제 저녁 달은 동쪽 언덕에서 솟았고/날이 밝으면 또 해 밝은 것을 보리라[參禪切莫着頑空 着在頑空道不通 昨夜月從東畔出 天明又見日頭紅 〈彦禪者求偈〉, 앞의 책]"로 되어 있다. 1,2행에서는 언선자가 가진 병통을 지적하고 있다. 선에서 수행은 空을 깨닫는 것이지만 전혀 없기만 하다는 치우친 공 즉 頑空에 집착하면 도와는 오히려 멀어진다는 것을 지적을 하고 있다. 이런 교시에 따라 수행을 하게 되면 3,4행에서 달이 뜨고 해가 뜨는 현상 그대로가 진리라는 것을 알게 된다고 말하고 있다. 그래서 3,4행은 현상 그대로가 진리라는 것을 상징적으로 표현하는 선구가 된다. 〈儼禪者求偈〉의 경우에도 1,2행에서 교시를 내리고 3,4행에서 교시에 따른 결과를 읊고 있다. 1,2행에서 참선을 하고 도를 배우는 데에 용맹공부가 중요하다고 하고 그 결과 얻게 되는 내용을 3,4행에서 "갑자기 허공이 분쇄되면/돌사람이 뼈 속까지 땀을 흘리리[忽地虛空成粉碎 石人徹骨汗通流 〈儼禪者求偈〉, 앞의 책]"라고 읊고 있다. 이 구절이 바로 역설적 표현의 선구이다. 선에서 말하는 존재 원리를 이렇게 표현한 것이다. 현상이 곧 본질이고 본질이 곧 현상인 양자 합일의 상태를 이렇게 나타낸 것이다. 허공은 살, 분쇄되는 것은 활, 석인은 살, 땀 흘리는 것은 활로 읽을 수 있어서 살활이 하나로 통합되는 현상을 이렇게 표현하였다. 수사상으로는 이런 원리를 구체적 대상으로 나타내는 것이기 때문에 상징적 표현이 된다. 여기에 해당하는 그 외 작품을 들어 보면 다음과 같다. 〈瓊禪者求偈〉, 〈成禪者求偈〉, 〈演禪者求偈〉, 〈仁禪者求偈〉, 〈璨禪者求偈〉, 〈紹禪者求偈〉, 〈海禪者求偈〉, 〈玄禪者求偈〉, 〈雷禪者求偈〉, 〈義禪者求偈〉, 〈寶禪者求偈〉, 〈惺禪者求偈〉, 〈德禪者求偈〉, 〈修禪者求偈〉, 〈孤禪者求偈〉, 〈唐道元求偈〉, 〈徹禪者求偈〉, 〈曇禪者求偈〉

통해서 얻은 새로운 세계를 선적으로 표현하는 것이 작품 전개의 일반적 특징이다.

(8)번은 수행을 떠나는 사람을 송별하면서 가르침을 준 작품이다. 나옹은 여러 사람을 송별하면서 그때마다 가르침의 시를 여러 수 남겼다.[71] 이 작품 제 1,2행에서는 참방(參方)의 의미를 먼저 설명하고 있다. 마음을 내어 참방하는 것은 별다른 일이 아니라 공겁미생전[72]의 소식을 밝히는 것이라는 것이다. 여기까지가 설명이라면 3,4행에서는 2행에서 말한 공겁미생전의 소식을 밝혔을 때 일어나는 현상을 선적으로 표현하고 있다. 3행에서 지팡이가 갑자기 두 눈을 뜬다는 말은 무정물인 지팡이가 살아난다는 뜻으로 살이 활이 된다는 의미이고 제4행에서 눈으로 보고 눈썹 드날리는 것이 모두 격 밖의 선이라는 말은 겉으로 드러난 일체의 다양한 현상이 그 자체로 보이지 않는 진리라는 말이 되어 활이 곧 살이라는 것을 역설적으로 천명한 것이다. 여기에 지팡이가 눈을 뜨는 행위, 일체 현상이 바로 진리라는 상징과 역설의 기법을 사용하여 불교의 연기 중도라는 진리를 선적으로 드러내고 있다.

이 작품은 1,2행에서 존재의 있고 없음을 은유적 직유적으로 표현

71 해당하는 작품 예를 들어보면 〈送幻菴長老謁師翁〉, 〈送無學〉, 〈送宗禪者參方〉, 〈送珠侍者〉, 〈送谷泉謙禪師遊方〉, 〈送璉侍者遊南〉, 〈送寬侍者〉, 〈送通禪人歸江南〉, 〈送蘭禪者之江南〉, 〈送杲山昇首座之江南〉, 〈送大圓智首座之金剛山〉, 〈送無住行首座廻金剛山〉, 〈送珀禪者參方〉, 〈送文禪者參方〉, 〈送澄禪者參方〉, 〈送心禪者參方〉, 〈送明禪者參方〉, 〈送湘禪者參方〉, 〈送休禪者廻鄕省覲〉, 〈送璉沙彌歸鄕省親〉, 〈送初禪者參方〉 등 상당히 여러 수를 남기고 있는데 (8)번도 이 가운데 한 작품이다.

72 공겁미생전은 공겁이전과 같은 말이다. 천지가 열리기 이전, 인간이 인지할 수 없는 영원한 절대 과거를 뜻하는 데 일체 현상이 나타나기 이전, 선적으로 말하자면 살의 세계를 뜻한다.

했다가 3,4행에 오면 중도 연기라는 존재 원리를 깨닫는 과정과 깨닫고 나서 자유자재하는 모습을 상징적, 역설적으로 나타내서 선적 표현의 전형을 보여 주고 있다.

송별의 대상 인물은 특별히 가는 곳이나 목적이 나타나지 않은 경우에도 대부분은 작품 내용이 참방을 가는 것으로 되어 있고 그 외에 금강산과 같은 특정 지역을 여행하거나 부모님을 찾아뵙는 내용으로 되어 있다. 특정 지역을 가는 경우 공간성과 연관하여 존재 원리를 선적으로 표현하는 방식을 취한다.[73] 〈송대원지수좌지금강산(送大圓智首座之金剛山)〉의 경우를 보면 "바로 금강정을 밟으면 온 몸 뼛속까지 서리 눈이 차리라"[74]라고 하여 금강산은 구체적 공간이면서 수행의 어떤 경지를 상징하는 말로 사용되어 선적 표현으로 전환되고 있다.[75] 그리고 부모님을 찾아뵙는 내용을 가진 〈송휴선자회향성근

---

73 앞에서 제시한 작품의 제목에서도 알 수 있듯이 나옹은 주로 선 수행을 하는 사람을 만나고 보내는 과정을 시로 표현하고 있다. 제목에는 인물의 구체적 성격이 일정하게 구별되어 나타나고 있다. 보내는 인물로 그냥 선자(禪者)가 있고 시자(侍者), 선사(禪師), 장로(長老), 상인(上人), 선인(禪人), 수좌(首座), 사미(沙彌) 등 다양하다. 그리고 그들이 어디를 가는 이유는 참방(參方)이 제일 많고 부모나 스승을 만나러 가는 것이 다음으로 많고, 그냥 어떤 지역을 가는 경우, 어디를 가는지 표시가 없는 경우 등 다양하다. 어디를 가는 경우는 강남이나 금강산을 가는 경우가 가장 많고 막연하게 다니는 예도 있었다. 중요한 것은 누가 어디를 가든 그 행위가 수행과 연관되어 시에 표현되고 있다는 점이다.

74 驀然蹋到金剛頂 徹骨通身霜雪寒

75 〈送無住行首座廻金剛山〉의 경우에도 비슷한 용법으로 공간이 사용되고 있다. "다시 금강봉정을 밟는 날에 큰 소나무 늙은 잣나무 향기로운 바람 보내네[再蹋金剛峯頂日喬松老栢散香風]"라고 하여 방문한 금강산은 수행의 한 경지를 선적으로 드러내는 데에 활용되고 있다. "이곳도 허공 저곳도 허공/밝고 밝아 있는 듯하나 찾으면 자취 없네.//문득 허공으로부터 몸을 뒤집으면/죽은 뱀을 토해내고 산 용을 삼키리[此處虛空彼處空/明明似有覓無蹤/驀從空處飜身轉/放出死蛇吞活龍]"라는 〈送蘭禪者之江南〉을 보면 1행에서는 역설법과 은유법을 동시에 사용하고 있다. 이곳과 저곳이 모

(送休禪者廻鄕省覲)〉의 경우를 보면 제1,2행에서 부모가 낳아준 이야기를 하고 3,4행에 와서는 "그 가운데 한 가지 이름 없는 것이 음양에도 걸리지 않고 긴 세월을 다니네[其中一个無名者 不攝陰陽歷劫行]"라고 하여 이름도 없고 음양에도 걸리지 않은 어떤 존재가 역겁의 긴 세월을 다닌다고 하여 시적 대상 인물의 존재 실상을 부모와 연관하여 선적으로 표현하고 있다.[76]

두 허공이라는 것은 A(있는 것)는 B(없는 것)라는 의미가 되기기 때문이다. 2행에서는 1행의 말을 바꾸어 '분명하게 있는 것 같으나 찾아보면 자취가 없다'고 하고 있다. 여기까지는 시적 자아가 사람을 보내면서 자기가 인식한 이곳과 저곳이라는 공간의 무실체성을 이렇게 드러낸 내용이다. 제3행과 4행은 시적 대상 인물인 난선자에게 한 마디 일러 주는 내용이다. 3행에서 허공 또는 공에서 몸을 뒤집어 구르면 4행에서 마침내 죽은 뱀을 토하고 살아 있는 용을 삼키게 될 것임을 일러준다. 이 작품의 전체 행은 불교의 존재 원리인 연기 중도의 이치를 존재론의 차원, 수행론의 차원에서 모두 선적으로 표현하고 있다. 선적 용어를 빌려 설명하자면 1행의 이곳과 저곳은 겉으로 드러난 대상으로서 활적 대상이라면 허공 또는 공은 보이지 않는 살적 대상이다. 이어서 있는 것 같으면서 없다는 것도 전자는 활, 후자는 살이다. 그래서 있는 것이 없는 것이라고 하여 선적으로는 활이 살이라는 말이다. 이는 〈반야심경〉에서 色卽是空 空卽是色과 같은 논리이다. 제3행은 깨달음의 순간을 표현하고 있는데 공에서 몸을 뒤집어 살아난다는 의미가 되어 여기서도 살에서 활로 전환되는 경과를 보여 주고 있다. 그리고 드디어 4행에 오면 깨닫고 나서 얻게 되는 자유자재한 삶의 모습을 죽은 뱀을 토하고 산 용을 삼킨다고 그리고 있다. 용어상 죽은 뱀은 살, 산 용은 활인데 실제 행위는 죽은 뱀은 토해 낸다고 하고 산 용은 삼킨다고 하여 살과 활이 별개가 아니라 하나라는 것을 보여준다. 죽은 뱀은 토해 낸다는 작용의 대상이 되고 산 용은 삼킨다는 비작용의 대상이 되고 있다. 여기서 토한다와 삼킨다는 모두 작용인데 이 가운데 삼킨다를 왜 비작용이라고 하는가라는 의문을 가질 수 있다. 그러나 행위의 결과에 주목하면 토하면 어떤 대상이 나타나고 삼키면 어떤 대상이 사라진다는 데에 초점을 맞추어 봐야 한다. 그래서 죽은 뱀을 토하는 일은 활이 살에 근거하고 있다는 말이고 산 용을 삼킨다는 것은 살이 활에 근거하고 있다는 존재 원리의 상징적 표현이다.

76 〈送璉沙彌歸鄕省親〉에서도 부모와 연관하여 말하고 있는데 구체적 표현 방향은 다르게 나타내고 있다. "집에서 모자가 서로 만나는 날 철저히 기뻐서 크게 껄껄 웃으리[當堂子母相逢日 徹底忻忻大笑呵]"라고 하여 드러난 현상의 활적 세계를 표현하였다.

(9)번 작품도 사람들에게 시로 교시를 전하는 작품 중의 하나이다. 이 작품 제1,2행은 시적 대상 인물을 칭송하는 내용으로 되어 있다. 이름을 따서 온전한 덕이 숲을 이루어 사방을 진압하고 당당한 모습은 가장 단정하다는 것이 그것이다. 제3,4행에 와서 더 이상 세속의 꿈을 꾸지 않고 나날이 살아가는 것이 공겁전의 소식이라는 말을 하고 있다. 크게 보면 이것도 인물에 대한 칭송인데 칭송의 핵심 내용은 일상이 바로 공겁전이라는 것이다. 즉 현상이 바로 본질이라는 의미로서 선적으로는 활이 바로 살이라고 하여 은유적으로 교시를 표현하고 있는 것이다.

여기에 속하는 작품이 40여 수 정도 되는데[77] 시적 대상 인물은 선인(禪人)이나 수좌와 같은 불교적 인물도 있지만 주로 시중이나 상국, 판서 등 고관을 지내는 세속의 일반 사람들에게 교시를 내려 주는 경우가 대부분이다. 이 가운데 〈시영창대군(示永昌大君)〉의 3, 4행 "온 몸으로 연화국에 앉았으니 곳곳이 극락 아닌 곳이 없네[通身坐臥蓮花國 處處無非極樂堂]"라고 하듯이 모든 곳이 본래 극락이라고 하여 차별 세계가 바로 무차별의 세계임을 가르치고 있다. 여기서 처처(處處)가 바로 극락당(極樂堂)이라고 한 표현이 바로 현상과 본질이라는 두 가지의 관계를 은유법을 통하여 선적으로 나타낸 것이다. 주로 세간인들에게 준 이와 같은 시에서 나옹은 이 작품과 같이 깨닫고 나서 얻게 되는 경지를 주된 내용으로 다루고 있다. 그런데 〈시신상

---

77 〈示永昌大君〉, 〈示廉侍中〉, 〈示李侍中〉, 〈示尹侍中〉 〈示黃二相〉, 〈示威福相公〉, 〈示李尙書〉, 〈示李少卿〉, 〈示洪相國〉, 〈示覺玎居士〉, 〈示卞禪人〉, 〈示心首座〉, 〈示諸念佛人〉, 〈贈廉侍中〉 등.

국렴 2수(示辛相國廉二首)〉의 둘 째 수 3행에서 "눈썹이 눈 위에 가로 된 것을 갑자기 깨달으니[忽覺眉毛橫眼上]"라고 하여 수행과 깨달음의 과정을 읊은 경우도 있다. 이런 경우에도 역시 선적 표현을 사용한다. 특히 이 작품에서 눈썹이 눈 위에 가로 있다는 말은 선문에서 있는 그대로의 현실이 바로 진리라는 것을 말할 때 자주 사용하는 표현이다.

요컨대 여기에 속하는 작품들은 세속적 인물을 주로 시적 대상 인물로 가져와서 현실 그대로 진리임을 주로 나타내면서도 수행과 깨달음을 나타내면서 상징이나 역설, 은유법을 선적 표현으로 많이 사용하고 있다.

5. 작품 세계와 선적 표현

이 장에서는 나옹 선시에 나타난 선적 표현을 일상시, 물상시, 교화시로 나누어서 살펴보았다. 이 논의에 앞서 선적 표현의 기본 자질인 어휘 차원에서 나옹시에 나타난 시공간 표현의 용어, 체언과 용언 계열의 용어를 분석하고 정리한 바 있다. 이를 바탕으로 본 논의에서는 나옹시 전체를 대표적 세 가지 유형으로 나누어 작품 세계와 선적 표현을 아울러 통체적으로 논의해 보았다.

먼저 일상시에 나타난 작품 세계와 선적 표현을 살폈다. 일상시는 출세간에서 시적 자아가 중심이 되어 하는 일상생활과 거기서 발견한 존재 원리를 내용으로 하는 작품이다. 자연 속에 살아가며 자연을 완상하고 시에 화답하고 주변의 경치를 읊고, 삭발을 해주고, 사례를 표하고, 성지를 참례하며, 과거 불교적 인물에 대한 찬을 하는 등이 대표적인 생활인데 여기서 중요한 것은 제3자가 그렇게 하는 것이 아니라 시적 자아 스스로 직접 이러한 생활을 하는 것으로 작품에 묘사되어 나타난다는 것이다. 이 유형의 작품은 자연 완상의 생활, 접하는 사물이나 사람과 관계, 불교의 역사적 인물에 대한 찬미를 담으면서 가시적 생활의 여러 국면이 곧 보이지 않는 진리의 현현이라고 말할 때[78] 역설법, 현상 자체를 진리의 상징으로 볼 때[79] 상징법, 본래 성불의 사상을 말할 때[80] 비유나 상징의 수법을 선적 표현의 방법으로 사용하였다.

다음 물상시의 작품 세계와 선적 표현을 살폈다. 이 경우는 순수한 사물을 대상으로 한 경우, 현상이 더해진 사물을 대상으로 한 경우, 현상이나 관념만을 대상으로 한 작품이 나누어졌는데 시적 자아의 입장보다는 대상에 치중하여 물상들이 존재하는 살활의 원리[81]를 상징적, 역설적, 비유적 수사를 통하여 선적으로 표현하고 있다는 것을 보여 주었다.

끝으로 교화시의 작품 세계와 선적 표현을 살폈다. 이 역시 크게 보면 출세간의 승가 생활의 일상에 포괄할 수 있지만 시적 자아가

78 예를 들면 (1)에서 “만나는 사물, 만나는 인연마다 진체가 드러나니[遇物遇緣眞體現]”에서 물연이 곧 진체라는 말이다. 이하 대표적 예 한 가지씩만 들어 보인다.

79 예를 들면 “일 만 골짜기 솔바람 나날이 통하네[萬壑松風日日通 〈題五臺山中臺〉, 앞의 책]”에서 현상 자체만 보인 것을 뜻함.

80 예를 들면 (3)에서 “사람마다 코는 바르고 두 눈썹은 가로인데[人人鼻直兩眉橫]”에서 본래 갖추어져 있다는 것을 뜻함.

81 예를 들면 (4)의 “깊고 깊은 골에 항상 유출하니[深深洞裏常流出]”, (5)의 “헌함에 떠오른 보월이 항상 고요하나[當軒寶月常常寂]”, (6)의 “긴 세월 당당하여 체는 스스로 비었으나[劫劫堂堂體自空]”에서 살활의 상호 작용을 뜻함.

자신의 행동과 사유를 서정적으로 그리는 것이 아니라 남에게 교시를 내린다는 점에서 작품의 성격은 교시적이다. 이런 기준에 해당하는 작품은 주로 시인시(示人詩), 구게시(求偈詩), 구송시(求頌詩)들인데 이 작품들은 세속적 인물을 주로, 일부 출세간의 인물을 시적 대상 인물로 가져와서 현실 그대로가 진리라는 본래 성불의 정신을 전제하면서도[82] 깨침 전[83], 깨침 순간[84], 깨침 후[85]의 전 과정과 연관하여 각 과정에 나타난 현상을 상징이나 역설, 은유법을 통하여 선적으로 표현하고 있었다.

요컨대 선적 표현은 선의 내용을 선적 표현 방식을 가지고 표현하는 것이라 할 수 있다. 여기서 살활의 존재 원리가 선의 내용이고 살활의 자질을 나타내는 용어를 부려 써서 그 내용을 표현하는 것이 선적 표현이다. 이렇게 볼 때 나옹은 본래 성불이라는 존재 원리 자체와 그 존재 원리를 깨치기 전, 깨치는 순간, 깨친 이후의 모든 과정에서 각각의 특성에 맞는 선적 표현을 보여 주었다고 할 수 있다. 그런데 이러한 표현을 단순한 이념의 생경한 선전에 그치지 않고 일상생활과 다양한 물상, 사람에게 교시를 내리는 중요한 국면에 맞추어 일체 모든 것을 보여 주어서 다양성을 드러내는 것이 나옹시에 나타난 선적 표현의 특징이라고 할 수 있다.

---

82 〈普禪者求頌〉의 1행 "본래 그러하지 조작한 것 아니니[本自天然非造作]", 앞의 책.
83 〈希禪者求頌〉의 1행 "조주의 무자 화두를 들어서[提起趙州一个無]", 앞의 책.
84 〈德禪者求偈〉의 3행 "절벽에서 손을 놓아 생명이 다하면[撒水懸崖窮性命]", 앞의 책.
85 〈璨禪者求偈〉의 4행 "대지와 산하가 모두 한 집일세[大地山河摠一家]", 앞의 책.

참고 문헌

1. 자료

고봉 원묘 저, 전재강 역주, 고우감수, 『선요』, 운주사, 2006.

고우 감수, 전재강 역주, 『금강경삼가해』, 운주사, 2019.

나옹 혜근 저, 『나옹록』, 백련선서간행위원회, 장경각, 2001.

나옹 혜근 저, 무비 옮김, 『나옹스님어록』, 민족사, 1996.

대혜 저, 고우 감수, 전재강 역주, 『서장』, 운주사, 2004.

백운 경한, 〈백운화상초록불조직지심체요절〉 상·하, 『한국불교전서』 6, 동국대학교 출판부, 1990.

백운 경한, 「백운화상어록」 상·하, 『한국불교전서』 6, 동국대학교 출판부, 1990.

백운 경한 저, 박문렬 역, 『역주백운화상어록』, 충주고인쇄박물관, 1998.

백운 경한 저, 무비 역주, 『백운스님어록 白雲和尙語錄』, 민족사, 1996.

백운 경한 저, 조영미 옮김, 『백운화상어록』, 동국대학교 출판부, 2019.

법해 원찬, 혜암 주, 『육조단경』, 현문출판사, 1999.

불과 원오 선사 저, 『벽암록』, 묘관음사장, 불기3000.

석옥 저, 지유 편, 이영무 번역, 『석옥청공선사어록』, 불교춘추사, 2000.

왕필 지음, 임채우 옮김, 『왕필의 노자』, 예문서원, 1997.

임제·법안 저, 『臨濟錄·法眼錄』, 백련선서간행회, 장경각, 1989.

태고 보우 저, 『태고록』, 백련선서간행위원회, 장경각, 1991.

혜능 저, 퇴옹성철 현토편역, 『육조단경』, 장경각, 불기2532.

혜심·각운 지음, 김월운 옮김, 『선문염송·염송설화』 1, 동국대역경원, 2005.

혜심 저, 월산성림, 『선문염송』, 오어사 운제선원, 일진인쇄, 1994.

2. 단행본

강석근, 『한국불교시연구』, 이회, 2002.
고 우 외4인(전국선원수좌회 편찬위원회), 『간화선』, 조계종불학연구소, 조계종출판사, 2005.
고형곤, 『선의 세계』 Ⅰ·Ⅱ, 운주사, 1995.
교양교재편찬위원회 편, 『불교학개론』, 동국대학교 출판부, 2009.
권기종 역, 『선수행의 길잡이』, 동국대역경원, 1978.
권기호, 『선시의 세계』, 경북대학교 출판부, 1991.
김용직 편, 『상징』 문제와 시각 18, 문학과 지성사, 1988.
김운학, 『불교문학의 이론』, 일지사, 1981.
김효탄, 『고려말 나옹의 선사상 연구』, 민족사, 1999.
대륜불교문화연구원 불교전기문화연구소, 『태고보우국사』 역대고승총서 7, 불교영상, 1998.
무공 서갑생 편저, 『태고보우 국사 인물론』, 태고사상 제4집, 불교춘추사, 2005.
무공 서갑생 편저, 『태고보우 국사의 종지와 종풍 그 수행법』, 태고사상 제4집, 불교춘추사, 2006.
박재현, 『국어교육을 위한 의사소통이론』, (주)사회평론, 2013.
서규태, 『한국근세 선가문학』, 고려대학교 민족문화연구소, 1994.
송준영, 『선, 언어로 읽다』, 소명출판, 2010.
앙리뻬르 저, 윤영애 역, 『상징주의 문학』, 탐구당, 1985.
유호선, 『조선후기 경화사족의 불교인식과 불교문학』, 태학사, 2006.
이상미, 『무의자의 선시 연구』, 박이정, 2005.
이상보 외, 『불교문학연구입문』(율문·언어편), 한국불교문학사연구회신서 2, 동화출판공사, 1991.
이승훈, 『선과 기호학』, 한양대학교 출판부, 2005.
이종군, 『고려 말 선시의 미학』, 불광출판사, 2008.
이종찬, 『한국의 선시』 〈고려편〉, 이우출판사, 1985.

이종찬, 『한국불가시문학사론』, 불광출판부, 1993.
이창덕 외 4인, 『화법 교육론』, 역락, 2012.
이형기 외, 『불교문학이란 무엇인가』, 한국불교문학사연구회신서 1, 동화출판공사, 1991.
전재강, 『한국불교가사의 구조적 성격』, 보고사, 2012.
전재강, 『한국불교가사의 유형적 존재양상』, 보고사, 2013.
제레미M. 호손 지음, 정정호 外 옮김 『현대문학이론 용어사전』, 동인, 2003.
조셉 칠더즈·게리헨치 엮음, 황종연 옮김 『현대문학·문화비평 용어사전』, 문학동네, 2000.
조태성, 『한국불교시의 탐구』, 한국학술정보(주), 2007.
추월용민·추월진인 저, 혜원 역, 『선어록 읽는 방법』, 운주사, 1996.
형운(이상옥), 『달마이전의 중국선』, 정우서적, 2014.
혜능 저·고우스님 강설·박희승 엮음, 『육조단경』, (주)조계종출판사, 2013.
Charles Chadwick 저, 박희진 역, 『상징주의 Symbolism』, 문학비평총서 5, 서울대학교출판부, 1973.

3. 논문

강전섭, 「나옹화상작 가사 사편에 대하여」, 『한국언어문학』 23, 한국언어문학회, 1984.
구수영, 「나옹화상과 〈서왕가〉 연구」, 『국어국문학』 62·63, 국어국문학회, 1973.
권기종, 「백운의 선사상 연구」, 『가산 이지관스님 화갑기념논총 한국불교문화사상사』 상, 가산불교문화진흥원, 1992.
공종원, 「석옥청공선사의 선풍과 한국선」, 『태고보우국사』, 불교영상, 1998.
김기탁, 「나옹화상의 작품과 가사 발생 연원 고찰」, 『영남어문학』 3, 영남어문학회, 1976.
김대행, 「〈서왕가〉와 문학교육론」, 『한국가사문학연구』, 상산정재호박사화

갑기념논총, 1996.
김동환, 「불조직지심체요절의 핵심내용과 백운화상 경한」, 『인문사회과학연구』 4(2), 중부대, 인문사회연구소, 2000.
김방룡, 「보조지눌과 태고보우와 선사상 비교연구」, 『한국종교사연구』 8, 한국종교사학회, 2000.
김방룡, 「석옥청공의 선사상」, 『선과 문화』 2, 한국선문화학회, 2005.
김방룡, 「여말 삼사(태고보우 나옹혜근 백운경한)의 간화선 사상과 그 성격」, 『보조사상』 23, 보조연구원, 2005.
김상영, 「백운화상」, 『한국불교인물사상사』, 불교신문사편, 민족사, 1990.
김상영, 「백운화상-무심무념선 강조한 여말의 선승-」, 『한국불교인물사상사』, 불교신문사편, 민족사, 1990.
김상영, 「석옥청공과 백운경한의 선풍」, 『고인쇄문화』 13, 청주고인쇄박물관, 2006.
김용환, 「직지심체요절의 조사선 연구」, 『국민윤리연구』 44, 한국국민윤리학회, 2000.
김은종, 「懶翁 慧勤의 「工夫十節目」에 관한 연구」, 『釋林』 32, 東國大學校 釋林會, 1998.
김종명, 「직지의 선사상과 그 의의」, 『역사학보』 177, 역사학회, 2002.
김종우, 「나옹화상의 승원가」, 『국어국문학』 10, 부산대 국어국문학회, 1971.
김종진, 「〈자책가〉 이본 형성 연구」, 『한국어문학연구』 31, 한국어문학연구학회, 1996.
김종진, 「서왕가 전승의 계보학과 구술성의 층위」, 『한국시가연구』 18, 한국시가학회, 2005.
김종진, 「〈태고암가〉의 주제적 계보와 창작 의의」, 『한민족문화연구』 42, 한민족문화학회, 2013.
김창숙, 「태고보우의 사상과 정화운동」, 동국대학교 석사학위논문, 1991.
김철회, 「태고보우의 불교 교육론 연구」, 동국대학교 학위논문, 1990.
김테흡, 「석옥청공선사에 관한 연구」, 『불교』 57, 불교사, 1929.
남동신, 「석옥청공」, 『禪師新論』, 우리출판사, 1989.

돈 각, 「태고보우(太古普愚)의 간화선법(看話禪法)에 대한 고찰」, 『선문화연구』 9, 한국불교선리연구원, 2010.

박재금, 「나옹 선시의 상징과 역설」, 『한국의 민속과 문화』 12, 경희대학교민속학연구소, 2007.

박태호, 「태고보우의 불교사상과 시적 형상화 연구」, 동방문화대학원대학교 불교문예학과 불교문학전공 박사학위논문, 2017.

변희영·백원기, 「백운경한의 선사상과 '무심진종'의 시학」, 『한국사상과 문화』 83, 한국사상문화학회, 2016.

서윤길, 「고려말 임제선의 수용」, 『한국선사상연구』, 동국대불교문화연구원, 1984.

서정문, 「태고보우의 선풍에 관한 연구」, 『중앙증가대학논문집』 3, 중앙승가대학교, 1994.

손석원, 「태고보우의 사상과 기독교적 이해」, 『성결신학연구』 4, 성결대학교 선결신학연구소, 1999.

송윤주, 「태고보우대사연구」, 동국대학교 석사학위논문, 2002.

심계웅, 「백운경한 선사의 시세계」, 청주대학교 대학원 한문학과 석사학위논문, 2016.

서윤길, 「고려말 임제선의 수용」, 『한국선사상연구』, 동국대불교문화연구원, 1984.

신규탁, 「나옹화상의 선사상」, 『동양고전연구』 6. 동양고전학회, 1996.

신규탁, 「나옹혜근의 선사상에 대한 철학적 분석」, 『大覺思想』 11, 대각사상연구회, 2008.

신규탁, 「나옹화상의 선사상」, 『동양고전연구』 6, 동양고전연구회, 1996.

신영심, 「나옹혜근의 선시연구」 『연구논집』 13, 이화여자대학교대학원, 1985.

염은열, 「〈서왕가〉의 인식적 특성 연구」, 『선청어문』 23, 서울대 사범대, 1995.

염중섭, 「공부선의 방법에서 경한과 나옹간의 관점에 있어서 동이 고찰-백운경한을 통한 나옹 사상의 특징파악을 중심으로-」, 『국학연구』 25, 한국국학진흥원, 2014.

우제선, 「인식의 전환 : 다르마끼르띠와 태고보우의 깨달음」, 『보조사상』 22, 보조사상 연구원, 2004.

유영숙, 「백운의 법맥과 선사상」, 『지촌 김갑주교수 화갑기념사학논총』, 동간행위원회, 동국대, 1994.

이동영, 「나옹화상의 〈승원가〉와 〈서왕가〉 탐구」, 『사대논문집』 32, 부산대학교사범대, 1996.

이병욱, 「백운의 선사상-무심선·조사선·화두선의 관계와 선교일치방식에 대하여」, 『불교사연구』 3, 중앙승가대 불교사학연구소, 1999.

이병철, 「나옹작 〈서왕가〉 일고」, 『한국사상과 문화』 43, 한국사상문화학회, 2008.

이영무, 「한국불교사에 있어서의 태고보우국사(太古普愚國師)의 지위 : 한국불교의 종조론(宗祖論)을 중심으로」, 『한국불교학』 3, 한국불교학회, 1977.

이영무, 「태고보우국사의 인물과 사상」, 『한국사상논문선집』 33, 불함문화사, 1967.

이재훈, 「14세기 성리학자들의 불교 비판과 태고 보우의 대응」, 중앙대학교 사학과한국사전공 석사학위논문, 2009.

이종군, 「태고선사의 명호시 연구」, 『국어국문학』 29, 부산대학교 인문대학 국어국문학과, 1992.

이종군, 「백운선사의 선시 연구」, 『백련불교논집』 7, 백련불교문화재단, 1997.

李鍾君, 「懶翁禪師의 詩 世界」, 釜山大敎育大學院, 국어교육전공 석사학위논문, 1989.

李鍾君, 「懶翁 禪詩에 나타난 달(月)의 상징」, 『韓國文學論叢』 14, 韓國文學會, 1993.

이종군, 「나옹화상의 삼가 연구」, 부산대학교 대학원 국문과 박사학위논문, 1996.

이종익, 「고려백운화상의 연구」, 『정종박사 정년퇴임기념논문집 - 동서사상의 만남』, 형설출판사, 1982.

이창구, 「懶翁 禪의 실천체계」, 『汎韓哲學』 26, 汎韓哲學會, 2002.

李哲憲, 「懶翁惠勤의 法脈」, 『韓國佛教學』 19, 韓國佛教學會, 1994.
이철헌, 「나옹 혜근의 선사상」, 『한국불교학』 21, 한국불교학회, 1996.
이혜화, 「태고화상 〈토굴가〉고」, 『한성어문학』 6, 한성대학교 한성어문학회, 1987.
인권환, 「고려시대 불교시의 연구-선가의 시를 중심으로-」, 고려대학교대학원 국어국문학과 박사학위논문, 1982.
임종욱, 「선시의 발생 및 변용에 관한 연구」, 『국어국문학논문집』 13, 동국대 국어국문국어교육과, 1986.
임준성, 「백운경한의 시세계-무심의 미학을 중심으로-」, 『한국시가문화연구』 13, 한국시가문화학회, 2004.
전재강, 「불교가사 형성의 발생학적 정황」, 『우리문학연구』 31, 우리문학회, 2010.
전재강, 「백운경한 초록 「직지」에 실린 선시의 제시맥락과 표현 원리」, 『선학』 47, 한국선학회, 2017.
전재강, 「『백운화상어록』 선시의 제시국면과 선시에 나타난 대상 인식」, 『어문론총』 81, 한국문학언어문학회, 2019.
전재강, 「『백운화상어록』에 드러난 선의 성격과 산문적 표현」, 『한국시가문화연구』 45, 한국시가문화학회, 2020.
전재강, 「『백운화상어록』의 편집 체제와 산문 서술방식」, 『국학연구론총』 25, 택민국학연구원, 2020
전재강, 「불교 관련시조의 사적 전개와 유형적 특성」, 『한국시가연구』 9, 한국시가학회, 2001.
전재강, 「경허 가사에 나타난 수행법과 표현 방식」, 『한국불교가사의 구조적 성격』, 보고사, 2012.
전재강, 「나옹 선시에 나타난 용언 계열 어휘의 양면성」, 『한국시가연구』 35, 한국시가학회, 2013.
전재강, 「나옹선시에 나타난 체언계열 어휘의 양면성」, 『어문학』 121, 한국어문학회, 2013.
전재강, 「나옹 선시에 나타난 시공 표현의 용어 유형」, 『우리말글』 57, 우리말글학회, 2013.
전재강, 「태고 보우와 석옥 청공 선시의 비교 연구」, 『우리말글』 62, 우리말글학회, 2014.
전재강, 「경허 선시의 표현 원리」, 『우리말글』 60, 우리말글학회, 2014.
전재강, 「선인(禪人)과 관인(官人)에게 준 태고보우 선시의 성격」, 『한국시가문화연구』 37, 한국시가문화학회, 2016.
전재강, 「태고보우의 산문과 가음명시에 나타난 작가 의식의 성격」, 『국어국문학회』 178, 국어국문학회, 2017.
전재강, 「『공부하다 죽어라』①에 나타난 혜암선사 선의 성격과 표현원리」, 『혜암선사의 선사상과 세계화』, (사)혜암선사문화진흥회 엮음, 시화음, 2020.
전재강, 「태고록(太古錄) 시문에 나타난 선(禪)의 비언어적(非言語的) 표현 원리」, 『우리말글』 90, 우리말글학회, 2021.
정대구, 「승원가의 작자 연구」, 『숭실어문』 1, 숭실어문학회, 1984.
정병조, 「백운의 無心禪에 관하여」, 『한국불교학』 3, 한국불교학회, 1977.
정재호, 「〈서왕가〉와 〈승원가〉의 비교고」, 『건국어문학』 9·10, 건국어문학회, 1985.
정재호, 「나옹작 가사의 작자 시비」, 『한국학연구』 19, 고려대학교 한국학연구소, 2003.
정제규, 「백운경한의 재가불교신앙관」, 『고인쇄문화』 5, 청주고인쇄박물관, 1998.
정진원, 「나옹호상 〈고루가〉 텍스트 분석」, 『텍스트언어학』 4, 한국텍스트언어학회, 1997.
조성택, 「백운경한 선사상의 윤리사상적 가치 연구」, 『윤리교육연구』 35, 한국윤리교육학회, 2014.
조성택, 「백운경한 무심선의 세계시민성 화용 연구」, 충북대학교 일반대학원 윤리교육과 박사학위논문, 2016.
조영미, 「백운경한의 조사선 인식」, 『정읍사상사』, 민속원. 2017.
조태성, 「한국선시의 갈래와 선취의 문제」, 『고시가연구』 22, 한국고시가학회, 2008.

주명철, 「회통불교 전통과 태고 보우의 원융불교사상의 상관성에 관한 고찰」, 『동방논집』, 동방대학원대학교, 2007.

주호찬, 「태고 보우와 나옹 혜근의 오도송」, 『어문논집』 46, 민족어문학회, 2002.

차차석, 「석옥청공과 태고보우의 선사상 비교」, 『한국선학』 3, 한국선학회, 2001.

최강현, 「서왕가 연구–주로 그 수록문헌과 연대를 중심으로」, 『인문논집』 17, 고려대학교, 1972.

최경환, 「태고보우의 인맥과 공민왕대초 정치활동」, 서울대학교 사회교육과 역서전공 석사학위논문, 2010.

최두헌, 「태고보우 선시의 연구:오도·산거·경책의 시를 중심으로」, 동국대학교 학위논문, 2008.

최말수, 「태고보우의 선사상」 동국대학교 대학원, 석사학위논문, 2021.

최병헌, 「태고보우의 불교사적 위치」, 『한국문화』 7, 서울대학교 규장각 한국학연구원, 1986.

최석환, 「태고보우 현장 기행;탄생의 땅」, 『불교춘추』 3, 불교춘추사, 1996.

최수연, 「태고보우 시 연구」, 동국대학교 대학원 한문학과 석사학위논문, 1999.

학 담, 「고려말 임제법통의 전수와 백운선사의 무심선」, 『호서문화논총』 13, 서원대호서문화연구소, 1999.

한기두, 「태고보우연구」, 『한국사상논문선집』 33, 불함문화사, 1973.

한기두, 「고려후기의 선사상」, 『한국불교사상사』 한국사상대계 V.3. 한국정신문화연구원, 1986.

한기두, 「고려선종의 사상적 전통」, 『한국불교사상사』 한국사상대계 V.3. 한국정신문화연구원, 1986.

현 문, 「백운경한의 생애와 선사상」, 『승가』 12, 304~320쪽.

황선주, 「직지원문의 출전에 대하여」, 『고인쇄문화』 5, 청주 고인쇄발물관, 1998.

황선주, 「직지의 각주와 그 공안」, 『호서문화논총』 11, 서원대호서문화연구소, 1997.

황인규, 「백운경한과 고려말 선종계」, 『한국선학』 9, 한국선학회, 2004.

황인규, 「석옥청공과 여말삼사의 불교계활동-경한을 중심으로-」, 『고인쇄문화』 13, 청주고인쇄박물관, 2006.

黃仁奎, 「懶翁慧勤과 그 대표적 계승자 無學自超: 나옹혜근과 무학자초의 遭遇事實을 중심으로」, 『東國歷史教育』 5, 東國大學校歷史教育科, 1997.

찾아 보기

ㄱ

ㄷ

ㅁ

전재강

경북 안동 출생
경북대학교 인문대학 국어국문학과 졸업(문학사)
경북대학교 대학원 국어국문학과 졸업(문학 석사, 문학 박사)
동양대학교 교수 역임
안동대학교 인문대학 국어국문학과 교수 역임
현재 안동대학교 사범대학 국어교육과 교수

저서: 『상촌신흠문학연구』(형설출판사, 1997)
『한문의 이해』(형설출판사, 2003)
『사대부시조작품론』(새문사, 2006)
『시조문학의 이념과 풍류』(보고사, 2007) *2008년 대한민국학술원 우수학술도서
『선비문학과 소수서원』(박이정, 2008)
『남명과 한강의 만남』(보고사, 2010) *2011년 문화체육관광부 우수학술도서
『불교가사의 구조적 성격』(보고사, 2012)
『불교가사의 유형적 존재양상』(보고사, 2013)
『한국시가의 유형적 성격과 작품 전개구도』(새문사, 2015)
*2016년 대한민국학술원 우수학술도서
『미래를 여는 글쓰기와 토론』(도서출판 새빛, 2019)
『한국 선어록의 문예미학』(운주사, 2022년 발간 예정)

역서: 『서장』(운주사, 2004)
『선요』(운주사, 2006)
『금강경삼가해』(운주사, 2019)

논문: 「어부가계 시조 연구」, 「신흠 시의 구조와 비평 연구」, 「불교 관련 시조의 사적 전개와 유형적 연구」, 「침굉 가사에 나타난 선의 성격과 진술 방식」 외 다수.

한국 선시의 문예 미학

2022년 11월 11일 초판 1쇄 펴냄

지은이 전재강
발행인 김흥국
발행처 보고사

책임편집 황효은
표지디자인 김규범

등록 1990년 12월 13일 제6-0429호
주소 경기도 파주시 회동길 337-15 보고사
전화 031-955-9797(대표), 02-922-5120~1(편집), 02-922-2246(영업)
팩스 02-922-6990
메일 kanapub3@naver.com / bogosabooks@naver.com
http://www.bogosabooks.co.kr

ISBN 979-11-6587-244-1 93810

정가 23,000원